Gabriele Hamburger

Exitus

Historische Kriminalgeschichte

cmz

Sey dennoch unverzagt. Gieb dennoch unverloren.
Weich keinem Glücke nicht. Steh' höher als der Neid.
Vergnüge dich an dir / und acht es für kein Leid /
Hat sich gleich wider dich Glück / Ort / und Zeit
Verschworen …

Paul Fleming (1609–1640)

Ohne einen Blick auf die Linie des Ufers zu werfen, könnte ich sie zeichnen: die weitschwingende Ausbuchtung im Süden, den Fels, der im Osten das Land eine Armlänge in das Wasser verlängert und das die Konturen der eiartigen Form des Sees störende Schilffeld im Norden, einen Steinwurf von dem Steg entfernt, auf dem ich sitze.

Die Form ist beständig, die Farbe wechselt. Wolkengrau, aufblitzendes Silber im Dämmerlicht, Meerblau im Sonnenschein, schillerndes Blaugrün, unsicher, als wisse der See nicht, was er ist oder werden wolle. Farben erfrischen, beglücken, lassen die Gedanken bis ins Paradies wandern, doch sie sind flüchtig wie die Zeit. Bei Nacht verlieren sie alle Kraft. Nicht die Farbe, nur die Form ist verlässlich. Selbst Verformungen erzählen eine Geschichte. Man kennt die Ursache der Verbiegungen und Makel, die Erinnerungen wecken, weshalb altes Wertloses einem manchmal mehr am Herzen liegt als neue Kostbarkeiten.

Der See ist jedoch so geblieben, wie er immer war. Da, in der Bucht, lernte ich die Schwimmkunst, die ich meinem Sohn Alexander ebenfalls dort lehrte. Wie ich liebt er das Wasser. Mit einer Angel sitzt er am Ende des Stegs und singt unentwegt: »Ich fange schöne Fischlein, Fischlein.« Für einen Siebenjährigen ist er zu verspielt, zu verträumt. Er reitet zwar gut, ansonsten verspinnt er sich lieber in die Musik, als sich im Fechtkampf zu üben.

Am Rande eines Rieds fischt eine Ente nach Nahrhaftem. Den Hals hochgereckt hält sie hin und wieder Ausschau nach Feinden oder beobachtet ihre fünf Jungen, die in perfekter Übereinstimmung ihr jede Wendung nachmachen. Nur das kleinste Küken, bei dem noch gelber Flaum zu sehen ist, hat Mühe Anschluss zu halten. Wieder wendet die Ente ihren Kopf. Länger als bisher beäugt sie ihre Brut, macht dann so schlagartig kehrt, dass die Jungen ihr nicht folgen können, stürzt auf das Jüngste zu, hackt auf es ein und verjagt es. Danach setzt sie sich wieder an die Spitze der Kinderschar und schwimmt weiter. Das vertriebene Küken gesellt sich zu den anderen, als sei nichts geschehen. Vielleicht ist auch nichts geschehen. Die Gewalt entlud sich so jäh, dass sie mir eher traumhaft als wirklich erschien. Doch der nächste Angriff lässt nicht auf sich warten. Blindwütiger als zuvor hämmert die Alte auf das Kleinste ein, drückt es mit Schnabelhieben unter Wasser. Die übrigen Jungen fliehen, bleiben jedoch als ungeordneter Haufen in der Nähe der Mutter, die nach der Attacke empört quakend zu ihnen zurückkehrt. In gehörigem Abstand folgt das misshandelte Entlein der Gruppe. Trotz der Gefahr schließt es sich den Geschwistern erneut an. Das duldet die Alte nicht. Flügelschlagend greift sie den Nachzügler mit solcher Gewalt an, dass er völlig unter der Wasseroberfläche verschwindet. Das Küken will fliehen, aber gegen die entfesselte Kraft ist es nur ein schwächliches Ausweichen. Unerbittlich presst die Alte das Entlein immer wieder unter Wasser. Als es sich nicht mehr wehrt, lässt sie von ihm ab.

Der kleine Vogel hebt den Kopf nicht mehr. Der helle Fleck im Wasser, einem flauschigen gelben Tuch ähnlich, schaukelt im Rhythmus der Wellen.

Ich habe den Atem angehalten. Nicht die Grausamkeit erschreckt mich, sondern das absonderliche Verhalten der Ente. Tiere lachen und weinen nicht. Sie besitzen weder Seele noch Ich-Empfinden, sondern folgen ihrem auf Fressen, Verteidigung und Brunftkämpfe ausgerichteten Instinkt so zwangsläufig wie ein Mühlrad dem Fließen des Wassers. Kein Tier tötet aus Mordlust. Wenngleich ich nicht wie die heidnischen Römer aus dem Flug oder den Innereien von Vögeln die Zukunft herauslese, sehe ich doch im Unerklärlichen ein beunruhigendes Omen. Meinem Sohn entging dieses seltsame Ereignis. So muss ich keine Begründung für ein mysteriöses Phänomen suchen. Bisher blieb ich ihm selten eine Erklärung schuldig. Eine meiner Eitelkeiten ist es, seine bewundernden Blicke zu genießen und ich freue mich, ihm

Sicherheit geben zu können in einer gefährlichen Welt. Er kommt zu mir. Missmutig sieht er mich an. Die Smaragdaugen hat er von seiner Mutter, während die braunen Locken und dichten Wimpern von mir stammen.

»Kein Fisch da!«, sagt er und setzt sich neben mich.

»Dein Singsang war zu laut. Wie bei der Jagd muss man leise sein, um die Fische zu überlisten.«

Grübelnd blickt er über den See und fragt: »Wenn man groß ist, ist man dann ein anderer Mensch?«

»Nein, zweifellos nicht. Eine kuriose Frage!«

»Aber ich … ich kann doch nicht das können, was ein Mann tut. Deshalb muss ich doch ein anderer Mensch werden.«

Ja, was hatte ich, Freiherr Sechem von Merhoffen, Grundherr einer stattlichen Anzahl von Bauernhöfen, mit dem einstigen Kind Christoph Salentin noch gemeinsam? Wenig! Und doch – manchmal fühle ich die Hilflosigkeit des Kindes und setze die Maske des selbstsicheren Erwachsenen auf. Manchmal denke ich, erst gestern zehn Jahre alt gewesen zu sein, so bildhaft stehen alte Erlebnisse mir vor Augen, die allerdings in einer ganz anderen Welt eingebettet sind, als gehörten sie zu den Memoiren eines anderen Menschen. Um meinen Sohn nicht zu irritieren, antworte ich schulmeisterlich: »Die Seele bleibt gleich, nur äußerlich verändert man sich. Wenn du dich im Fechtkampf übst, wird dein Leib stark und wenn du fleißig Latein und Mathematik lernst, wächst dein Geist.«

Angewidert kraust er die Nase. Fechten ist ihm ein Gräuel. Lesen und Schreiben hatte er so leicht erlernt, als wiederhole er Bekanntes. Seitdem ihn aber ein *Präzeptor* unterweist, legt er eine halsstarrige Abneigung gegen jede Wissensvermehrung an den Tag. Gut, wie alle Lehrer ist auch sein *Präzeptor* ein Hirnschleifer. Dennoch, warum er sich nun verweigert, sagt er nicht. Überhaupt ist er schweigsam und wenn er redet, äußert er gern Absonderliches, so dass meine Frau Felicitas schon an seinem Verstand zweifelte. Obwohl sie ihn lange übermäßig verzärtelte, findet sie jetzt mehr an ihm auszusetzen, als sich über seine Fortschritte zu freuen. Zu weltabgewandt, zu eigenbrötlerisch bekrittelt sie ihn, wobei sie mich vorwurfsvoll ansieht, in dem sie die Ursache der Schrullen unseres Kindes vermutet. Seitdem ich den Siebenjährigen unter meine Fittiche genommen habe und das, was sie für sonderbar hält, still als eine Eigenart akzeptiere, ist er lebhafter.

»Dort drüben tanzen die Vögel.« Er deutet zum Himmel. »Sie feiern Hochzeit!«

»Vögel feiern nicht Hochzeit mit vielen Gästen.«

»Nein?«

»Nein, etwas hat sie dort aufgescheucht!«

»Dann sehen wir nach, was da ist«, drängt er.

»Es wird ein Wanderer sein oder ein Fuhrwerk, dort verläuft ja die Landstraße.«

»Vielleicht eine Kutsche? Tante Sophia und Ari!«

Ari ist der Sohn meiner Schwester Sophia, die in Bonn lebt. Er heißt eigentlich Anton Heinrich. Seine Eltern nannten ihn aber Henri, das sie stets französisch aussprachen, woraus ein Ari wurde. Alexander hängt sehr an Ari und überredet mich, zurück nach Merhoffen zu gehen. Doch weder im Wirtschaftshof noch vor dem Herrenhaus steht eine Kutsche. Alexanders Besorgnis, Ari könnte etwas zugestoßen sein, ist ansteckend. Meine Gattin Felicitas ist am Vortag mit unserer neunjährigen Tochter nach Köln gefahren, obwohl die Wege unsicher sind. Krieg liegt in der Luft. König Ludwig XIV. von Frankreich, Herr des mächtigsten und glanzvollsten Hofes Europas will seinem Ruhm nun auch den militärischen Glorienschein hinzufügen. Mit Ludwig XIV. ist unser Kurfürst Maximilian Heinrich verbündet und unterstützte ihn tatkräftig im letzten Jahr die Republik der Niederlande anzugreifen. Nach dem verzweifelten Widerstand der völlig überraschten Holländer, die in ihrer Not die Deiche durchstachen, so dass viele der eingefallenen Franzosen jämmerlich ersoffen, verlagerte sich der Krieg ins Reich hinein. Seit Januar 1672 sichert die Residenzstadt Bonn eine französische Besatzung, die allerdings Feinde anzieht und das sind inzwischen neben Kaiser Leopold fast alle deutschen

Fürsten. Kurioserweise ist unsere Hauptstadt Köln kaisertreu und ein kaiserliches Regiment unter dem Marquis Grana schützt sie. Das Gerücht geht um, der Kurfürst wolle die freie Reichsstadt mit Hilfe der Franzosen gewaltsam in das Kurfürstentum eingliedern. Die Franzosen eroberten im Februar dieses Jahres Soest und Höxter wie zuvor schon Wesel, Rheinbergen, Emmerich und Rees. Was hindert sie daran, den Wunsch unseres Kurfürsten zu erfüllen und Köln anzugreifen? Nur ungern habe ich Felicitas und meine Tochter nordwärts ziehen lassen. Vielleicht sind sie zurückgekehrt und in Not geraten. Bevor ich mit meinem Sohn zur Landstraße laufe, lade ich eine Pistole, die ich seit letztem Jahr im Torturm versteckt habe.

Gleich hinter der Zufahrt zu Merhoffen macht die Straße eine Biegung. Dahinter liegt, vielleicht einen Musketenschuss entfernt, ein auf die Seite gekippter schwerer Reisewagen, glücklicherweise nicht Felicitas' Kalesche. Drei Männer in dunklen Mänteln stehen breitbeinig neben der Karosse, den Rücken uns zugewandt. Sie verdecken weitere Personen. Die drei Burschen machen mich stutzig. Sie stehen so frontal den anderen gegenüber, als gehörten sie nicht zu der Reisegruppe. Meinen Sohn mitziehend verstecke ich mich hinter Gebüsch. Einer der Burschen tritt zur Seite und gibt den Blick auf eine Dame und eine Jungfer frei. Mit der Pistole in der Hand könnte man mich für einen Freibeuter halten. Nach dem Unfall will ich den Leuten einen weiteren Schrecken ersparen.

»Bleib hier«, flüstere ich Alexander zu und lege die Waffe neben ihm nieder, die er gleich von sich wegschiebt.

Er weiß zwar, wie man feuert, war aber bisher zu ängstlich, das zu tun. Ich pirsche mich an die Reisenden heran. Die Frauen stehen wie Salzsäulen. Die Dame nestelt an ihrer Halskette herum und nimmt sie ab. Ich begreife, verstecke mich hinter einem Baum und ziehe den Degen.

»Merci, Madame, der liebe Gott wird's Euch lohnen. In der Bibel steht ja, wer zwei Perlenketten hat, gibt denen eine, die keine haben«, dankt einer der Männer für das Kleinod.

»Mir wär' der Siegelring angenehm«, fordert ein anderer.

Ein Herr streckt ihm seine Hand entgegen und der Kerl zieht ihm den Ring ab.

»Sehet, Gottes Brünnlein hat nicht nur Wasser die Fülle«, sagt der Bibelfeste mit dem 65. Psalm. Er deutet auf einen anderen Herrn: »Den Mantel mit der goldenen Schließe!«

Der Angesprochene zögert. Sofort richtet der Wegelagerer die Pistole auf die Dame und erhält das Gewünschte.

»Ja, sorgt Euch nicht um die Kleider! Ist nicht der Leib mehr wert als die Kleidung«, spottet der Halunke.

»Zum Henker, du kriegst noch deinen gerechten Lohn, verfluchter Schnapphahn!«, schimpft der Beraubte.

»Ha, den hab ich schon!« Der Strauchdieb hält den Mantel hoch und schwenkt ihn. Der dritte Gauner nähert sich der Dame. Er will sie wohl als Geisel nehmen. Jetzt muss ich handeln. Ein paar Schritte, ich packe den Burschen mit dem Mantel, halte ihm den Degen an die Gurgel und rufe: »Die Pistolen fort! Sonst schneid ich ihm die Kehl durch!«

Mein Opfer lässt die Waffe fallen, nicht die beiden anderen.

»Topp, stich ihn ab!«, sagt einer der Räuber und grinst.

Ich drücke die Klinge fester gegen den Hals meines Gefangenen, der einen Angstlaut von sich gibt.

»Gleich verreist der in eine andere Welt. Also, die Waffen nieder!«, drohe ich den Mann zur Seite zerrend, damit er seine Gefährten ansehen kann.

»Erbarmen, so helft doch!«, bettelt er seine Kumpane an.

Die Kerle sind hartleibig. Einer richtet die Pistole auf die Reisenden, der andere auf mich. Das habe ich nicht erwartet.

»Ein Schuss und von meiner Burg Merhoffen gleich hinter der Wegbiegung kommen meine Knechte! Einer lauert schon im Hinterhalt«, warne ich und hoffe, dass mein Sohn vielleicht doch einen Pistolenschuss abgibt.

Die beiden Wegelagerer wechseln Blicke, gehen rückwärts und einer ruft mir zu: »Behalt deinen Gefangenen!«

Im Nu ist erst der eine Halunke, dann der andere auf einem Pferd. Einer der Überfallenen hebt die Pistole auf, die mein Gefangener fallen ließ. Er schießt. Einem der Gauner fliegt der Hut vom Kopf. Durch den Knall müssen die Lumpen die Gäule nicht einmal mehr antreiben und galoppieren davon. Der Schütze dreht sich zu mir um und brüllt auf Italienisch: *»Ch'io faccia in pezzi, questo ladrone*!« Davon verstehe ich nur »in Stücke« und »Halunke«. Was das bedeutet, erfahre ich sofort. Die Pistole auf mich gerichtet kommt er heran, fasst die Waffe am Lauf, holt aus und schlägt das Griffstück meinem Gefangenen auf den Kopf, der in meinen Armen zusammensackt. Um ein Haar hätte meine Klinge ihm die Gurgel aufgeschlitzt. Ich lasse den Bewusstlosen zu Boden gleiten.

»Das verdanken wir dir!«, schreit der aufgebrachte Kavalier und zielt auf meine Brust; dann fällt ihm ein, dass die Waffe entladen ist und lässt sie sinken.

»Ja, der Herr kann mir danken, dass Er hier nicht nackend steht«, sage ich. »Sein Mantel ist sogar gerettet.«

»Bravo, dafür ist mein Pferd weg und das ist mehr wert als der Mantel!« Er schleudert die Pistole von sich.

Ein Kleinkind weint. Blut rinnt über das Gesicht des niedergeschlagenen Mannes. Ich knie neben ihm nieder und lege die Hand auf seine Brust. Der Atem ist schwach spürbar.

»Der ist hin«, sagt ein Mann, der wohl der Kutscher ist.

»Stellen wir die Kaross' auf, damit wir fortkommen! In dieser Burg Merhoff gibt's gewiss einige Knechte, die das zuweg bringen, ohne uns gleich ganz auszurauben!«, schlägt der jähzornige Kavalier mir im Befehlston vor.

»Ja, ich kann die Kutsche aufrichten lassen«, sage ich ruhig, »aber der Mann hier gibt wohl bald den Geist auf, von dir erschlagen, du Grobian! Und der arme Mensch liegt mir, weiß Gott, mehr am Herzen als deine Bequemlichkeit!«

»Pah, armer Mensch, dieser verfluchte Rappschnabel?« Er blickt den Verletzten wie einen stinkenden Kadaver an. »Der verdient Grausameres, als nur erschlagen zu werden.«

Ich schüttle den Kopf über diese barbarische Rede. Vielleicht habe ich die letzten Jahre zu abgeschieden gelebt und meine Zeit zu oft mit Büchern zugebracht, um die raue Wirklichkeit noch zu verstehen, in der solche Rohheiten üblich sind. Der vornehme Rüpel beordert den Kutscher, einen Diener und einen bisher stillen Herrn zu der Karosse, zieht seinen Rock aus und krempelt die Ärmel seines Hemdes auf. Alle folgen seinem Beispiel. Dabei bemerke ich, dass der linke Arm des schweigsamen Herrn ungewöhnlich dünn ist. Er schont sich aber nicht und stemmt sich mit dem Rücken gegen den Wagen, um mit den anderen die Kutsche in Schwingung zu bringen. Der Verletzte liegt immer noch reglos in meinen Armen. Ich wische das Blut weg. Die Wunde zieht sich vom Haaransatz bis zur Nasenwurzel. Wenn sie nicht zu tief ist, kann er überleben. Ich sehe mich um. Der Schuss hat Hennes, meinen Stallmeister, einen Knecht und den Pferdejungen angelockt. Hennes holt Alexander aus dem Gebüsch. Mein Sohn schreit, reißt sich los, rennt in Richtung Merhoffen. Die Wut kocht in mir hoch über die unnötige Flucht dieses verweichlichten Knaben.

»Wenn der Herr dem Galgenvogel hier endlich die letzte Ölung gäb und uns den Gefallen erwiese, die Kutsch hochzubringen, uns würd's freuen«, spricht mich der noble Rüpel erneut an.

»Meine Knechte werden helfen!«

»Er ist sich wohl zu fein auch Hand anzulegen?«

»In Gesellschaft eines ungehobelten Übeltäters, gewiss!«

»*Cane cattivo*, was erlaubst du dir!« Er beugt sich zu mir hinunter, packt mich am Hemd und schlägt mir ins Gesicht.

Das ist zu viel. Der Kerl kann nur wenige Jahre jünger als ich sein und sollte seine Flegeljahre hinter sich haben. Ich springe auf, ziehe den Degen. Flugs hat er auch den seinen in der Hand, den die Wegelager beiseite geworfen hatten.

»Nein! Nicht!« Der stille Herr mit dem dünnen Arm tritt zwischen uns. »Die Herren sollten sich nicht an die Kehl gehen, nachdem wir gerade so glücklich dem Raubgesindel entkommen sind.«

Da ich der Beleidigte bin, sieht er mich bittend an. »Mein Freund hier ist ein wenig hitzig«, fügt er hinzu.

»Wenn sich der feurige Kavalier entschuldigt, will ich sein ungebührliches Benehmen vergessen«, erwidere ich.

»Pah, ungebührliches Benehmen? Einen Marchese Obizzi ungehobelter Übeltäter zu nennen, das ist ungebührlich, sonst nichts!«, schimpft der Grobian, dem jede Entschuldigung wohl so nahe liegt wie die Erde der Sonne.

»Wegen der Dame und der Jungfer, bitt ich auf weiteres Blutvergießen zu verzichten«, besänftigt uns der Vermittler.

Der junge Mann kommt mir bekannt vor, aber die Gedanken schleichen zu träge durch mein Hirn, als dass sie mir eine Erinnerung eingeben könnten. Jedenfalls hat er Recht, nach der gerade überstandenen Leib- und Lebensgefahr sollte man sich nicht noch gegenseitig an die Gurgel gehen.

»Bereinigen wir es später!«, schlage ich meinem Kontrahenten vor, der seinen Degen senkt und nickt.

Meine Knechte kommen heran. Den Pferdejungen schicke ich zurück, damit er eine Leiter für den Verletzten holt, die beiden anderen nimmt Obizzi in Beschlag. Wie zu erwarten war, bringen aber auch die sechs Männer das Gefährt nicht auf die Räder. Mit Stangen, Seilen und Pferden wäre das keine allzu schwere Aufgabe. Das sieht nun auch Obizzi ein. Als der Junge und sogar mein Küchenmeister Melchior mit einer Leiter kommen, um den Verletzten wegzutragen, schlage ich den Reisenden vor, sich in Merhoffen zu erholen. Die Dame nimmt das Angebot freudig an. Obizzi will bei der Kutsche bleiben, aber auch die Frauen nicht alleine lassen und versucht die Dame durch überbesorgtes Reden zurückzuhalten. Schroff bittet sie ihn, ihr ein wenig Ruhe zu gönnen. Sie ist wohl von höherem Stand als er, denn der Raufbold schlägt Harfenklänge voller Liebenswürdigkeiten an, die schon etwas Kriecherisches haben. Die Jungfer nimmt das wimmernde Kind auf den Arm und folgt meinen Knechten, die den Verletzten auf der Leiter nach Merhoffen tragen. Die Dame schließt sich an.

Notgedrungen begleitet Obizzi seine Schutzbefohlenen. Der Kavalier mit dem schwachen Arm sucht auch nicht gerade meine Gesellschaft. Meine Einladung nach Merhoffen lehnt er höflich ab. Sein flüchtiges Lächeln demonstriert eher erzwungene Freundlichkeit als echtes Wohlwollen. Ich sehe mir die Karosse an. Der Kutscher kommt mir nach.

»Wenn sie wieder auf den Rädern steht, wird sie fein rollen!«, sage ich mehr zu mir als zu ihm.

»Nein«, widerspricht der Kutscher. »Seht, am hinteren Rad sind zwei Speichen angebrochen und wenn wir die Kaross aufstellen, wird's Rad ganz und gar zerbersten.«

Seine Voraussage könnte sich bewahrheiten. Der Kavalier, der sich den Schaden nun ebenfalls betrachtet, kommt wohl zum gleichen Ergebnis.

»Herr Jesus«, stöhnt er auf, »da hab ich der Marquise einen schlechten Dienst erwiesen, als ich die Abkürzung vorschlug.«

»Ach, das Rad stellen meine Knechte so wieder her, dass es bis Holland kullert«, versuche ich ihn zu trösten.

Himmel, woher kenne ich den sehnigen Mann mit dem lahmen Arm? Ein leichter Nieselregen geht nieder. Der Kutscher versichert, die Karosse aufs Beste zu bewachen und ermuntert den Kavalier ebenfalls zu gehen. Der aber setzt sich unter einen Baum und erwidert, hier von größerem Nutzen zu sein. So mache ich mich allein auf den Weg. Im Wirtschaftshof läuft mir mein Sohn entgegen. Schlechtgelaunt herrsche ich ihn an: »Warum bist du eben wie ein Has' davongelaufen?«

»Ich hatte Angst vor den Männern und dem Schießen!«

»Du bist ein Hosenscheißer!«

»Ja, Herr Papa«, sagt er so beschämt, dass ich auf weitere Zurechtweisungen verzichte.

Gemeinsam gehen wir an dem Ziehbrunnen vorbei zum Herrenhaus. Es ist ein zweistöckiger einfacher Backsteinbau, der im Vergleich zu den niedrigen Wirtschaftsgebäuden aus Fachwerk sich allerdings recht nobel ausnimmt. Der altertümliche Wehrturm auf der linken Seite des Hauses sollte schon seit Jahren abgerissen sein. Aber die Welt dreht sich schneller als Geld einkommt und so steht dieses baufällige Gemäuer aus alter Ritterzeit immer noch. Im Speisezimmer treffe ich auf meine ungeliebten Gäste. Obizzi steht am Fenster neben dem mannshohen Kamin aus schwarzem Stein und blickt in den Regen. Die Dame hat es sich in einem Armstuhl vor einem mageren Feuer gemütlich gemacht, während die Jungfer, das schlafende Kleinkind auf dem Schoß, am Tisch sitzt. Ein friedvolles Bild, obwohl kein Friede herrscht. Die Dame sieht mich freundlich an.

»Ich danke für die gütige Aufnahme, Herr von Merhoffen. Wir werden bald weiterfahren, um nicht weitere Unannehmlichkeiten und Unruh ins Haus zu bringen«, sagt sie leise.

»Nein, keine Eil! Gesellschaft ist für mich stets ein Gewinn und keine Last, Madame, sofern man mich nicht bedroht.«

Obizzi dreht sich langsam um und verschränkt die Arme.

»Ich bitt herzlich, die Hitzigkeit meines Begleiters zu entschuldigen«, bittet die Dame, »aber wir sind doch sehr ins Unglück gekommen. Da tut mancher Dinge, die er hernach bereut.«

Obizzis Miene drückt eher Rache als Reue aus. Auch ich habe die Ohrfeige nicht vergessen, bin aber bereit, ihm zu verzeihen, sofern er sich entschuldigt. Das ist allerdings eine hoffnungslose Hoffnung! Mein Diener Jost bringt Milch für das Kind, stellt Gläser sowie eine Karaffe Wein auf den Tisch. Brot, Schinken und Käse folgen – kein Fürstenmahl, aber ein stärkender Imbiss. Um Obizzi und mir das bissige Anschweigen zu ersparen, lasse ich meine Gäste alleine speisen und gehe zu dem Verletzten. Ich habe ihn in einer Kammer im Herrenhaus unterbringen lassen, zwar zu viel der Ehre für einen Strauchdieb, doch in den Wirtschaftsgebäuden hätte ich es seinen Kumpanen zu leicht gemacht, ihn zu befreien. Der Kerl ist weiterhin ohnmächtig, sein Gesicht bis zur Unkenntlichkeit blutverschmiert. Warum man den Menschen wie ein Stück Vieh abgeladen und noch nicht verbunden habe, will ich von meinem Diener Jost wissen, der mir gefolgt ist. Er verzieht schuldbewusst das Gesicht und macht eine Geste der Hilflosigkeit, die ich nicht recht zu deuten vermag. Ende des Dreißigjährigen Krieges haben ihm Soldaten den Großteil seiner Zunge abgeschnitten, deshalb ist er stumm. Ich weise ihn an, mir warmes Wasser, Branntwein und Verbandszeug zu bringen, damit ich das nachhole, was bisher alle versäumten. Entsetzt schüttelt er den Kopf und zeigt auf sich.

»Nein, ich verbinde ihn«, sage ich, »du hättest dies christliche Werk schon lange tun können. Nun mach ich's!«

Er deutet wieder auf sich und schlägt bittend die Hände zusammen, damit ich so niedrige Arbeit nicht verrichte. Doch ist mir dieses Zeichen des Erbarmens gegen die Grausamkeit der Welt, die nun auch in mein Haus eingedrungen ist, ein Bedürfnis. Die Küchenmagd bringt mir das Gewünschte.

»Mit Verlaub«, sagt die Magd, »der vornehme Gast verlangt dringlich nach Euch. Jost und ich verbinden den Mann gern.«

»Der Gast mag sich gedulden. Der hier wartet nun schon lang genug, dass sich jemand bequemt ihm beizustehen!«

»Herr, ich hab für die Gäst' den Imbiss bereitet«, sagt sie.

»Gut, so kümmere dich weiter um die Gäste. Geh!«

Vorsichtig wische ich angetrocknetes Blut von der Stirn und den Wangen des Verletzten. Es ist ein derbes junges Gesicht, zu jung, um schon mit Erde bedeckt zu werden. Hellbraune Locken umrahmen es und geben den männlichen Zügen etwas kindlich Zartes. Als ich die Wunde säubere, schlägt er die Augen auf. Sie sind bernsteinfarben. Sein Blick verirrt sich in der ungewohnten Umgebung. Er stöhnt.

»Noch immer bei der letzten Ölung?«, höre ich Obizzis Stimme hinter mir.

Breitbeinig steht er in der Tür. Ich wische die Hände an dem Lappen ab, den ich in die Waschschüssel gleiten lasse.

»Der Herr kann Gott danken, dass Er nicht zum Mörder geworden ist«, sage ich gelassen.

»Das Aas lebt noch?«

»In meinem Haus ist kein Aas!« Ich drehe ihm den Rücken zu und nehme das Verbandszeug zur Hand.

»Vergebung, ich wollt den Herrn nicht wieder erzürnen!« Diese kleinlauten Worte passen zu dem herrischen Menschen wie Hirsebrei auf eine Fürstentafel. Ich ignoriere ihn und verbinde zusammen mit Jost die Kopfwunde des Opfers. »Ich bitte um eine Unterredung«, fährt Obizzi fort, und da ich schweige, fügt er gereizt hinzu: »Soll ich noch einen Kniefall machen, damit mir die Ehr einer Antwort zuteil wird?«

»Ein Kniefall wär angemessen, aber nicht hier, sondern in der Kirche«, fauche ich ihn an, »in meinem Haus dulde ich keine Rüpelworte. Will der Herr fortan meine Gastfreundschaft in Anspruch nehmen, sollte Er einen gesitteten Ton gegenüber allen Leuten unter meinem Dach anschlagen.«

»Hier geht's wohl ein wenig klösterlich zu«, spottet er.

»Dagegen habe ich nichts einzuwenden!«

Ich stehe auf und bedeute ihm, mit mir zu kommen. Die Jagdkammer ist der beste Ort für eine ungestörte Unterredung, wobei ich hoffe, dass der Heißsporn nicht ein Jagdmesser vom Haken reißt, um es mir in den Leib zu rammen. Er ist kräftig, aber kleiner als ich. Sein italienischer Akzent gibt seiner Rede eine weich klingende Melodie, während sein grobschlächtiges Auftreten raumfüllend maskulin wirkt. Dennoch liegt in seiner Leidenschaftlichkeit etwas von der Unreife eines Kindes, das mit Radau aus seiner Kleinheit heraus will. Diese Unausgegorenheit seines Wesens nötigt mich, ihn trotz seiner unflätigen Worte nicht vor die Tür zu setzen, sondern mich wie ein Vater um ihn zu kümmern, obwohl er das dreißigste Lebensjahr schon erreicht haben müsste. Wir setzen uns an den Tisch, auf dem Ölflecke und verkohlte Pulverreste noch von der letzten Reinigung meines Waffenarsenals zeugen. Das stört den Marquis nicht. Seine Finger streichen sogar über das Holz, als gefiele ihm die Unsauberkeit.

»Monsieur, ich bitt all die Verdrießlichkeiten zu entschuldigen, die unser Missgeschick verursachte. Erst das Umwerfen der

Kaross, was noch glimpflich abging und dann kamen diese *furfanti*, die erst so artig taten, als wollten sie helfen, nur um uns im rechten Moment zu überrumpeln. Zum Henker mit ihnen! Und dem Kerl musst ich die Pistol über den Schädel schlagen, sonst wären alle hingemordet …«

»Halt, bleiben wir doch bei der lieben Wahrheit!«, schneide ich ihm das Wort ab, »der Mann war ohne Waffen und für niemanden eine Gefahr. Ich halt dem Herrn Marquis zugute, dass Er, gerade aus großem Schrecken befreit, die Umständ wohl verkannte.«

»*Bene*, so einen Puff hat der Schindhund verdient. Aber das ist nicht die Ursach, warum ich um ein Gespräch bat. Die Marquise ist erschöpft und es wär uns lieb, die Nacht hier Quartier nehmen zu dürfen, wenn's genehm ist?«

»Es ist mir eine Freude zu helfen. Die Marquise von … pardon, wie ist ihr Name?«

»Ja, da bitt ich um Verständnis, wenn der Name im Dunkeln bleibt. Madame reist inkognito und wenn wir auch sonst in Herbergen Marquise von A oder B angaben, so will sie jetzt den freundlichen Gastgeber in der Not ungern belügen.«

»Kurios!« Befremdet schüttle ich den Kopf. »Aber gut, wenn's der Wunsch von Madame ist.«

»Gewiss! Es wär' uns auch lieb, wenn unser Erscheinen hier und das Unglück nicht gar so an die große Glock gehängt würden. Wir wollen möglichst wenig Aufsehen erregen.«

»Hei, das ist ja eine ominöse Gesellschaft.«

»Mag sein!« Er lächelt verlegen. »Wir führen aber nichts Böses im Schild. Es geht um eine Erbschaft der Marquise im Bergischen. Einige Missgünstige wollen sie sogar gewaltsam daran hindern, ihre Ansprüch durchzusetzen. Daher sind wir in Eil und bitten um Diskretion.«

»Gut, von mir erfährt's keiner, allerdings steh ich für die Plappertaschen unter meinem Gesinde nicht ein.«

»Das Schwatzen so niederer Leut schert keinen. Ich danke für das Obdach und bitt, mich jetzt zu entschuldigen.«

Ich nicke; er verbeugt sich, bevor er gemessenen Schrittes die Jagdkammer verlässt. Seltsam, alles sehr seltsam! Das Einzige, was ich glaube, ist, dass Obizzi tatsächlich so heißt. In der Wut nannte er bestimmt seinen wahren Namen. Er macht ganz den Eindruck eines Soldaten. Die Erbschaftsgeschichte ist absonderlich. Wozu gibt es Advokaten? Und dann die Eile? Solche Streitigkeiten ziehen sich oft über Jahrzehnte hin und die wenigsten Gerichte haben Lust, solche Sachen zu forcieren. Nein, hinter dieser wunderlichen Geschichte steckt etwas anderes. Was es ist, überlasse ich aber meinen Gästen.

Da die Kutsche immer noch nicht im Hof steht, mache ich mich auf den Weg, um meine Knechte anzutreiben. Kaum bin ich zum Tor hinaus, sehe ich den Kavalier mit dem lahmen Arm die Landstraße hinuntergehen. Ich rufe ihn an, er dreht sich um und wartet auf mich. Während ich auf ihn zugehe, blickt er zu Boden, so als wolle er mich nicht sehen.

»Warum geht ein vornehmer Herr wie ein armer Wandergesell zu Fuß?«, frage ich ihn.

»Das wisst Ihr doch, mein Pferd ist gestohlen.«

»Gewiss, aber ein Pferd kann ich noch erübrigen.«

»Ich danke für die Freundlichkeit, aber so ist's mir lieber.«

»Bei meiner Seel, ich hab noch nie so seltsame Gäste gehabt, die bald jedes Hilfsangebot als Beleidigung auffassen.«

»Mit Verlaub, Ihr wisst wohl nicht, wer ich bin?«

»Nein!«

»Florian von Kolff!«, sagt er und schaut mich gespannt an.

Florentin! Sprachlos trete ich einen Schritt zurück. Alte Geschichten kommen mir blitzartig in den Sinn: Marisa, Florentins Schwester, die ich heiraten wollte, es aber nicht konnte, weil ihr Vater die Hochzeit so geschickt hintertrieb, dass sein jüngster Sohn Florentin dachte, ich hätte seine in mich verliebte Schwester im Stich gelassen. Er zwang mich zu einem Duell, dann lag er blutüberströmt vor mir, überlebte nur knapp und sein linker Arm ist seither halb gelähmt. Inzwischen hat er sich so verändert, dass ich ihn nicht wiedererkannte. Die strengen Linien zwischen Nase und Mund, die Augen, die tiefer in ihren Höhlen liegen als früher, die schmal gewordenen Lippen verwischen die einstige, für ihn so charakteristische Unbekümmertheit. Scharfe, eckige Züge haben die Frische verzehrt. Es fällt schwer, die richtigen Worte zu finden, sofern es sie überhaupt gibt, wenn man vor einem Mann steht, dessen Lebensfreude man vor 12 Jahren mit einem Degenstich zerstörte, der zugleich Ursache eines eisernen Hasses zwischen meinem Haus und unseren Nachbarn, den Kolffs, ist, mit denen uns früher eine enge Freundschaft verband.

»Florentin, vergib!«, bitte ich leise.

»Das hab ich schon seit Langem getan. Ja, wir sind die Einzigen, die wahrhaft wissen, wie's dazu kam. Aber keiner hört auf uns.« Er zuckt die Achseln: »Es liegt schon so lang zurück.«

»Hat jedoch bis heute seinen unseligen Effekt«, ergänze ich. Resignierend nickt er. Wir beide sind zu schwach, den tiefverwurzelten Hass zu überwinden. Florentins älterer Bruder Ernst von Kolff wird mich bis in alle Ewigkeit als widerwärtigen Rivalen sehen. Meine Heirat mit einer Kaufmannstochter brachte mich in eine gute kommerzielle Lage, was seinen Neid erregte. Gleichzeitig verachtet er mich, da ich unter meinem Stand eine Schönheit heiratete und – wie er meint – meinen Adel verkaufte, er hingegen eine hässliche, wenig begüterte Gräfin zur Frau nahm und ein wahrer Edelmann blieb. Seit Jahren bemüht er Himmel und Hölle, um mich in Verruf zu bringen. Jeder kennt inzwischen unsere Fehde, was mir insofern hilft, da man seinen marottenhaften Angriffen auf mich weniger Beachtung schenkt und mich in Ruhe mein zurückgezogenes Leben führen lässt. Florentin und ich verlieren darüber kein Wort. Ein Abschiedsgruß, dann läuft er stundenlang zu Fuß nach Hause, weil es die Familienehre so fordert.

Ohne Radbruch haben meine Knechte die Kutsche aufgestellt. Dennoch rollt sie erst am nächsten Tag zum Tor hinaus. Obizzi reitet ein Pferd, das er mir abkaufte. Er ist höchst verärgert. Bis zum Schluss suchte er ein versiegeltes Schreiben, das er jemanden überbringen soll. Mein gesamtes Gesinde verdächtigt er des Diebstahls, mich wohl eingeschlossen, obwohl selbst sein Geifermaul es nicht wagt, mir das ins Gesicht zu sagen.

Juni 1673

Die Verletzung des Wegelagerers, der die Reisenden auf gut biblisch ausrauben wollte, ist nicht so schwer, wie sie aussah. Trotzdem ist er lange matt oder genießt es, seine Zeit auf faule Weise zuzubringen, nachdem ich ihm versichert hatte, ihn nicht dem Henker auszuliefern. In meinen Augen hat er seine Untat bereits abgebüßt. Da Gott sein Leben bewahrte, sollen es ihm die Menschen nun auch nicht mehr nehmen. Er heißt Paul Schneegaß und kommt der Sprache nach aus *Oberdeutschland*. Obwohl weder ich noch die Überfallenen etwas von dem Gewaltstreich der Wegelagerer verlauten ließen, behandelt mein Gesinde den Mann, der für sie eigentlich nichts weiter als ein Unfallopfer sein kann, wie einen Aussätzigen. Wahrscheinlich hetzt mein Stallmeister Hennes bei jeder guten oder schlechten Gelegenheit gegen diesen »schelmischen Gesellen«, dessen Kleider und Manieren nicht vornehm genug sind, um ein ins Unglück geratener Edelmann zu sein. Die Leute von der Straße hält Hennes allesamt für liederliche Bettler, Diebe oder Mordbrenner. Ich hingegen führe die Tradition meines Vaters weiter, dessen Herz diesen Menschen gegenüber sanfter gestimmt war. Einigen von ihnen gab er sogar Arbeit und Brot. Einmal sagte er mir: »Man weiß nie, warum jemand in Armut gekommen ist. Oftmals sind die Leut von der Straß ihrem Herrn treuer ergeben und halten eher ihr Maul als das Gesinde aus dem nächsten Dorf.«

Schneegaß hatte mit Lauten- und Geigenspiel sein Brot verdient, bis eines bösen Tages seine Musikinstrumente abhandenkamen. Vom Betteln war der Weg kurz zur Fluchthilfe für Hühner und Gänse, die er so gern hatte, dass er sie sich einverleibte. Später verlegte er sich auf das Herauskitzeln mildtätiger Gaben, wie er seine Räubereien umschrieb. Er traf auf zwei Halunken, die dieses Handwerk professioneller betrieben und sein ewig hungriger Magen belehrte ihn, sich ihnen anzuschließen. Die umgestürzte Kutsche bot eine gute Gelegenheit, fette Beute zu machen. Mir in geradezu kindlicher Weise vertrauend erzählt er vieles aus seinem Lotterleben, das er so ausziert, dass seine Gaunereien als gottgefällige Liebestaten erscheinen. Dieser findige Bursche zieht auch meinen Sohn an, der die Geschichten von der Straße verlockender findet als die Lektionen seines *Präzeptors*. Der empörte Lehrer steht wieder einmal in meinem Schreibkabinett, weil er seinen Schüler nicht finden kann. Zu dem Schneegaß wolle er nicht gehen, das sei unter seiner Würde, wie es – mit Verlaub – auch unter der Würde eines wohlgeborenen jungen Herrn sei, sich mit Spielleuten abzugeben – ein sittenloses, ja fast ehrloses Völklein, das nicht mehr im Kopf habe, als mit dem Kling-Klang von auf Holz gespannten Schafsdärmen die Leute zum Müßiggang anzuregen. Ich solle endlich für Disziplin sorgen, er sei nun am Ende seiner Kraft und seines guten Willens. Halb klagend, halb tadelnd spricht der geplagte Mann, wobei er Vorwurfsvolles in gebotener Unterwürfigkeit vorbringt. Das nährt meinen Groll gegen meinen Sohn. Denkt der Bursche, seine Heimat heiße Schlaraffenland? Mit dem Präzeptor gehe ich zur Kammer des Schneegaß. Schon von Ferne höre ich Lachen – eine hohe und eine tiefe Stimme und dann – ja, dann folgen Lautenklänge, hoch und tief wie zuvor das Lachen. Die hohe Stimme beginnt fragend, als überlege sie, was zu tun sei. Ihr folgend teilt die tiefe sehr bestimmt und ruhig den Beschluss mit. Nach einer Wiederholung sind beide Stimmen gleichzeitig zu hören. Im satten Ton bewegt sich die untere Stimme auf die höhere zu, bis sich die Töne aneinander reiben und auf eine harmonische Auflösung hindrängen. Diese Reibung der Stimmen berührt mich schmerzlich-schön. Die Melodie schwingt sich weiter in die Höhe, die tiefere der höheren folgend, immer in diesem seelenspaltenden Wohlklang. Die Hand auf der Klinke höre ich zu. Gestikulierend fordert mich der Präzeptor zum Handeln auf. Ich lege den Zeigefinger an den Mund. Das traurige Moll gleitet in ein sich in Jubel auflösendes Dur, ich aber trauere der in die Seele schneidenden Moll-Tonfolge der Passacaglia nach.

»Nimm dir, was das Leben der Jugend beschert, denn dieses Füllhorn gibt nicht ewig«, »Spring und lach, von diesen Stunden gibt's immer zu wenig!« – Stimmen der Vergangenheit, die meines Vaters und die eines Lehrers. Ich lasse die Klinke los und drehe mich um. Der Präzeptor stöhnt auf und warnt: Es gehe nicht an, den jungen Herrn so zu verzärteln; bald habe er weder Saft noch Kraft für Studien.

August 1673

Die Ereignisse, die ich so ganz aus dem Erleben heraus schilderte – was ich auch im Folgenden so weiter tun werde, nicht allein um Vergangenes lebendig zu machen, sondern um den Nachgeborenen zu zeigen, wie vieles im anderen Anstrich wiederkehrt – nun, diese Geschehnisse waren nur der Auftakt mehrerer harter Monate. Immerhin schwand die Kriegsgefahr. Der katholische Kaiser Leopold zögert, sich gegen seinen raubgierigen, aber ebenso katholischen Verwandten in Paris auf die Seite der ketzerischen Niederländer zu schlagen. Er löste sogar sein Regiment in Köln unter Obrist Otto di Grana, Marchese del Carreto auf, damit dort ein von Schweden initiierter Friedenskongress stattfinden kann. Im Juni kamen Gesandte aus Schweden, Frankreich, England, Spanien, Kurköln, Münster sowie des Kaisers im Karmeliterkloster in Köln zusammen, um vor allem zwischen den Niederländern und Frankreich zu vermitteln. Meine Gemahlin Felicitas wird nicht müde, in ihren Briefen von Banketten, Bällen, Jagden und Komödien, die man für die hohen Herren anstelle, zu erzählen. Meine Bitten zurückzukommen, stoßen bei ihr auf taube Ohren. Sie sei nun ganz sicher, schwanger zu sein und wolle lieber bei erfahrenen

Hebammen, Doctores und Apothekern in Köln bleiben. Deshalb solle ich zu ihr kommen. Seit acht Jahren habe ich keinen Fuß mehr in diese Stadt gesetzt. Dass die Kölner mich 1665 gegen alles Recht verstoßend in den Turm warfen, verzeihe ich ihnen bis zu meinem seligen Ende nicht. Diese Krautkrämer, die nie ein Wort der Entschuldigung für diese schändliche Misshandlung fanden, mag der Teufel holen, wobei ich meinen Schwiegervater Herrn von Beywegh und meine beiden Schwager Arnold und Gerwin selbstredend ausnehme. So schreibe ich Felicitas, Köln weiterhin nicht betreten zu wollen. Dafür bringt sie wenig Verständnis auf. Sie meint, die meisten für mein Unrecht Verantwortlichen seien tot oder nicht mehr im Amt und einer Stadt könne man Bosheiten ebenso wenig vorwerfen wie einem Dachziegel Niedertracht, weil er einem auf den Kopf gefallen sei. Dieser Streitpunkt lässt sich nicht bereinigen.

Dem Kölner Friedenskongress hingegen wünsche ich von Herzensgrund Erfolg. Nur nicht überrannt, beraubt und erschlagen werden, das ist nach dem Dreißigjährigen Krieg das Credo unserer Zeit, obzwar die abenteuerlustige Jugend sich bereits wieder zum Soldatenleben verführen lässt. Leider hindert der Friedenskongress die Franzosen nicht, weitere Angriffskriege zu führen. Mitte August nahmen sie Colmar ein und belagern nun Trier, die Hauptstadt des kaisertreuen Kurfürsten Carl Caspar von der Leyen. Und der Kaiser? Er zeigt Frankreich immer noch nicht die Grenzen auf. Das beunruhigt mich. Obzwar Köln wegen des Kongresses auch gegenüber den Franzosen Immunität vor kriegerischen Gewalttaten besitzt, will ich nun dorthin reiten, um Felicitas zur Heimkehr zu bewegen. Mein Sohn soll mich begleiten, damit er auf andere Gedanken kommt, als sich in die Musik zu vergraben. Während der Fechtlektionen, die ich ihm gebe, ist er unwilliger als sonst und sein *Präzeptor* klagt bald jeden Tag über die Zerstreutheit seines Schülers, gegen die auch Schläge nicht mehr helfen. Letzte Woche verbot ich den Lautenunterricht bei Schneegaß. Da sich weder Schüler noch Musikmeister daran hielten, befahl ich Schneegaß sein Bündel zu schnüren und seiner Wege zu gehen. Der jedoch bettelte um Aufschub, es gäbe viel Arbeit im Hausgarten, was mein Küchenmeister Melchior, der auch den Garten beaufsichtigt, bestätigte und Schneegaß' Fleiß lobte. Eine Gnadenfrist von drei Wochen gewährte ich dem Musikus unter der Bedingung, sich von meinem Sohn fernzuhalten. Am nächsten Tag kommt mein Sohn nicht zur Fechtstunde, stattdessen spielt er in seiner Kammer selbstvergessen Tanzstücklein. Wütend gebe ich ihm Ohrfeigen. Prompt umschlingt er die Laute, um sie zu schützen und ruft immerzu: »Nicht, nicht! Sie geht sonst entzwei!«

Bisher habe ich ihn selten geohrfeigt, trotz des gängigen Gebots, wer seinen Sohn liebt, spart nicht mit der Rute. Ich hingegen verabscheue Gewalt insbesondere Schwachen gegenüber. Aber wie sonst kann ich ihm den richtigen Weg zeigen? Ich nehme ihm die Laute weg, gebe sie ihm aber nach drei Tagen zurück. Er darf sie behalten, sofern er nur noch einmal täglich kurz vor dem Nachtmahl spielt. Zu meiner Freude hält er sich daran. Doch nach einer Woche steht der *Präzeptor* wieder in meinem Kabinett, weil sein Schüler weder zur Mathematiklektion erschien noch überhaupt auffindbar ist. Er versichert, alle Räume im Haus abgesucht zu haben einschließlich des Stalls, in dem Schneegaß seit einiger Zeit haust. Ich schicke meine Knechte aus, um ihn zu suchen. Kaum sind sie weg, laufe ich selbst zur Landstraße. Sie ist menschenleer. Ausnehmend Schönes wie Hässliches haben die Magie, unseren Blick zu fesseln. Die Straße hat nichts von beidem, sondern ist gewöhnlich, über die Maßen gewöhnlich, dass selbst die Phantasievollsten nichts Besonderes an ihr entdecken könnten. Mich aber erschreckt der dunkle Fahrweg mit seiner wuchernden Grasnabe in der Mitte, obgleich er im herrlichsten Sonnenlicht liegt und Wiesenblumen ihn säumen. Zurück in meinem Kabinett fällt mein Blick auf den alten Holzstich der apokalyptischen Reiter über meinem Kabinettschränklein: der personifizierte Krieg, der klapperdürre Tod, die Pest und die Teuerung, den Hunger im Gepäck. Dieser unmodische Stich, der mir bereits in der Kindheit

Angst einjagte muss weg! Ein Gemälde, auf dem Kostbarkeiten, Blumen oder Nymphen zierlich dargestellt sind, ist ein anmutigerer Schmuck als dieses Schauerbild. Jost soll es gleich abnehmen! Ich läute, doch der sonst so aufmerksame Diener kommt nicht. Er ist noch auf der Suche nach meinem Sohn.

Wo bleiben sie alle?

Nicht die apokalyptischen Reiter, nicht die Landstraße peinigen meine Seele, es ist eine Unruhe, eine Unzufriedenheit, die mich bereits lange plagt. Vielleicht ließ ich die Dinge zu lange gehen, wie sie wollten, war zu nachgiebig. Und jetzt mache ich mich auf die Suche nach meinem Sohn. In seiner Kammer ist er immer noch nicht. Auf einen Blick erfasse ich aber sogleich etwas, was anderen gewiss entging, nämlich das, was nicht zu sehen ist: die Laute. Ich bin tief enttäuscht. Mein Sohn hintergeht mich und huldigt seiner Musikleidenschaft außerhalb Merhoffens, obwohl er alleine Haus und Hof nicht verlassen darf. Wer weiß, was der Bursche noch alles verheimlicht. Ich durchwühle seine Siebensachen in der Truhe. Zwischen Hemden finde ich Notenblätter. Ein zusammengefaltetes Papier fällt heraus – ein Brief, dessen Siegel gelöst und so zerbröckelt ist, dass man das Wappen nicht erkennen kann. Kostbares Papier! Ich lese:

»1673 *Aprilis* 19, *Wien*

Meinen Gruß, edelgeborener Herr,
die zuvorn mit dem Herrn deliberierte Sach soll ohne Eil und mit größter Vorsicht weiter verfolget werden, die Pestbeul mus abgeschnüret und ausgeschnitten werden. Im Vertrauen auf Eure Klugheit, die Ihr bereits in vortrefflich geleisteten Diensten gezeiget habt, verbleibe ich

Johann P. von H., s.s.«

Den Namen Johann schmücken energische Unterstreichungen. Darunter stehen Zahlen, also ein chiffrierter Text. Wie kommt ein Schreiben aus Wien über die Behandlung der Pest hierher? Mir fällt Obizzi ein, der einen Brief schmerzlich vermisste. Mein Sohn hat ihn gestohlen! Gott, das spanische Rohr ist da noch zu wenig für ein Vergehen, für das manche gehenkt werden. Wo ist er jetzt nur? Ich nehme Degen, Mantel und Hut und laufe zu dem Verschlag im Pferdestall, in dem Schneegaß sein Strohlager hat. Im spärlichen Licht, das durch die Stalltür fällt, sehe ich Schneegaß' alten Ranzen. Schritte! Gott sei gelobt, sie sind zurück! Hennes kommt mir entgegen und erschrickt, als ich ihn aus dem Halbdunkel anspreche.

»Hast du ihn gefunden?«

»Nein! Es ist mir herzlich leid, lieber Herr.«

»Verflucht, ihr Lumpenhunde, hier ist auch keiner von Nutz!« Ich dränge mich an ihm vorbei.

»Mit Verlaub!« Hennes hält mich am Ärmel fest. »Mit Verlaub, ich hab etwas gefunden – seine Laute!«

»Die Laute? Wo?«

»Am Holzweg, der von der Landstraß in den Großen Busch führt.«

»Auf, zeig mir die Stell!«

»Ja, aber die Laute ist in tausend Stücke zersprungen.«

Nur das Zaumzeug lasse ich meinem Pferd anlegen, dann jage ich den Rappen hinaus, während Hennes seinen Gaul sattelt. Vor dem Tor treffe ich auf die anderen Knechte, die den Weiher abgesucht haben, doch vergeblich, wie mir ihre Gesten zu verstehen geben. Ich galoppiere den Holzweg entlang bis zu seinem Ende. Die Laute ist nirgends. Das Pferd am Zügel laufe ich zurück. Und da finde ich sie! Unweit der Straße liegt sie auf der Wiese, der Hals gebrochen, die Saiten stehen wirr nach oben, ihre Decke ist gespalten. Im Handumdrehen ist das Instrument, das seit meiner Kindheit ein mir vertrauter Anblick war, zu einem unbrauchbaren Gemenge aus Holz und Darmsaiten geworden. Trauer über die sinnlose Zerstörung überlagert sogleich die Angst. Die so brutal vernichtete Laute zeigt, dass rohe Gewalt meinen Sohn fortgerissen hat. Er hätte alles getan, eine solche Barbarei zu verhindern und wenn er es nicht konnte, wäre er vor dem Übeltäter weg sofort nach Hause gelaufen. Ich sinke auf die Knie, greife nach dem Hals der Laute. Drei Saiten sind noch heil, an denen ich die kümmerlichen Reste zu mir ziehe. Die Rippen des Resonanzkörpers sind zersplittert, so als habe jemand das Instrument einem anderen auf den Schädel geschlagen. Hennes reitet heran und steigt ab.

»Was Neues?«, frage ich.

»Nein! Böses Zeichen!« Er deutet auf die Laute.

»Hast Du nicht gesehen, wie er damit zum Tor hinaus ist?«

»Der junge Herr?« Ich nicke und er senkt schuldbewusst den Kopf. »Heut nicht, aber die Tage zuvor war er draußen.«

»Verflucht, Hennes, wie konntest du ihn allein gehen lassen, wo doch jetzt genug Soldatengesindel auf der Straß ist!«

»Es war ja nicht weit. Nur zum Schneegaß in den Garten ist er gelaufen, der sollt ihm noch ein paar Griff auf der Laute zeigen. So hat er's mir gesagt!«

»Und weiter als in den Garten ist er nicht gegangen?«

»Einmal bin ich ihm nachgegangen. Da redete er mit dem Schneegaß. Er und dieser Tagedieb steckten doch dauernd zusammen.«

»Ha, just das hab ich ihm verboten.«

»Herr, das wusst ich nit!«

»Holla, du wusstest das nicht?« Ich springe auf, packe ihn am Hemd. »Du wusstest das sehr genau! Ich kann keinen Furz lassen, ohne dass darüber das ganze Haus sich's Maul zerreißt. Verdammt! Wenn Du nicht so ein alter Narr wärst, würd ich dich grün und blau schlagen. Sag jetzt alles! Alles! Es geht um Leben und Tod!«

Bei dem Wort Tod wird mir der Hals eng und Hennes stehen die Augen mit einem Mal voll Wasser. Er fällt auf die Knie.

»Ja, lieber Herr, ich bereu alles aufs Ärgste. Doch der junge Herr bestürmte mich so, als ging's um die Seligkeit, dass ich nicht das Herz hatte, ihm das abzuschlagen. Lasst mich nur gut durchklopfen, ich hab's wahrhaft verdient, ich Narr.«

»Weiß Gott, ich tät's, wenn es meinen Sohn zurückbringen würd! Aber jetzt hilf mir. Wo ist der Schneegaß?«

»Auch fort!«

»Was? Der vermaledeite Hurenhund hat ihn entführt?«

Hennes zuckt erst mit den Achseln, widerspricht dann aber redselig. Er glaube nicht, dass der Schneegaß den jungen Herrn auch nur ängstigen könne, zu freundlich sei er mit ihm umgegangen, zu sehr habe er den Knaben geachtet. Während Hennes plappert, gehe ich zu meinem Pferd.

»Herr, Ihr wisst, ich mag diese losen Bettler, Landläufer und Hausierer viel weniger wie Ihr. Aber der Schneegaß war nit so übel und erzählte viel aus der Bibel.«

Oh ja, mit Bibelversen auf den Lippen ging er rauben, warum sollte er nicht auch ein Kind entführen?

»Der Kerl ist mit meinem Sohn ohn' Adieu auf und davon, was soll ich anderes denken, als dass er ihn als Geisel nahm?«, sage ich.

»Ja, vielleicht? Vielleicht waren's auch andere und er selbst ist gleich mit entführt worden! Seht da, da gehen zwei Spuren durchs hohe Gras zur Laute!«

Ich kneife die Augen zusammen. Gegen das Licht sehe ich das niedergetretene Gras – Fährten, die parallel von der Landstraße quer über die Wiese zur Laute führen. Es sind frische Spuren. Jetzt nur keine Zeit verlieren, um die Galgenbrüder noch zu erschnappen. Auf der Landstraße finde ich Haufen frischer Pferdeäpfel und von dort aus führen die Spuren im Gras zu dem Ort, wo die Laute liegt. Im Boden sind die Abdrücke mehrerer Pferde gut sichtbar. Die Reiter sind die Straße in der Richtung wieder zurückgeritten, aus der sie kamen. Eindeutig eine Entführung! Ich treibe mein Pferd an.

»Halt, nicht allein hinter den Rabenäsern her!«, ruft Hennes.

Ich kümmere mich nicht darum. Er bleibt mir aber auf den Fersen und fleht mich an, nur mit meinen Knechten zusammen die Missetäter zu verfolgen. Jede Verzögerung bedeutet jedoch Vorsprung für die Entführer und bis zur Dunkelheit sind es nur noch vier Stunden. Ich kann nicht warten. Wir tauschen die Pferde, denn Hennes hat seinen Braunen gesattelt und noch eine Reiterpistole, Kugeln und Pulver eingesteckt. Er will mit den anderen mir nachkommen. Im Trab reite ich die Straße entlang. Schneller geht es nicht, um die Spuren im Auge zu behalten. Mit vielleicht vier Reitern, aber ein oder zwei Geiseln war es geraten, abseits der Straße sein Heil zu suchen, was lichtscheues Gesindel ohnehin gern tut. Nach einer Meile scheint mir, als wären weniger frische Spuren vorhanden. Ich steige ab und laufe zurück. Tatsächlich, nach zweihundert Schritten vermehren sich die Huftritte wieder. Sie sind so schlau gewesen, nicht im Pulk die Straße zu verlassen. Ein Teil der Gesellschaft hat mit meinem Sohn ihren Weg in ein steiniges, trockenes Gelände genommen, während die anderen mögliche Verfolger ablenken sollten. Eingetretene Gräser, verrutschte Steine und Hufabdrucke ziehen mich lange vollkommen in ihren Bann, bis ich in den Wald gelange. Dort durchpflügten die Pferde das Laub und kehrten die feuchten modrigen Blätter nach oben. Diese Fährte ist wieder so leicht erkennbar, dass ich reiten kann. In einem Moment nüchterner Überlegung kommt es mir vor, wie ein Irrer Hirngespinsten nachzujagen, doch mehr als die Hufspuren habe ich nicht. Irgendwann vereinigen sie sich mit zwei anderen Fährten. Ich pfeife durch die Zähne. Nach den Zweifeln schenkt mir dieser kleine Erfolg schon ein fast rauschhaftes Glück und eine, eigentlich immer noch illusorische, Gewissheit, auf der richtigen Spur zu sein. Ich sporne den Braunen an. Sobald die Blätter trocken werden oder ein Regen alles durchfeuchtet, kann der kostbare Wegweiser aufgewühlten Laubes wie eine Sternschnuppe verschwinden. Jetzt sehe ich die Furchen noch klar vor mir, das feuchte sattfarbene Braun gegen das hellere trockene der Millionen Blätter, die den Boden bedecken. So reite ich ohne zu wissen wohin. In meiner Vorstellung gehen die Spuren nach Süden – nach Koblenz, zumindest in das Gebiet Kurtriers. Die Fährte endet an einer Straße. Auf der anderen Seite liegt eine Wiese, über die eine Schafherde gezogen ist. Überall kurzes

Gras. Der Weg ist zertrampelt und mit den Hinterlassenschaften der Tiere übersät. In der Ferne höre ich das Horn des Hirten und das leise »Bäh, bäh« der Schafe. Mein Pferd tut sich an dem Gras gütlich, das die gierigen Tiere übersehen haben. Da ich annehme, dass sich die Galgenbrüder bald wieder in die Büsche geschlagen haben, suche ich rechts und links vom Weg nach Pferdespuren. Die Straße führt durch Gehölz und gleich am Anfang geht eine Fährte in einen Niederwald hinein, ein Zeichen, dass ein Dorf in der Nähe ist, dessen Bewohner sich hier mit Brennholz versorgen. Mir ist unwohl, mich weiter in unbekanntes Terrain locken zu lassen. Doch da liegt die vertraute dunkle, vom Untergang bedrohte Bahn – der Stock des Blinden im Irrgarten hoher Bäume und wenn ich ihn aus der Hand lege, waren alle Mühen vergebens.

Wieder reite ich der dunklen Linie nach. Durch raschelndes Laub trottet mein Gaul immer tiefer in den Wald. Oft halte ich an, horche, ob Hufschlag oder Menschenstimmen zu hören sind. Nichts! Allmählich verschwimmen die Konturen meines Wegweisers. Das Licht ist zu schwach, um noch Feinheiten des Bodens deutlich zu machen. Ich laufe, dennoch werden die Spuren matter, bald ahne ich sie nur noch. Mein müder Leib und meine erschöpfte Seele, die in kurzer Zeit alle Niederungen und Höhen durchlitten haben, denen ein Mensch im Laufe eines Jahres ausgesetzt sein mag, lassen mich jetzt an meinem Vorhaben zweifeln. Ich bleibe stehen. Nur das Schnauben meines Pferdes ist zu hören. Unendlich hoch über mir blitzt Dämmerlicht durch hunderttausend schwarze Blätter. Ich lehne mich an eine Buche, rutsche mit dem Rücken den glatten Stamm entlang zu Boden. Alle Vernunft spricht für ein Aufgeben, wogegen mein auf Verfolgung ausgerichtetes Innerstes rebelliert. So bleibe ich sitzen, bis mir die Nacht die Entscheidung abnimmt. Es hat keinen Zweck, blind durch den Wald zu irren. Ich raffe mich auf, binde mein Pferd fest und wickle mich in meinen Mantel. Hennes und die Knechte sind gewiss nur die Straße entlang geritten. Abermals schnürt mir der Schmerz über meinen verschwundenen Sohn die Kehle zu. In meinem verwirrten Hirn wandern die Gedanken um Weitersuche, Aufgabe und Trauer im Kreis herum und verweigern hartnäckig das Schmieden irgendeines Planes. Mein Nachtgebet spreche ich in der Hoffnung, Gott werde mir morgen den Weg zu meinem Sohn zeigen. Die Augen fallen mir zu. Nach einer Weile – lang oder kurz, ich weiß es nicht – weckt mich ein Laut. Der Braune wiehert. Ist es das Zauberlicht des Mondes, das selbst in tiefster Nacht die Tiere nicht schlafen lässt? Das kalte Licht formt schwarze Schatten. Die Frostigkeit und die Geräusche des nächtlichen Waldes lassen mich das Ausgeliefertsein in die Hände böser Mächte spüren.

»Maria, heilige Muttergottes hilf!«, sage ich laut.

Meine Stimme ist etwas Irdisches, das die böse Magie der unsichtbaren Höllenkräfte der Nacht stört. Doch der Wald, in dem vom Wind bewegte Schatten um mich tanzen, Blätterrascheln zum Rauschen wird, gibt mir keine Ruhe. Wieder schnaubt und wiehert mein Gaul. Ich lausche, versuche mit den Augen die Finsternis zu durchdringen. Nein, es ist nichts zu hören oder zu sehen, nur der verfluchte Klepper nimmt etwas wahr. Ich erhebe mich. Nach einigen Schritten glaube ich zu wissen, was den Braunen ängstigt. Rauch! Nur ein Hauch, so fein, dass ich ihn sofort wieder verliere. Wie ein Hund wittere ich in alle Himmelsrichtungen, laufe hierhin und dorthin, bis ich den zarten Duft wiederfinde und die Richtung, aus der er kommt, bestimmen kann, in die ich vorsichtig Fuß vor Fuß setzend gehe. Der Rauch wird stärker, riecht wie das Herdfeuer eines Hauses. Ein Glücksgefühl steigt in mir auf. Das Versteck des Raubgesindels muss in der Nähe sein! So gut es geht bemühe ich mich, das Knacken alter Äste und Laubgeraschel zu vermeiden. Die Kerle schlafen gewiss wohlig. Vielleicht gönnt sich auch ihre Schildwach ein Nickerchen. Der Brandgeruch ist inzwischen so stark, dass das Wachfeuer zu sehen sein müsste. Mir fällt ein, dass ich die Pistole zurückgelassen habe. Einerlei! Ich bleibe stehen. Stochern und Kratzen sind zu hören. Der Waldboden ist hier wie leer gefegt – kein Laub, keine Äste. So kann ich mich unbemerkt heranpirschen. Im Mondlicht wird hinter Gebüsch ein Hausgiebel sichtbar. Es ist eine ärmliche Kate, nicht mit Stroh, sondern nur mit Zweigen und Moos gedeckt. Jemand stöhnt. Ich schleiche an die Ecke des Hauses und sehe einen Mann mit einer Lanze und einer Laterne auf und ab gehen – die Schildwache der Schindhunde. Ein paar Schritte. Ich packe den Kerl, halte den Degen an seine Kehle und flüstere ihm ins Ohr: »Keinen Laut, sonst bist du tot! Den Spieß weg!«

Er lässt den Spieß fallen. Ich frage ihn nach meinem Sohn. Da er schweigt, frage ich ein zweites Mal schärfer.

»Was willst du, keinen Laut oder Antwort?«, brummelt er.

»Antwort!«

»Hier sind nur mein Weib und mein Knecht.«

»Was machst du hier mitten in der Nacht?«

»Närrische Frag! Mein Tagwerk muss ich, Gott erbarm's, auch nachts tun. Und mir gefällt's übel, wenn mir dabei noch einer auflauert und mir die Gurgel aufschlitzen will.«

Nach dem ersten Schrecken ist er erstaunlich gelassen. Langsam hebt er einen Arm und deutet auf einen mannshohen Haufen, der im Mondlicht in seiner Künstlichkeit auf mich wie ein schlafender Drachen wirkt. Der Berg ist ein Meiler, in dem unter der Erd-, Laub- und Moosschicht allmählich Äste und Baumstämme zu Holzkohle verglimmen. Nicht das Raubgesindel, einen Kohlenbrenner habe ich angefallen. Ich gebe den Mann frei und entschuldige mich. Wortlos geht er mit seiner Laterne zum Meiler. Mit einer Stange, deren oberer Teil mit Metall ummantelt ist, sticht er in den Berg hinein, dreht den Stab mehrmals hin und her, bis Qualm austritt, den er betrachtet. Dann geht er weiter und bohrt an anderer Stelle ein Loch, ein anderes verschließt er wieder mit Erde. Das waren die Geräusche, die ich vorhin hörte. Gleichmütig verrichtet er die Arbeit. Danach geht er achtlos an mir vorüber, setzt sich auf eine Bank, die an der Hauswand steht. Seinem Knecht vertraut er die nächtliche Feuerwache wohl nicht an, denn wenn er nicht für ausreichend Luft sorgt, erstickt der Brand und die Arbeit vieler Tage wäre verdorben. Bei zu vielen Luftlöchern kann der Meiler durchgehen, also in Flammen aufgehen, was lebensgefährlich ist. Ich bitte ihn um Obdach. Wortlos führt er mich in einen Verschlag, in dem Kohlesäcke lagern. Dort schnarcht sein Knecht in eine Decke gewickelt auf einem Lager aus Reisig, Laub und Moos. Nebenan befindet sich ein zweites Bett dieser Art. So dürftig es ist, im Vergleich zum Waldboden ist es allemal angenehmer. Mein Schlaf ist tief. Ich höre nicht das Vogelgezwitscher in der Morgendämmerung, nicht, wie der Knecht aufsteht und selbst das frühe Morgenlicht, das durch die offene Tür fällt, ist zu schwach, mich aus meiner Betäubung zu lösen. Ein Traum von einem Berg, in dem mein Sohn gefangen ist, drängt mich in die Wirklichkeit. Ich muss fort! Erst draußen erfasse ich, dass mein Ross irgendwo im Wald angebunden steht. An die Richtung, aus der ich in der Nacht kam, erinnere ich mich noch. Doch dann – nur noch riesenhafte Stämme überall. Verzweifelt suche nach meinem Reittier. Vielleicht hatte es Durst und ist auf und davon. Mir selbst liegt die Zunge wie ein welkes Blatt im Mund. Nach langem Hin- und Herrennen muss ich mich mit dem Verlust des Braunen abfinden. Mutlos gehe ich zurück zur Köhlerhütte. Am Kohlenmeiler ist niemand, aber auf der Bank vor der Hütte sitzt eine Frau und stillt ein Kind. Argwöhnisch beobachtet sie jeden meiner Schritte. Ich grüße und bitte sie, mir etwas zu trinken zu geben. Bestürzt sieht sie mich an.

»Ich bitte um einen Schluck Wasser!«, sage ich.

Wortlos bettet sie das Kind in einen Weidenkorb, geht in die Hütte und bringt mir einen Krug Wasser, den ich leere, während sie Wolle spinnt. Ihre gleichgültig kalte Art hält mich auf Abstand. Als ich ihr den Krug mit knappen Dankesworten zurückreiche, sieht sie mir in die Augen – ein mädchenhaft offener Blick, bevor ihn wieder misstrauische Scheu überdeckt. Sie ist jung. Sorgenfalten und ihre Magerkeit geben ihr aber ein altes Aussehen. Ich sage Freundliches über ihr Kind.

»Es ist ein Mädgen«, erwidert sie, »Gott helf, dass es den Winter übersteht.«

»Ja, man muss nur fest auf seinen Beistand vertrauen, auch wenn der Kummer einen fast ganz zerfressen hat. Mir haben ruchlose Halunken mein Söhnlein entführt und seit gestern suche ich es.« Ich stocke und hoffe, sie würde mir von Reitern erzählen, die gestern hier vorbeigekommen sind, doch sie schweigt, sieht dumpf vor sich hin. So rede ich weiter: »Zu allem Übel ist mir nun auch mein Pferd entlaufen und jetzt bin ich ganz am Boden!«

»Ja, ich weiß, wie elend man ist, wenn einem ein Kind genommen wird«, murmelt sie mehr zu sich selbst als zu mir.

Die Hüttentür geht auf. Der Köhler streckt den Kopf hinaus.

»Weib, was sitzt du herum und schwatzt, als gäb's keine Arbeit nit! Verflucht, wo ist der Hans, der Nichtsnutz? Der soll doch den Meiler hüten«, herrscht er seine Frau an.

»Er ist im Wald, wie du's ihm gesagt hast.«

Er macht eine unwillige Handbewegung, will sich wieder zurückziehen, da sieht er mich und kommt auf mich zu.

»Womit kann ich dem Herrn dienen?«, fragt er schroff.

»Sind hier gestern Reiter vorbeigekommen?«

»Nee, gestern war keiner hier – sagt ich auch schon!«

»Das ist die Wahrheit?« Er nickt, trotzdem frage ich: »Ein paar Schindhunde haben meinen Sohn entführt und die Spur führt hierher. Schwörst du's bei deiner Seel, dass gestern keine Männer mit einem Knaben hier waren?«

»Verflucht, nur weil ich ein arm' Köhler bin, muss ich mich nit mit Galgenschwengeln zusammentun.«

Er will zu seinem Meiler gehen, doch ich packe ihn am Arm.

»Die Antwort ist mir nicht genug! Wo ist mein Sohn?«

»Schau in meiner Hütt' nach oder da im Meiler, dort wird er nur nit lang überdauert haben.«

Diese rohe Auskunft ist zu viel! Ich schlage in sein mit Brandnarben gesprenkeltes Gesicht, sofort packt er mich am Hals. Mit einem Fausthieb befreie ich mich. Ein Puff in meinem Magen nimmt mir den Atem. Wie entfesselt drischt er auf mich ein. Ein Fußtritt trifft mein Gesicht, ein zweiter die Rippen. Er ist bärenstark. Ich nehme Anlauf, packe ihn und reiße ihn mit aller Kraft zu Boden. Rittlings auf ihm sitzend erwische seine Arme, die ich fest niederdrücke, so fest, dass mein Griff selbst seinen aufwallenden Wutanfällen widersteht.

»Ich bitt um Verzeihung wegen der Ohrfeige. Die rohen Worte konnt ich nur nicht ertragen«, stammle ich.

Verwundert schüttelt er den Kopf. In seiner Welt hat der Stärkere Recht, so muss ihm meine Abbitte völlig widersinnig erscheinen. Ich stehe auf. Blut rinnt mir aus einer Wunde über der Braue ins Auge, sonst aber bin ich mit einigen blauen Flecken davongekommen. Mein Gegner verschwindet in der Hütte und schmeißt die Tür zu. Sein Weib hockt reglos auf der Bank. Ihr Kind schreit, sie nimmt es auf, wiegt es und singt ein Lied – monoton, fernab von dieser Welt, für die sie offenbar jedes Gefühl verloren hat. Der Knecht kehrt zurück, einen toten Hasen in der Hand, den er vor mir zu verbergen sucht. Schnurstracks verschwindet er hinter der Hütte. Ein Köhler hat kein Waidrecht, aber was kümmern mich die Wilddiebe?

Von der Hütte geht ein Weg ab, der wohl in eine Straße mündet. Ich laufe ein Stück, aber ein Gefühl, etwas vergessen zu haben, treibt mich wieder zurück. Der Knecht hat den Hasen mit den Hinterläufen an die Hüttenwand gehängt und zieht ihm das Fell ab. Danach geht er zum Mailer. Das Köhlerweib kommt. Den Korb mit ihrem Kind stellt sie ab. Sie schneidet das Tier auf und zieht die Eingeweide heraus. So geschickt, wie sie den Hasen ausnimmt, macht sie das nicht zum ersten Mal. Die Innereien wirft sie in eine Schüssel, in die das Blut tropft. Das Kind wimmert. Ich knie neben dem Säugling nieder, streichle behutsam mit zwei Fingern über seine Händchen. Sofort steht die Mutter neben mir. Aus den Augenwinkeln sehe ich ihren schmutzigen Rock.

»Sie wird einmal ein feines Mädgen!«, sage ich, zu ihr aufschauend – wieder kommt Leben in das leere Gesicht.

»Ja, Gott geb's!« Sie wendet sich wieder ihrer Arbeit zu.

»Kannst du mir sagen, wohin der Weg da führt?«

»Zur Landstraß nach Pech und zum Brückenhof.«

»Ja, Pech ist der richtige Ort für mich.«

Sie nimmt den Hasen ab, legt ihn auf einen Hackklotz, schlägt den Kopf glatt ab, wirft ihn in die Schüssel.

»Wilddiebe werden mit dem Tod bestraft«, sage ich leise.

»Ein feiner Dank für unsere Gastfreundschaft! Nur zu! Für uns ist die Todesstraf barmherziger wie's Verhungern!«

Ein zorniger Blick, dann nimmt sie die Schüssel und geht in die Hütte. Zu viel Zeit habe ich hier schon vertrödelt. Ich muss fort. Der Weg ist holprig – immerhin mehr als eine Fährte, die meine Augen angestrengt verfolgen müssten. Allerdings ist mir mein gestriges Ziel verloren gegangen. In den nächsten Tagen gibt es nichts mehr zu gewinnen. Ohne Pferd, ohne Geld und allein kann ich die Lumpenhunde nicht erwischen. Hinter mir höre ich Schritte. Ich bleibe stehen. Den Rock gerafft rennt mir das Köhlerweib nach. Sie kommt mir nah, ungewöhnlich nah.

»Gestern waren Reiter mit einem Knaben da«, wispert sie.

»Ja? Und warum hast du mir das nicht gleich gesagt?«

Sie legt den Finger an den Mund: »Mein Mann schlägt mich tot, wenn ich was sag. Aber es ist Unrecht.«

»Weib, was ist geschehen?«

»Ja, aber sagt's niemand nit weiter, auch die Sach mit dem Hasen nit. Versprecht's bei Eurer Seel!«

»Ich versprech's bei meiner Ehr und Seel, sofern du mir keine Lügen auftischst.«

»Danke!« Ein kleines Lächeln gönnt sie mir.

Der Wilddiebstahl war wohl der Anstoß gewesen, mir nachzulaufen. Die Worte überstürzend erzählt sie von vier Reitern, die nach ihrer Beschreibung meinen Sohn in ihrer Gewalt hatten. Der Anführer trug grüne Hosen und wurde Jäger genannt. Einen rothaarigen sommersprossigen Burschen rief er Johann oder Dummerjan. Alle drei Männer waren dem Jäger gegenüber sehr ehrerbietig. Nur als das Kind einen Fluchtversuch unternahm und der Jäger es mit Schlägen traktierte, dass ihm »der rote Saft übers

Gesicht« lief, ging einer der Begleiter dazwischen. Der Helfer habe auch einige Maulschellen einstecken müssen, sagt sie. Danach sei der Knabe zwar arg zerschunden, doch sonst heil gewesen, versichert sie mir. Die ungebetenen Gäste habe sie gezwungenermaßen bewirtet.

»Ach, und jetzt ist kein Krümel Brot mehr da und wir sind gottfroh über den Has.« In der Ferne hören wir den Köhler nach ihr rufen. »Die sind zum Brückenhof, geht bis zur Landstraß und dann nach rechts. Da ist auch eine Schmiede«, raunt sie mir zu, bevor sie davoneilt.

Wieder ein Ziel vor Augen – den Brückenhof – ist mein Geist quicklebendig, tanzt mit glückverheißenden Gedankensprüngen und spornt die bleiernen Beine an. Wenn die Halunken sich dort gestern toll und voll gesoffen haben, kann ich meinen Sohn vielleicht befreien. Der Mann, der ihn schützte, war zweifellos Schneegaß. Ob er Entführer oder selbst Geisel war, konnte ich den mageren Sätzen des Köhlerweibs nicht entnehmen. Die zertrümmerte Laute, sein zurückgelassener Ranzen und der liebevolle Umgang mit meinem Sohn sprechen eher dafür, dass er gleichfalls entführt wurde. Der Kohlenbrenner steckt mit den Kerlen wohl unter einer Decke. Solche Leute machen sich oft mit Gesindel gemein, wenn man dem Sprichwort glaubt: Gleich und gleich gesellt sich gern, sprach der Teufel zum Köhler.

Die Sonne hat ein Viertel ihres Wegs zum Zenit zurückgelegt, als ich die Landstraße erreiche. Inmitten eines abgeernteten Feldes und einer Viehweide liegt ein Gehöft gut zwei Steinwürfe vom Fahrweg entfernt – der Brückenhof. Im Vergleich zu meiner vorherigen Herberge ist es ein nobles Anwesen, nicht üppig, doch Mutter Not und Tochter Sorge haben hier kaum ihre Wohnstätte. Drei Pferde stehen davor. Nur eines ist gesattelt. Vor der Schmiede, die unter dem gleichen Dach wie das Wohnhaus untergebracht ist, hält ein Mann einen Schimmel am Zügel, der wohl beschlagen werden soll. Ob der Kerl unter seinem breitkrempigen Hut rote Haare hat wie der Dummerjan, kann ich nicht erkennen.

Unbemerkt komme ich an den Hof nicht heran. Zwar in Reitkleidung, aber ohne Pferd eine Schmiede aufzusuchen, kann die Galgenvögel misstrauisch machen. Kurzentschlossen reiße ich den Schorf von meiner Wunde über der Braue, dann eile ich rufend und mich mehrmals umblickend, als verfolge mich jemand, die Landstraße hinunter, bis zur Abzweigung, die zum Hof führt. Der Pferdeknecht nimmt mich sofort wahr. Ich bleibe stehen, sehe zum Haus, schlage mir auf die Brust, schaue zum Himmel, als wäre ich froh, nun in Sicherheit zu sein und gehe geschwind auf die Schmiede zu. Mein Herz jubelt. Der Kerl hat rote Haare!

»Ich bin überfallen worden und beraubt, mein Ross ist fort!«, rufe ich in das Gebell des Hofhunds hinein.

Er stiert mich an wie einen fünfbeinigen Gaul, wird aber sogleich vom Schmied zur Ordnung gerufen, der das Hufeisen anbringen will, wobei der Pferdejunge den Fuß des Tieres halten soll. Der Hengst ist nicht angebunden. Kurzerhand nehme ich das Halfter, der Kerl begreift und unterstützt den Schmied. Das heiße Eisen auf dem Huf zischt und dampft. Der Schimmel wirft den Kopf und wiehert. Ich streichle ihn, gedehnte Worte murmelnd, wobei mir Gedanken kommen, die eher einem Pferdedieb Ehre gemacht hätten als einem Edelmann. Doch Not kennt kein Gebot. Kaum sitzt der letzte Nagel im Huf, ist der Rothaarige wieder an meiner Seite.

Ich gehe in die Schmiede, wo das nächste Eisen im Feuer ist. Ein bulliger Mann lässt mit dem Blasebalg die Kohlenglut rot aufleuchten. Ohne aufzuschauen schimpft er, woher ich jetzt erst käme und will mir den Blasebalg in die Hand drücken, der zu Boden fällt. Er sieht auf. Auf seiner Stirn ist eine tiefe Narbe, die nahe der rechten Augenbraue senkrecht bis zur Nasenwurzel verläuft. Seltsamerweise gibt sie ihm keinen zornigen, sondern einen ängstlichen Ausdruck, was zu diesem kraftstrotzenden Mann nicht passt.

»Wo kommt Ihr denn her?«, fragt er verwundert, »ich dacht, mein fauler Sohn hätt' sich an seine Pflichten erinnert!«

Er legt das Eisen auf den Amboss und hämmert es in Form. Ich nehme den Blasebalg, fache die Kohlen an und sehe zu, wie er das Metall zum Glühen bringt. Ruhig sekundiere ich bei seiner Arbeit, obwohl mich alles dazu drängt, ins Haus zu laufen, um mit Alexander zu fliehen, weit weg von dieser rauchschwarzen Schmiede, zurück in die Zeit eines nicht erkannten Glückes. Jeder Hammerschlag dient indessen dazu, den Entführern zu helfen, bald auf ihren Pferden fortzukommen. Als der Schimmel beschlagen ist, erzähle ich dem Schmied die Geschichte des Überfalls. Er ist harthörig, und ich muss mich wiederholen.

Schließlich packt mich die Ungeduld und ich frage geradeheraus: »Ich suche einen Knaben, der mit vier Reitern unterwegs ist. Haben die hier Obdach gefunden?«

Seine ängstliche Miene vertieft sich.

»Nein!«, erwidert er gedehnt.

»Aber wo sind die Reiter der drei Rosse?«

»Was geht's Euch an?« Er dreht sich um und läuft hinaus.

Die Unhöflichkeit ist verständlich. Ein wahrer Herr hilft nicht beim Beschlagen eines Pferdes und ist zudem stets in Begleitung eines Dieners. Der Qualm beißt im Hals. Ich luge aus der Tür. Mir den Rücken zukehrend tränkt der Rothaarige den Schimmel und ein anderes Pferd. Der Kettenhund schlägt an.

Ein Mann tritt aus dem Haus und geht zu dem einzigen gesattelten Ross. Er ist ein Postreiter, was an dem Posthorn und den ledernen Satteltaschen leicht zu erkennen ist. Kaum ist er davongetrabt, sattelt der Rothaarige den Schimmel. Sie werden bald fortreiten.

Jetzt muss ich handeln. Ohne zu bellen, den Kopf auf den Pfoten blickt der Kettenhund schläfrig zu mir auf, als ich an ihm vorbei ins Haus gehe. Der Kohlenqualm in meinen Kleidern macht mich wohl schon zum Hausgenossen. In der Stube sitzen der Schmied und ein Herr am Tisch, auf dem eine Wurst, ein Laib Brot und Münzen liegen. Der Fremde hat grüne Hosen an! Grüne!

»He, was starrt Er mich an?«, fragt der Grüne.

Seine Stimme ist hart. Die fleischigen Lippen sind grob, kennen wohl nur Befehl oder Fluch. Dieses Maul allein kann einen in Angst und Schrecken versetzen, sogar den starken Schmied; dessen Hals verkriecht sich in den Schultern. Unwillkürlich geht meine Hand zum Degen. Sofort wirft der Kerl den Becher, den er in der Hand hat, auf den Tisch und greift zur Waffe. Die grünen Hosen haben mich allerdings in Alarm versetzt. So stehen wir uns im nächsten Moment kampfbereit gegenüber. Der Schmied fleht uns an, sein Heim zu schonen.

»Was missfällt dem Herrn so, dass Er mich aufspießen will?«, frage ich.

»Das freche Anstarren!«, ist die Antwort des Grünen.

»Ich habe lediglich die grünen Beinkleider bewundert.«

»Vor grünen Hosen sollt man sich hüten!«

»Das hab ich schon gemerkt, Monsieur!«

Er lächelt überheblich. Eitel ist dieser Mensch, wie man es oft bei Streitsüchtigen findet. Mit meinen müden Gliedern besteht wenig Aussicht auf einen guten Ausgang eines Gefechts gegen diesen Haudegen, zumal ich nicht weiß, ob mein Sohn überhaupt hier ist. So trete ich den Rückzug an.

»Ich entschuldige mich für mein ungebührliches Betragen«, sage ich freundlich, »ich will den Herrn auch nicht weiter inkommodieren, bitte nur um einen Trunk und ein Stück Brot, das ich draußen verzehren will, um nicht zu stören.«

Untertänigere Höflichkeit ist kaum denkbar. Mein Kontrahent nickt dem Schmied zu, der sofort das Gewünschte auf den Tisch stellt. Sogar eine Speckseite legt er dazu. Ich stecke die Waffe weg, ergreife Krug, Speck und Brot. Auf dem Dachboden poltert es über mir. Im Gehen höre ich eine Stimme leise »Herr Papa« rufen. Fast gleichzeitig treffe ich auf das Weib des Schmiedes und ihren halbwüchsigen Sohn, der einen riesigen Kohlkopf trägt, den er stolz hochhält. An ihnen dränge ich mich vorbei nach draußen.

In der Schmiede gönne ich mir einen langen Schluck Wasser, nein, es ist sogar Bier. Das Brot ist frei von Schimmel und der

Speck fett. Diese Gaumenfreuden platziere ich auf einem Hackklotz neben der Tür und schaue hinaus. Mir den Rücken zudrehend beobachtet der rothaarige Johann die Landstraße. Die Halunken haben gute Ursache, umsichtig zu sein, da sie meinen Sohn auf dem Dachboden gefangen halten. Meist haben Dachböden eine Fensterlade an der Giebelseite, durch die ich einsteigen könnte. In der Schmiede ist eine Leiter. Mit ihr schleiche ich zur Tür. Johann hat seine Position nicht verändert. Der Schimmel schnaubt, scharrt mit den Hufen. Den Lärm ausnutzend laufe ich hinaus. Die Dachlade ist leider verschlossen. Schritte! Der Sohn des Schmiedes kommt um die Ecke und bleibt stehen, als er mich und die Leiter sieht.

»Da oben ist doch ein Knabe in deinem Alter?«, frage ich.

Er nickt, blickt zum Dach hinauf und sagt: »Er ist krank, tollwütig – ganz grün und blau, weil er so tobt.«

»Dann sollte man ihn zu einem Arzt bringen.«

»Ja, sein Vater will mit ihm zu einem Doktor!«

»Wohin? In welche Stadt?«

»Weiß nit! Ich muss die Zieg' holen, sonst gibt's Schläg.«

Kaum ist er weg, kläfft der Hund. Ich spähe um die Ecke. Der grünbehoste Jäger tritt aus dem Haus, an der Hand Alexander. Kein Zögern, kein Zaudern! Wenn ich den Kerl erledige, ist Alexander gerettet. Den Degen in der Hand stürme ich auf den Burschen zu.

»Gib meinen Sohn heraus!«, brülle ich.

Der Schmied, dessen Weib und Johann starren mich an. Der Jäger hat sofort seine Waffe parat.

»Der Mann ist irrsinnig«, sagt er eiskalt zum Schmied, »halt ihn fest, bis wir fort sind.«

Angesichts meines Degens hat der Schmied dazu aber wenig Lust. Ungehindert gehe ich auf meinen Kontrahenten zu, der meinen Sohn loslässt.

»Lauf, Alexander!«, rufe ich, doch der bleibt stehen.

Im nächsten Moment hat ihn der Johann am Kragen. Der Schmied fasst sich ein Herz und stellt sich zwischen uns.

»Herr«, sagt er zu mir, »um der Barmherzigkeit willen, lasst doch den Vater mit seinem Kind zu einem Arzt reiten.«

»Das ist mein Sohn, nicht seiner«, entgegne ich und schreie: »Alexander! Wer ist dein Herr Vater? Der Mann da oder ich?«

Der Junge sieht beklagenswert aus, eine Schürfwunde seitlich an der Stirn und ein blaues Auge. Alle Blicke sind auf ihn gerichtet, außer denen dieses Barbaren, der mich in Schach hält.

»Ja, sag uns, wer dein Vater ist, ich oder der Schindhund da, dem ich gleich den Rest geb!«, schreit der Unmensch den Schmied beiseite schiebend. »Nun? Mach's Maul auf!«

»Da! Mein Herr Vater!«, antwortet der Junge und deutet auf seinen Folterknecht.

»Das hast du ihm eingebläut!«, brülle ich und greife an.

Gekonnt pariert er die Attacke. Er hat ein Alter, in dem man noch die Schnelligkeit der Jugend besitzt, jedoch bereits über Erfahrungen verfügt, die einen vor überstürzten Aktionen gegen unbekannte Gegner bewahren. Wir umlauern uns – langsame Tempi. Will ich meinen Sohn befreien, muss ich angreifen. Mit einer Finte versuche ich zum Stich zu kommen, den er abwehrt und sofort zum Gegenangriff übergeht. Nicht im Vollbesitz meiner Kräfte, stehe ich kein langes Gefecht durch. Ich muss ihn überrumpeln und das so schnell wie möglich. Rascher, vehementer Angriff! Unkonventionell! Alles riskierend! Verblüfft weicht er zurück. Sofort setze ich nach und komme zum Stich, treffe ihn an der Schulter, verletze ihn aber nur oberflächlich. Einen Moment hält er inne. Ich schöpfe Atem, dann fällt er mich wie ein waidwundes Tier an. Mit einem Satz zurück rette ich mich. Mühsam wehre ich seine wütenden Attacken ab. Er forciert noch das Tempo, drängt mich zur Hauswand, wo ich nicht mehr ausweichen kann und es leichter ist, mir die Klinge in den Leib zu jagen. Leben oder Tod! Leben heißt Angreifen! Doch dazu fehlt die Kraft. In Todesangst defendiere ich. Ich will um Gnade bitten, aber jedes Wort, jedes Nachlassen der Aufmerksamkeit bedeutet das Ende. Wie ein Hund auf der Hetzjagd, der den Angstschweiß seiner Beute wittert, will er mich umbringen. Meine angstgetriebenen Abwehrhiebe sind so planlos, als stände ich auf einem, über einen Abgrund gespannten Seil ohne schwindelfrei zu sein. Ich höre Schreien. Mein Sohn kreischt, ohrenbetäubend schrill, immer nur dieselben Worte »nein, mein Herr Vater«, teils verständlich, teils klingen sie wie Todesschreie, aber immer wieder – grell, durchdringend. Sie irritieren meinen Gegner, dessen Angriffe langsamer werden. Er taumelt hin und her, verscheucht mit der linken Hand einen imaginären Mückenschwarm und will dennoch auf mich einstechen. Bei einem meiner Abwehrhiebe taucht der Kopf meines Kindes vor mir auf, mein Degen fährt ihm über dem Ohr durch die Haare. Widerstand spüre ich nicht. Versteinert bleibe ich stehen. Der nächste Hieb muss mich treffen. Er trifft auch! Aber als hätte ein Engel die Klinge abgelenkt, streift er lediglich meine linke Seite. Da ich mich nicht mehr wehre, senkt der Jäger seine Waffe. Einen offenkundigen Mord will er wohl nicht begehen.

Mein Sohn macht zwei Schritte auf mich zu. Sofort packt ihn der Grobian. Alexanders Blick trifft mich – sehnsuchtsvoll.

»Keine Sorg, der Bösewicht wird dir nichts antun!«, sagt dieser reißende Wolf sein Opfer umarmend, wobei er mich scharf beobachtet. Er stößt den Jungen in Richtung des Johann, der ihn sich schnappt. Das ertrage ich nicht. Mit bloßen Händen stürze ich mich auf den Unhold. Er empfängt mich mit einem Fußtritt, dass ich zu Boden gehe und bedroht mich mit dem Degen.

»Hurensohn, dich lass ich gleich unterm Scheißhaus begraben!«, donnert er mich an, dann kniet er nieder, hält die Klinge an meine Gurgel und flüstert mir zu: »Wenn du dein Balg heil wiederhaben willst, kein Wort von der Entführung zu niemandem.« Er steht auf und befiehlt dem Schmied: »Halt diesen tollwütigen Narren fest, bis wir fort sind.«

Der Schmied packt mich von hinten. So muss ich zusehen, wie der Pferdeknecht meinen Sohn vor sich aufs Pferd setzt. Sie reiten ohne Sattel. Es ist noch nicht lange her, da habe ich Alexander das beigebracht. Vieles in seinem Leben ist noch nicht lange her, eigentlich alles. Und dieses Leben, das mir trotz seiner Kürze so viel bedeutet, ist nun in den Händen dieses Wüstlings. Ich sehe noch seinen astdicken Arm hinter dem zarten Gesicht meines Sohnes. Todesmutig stellte sich der ängstliche Junge sogar zwischen zwei Fechtende und rettete mir das Leben. Die Courage hätte ich ihm nie zugetraut. Ich falle auf die Knie und bete, Gott möge ihm in seiner Seelennot beistehen und vor Grausamkeiten bewahren.

»Warum kniet Ihr?«, fragt eine helle Stimme hinter mir.

Ich drehe mich um. Der Sohn des Schmieds mustert mich aus sicherer Entfernung wie eine giftige Kröte.

»Ich bete«, erwidere ich, »ich bete für meinen Sohn!«

»Das war nit Euer Sohn!«, widerspricht er, »mein Vater sagt, Ihr seid ein toller Schelm, auch wenn Ihr noble Kleider habt!«

»Dass der Herr Vater so denkt, glaube ich gern.«

»War's doch Euer Sohn?«, fragt er näherkommend. Ich nicke stumm. »Warum haben die Männer ihn dann mitgenommen?«

»Sie werden ihn einsperren, bis ich Lösegeld zahle!«

Er schüttelt den Kopf, sagt dann mitleidig, »das ist traurig«, macht den Hofhund los und geht ins Haus.

Die Wunde beißt, beißender meldet sich der Hunger und erinnert mich an Brot und Speck auf dem Hackklotz. Ich raffe mich auf und gehe in die Schmiede. Der Hund hat sich gerade die Speckseite geschnappt. Es ist ein alter Köter und nach kurzem Kampf gelingt es mir, ihm den kärglichen Rest zu entwinden. Ruß und Dreck wasche ich an der Pferdetränke ab. Der Speck schmeckt ranzig. Eine Laus auf dem Kraut ist besser als gar kein Fleisch, denke ich und beiße ein zweites Mal hinein. Das Brot vertreibt den schlechten Geschmack und ich esse es auf.

Im gehörigen Abstand von dem Hund, der sofort kläfft, wenn ich ihm nahe komme – er nimmt mir die Sache mit dem Speck sehr krumm –, sitze ich an die Hauswand gelehnt und sehe über die Weide zur Landstraße, auf der ein Mann, eine Kiepe auf dem Rücken, mit seinem Wanderstab geht. Dorthin muss ich laufen, dann weiter laufen, laufen, laufen … durch staubiges Braun, Grau und viel Grün. Grau und Grün lasten schwer auf den Augen und der Brust, sie drücken so aufs Herz, als wollten sie es mir in die Kehle pressen. Ein feuchtes Tuch auf meiner Stirn verjagt den Traum. Der Hofhund ist über mir, seine Zunge fährt aus dem Maul und schleckt mich ab. Mein Gott, wie der arme Lazarus schlafe ich vor der Tür eines Schmiedes. Immerhin will mir das Tier auf seine Weise Linderung verschaffen. Ich greife in meine Tasche und werfe dem Köter den Speck vor. Schweifwedelnd frisst er ihn flugs auf, damit ich es mir nicht noch anders überlege – nicht zu Unrecht, denn ein wenig bereue ich schon, derart großzügig gewesen zu sein. Rock und Hemd ziehe ich aus. Die Klinge meines Gegners hat mich nur halb getroffen und mir dennoch einen ordentliche Schnitt beigebracht.

Die Hausfrau tritt aus der Tür. Ihre Hände in die Hüften gestützt beäugt sie mich, den Halbnackten, der wie ausgefegter Kehricht vor ihrem Heim kauert. Schützend ziehe ich die Beine an.

»Das muss verbunden werden«, kommandiert sie auf meine Blessur zeigend. »Kommt herein!«

Während sie in der Stube meine Wunde versorgt, schenkt mir der Schmied zum Trost einen Schnaps ein, und danach Weitere, die Haupt und Glieder so schwer machen, dass ich bald in eine Ecke wanke und dort einschlafe.

Das metallische Kling-Klang des Schmiedehammers weckt mich am nächsten Morgen. Die Blessur schmerzt und pocht, doch ich habe wieder Kraft und gehe in die Schmiede. Der Hausherr fertigt ein Beil an. Ich bitte ihn, mir Wegzehrung im Tausch gegen meine Sporen zu geben, die ich, seitdem mir mein Pferd entlaufen ist, in der Rocktasche trage. Er wehrt ab und meint, das sei zu wertvoll für Brot und Speck. Gleichwohl hängen seine Augen voller Begehren an dem Tauschobjekt.

»Es ist auch ein Dank für meine Pflege.«

»Christenpflicht!«

»Dennoch wär's mir eine Freud«, ich lege ihm eine der Sporen in seine Hand, »und ich würde auch gern etwas über die Leut erfahren, die gestern hier mit dem Kind logierten.«

Diese Sache scheint kitzlig zu sein, so überaus bange sieht er mich an. Stockend erzählt er: »Gestern Nacht sind vier Leut mit dem Kind gekommen, machten höllisch Lärm und wollten Obdach. Der Bub schlug plötzlich um sich. Der Vater griff ihn sich und hat ihm ins Ohr geflüstert. Da war der Anfall vorbei. Der Vater sagte, der Knab hätt' die hinfallende Krankheit und er wollt mit ihm zum Doktor. Oben haben sie geschlafen. Am Morgen schrie der Bub wieder und weinte laut. Danach sind zwei von denen fortgeritten.«

»Hieß derjenige, der weg ritt, Schneegaß oder Paul?«

»Herr, ich hör nit so gut. Der Stoffel, mein Sohn, sagte, der Vater hieß Jäger. Ach ja, der Stoffel ist einmal die Leiter hoch. Da hat der Knab was geschrieben auf einem Schreibpult, so ein zusammenklappbares. Das hab ich später auch gesehen. Mehr weiß ich nit, so wahr ich ein ehrlicher Mann bin.«

»Und warum hast du mir das nicht erzählen wollen?«

»Herr, wenn unsereins das Maul zu weit aufreißt, stopfen es so grobe Herren wie die hurtig mit Kirchhofserd.«

Die Kerle sind gewitzt genug, keine deutlichen Spuren zu hinterlassen, denn mehr als das Köhlerweib mir anvertraute, kann mir auch der Schmied nicht sagen. Die Hausfrau setzt mir Hafermus vor und ich schiebe ein, so viel ich nur kann. Sie ist noch wortkarger als ihr Gatte, was die Gäste der vergangenen Nacht angeht. Dafür erfahre ich all das über die Weiber und Mannsleut aus dem Dorf Pech, was ich nicht wissen will. Wurst und frisches Brot steckt sie in einen Sack, den ich bald schultere und Lebwohl sage.

Den Bettelsack auf dem Rücken, Reitstiefel an den Füßen, den Degen an der Seite laufe ich von Dorf zu Dorf, frage nach dem rechten Weg. Mein Äußeres gleicht einem Söldner aufs Haar, den die Bauern lieber mit Schmähreden bedenken als mit Nahrung. Schwach, grün und blau geschlagen bin ich ein perfekter Sündenbock, den man gefahrlos für alle Untaten der Streuner und verluderten Soldaten büßen lassen kann.

❧ September 1673 ☙

Für den Weg zurück brauche ich vier Tage. Endlos dehnt sich die Strecke, für die ein guter Wanderer keinen Tag benötigt. Wie ein dreibeiniger Straßenköter stolpere ich daher. Selbst kurz vor dem Ziel ruhe ich mich am Straßenrand aus, wo mich Melchior findet. Ich biete einen solch jämmerlichen Anblick, dass er sogar die Kutsche holen möchte, um mir die fünfhundert Schritte in den Hof zu ersparen. Er setzt sich neben mich und erzählt. Lange hätten sie mich gesucht, damals – nein, es sei ja nur vor wenigen Tagen gewesen, doch die Zeit sei ihnen ewig lang vorgekommen. Bis hinaus nach Mehlem seien sie geritten. Bislang habe keiner das Herz gehabt, diese schrecklichen Dinge der armen gnädigen Frau nach Köln zu vermelden.

Mein Verwalter Gillis schärfte jedem ein, keinen Ton über mein Verschwinden verlauten zu lassen. Nichts fürchte er mehr als Gerede über einen herrenlosen Besitz, das die Pächter nur bockbeiniger mache. Man habe bisher einen Jagdausflug mit meinem Sohn vorgetäuscht. Drei Briefe *ad proprias* wären für mich gekommen: ein Schreiben mit dem Siegel des Kurfürsten, eines von meiner Gemahlin und ein weiteres ohne Absender nur mit rotem Siegellack verschlossen. Als sich Melchior über seine Freude verbreitet, mich lebendig wiederzusehen, höre ich nicht mehr hin. Ein Brieflein ist angekommen! *Ad proprias*! Anonym! Was für ein Glück! Schon ist die Forderung nach dem Lösegeld da. So rasch blüht durch all die Trümmer meines Lebens eine kleine Hoffnung auf. Mein Sohn lebt! Nur noch zahlen, gleichgültig wie viel – bald ist er aus der Gewalt dieses grobschlächtigen Monstrums befreit. So lange lag der Straßenstaub schwer auf meinen Stiefeln. Jetzt wird er zu Dunst, verfliegt. Schnellen Schrittes gehe ich zum Torturm.

Das Erstaunen über die Art meiner Rückkehr unter meinem Gesinde beachte ich kaum – eile in mein Schreibkabinett, in dem während meiner Abwesenheiten mein Verwalter Gillis residiert. Er ist dort mit einem Pächter im Gespräch, der wohl um Aufschub oder Ermäßigung der Pacht oder beides bittet. Als ich hereinstürme, verlottert wie ein Strauchdieb, springt Gillis empört auf und der Pächter tritt zur Seite, allerdings nicht aus Ehrerbietung. Gillis ärgerlicher Blick geht in einen verwunderten über. Er verabschiedet den Bauern mit den Worten, er werde dessen Petitum mit dem gnädigen Herrn *»deliberieren«*, der ja eben von der Jagd zurückgekehrt sei. Der Pächter schaut mich hilfesuchend an. Obwohl Gillis nur durch eine Laune meines Vaters vom Schweinehirt zum Verwalter aufstieg, liebt er die Kanzleisprache so sehr, dass meine Ermahnungen, mit den Bauern lieber grob Deutsch als halb Latein zu reden, bisher wenig fruchteten. Der Pächter will nachfragen, was Gillis schroff unterbindet, worauf der arme Mann, mehrmals »Vergebung der Herr« hauchend, sich verneigt.

»Hinzgen«, sage ich, »wir werden wohlwollend abwägen, ob wir deine Bitt erfüllen können. Komm morgen, dann ist's entschieden!«

»Ach, ich dank Euch, gnädiger Herr, für die Güt', mein Weib ist krank und ich hab drei Kindlein aufm Hals.« Gillis räuspert sich und der Bauer stammelt: »Ich dank vielmals für die Gnad und dat Gott Euch helf!« Dann ist er zur Tür hinaus.

»Lieber Herr, der ist ein Erzschelm«, poltert Gillis los, »der will Aufschub und weniger Pacht zahlen, obwohl er meine Milde bereits bis unters Dach ausgeschöpft hat.«

»Deine Milde heißt Härte, Gillis.«

»Ja, weil ich auch die Ausgaben seh, zu denen viel Milde bei den Einnahmen nicht recht passt – und mit Verlaub, Ihr seht erbärmlich aus. Wo wart Ihr?«

»Ach Gillis …« Ich sinke auf einen Stuhl.

»Der junge Herr ist nicht gefunden?«

»Ja und nein! Ich fand ihn, doch die Höllenhunde, die ihn fortgeschleppt haben, waren stärker wie man sieht.«

»Ja, Euer Gesicht sieht bös aus!«

»Und so ähnlich misshandeln sie meinen Sohn. Aber, Gillis, behalt die Sach mit der Entführung ganz für dich, sonst bringen sie das Kind um. Wo ist die Post?«

»Die Post? Richtig, ein Schreiben Seiner Gnaden, des Kurfürsten, kam. Hier ist's! Und eines ist von der Frau Gemahlin.«

»Nein, das nur mit Siegellack verschlossene Brieflein.«

»Das?« Erstaunt hält er ein unscheinbares Schreiben hoch.

»Just das will ich! Vielleicht die Lösegeldforderung.«

Ich öffne den Brief. Ein getrocknetes Gänseblümchen fällt heraus. Meine Tochter Anna Christine, die ich Lieb-Belle nenne, hat mir heimlich geschrieben. Sie möchte nach Hause kommen, wieder reiten, die Freundinnen in Bonn besuchen und nicht zu den Ursulinen in Köln in die Schule gehen, weil sie nicht wisse, welchen Nutzen sie daraus haben solle. Ihr Brief schließt mit dem Appell: *»Bitte, herzliebster Herr Vater, lasst mich hir nit mehr so lang in Ellend und Jammer und sagt der Frau Mutter kein Sterbenswörtlein von diesem Briefgen, sie würd sich darüber arg erzürnen.«* Das Schreiben meiner Gemahlin enthält genau das Gegenteil von dem, was mir Lieb-Belle ans Herz legt. Sie will ihre Tochter nicht auf dem Land verkümmern lassen. Zum ersten Mal bin ich froh, beide in Köln zu wissen, so kann ich die Schreckenspost zurückhalten, bis Alexander in Sicherheit ist.

»Fordert das Lumpengesindel *Ranzion*?«, fragt Gillis, der sich, um mich nicht zu stören, mit anderem beschäftigte.

»Nein, der rotgesiegelte Brief war von meiner Tochter.«

»Nur Geduld, die Forderung wird bald eintreffen.«

Traurig nicke ich, während ich das Schreiben des Kurfürsten öffne. Der Kurfürst und Erzbischof Maximilian Heinrich möchte mich sehen, um zum Zeitvertreib ein wenig zu disputieren. Seit einigen Jahren bittet er mich ab und zu nach Bonn in sein Residenzschloss. Eine Audienz war der Beginn. Der Kurfürst gewährte sie mir, um mich wegen einer zu Unrecht erlittenen Turmhaft vor acht Jahren zu rehabilitieren. Mein Gottvertrauen während der langen Gefangenschaft wie auch mein Wunsch nach einem klösterlich, kontemplativen Leben weckten sein Interesse an meiner Person, da er selbst lieber seine Pflichten als Erzbischof erfüllt als die des Landesherrn. Neben meiner Verschwiegenheit schätzt er »die leichtfüßigen Gespräche, die trotz ihrer Beschwingtheit neue Gedankenwege eröffnen«, wie er mir einmal anvertraute.

Gillis blickt mich forschend an.

»Nur eine Audienz«, beantworte ich seine wortlose Frage.

»*Salva venia*, vielleicht kann der Kurfürst helfen?«

»Kaum! Die Schindhunde sind schon lang im Kurfürstentum Trier, in der Pfalz, in den Spanischen Niederlanden oder weiß Gott wo, da ist der Kölner Kurfürst machtlos.«

Müdigkeit, bleiern wie die eines alten Mannes, überfällt mich. Ich stehe auf. Jost, mein guter stummer Diener, begleitet mich in meine Kammer, zieht mir Kleider und Stiefel aus. Morgen, denke ich, morgen ist vielleicht die Hoffnung wieder da, vielleicht … der Morgen steckt oft voller Hoffnung.

Der Morgen bringt keine Hoffnung. Kein Brief, kein Mut, keine Kraft!

Zwei weitere solcher Morgen folgen. Nachts liege ich meist mit offenen Augen. In der Frühe wache ich so erschöpft auf, als wäre es später Abend nach einem arbeitsreichen Tag. Auf meinem Gesicht, Leib und den Gliedern sind wie nach einer Wirtshausschlägerei Schorf und blaue Flecke zu sehen. Immerhin raffe ich mich auf, dem Pächter Hinzgen einen Pachterlass, aber ohne Aufschub zu gewähren. Gillis ist der Pachterlass lieber. Was man hat, hat man, meint er, selbst wenn es weniger ist. Später rufe ich das Gesinde zusammen und erkläre, der Schneegaß sei mit meinem Sohn ausgerissen, wer ihn finde, solle ihn festhalten und zu mir bringen. Das Wort Entführung vermeide ich. Danach ziehe ich mich in meine Schlafkammer zurück.

Am dritten Tag nach meiner Rückkehr erledige ich die dringendsten Sachen. Briefe gehen an Felicitas nach Köln wie an den Kurfürsten, in denen ich beide bis Oktober vertröste. Alexander muss dann ausgelöst sein.

Obwohl die Entführer gewiss lieber Geld in der Tasche als ein Kind auf dem Hals haben wollen, kommt die Lösegeldforderung nicht. Die Tage des Wartens werden zu Wochen.

Hoffen, zielloses Hoffen! Dieses Hoffen, es peinigt! Selbst wenn mein Sohn noch atmet, kann er mir in jeder Stunde genommen werden, ohne dass ich es ahne. Hundert Möglichkeiten stelle ich mir vor, die zum Tod führen können – ein ewig drehendes Mühlrad vom sicheren Glauben, er überlebe alles, bis hin zum völligen Verzagen. Nichts habe ich in den Händen. Wie kann man im Nichts zuversichtlich hoffen?

Gillis und Melchior trösten mich: Für Leichen gäbe es kein Geld. Im Krieg seien die Leute haufenweise entführt worden, und die allermeisten, für die *Ranzion* gezahlt wurde, wären zurückgekehrt, sonst florierte dieses Geschäft nie so. Das ist richtig, doch immer wieder steht mir das tote Entenküken vor Augen, das wie ein Tüchlein auf den Wellen schaukelt.

Jeden Morgen gehe ich zur nahegelegenen Gertrudiskapelle, um für meinen Sohn zu beten. Drei Wochen ohne Nachricht sind mehr, als meine christliche Duldsamkeit erträgt. Zorn wie Verzweiflung überwältigen mich. Bisher erfrischte mich der Spaziergang zur Kapelle. Das Tschilpen und Zwitschern der Vögel ermutigten, das Ächzen der Eingangstür des Kirchleins wie der Schall meiner Schritte in dem Gewölbe, gaben mir das Gefühl zu leben. An diesem Tag stören mich die Vögel, das langgezogene Quietschen der Tür erinnert mich daran, sie endlich ölen zu lassen und der Hall der Tritte verliert sich in einer Leere, die mir meine Verlassenheit deutlich macht. Vor dem Altar mit dem Kruzifix knie ich diesmal nicht auf dem Betstuhl nieder, sondern werfe mich zu Boden.

»Mein Gott, warum peinigst du mich so unbarmherzig? Was habe ich getan, damit ich das verdiene?«, rufe ich laut.

Seit meiner Kindheit bemühe ich mich, ein gutes Leben zu führen und endete in Gefangenschaft. Mein Erzfeind Kolff dagegen, der vor einigen Jahren mit Freuden dazu beitrug, mich im

Turm verfaulen zu lassen, lebt bis heute mit Weib und Kind hochgeachtet in Luxus. Oder der kurfürstliche Erste Minister Wilhelm Egon von Fürstenberg, ein kirchlicher Würdenträger, der alle irdischen Vergnügungen in vollen Zügen genießt – sogar mit dem Hinweis auf das Zölibat die Mühsal einer standesgemäßen Ehe vermeidet –, er hat wahrhaftig alles, was sich ein Mann wünschen kann: Macht, Ruhm, Geld und Frauen, während ich, mit den Nöten eines Pachtherrn um das Auskommen meiner Familie besorgt, nun auch noch um Leib und Leben meines einzigen Sohnes Höllenqualen leide. Andererseits weiß ich, worüber sich diese beiden Herren sorgen, wo ihre Hölle ist? Jeder spricht gerne über Erfolge, weniger über durchwachte Sorgennächte. Der Christus des Altarkreuzes sieht ergeben auf mich herab. Anstatt in Selbstmitleid zu zerfließen, sollte ich wie er geduldig meine Dornenkrone tragen. Selbst wenn das außergewöhnlich lange Schweigen der Entführer mich Böses ahnen lässt, ist ein guter Ausgang noch möglich. Dafür habe ich schon oft gebetet, doch nur mit der Zunge, nicht mit der Seele. Zu sehr suchte ich eigene Lösungswege, spekulierte, kalkulierte, grübelte, obwohl meine Grenzen schon längst erreicht waren. Mein Gottvertrauen muss ich wiedergewinnen, mich ohne Angst und sinnlose Sorgen leiten lassen. Um zur Andacht zu finden, schließe ich die Augen und spreche mehrmals den Beginn eines Psalms: »Oh Herr, mein Geist verzagt, verhülle dein Angesicht nicht vor mir, sonst werde ich den Toten gleich. Lass mich schon früh am Morgen deine Gnade erfahren, denn auf dich vertraue ich! Zeig mir den Weg, den ich gehen soll, denn zu dir erhebe ich meine Seele!« Ja, ich bin totengleich, wenn ich nur auf eigene Kräfte vertraue. Wie in meinen Klostertagen hebe ich Gott meine Seele entgegen.

Als ich die Augen wieder öffne, fällt mein Blick auf das alte Fresko der heiligen Gertrudis mit dem Ährenbündel in den Armen, das die Wand hinter dem Altar schmückt. Gertrudis schaut mir in die Augen, zum ersten Mal in meinem Leben. Wie ein Geschenk hält sie mir ihre Garbe entgegen. Das satte Gelb des Weizens wirkt aufmunternd wie Sonnenstrahlen an einem kalten Wintertag. Ich flüstere ein Dankgebet. Als ich aufstehe und zum Abschied das Knie vor dem Altar beuge, blickt mich die Heilige nicht mehr an. Sie ist so gemalt, dass dies nur den am Boden Betenden vergönnt ist. Ungeachtet dieser irdischen Erklärung bin ich für das Wunder dankbar, genau zu dieser Stunde diese Besonderheit wahrzunehmen. Ein Klappen der Tür irritiert mich. Zu dieser Zeit verirrt sich niemand hierher. Langsam drehe ich mich um. Fünf Schritte von mir entfernt steht – Schneegaß! Bittend hebt er die Hände: »Gnädiger Herr, bevor Ihr mir wie einem alten Hahn den Hals brecht, hört mich um Gotts Willen an!«

»Rabenaas! Wo ist mein Sohn? Lebt er?« Meine Stimme klingt so fremd, wie ich sie noch nie gehört habe.

»Er lebt. Wir sind beide entführt worden«, sagt er leise.

»Und wie bist du freigekommen?«

»Gar nicht!«

»Ha, du stehst doch vor mir, ohne einen Kerl mit gespanntem Pistolenhahn hinter dir.«

»Gewiss, aber draußen im Gebüsch warten die Halunken und wenn ich fliehen will, erschießen sie mich flugs.« Daran kann etwas Wahres sein. Er kommt näher: »Mit Verlaub, Herr, ich bitt, mit mir hinauszugehen. Nur vor der Kapell darf ich über den jungen Herrn reden.«

»Die belauschen uns?«, frage ich, er nickt und in diesem Moment fällt die Tür zu. Wir sind also bereits bespitzelt worden.

Gern gebe ich keine Zielscheibe ab, aber ich habe keine Wahl. Draußen bleiben wir neben der Türe stehen. Schneegaß' Gesicht ist wie nach großer Anstrengung bleich und ausgehöhlt. Monoton berichtet er von der Entführung. Indem er mit der Laute um sich schlug, wollte er Alexander die Flucht ermöglichen, doch die zwei Bewaffneten waren stärker. Sie seien zu einer Schmiede geritten, wo man ihn und Alexander getrennt habe. Lange sei er in Fesseln gefangen gehalten worden. Er zeigt mir Striemen an den Handgelenken, dann bückt er sich und holt unter Buchengeäst einen

Brief hervor, den er mir gibt. Ich öffne ihn. Innen ist noch ein Zettel. In dem Hauptschreiben steht, ich solle 30 gute Reichstaler dem Schneegaß als *Ranzion* gleich mitgeben. 30 Taler sind wenig, sehr wenig für den Sohn eines als wohlhabend bekannten Mannes. Weiter schreibt der Entführer, es sei »von großer *Importanz* und zu meinem eigen Besten, kein Sterbenswörtlein von der Entführung zu niemanden, schon gar nicht gegenüber der Obrigkeit verlauten zu lassen.« Das doppelt unterstrichene »zu meinem eigen Besten« sticht wie eine Drohung in die Augen. Schließlich solle ich haarklein das befolgen, was mir mein Sohn in dem beiliegenden Zettel auftrage. Die Handschrift auf dem genannten Papier ist die Alexanders.

Ich lese: Am Tag Remigii, also am 1. Oktober, solle ich eine präzise Zeichnung der Festungsanlagen Bonns samt den neuesten Veränderungen auch von Schanzen, Gräben und dem *Rayon* anfertigen – präzise ist unterstrichen. Bei Tante Sophia müsse ich dann auf weitere Anweisungen warten, danach käme er geschwind frei, sonst würde dem nächsten Forderungsschreiben ein abgeschnittener Daumen von ihm beigelegt werden. Der Brief schließt: *Herzliper Herr Papa, tut alles, was sie woln, sonst erschiesen sie Euch und schnaidn mir Finger ab. Ich tu alles, damit der Herr Papa am Läwen bleibt. Sie sind grausahm Alexander.*

Die letzten Worte waren wohl seine eigenen, alles andere hatte man ihm vorgeschrieben.

»Du kennst den Inhalt?«, frage ich Schneegaß.

»Nein, ich muss an der Landstraß bei Merhoffen von Euch nur etwas in Empfang nehmen. Den Zettel Eures Sohnes könnt Ihr behalten, den Brief soll ich wieder mitnehmen.«

»Schneegaß, um alles in der Welt, warum bist du damals mit meinem Sohn in der Nähe der Straße gesessen?«

»In der Mittagszeit haben wir da öfter Laute gespielt. An der Straß konnte man sehen, ob von Merhoffen jemand kam, der uns anschwärzen konnt. Ach, lieber Herr!« Er fällt vor mir auf die Knie. »Ich weiß, Ihr könnt's nit vergeben, all den Jammer, aber ich versprech auf Leben und Sterben, ich tue alles, damit dem jungen Herrn kein Leid geschieht.«

»Ich hoffe, das ist ehrlich gesagt, Schneegaß.«

»Es ist ehrlich!«

»Gut, komm, gehen wir!«

»Geht allein! Ich warte an der Landstraß auf Euch!«

Die Angst sitzt mir im Nacken, während ich von der Kapelle zurückeile. Weniger die vermutlich auf mich gerichteten Feuerrohre verursachen sie, sondern die Furcht, kurz vor dem Ziel noch verhängnisvolle Fehler zu begehen. Das zermürbende lange Warten hat mich unsicher gemacht.

In meinem Kabinett schreibt Gillis einen Brief. Kaum sieht er mich, springt er auf. Seine Sauhirtenvergangenheit sieht man ihm nicht an, denn außer den kräftigen Händen hat seine Gestalt nichts Grobes an sich. Das schmale Gesicht, die eckige Nase und die feinen Lippen, die eher schweigen als mit unfertigen Gedanken herauspoltern, verleihen ihm eine Würde, welche den Pächtern Respekt abverlangt. Mir gegenüber ist er in Gegenwart anderer um subalterne Unauffälligkeit bemüht, sind wir unter uns, hält er mit seiner Meinung nicht hinter dem Berg. Er streut Sand auf die feuchte Tinte und will gehen.

»Gillis, bleib!«, sage ich, »sind 30 Reichstaler zur Hand?«

»30 Reichstaler? Abschlag fürs Lösegeld?« fragt er hellsichtig.

»Nein, alles!« Ich lasse mich auf einen Stuhl nieder.

»Lösegeld, in toto?« Er zieht die Augenbrauen hoch. »*Salva venia*, da werft's Geld gleich vor die Säu! Diese Forderung kommt von einem Strauchdieb, der nur seinen Beutel füllen will, aber den lieben jungen Herrn noch nie gesehen hat.«

»Nein! Der Mann kennt meinen Sohn. Es ist Schneegaß. Der ist selbst in den Händen dieser verfluchten Erzlumpen.«

»Sapperment, der schelmische Musikus? Der steckt doch mit denen unter einer Decke!«

»Wohl nicht! Jedenfalls kommt die Forderung von den wahren Galgenbrüdern. Gillis, kram das Geld raus!«

Er neigt ehrerbietig den Kopf, holt den eisenbeschlagenen Geldkasten, öffnet das Vorhängeschloss wühlt in Schuldscheinen, Golddukaten, Talern und einer Unzahl kleiner Münzen. In einem Säcklein sind 23 Taler, einige jedoch so beschnitten oder berieben, dass sie, von minderem Gewicht, kaum mehr als Taler akzeptabel sind. Zu bedächtig sucht mir Gillis nach dem richtigen Geld.

»Herr Jesus, was soll die Erbsenzählerei?«, fahre ich ihn an.

»Herr, wenn die Summe stimmen soll, muss ich das tun!« Seine blauen Augen richten sich auf mich, in der ihnen eigenen ruhigen Art, die den Gegenüber auf Abstand halten, ohne frech zu wirken.

Gewiss, alles muss aufs Härlein stimmen, aber die Sorge treibt meinen Atem bereits im Rhythmus eines Rennenden voran. Ich trete ans Fenster. Wirres hohes Grün, durch das sich schlanke Erlen bohren, versperrt die Sicht. Es muss abgeholzt werden, damit sich meinem Haus kein Lumpengesindel mehr heimlich nähern kann.

»Gnädiger Herr, das Geld!« Gillis reicht mir ein Säcklein und schon bin ich zur Tür hinaus.

Auf der Landstraße tritt Schneegaß aus einem Gebüsch und hält mir fordernd seine rechte Hand entgegen. Ich halte das Säcklein hoch und frage, wann ich meinen Sohn sehen könne. Er legt den Zeigefinger auf den Mund. Ich brülle ihn an, wie er mir Gewissheit geben könne, dass er heil zurückkehrt. Stumm streckt er mir wieder seine Rechte entgegen, in seiner Linken hält er ein Brieflein so, dass ich die Adresse lesen kann. »Herrn Vater« lese ich in der Schrift meines Sohnes. Da verliere ich alle Kraft, mich den Forderungen zu widersetzen, gebe ihm das Säcklein und erhalte das Schreiben, das ich sofort entfalte. Alexander tröstet mich: »*Wir werdn uns bald wiedersehn, liepster Herr Papa, wenn Ihr alle ordres streng befolgt.*« Das ist alles.

Später zeige ich Gillis die seltsamen Anweisungen der Entführer. Verwundert schüttelt er den Kopf.

»Bilder von den Festungsanlagen Bonns gibt's doch auf jedem Krempelmarkt. Das verstehe, wer will!«

»Ja, wer hängt sich eine kunstlose Zeichnung an die Wand?«

»Herr, Ihr werdet sehen, die Halunken wollen noch mehr Geld. Nur um Zeit zu schinden, haben sie diese unsinnige Forderung gestellt. Sonst hättet Ihr gesagt, ich gebe die Reichstaler nur, wenn ich im Gegenzug sogleich meinen Sohn erhalte. Bald werden sie wieder 30 Reichstaler verlangen!«

»Sie hätten gleich 100 fordern können!«

»Ja, aber solch ein Betrag fällt einem nicht gleich aus dem Ärmel. Die wollen schleunigst Geld haben und ziehen Euch so Teilsumme auf Teilsumme aus dem Beutel.«

»Mag sein, für 30 Taler ist auch der Aufwand zu hoch!«

»Soviel hab ich noch nicht zusammengeraspelt«, sagt er leise.

Einen Moment denke ich, er verlangt mehr Lohn, doch sein Blick ist besorgt, nicht fordernd. Den Geldbetrag meiner Cassa zu entnehmen, schmerzt ihn wohl mehr als mich, weil er weiß, wie mühsam es ist, die Bauern zur Ablieferung der Pacht anzuhalten sowie die Früchte zu einem guten Preis zu verkaufen.

Oktober 1673

An Remigii bin ich bereits vor Sonnenaufgang auf dem Weg nach Bonn – allein, obwohl Hennes ein schiefes Maul zieht, weil ein Herr nicht ohne Diener reitet und er gerne der Eintönigkeit Merhoffens entflieht. Diesmal liegt ihm wohl mehr daran, mir in meiner Not beizustehen. Doch Bonn ist überfüllt. Einquartierungen französischer Truppen unter dem Brigadier Ravillon machen selbst Schlafstellen in Ställen rar und weitere Soldaten sollen hinzukommen. Wer weiß, ob meine Schwester Sophia überhaupt Platz für mich hat. Ihr Haus »Zum Goldenen Sattel« liegt in der Sternstraße, die eigentlich Pisternenstraße, also Bäckerstraße, heißt, was aber keiner sagt. Trotz meines frühmorgendlichen Besuchs begrüßt sie mich auf das Herzlichste, runzelt allerdings die Stirn, als ich sie bitte, mich zu beherbergen. Sie hat schon einen französischen Offizier, einen blutjungen Kornett mit seinem hinkenden Burschen in Kost und Logis, zudem auch noch unsere Mutter. Base Henrietta lebe weniger beengt und freue sich gewiss, mich aufzunehmen, sagt sie mit bittendem Blick. Ihr Vorschlag ist mir ganz und gar nicht recht.

»Ach, Schwesterlein, mir ist an Plaudereien mit dir unendlich mehr gelegen als mit Henrietta«, schmeichle ich, meine liebreichste Miene aufsetzend.

»Fein, nur hab ich heut selbst für den kleinsten Schwatz keine Muße. Die Frau Mutter klagt über Bauchgrimmen, die Magd ist auch malade und am Abend ist ein Bankett mit vielen Gäst'. Bitte, Saltin, es ist grad jetzt sehr unbequem, ja, unmöglich!«

»Gut, so geh ich heut in einen Gasthof, aber morgen, liebe Sophia, morgen hab Erbarmen mit mir!«

»In Gasthöfen kommt schon lange keiner mehr unter. Henrietta ist wahrhaftig die Einzige, die ...«

»Genug davon!«, falle ich ihr, ruppiger als ich will, ins Wort. Sie erschrickt und ich werde versöhnlicher. »Gut, dann bleib ich heut bei Henrietta, aber morgen, lieb Schwesterlein, morgen, logier ich bei dir, im Keller oder sonst wo, bitte.«

Der Ton meiner Stimme drückt Verzweiflung aus. Meine Finger befühlen den Brief in der Rocktasche, in dem steht, ab morgen werde mich ein Bote der Entführer bei meiner Schwester aufsuchen. Sie schaut mich an. Ihre Augen fragen, was ist mir dir, Saltin? Doch die Gedanken an Braten, Pasteten und Konfekt für das abendliche Bankett verdrängen die mitfühlende Anteilnahme. Jetzt keine kostbaren Minuten mit Disputen über die Allüren der Frau Schwägerin oder die Sorgen eines Pachtherrn verschwenden.

»Einverstanden!«, sagt sie steif, »wenn's denn derart wichtig ist, soll's so sein.«

»Ich danke, liebste Sophia, und für das Bankett heut Abend hab ich gestern einen Hasen erlegt.«

»Herrlich! Der wird sogleich fein gespickt. Eine Sorg weniger!« Wie ein junges Mädchen fällt sie mir um den Hals.

»Der Has ist wohl willkommener als ich!«

»Ach nein! Über mangelnde Gastfreundschaft kann sich der Herr Bruder wahrhaftig nicht beklagen, nur – es sind halt besondere Zeiten, sehr besondere Zeiten.«

So mache ich mich auf den Weg zu Cousine Henrietta. Sie verlor Vater, Stiefmutter und ihre jüngere Schwester Charlotte in der Pestzeit, die alle an der furchtbaren Seuche starben – die Eltern 1666 und Charlotte noch 1668, als die Gottesgeißel in Bonn bereits langsam erlosch. Kurz nach dem Tod der Eltern hatte Charlotte geheiratet, weil sie meinte, in ein Haus mit zwei schwachen Frauenzimmern gehöre ein Mann. Henrietta zählt jedoch nicht zu den schwachen Frauen, so dass ihr Schwager Stefan Cupper bereits zu Lebzeiten seiner Gattin einiges auszustehen hatte und nach ihrem Tod noch mehr. Der fast mittellose Schullehrer pocht aber hartnäckig auf das Erbteil seiner verstorbenen Frau und denkt nicht daran, das Haus zu verlassen. So aneinander gekettet leben die beiden in ähnlich harmonischer Gemeinschaft wie ein bissiger Hund und eine kratzwütige Katze.

Henrietta freut sich, mich zu sehen. Ihre großen Augen haben noch das Tiefblau ihrer Jugend, während sich auf der Stirn und um den Mund herum einige Fältlein eingegraben haben. Manches von ihrer früheren Schönheit hat sie dennoch bewahrt. Sie kaut nicht auf ihrem Ärger über den unliebsamen Schwager herum, sondern speit ihm diesen gleich ins Gesicht. Er ist inzwischen so schlau, bei Kleinigkeiten sofort nachzugeben, wie ich aus ihren Erzählungen entnehme.

»Lang hab ich ihm gegrollt«, sagt sie, »doch nun ist er mir sogar angenehm, wo doch die vielen Soldaten in der Stadt sind. Er hat unten die Kammer neben der Küch und ich residier hier in der Stube und schlaf in der Kammer oben.«

Ich sehe mich um. Zuletzt habe ich das Haus »Zum Kleinen Roten Löwen« kurz nach dem Ableben meiner Tante betreten. Die früher so gepflegte Stube ist schäbig geworden, riecht muffig. Das imposante Bett, dessen kornblumenfarbenen schweren Vorhänge vor einigen Jahren wie Säulen wirkten, die den *Himmel* tragen könnten, sind zu blassblauen Lappen erschlafft. Meine Base trägt die altmodischen Kleider ihrer Stiefmutter. Selbst die Pantoffeln werden geschont, denn sie geht kurioserweise barfuß. Die Magd ist entlassen. Das Pachtgeld ihres Weingartens habe sie schon ausgegeben, schwatzt sie ohne Scheu. Sie spricht mehr als früher. Redefluss einer einsamen Frau, deren Augen jedoch immer wieder übermütig aufblitzen. Gut gewählte Worte sprudelt sie so quicklebendig heraus, dass ich den altjüngferlichen Eindruck ihres Äußeren kaum wahrnehme. Vielleicht ein letztes Aufbäumen vor dem Versinken in Skurrilität und Trübsinn. Ich muss gehen, die Bonner Festung abzeichnen, doch ihre Worte halten mich fest, ihr Blick klammert sich an mich, duldet kein Entkommen. Da fällt mir die fette Ente ein, die ich für sie erlegt habe. Wie meine Schwester entzückt auch meine Base das Mitbringsel. Sie rupft einige Federn heraus, um sich an der Frische des Vogels zu freuen. Dabei verziehe ich mich.

Hellgraue Wolken verdecken gelegentlich die Sonne, als ich die Stadt durch das Zollschlosstor verlasse, um die Wehranlagen von außen zu inspizieren. Den Grundriss habe ich bereits nach einem Kupferstich auf einen großen Bogen Papier mit Silberstift vorgezeichnet. Eine kleinere Entwurfsfassung steckt in einem Ranzen, den ich umgehängt habe. Wegen der Pest kam der Ausbau der Bastionen 1665 zum Stillstand, so dass ich lediglich die Neuerungen der Franzosen in letzter Zeit ergänzen muss, vor allem im *Rayon*, dem Bereich, in dem alle zivilen Bauten niedergerissen wurden, die dem Feind Deckung bieten könnten. Im Süden und Südwesten ist die Festung mit mehreren Bastionen und Vorwerken gut ausgebaut. Im Norden sichert nur die Stadtmauer Bonn. Dort haben die Franzosen vieles verändert. Das Stift Dietkirchen wurde ganz und gar dem Erdboden gleich gemacht. Die Steine der Klosteranlage benutzte man zum Bau von drei durch *Kurtinen* miteinander verbundene Dreiecksschanzen, die halbmondförmig den westlichen Teil der Stadtmauer, bis weit in den Norden hinein schützen. Bei dem am Rhein gelegenen Neuturm sind zwei weitere miteinander verbundene Schanzen angelegt worden. Zwischen diesen beiden großen Anlagen liegt eine quadratische kleine Schanze wie ein Vogelnest mitten im Feld. Ja, alle schwatzen vom Krieg, aber keiner will glauben, dass er kommt. Jetzt stehen mir seine Vorboten handfest vor Augen, die ich sorgsam abzeichne, auch Maria und Johannes, die auf dem rechteckigen Podest des Johanniskreuzes stehen und auf einen wüsten, leeren Ort blicken. Dietkirchen existiert nur noch in meiner Phantasie. Kirche, Abtei, Fräuleinhäuser, Speicher, Brau- und Backhaus, der Hof des *Halfen*, die Ställe, das Weingärtnerhaus – all das ist ausgelöscht. In Kriegszeiten werden die Plätze Gottes wohl kleiner, wie auch die der Armen. Das Haus eines Bauern, bei dem ich vor einem Jahr nach einer Jagd, auf der ich mich heillos verirrt hatte, übernachtete, steht ebenfalls nicht mehr.

Bedrückt reite ich zurück zum Leinpfad. Eine weitläufige Mauer – Herrenmauer genannt – zieht sich vom Zollschlosstor ausgehend auf meiner linken Seite hin, während auf der rechten, einen Steinwurf entfernt, der Rhein fließt. Dort begegne ich drei Reitern, zwei Herren mit ihrem Knecht. Den beleibten Herrn auf dem Schimmel kenne ich und auch den schlanken Begleiter. Es sind die Brüder Ernst und Florentin von Kolff. Jahrelang sind Ernst und ich uns aus dem Weg gegangen und jetzt zwingt uns die Straße die Entscheidung ab, zu grüßen oder im eisigen Schweigen aneinander vorbeizupassieren. Mitten im Weg reitend beachtet mich Ernst nicht. Um mir Platz zu machen, ordnet sich Florentin hinter seinem älteren Bruder ein. Florentins' stummen Gruß erwidere ich, dann sind sie an mir vorbei. Eine Eingebung sagt mir, die Brüder festzuhalten, diesen jahrelangen Hass zu beenden. Je weiter sie sich entfernen, desto drängender wird der Zwang, ihnen zu folgen. So galoppiere ich den Reitern nach und stelle mich Ernst in den Weg.

»Verflucht, was soll das?«, herrscht er mich an.

Wie fettleibig der einstige Adonis geworden ist. Die hellblauen Fischaugen liegen in feistem Fleisch und selbst die Zornesfalte auf der Stirn ist abnorm dick. Wie ein vom Glück verwöhnter Mann sieht er nicht aus, selbst wenn ich seine Erbitterung über meine Frechheit abziehe.

»Aus dem Weg!«, befiehlt er. Ich bleibe stehen. »Was soll diese Narrenposse?«

»Mit Verlaub, Herr von Kolff! Nach vielen Jahren hat Gott uns heut' zusammengeführt. Das sollten wir nutzen.«

»Gott? Ha, der Teufel hat sich einen bösen Scherz erlaubt! Aus dem Weg!«

»Ich bitt mich anzuhören.«

Florentin flüstert seinem Bruder etwas zu, missmutig sagt dieser: »Also gut, sind wir barmherzig, obwohl man Gesindel besser gleich vor den Kopf schießt.«

»Es ist zu lange ein höchst schädliches Schweigen zwischen unseren Häusern«, erwidere ich die Beleidigung übergehend, »die Zeichen stehen derzeit auf Krieg und da sollten Nachbarn sich gegenseitig helfen, zumindest miteinander reden, selbst wenn sie keine Freunde sind.«

»Gut, wir haben geredet und jetzt reiten wir!«

»Dafür danke ich, und sollte ein Unheil drohen, werde ich die Herren warnen und hoff auf Gegenseitigkeit!«

»Hoffen kann jeder!« Er lacht höhnisch.

»Das tue ich. Und eine Frage habe ich noch. Sind die Marquise und der Marquis Obizzi wohlbehalten angekommen?«

Meine schon lange zurückliegende Bekanntschaft ist mir nur so durch das Hirn gefahren.

»Was weiß Er von Obizzi?«, fragt er so geschwind, dass es kaum zu verstehen ist.

»Hat der Herr Bruder nichts von dem Unglück erzählt? Herr Obizzi und die Marquise wollten die Herren doch besuchen?«

Ernst von Kolff runzelt die Stirn, als redete ich Unsinn.

»Nein, bedauere, ein Herr Obizzi und eine Marquise kamen nie an und damit Gott befohlen!«

Er treibt sein Pferd an.

Ich lasse ihn passieren. Florentin wirft mir einen bekümmerten Blick zu, bevor er seinem galoppierenden Bruder folgt. Ernst genießt diese Feindschaft offenbar. Es steigert seine Selbstachtung, mir unter dem Beifall seiner Freunde eine Bosheit nach der anderen zuzufügen. Auf den Landtagen umringen ihn die Edelleute wie einen Großmogul, während man mich demonstrativ ignoriert. Wenn ich das Wort ergreife, blicken die meisten gelangweilt zur Decke oder auf die Fingernägel. Überraschend vielen Menschen macht es Freude, mich harsch, spöttisch oder sogar plump beleidigend zurechtzuweisen. Seitdem ich in der Gunst des Kurfürsten stehe, sind solche seelischen Misshandlungen nun seltener geworden. Mein zurückgezogenes Leben ersparte mir wohl einige Kränkungen, die dann aber umso schmerzlicher sind, wenn ich grundlos wieder auf Verachtung stoße.

Die Nacht vor dem brennend ersehnten Tag ist kurz. Entweder liege ich wach oder Albträume peinigen mich, so dass der Zustand der Schlaflosigkeit fast erholsamer ist als der Schlummer. Erst gegen Morgen falle ich in tiefen Schlaf. Henriettas schrille Stimme weckt mich. Sie hallt durch die geöffnete Tür von der Treppe – nein, noch weiter weg – von der Haustür kommend bis zu meinem Himmelbett. Geschimpfe! Sie will jemanden vertreiben. Das kann nur der Bote der Entführer sein. Im Nu bin ich auf den Beinen, laufe im Hemd barfuß die Treppe hinunter, höre mit halbem Ohr wie eine Männerstimme um Quartier für Soldaten bittet. Im nächsten Augenblick bin ich bei meiner Base, die lauthals verkündet, als ehrbare Jungfer könne sie keinen Mann in ihrem Haus nächtigen lassen. Vor ihr stehen ein Bursche mit einem Spieß und ein kleiner Mann in einem schäbigen blauen Rock mit einem Hut von ähnlicher Qualität auf dem Kopf. Obwohl ganz würdige Amtsperson, schmunzelt er, als er mich sieht.

»So ehrbar kann die Jungfer nit sein, wenn früh morgens aus ihrem Haus ein stattliches Mannsbild im Hemd tritt«, sagt er.

Henrietta hört wohl nur das »nit ehrbar«; sie ergreift den Besen, der neben der Haustür an der Wand lehnt und schreit: »Was erlaubt

Er sich!« Ein herber Schlag trifft die Schulter des Mannes, den nächsten wehrt der Junge mit dem Spieß ab. Ich reiße Henrietta zurück.

»Na, dat ist wohl kein Mann nit«, spottet der Kleine, der Henriettas Attacke als Scherz nimmt.

»Nein! Der ist mein Herr Vetter und der ist gleich fort.«

»Ach, der Herr bleibt gewiss noch und schützt die vier Franzosen, die hier Quartier nehmen, vor der ehrbaren Jungfer.«

»Was? Gleich vier Gallier? Nein, keiner von denen kommt mir über die Schwell!«, zetert sie.

»Es sind friedfertige Leut, die sich schon seit einem Jahr wohl gehalten haben.«

»Nein, ich will keinen Franzmann im Haus. Adieu!«

»Nun nehme Sie doch Vernunft an. Sie kann auch vier von den Kurkölner Truppen haben, die heut mit dem berühmten General Landsberg zu Erwitte hier ankommen. Die kennen wir aber nit und da kann die Jungfer üble Gäst bekommen.«

»Henrietta«, flüstere ich ihr zu, »es ist wahrhaftig besser, wenn Sie die Franzosen nimmt. Sophia hat auch welche im Haus, angenehme Leut. Wenn noch mehr Kriegsvolk kommt, ist's doch gut, brave Kavaliere zum Schutz zu haben.«

»Holla, Kavaliere? Seit einem Jahr gibt's keine Ruh mehr. Sie krakeelen nachts, stellen uns Weibern nach und die Leut haben viel Last mit solchen Gästen. Zur Höll mit denen!«

»Bisher wurde keiner im Kleinen Roten Löwen einquartiert!«

»Ich hab sie alle verjagt!« Triumphierend hebt sie den Besen.

»Noch immer das wilde Frauenzimmer?«

Sie nickt stolz.

»Dennoch, Henrietta, als gute Christin kann man nicht den anderen die ganze Bürde aufhalsen.«

»In diesen Zeiten ist man besser Egoist als Christ!«

»Eselsstur wie immer! Bitte, Henrietta! Am End sitzen die schlimmsten Sauf- und Raufbolde hier im Haus. Um des heiligen Egoismus willen sollte Sie die artigen Franzosen aufnehmen.«

Sie seufzt, schüttelt den Kopf und ringt sich dann doch ein Ja ab. Der kleine Mann nimmt die Zusage diensteifrig auf und zieht weiter. Früher wies ein Feldwebel ohne viel Fragen einigen Soldaten ein Haus als Quartier zu, dessen Bewohner besser das Maul hielten, wenn ihnen Leib und Leben lieb waren. Jetzt überlässt das Militär die unangenehme Aufgabe des Quartiermachens dem Stadtbüttel, der wohl an meiner schrulligen Cousine bisher gescheitert ist. Im Haus jammert, schilt und keift sie und als ich erwähne, dass Sophia nur zwei Franzosen beherberge, entgehe ich knapp ihrem Besen. Ihren Schwager bedauere ich, obwohl ich ihn nur aus den giftsprühenden Erzählungen Henriettas kenne. Nicht einmal bei dem Begräbnis seiner Frau, meiner armen Base Charlotte, war ich anwesend, weil sie als Pestopfer ohne Zeremonien unter die Erde kam.

Da meine sanften Worte eher noch Öl in Henriettas lodernden Zorn gießen als ihn abzukühlen, mache ich mich sehr bald auf den Weg zu Sophia. Viele junge Männer, mehr bezecht als nüchtern, sind auf den Gassen. Alle paar Schritte steigt mir der Duft frischen Brotes in die Nase, sogar bei einem Kloster. Man backt Kommissbrot zur Begrüßung der Soldaten des Herrn Landsberg von Erwitte, des neuen Kommandeurs von Bonn. Als sollte es bald ein Bankett für die ganze Stadt geben, bahnt sich nun auch ein schwer mit Bier- oder Weinfässern beladener Wagen den Weg durch einige lumpig gekleidete Gestalten. Ein Bürger gibt einem der Bettler ein Almosen, um mit dieser Mildtätigkeit seine Seele dem Himmel etwas näher zu bringen. Das Gewimmel fröhlicher Menschen, freigiebige Bürger, der Duft frischen Brotes, Weinfässer gaukeln ein irdisches Paradies vor, doch dahinter steht das Ahnen des nahen Krieges: Rettet euer Seelenheil, genießt mit heilen Gliedern die Welt, sammelt für die Notzeit! Wie der Tod hinter dem Leben steht, so verbirgt sich der künftige Mangel hinter dieser Überfülle.

Im Haus Zum Goldenen Sattel sitzt Sophia allein in der Stube und trägt ihre Ausgaben in ihr Haushaltsbüchlein ein. Mein Schwager geht seinen Amtspflichten als Kammerrat im Schloss nach, mein Neffe Ari ist in der Schule. Sie klagt: »Die Bankette für die Offiziere leeren arg den Beutel. Ja, Saltin, wir sind jetzt weniger Residenzstadt und mehr Garnison!«

»Gibt's denn eine Belagerung?«

»Nein, das kaiserliche Kriegsvolk ist noch weit im Süden und jagt wohl bald die Franzosen aus Kurtrier oder Colmar.«

»Kurköln ist aber das Einfallstor der Franzosen nach Holland und Deutschland«, widerspreche ich, »der Verlust Bonns wäre für Ludwig XIV. weitaus schmerzlicher als der von Trier.«

»Ach, dies mag mein Herr Gemahl entscheiden«, sagt sie mit wegwerfender Handbewegung, dann blickt sie mich flehend an, »Saltin, was treibt den Herrn Bruder nach Bonn? Ich will ja behilflich sein, aber wir treten uns hier arg auf die Füß. Heut wurden noch zwei weitere Franzosen bei uns einquartiert.«

»Schwesterlein, es sind höchst wichtige Geschäfte. Mir wär's, weiß Gott, lieber, hier keinem zur Last zu fallen.«

»Was sind das für Geschäfte?«

»Ich habe Stillschweigen gelobt!«

»Auch mir gegenüber?«

»Ja, so leid mir's ist! Ich will nur da sitzen, wo's am wenigsten stört und auf einen Boten warten.«

»Und wann kommt der?«

»Heut oder morgen.«

»Und ich kann den nicht weiter zu Henrietta schicken?«

»Nein, bitte nicht! Und Henrietta hat inzwischen auch vier Franzosen am Hals.«

Sie murmelt: »Die armen Franzosen!«, und dringt nicht weiter in mich, wofür ich ihr dankbar bin.

Ich warte. Doch in den nächsten beiden Tagen klopft niemand an. Alle fragen nach meinem Sohn, Sophia, meine Mutter, der Schwager und mein Neffe, jeder für sich und alle nacheinander. Jedes Mal lüge ich: Er sei wohlauf und wolle mit Hennes bald nach Bonn kommen. Aber die Angst wächst. Am zweiten Tag befällt meine Hände ein Zittern, das zum Glück nur mir auffällt.

Immerhin kommt das Warten meiner Mutter zugute, die sich über meine Ausdauer freut, mich mit ihr zu unterhalten.

»Die alten Leut werden gering geachtet. Jeder ist in Eil, keiner will hören, was sie sagen. Wer kraftlos am Stock geht, muss auch kraftlose Gedanken haben. Aber jeder Alte hat in den Härten des Lebens Weisheiten gesammelt, kleine und große, die alle ungenutzt mit ihm begraben werden.«

»Frau Mutter, Erfahrungen muss man machen, sie eignen sich nur wenig zum Weitergeben.«

»Aber so bleiben die Narrheiten in alle Ewigkeit bestehen. Schlag die Bibel auf, da findet man die Beschreibung unserer Dummheiten heut genauso wie in einem Buch, das vor 100 Jahren gedruckt wurde. Wer's versteht sich aufzublähen, kann den Leuten aufschwatzen, was er will, auch wenn's ohne Sinn und Wert ist.«

In dieser Art verlaufen die meisten unserer Gespräche. Sie leidet unter dem Mangel an Anerkennung und trauert ihrem Leben als Herrin über Haus und Hof nach. Verklärt im Licht glanzvoller Tage, ist Merhoffen für sie die Erlösung aus der Freudlosigkeit, obwohl die vielen unerquicklichen Dispute mit meiner Gattin Felicitas sie von dort vertrieben haben, da trotz der Weitläufigkeit meines Anwesens dieses zu klein für die Eigensinnigkeiten der beiden Frauen ist.

Ja, ich bin ein aufmerksamer Sohn und Onkel geworden, helfe Ari sogar bei den Schularbeiten. Und sonst? Nichtstun, in quälend langen Stunden – meistens wie ein gelangweilter alter Mann am Fenster! Doch Angst und Ungeduld brennen in mir. Ich suche die Sternstraße nach jemandem ab, der ein Brieflein bringt oder das Haus Zum Goldenen Sattel beobachtet. Aber niemand fällt aus dem Alltagstrott. Alle wandern vorbei, meist Knechte, die Botendienste verrichten oder Mägde, die Wasser vom Marktbrunnen holen oder mit großen Körben auf dem Kopf etwas irgendwohin tragen. Am zweiten Tag ziehen die aus Westfalen kommenden Truppen des Daniel Dietrich von Landsberg ein. Viele dunkle Hüte drängen sich durch die Sternstraße. Still marschieren die Männer,

Gepäck auf dem Rücken, Gewehre und Piken geschultert. Sie sind mit Schiffen herangebracht worden und dennoch müde – blicken kaum auf, wollen wohl gar nicht wissen, wie hübsch die schmalen Häuser in der Sternstraße sind, weil sie hier ohnehin kein Quartier finden. Wer es gut trifft, erhält eine Kammer, schläft in einem der Türme, in den Fluren eines Klosters oder in einem Stall. Vielleicht müssen einige aber auch in Zelten in den Gärten hausen.

Am dritten Tag fragt Sophia wieder, worauf ich denn so angestrengt warte. Sie zweifelt allmählich an meinem Verstand. Wie gerne hätte ich den Schmerz geteilt, der mich in seiner täglich wachsenden Last immer stärker niederpresst, aber ein Teil der Bürde läge dann auch auf ihren Schultern.

»Schwesterlein, ich werd wohl alt und seltsam«, scherze ich.

»Mit 34 Jahren ist das zu früh! Saltin, wir sollten keine Geheimnisse voreinander haben!«

»Jeder hat Geheimnisse.«

»Nicht solche!« Sie blickt aus dem Fenster. »Seltsam, da unten werden zwei Spitzbuben aus der Stadt geprügelt, die treibt man doch sonst immer über die Kölnstraß!«

Ich trete neben sie. Zwei Männer, denen man jeweils ein Seil um den Leib geschlungen hat, werden von einem Knecht wie Hunde an der Leine gehalten, während der Scharfrichter mit Ruten auf ihre bloßen Rücken einschlägt. Aus der aufgeplatzten Haut tritt Blut – feine rote Rinnsale lassen die Striemen der leichteren Hiebe verblassen. Ich will mich abwenden, da hebt der Kräftigere der beiden Delinquenten den Kopf. Trotz des wilden blonden Bartes erkenne ich ihn. Es ist der arme Bauer, der mir im letzten Jahr Obdach gewährt hatte, als ich nicht mehr in die Stadt kam, weil die Tore geschlossen waren. Damals kam er mir wie ein Engel vor. Er sprach nicht wie ein bäurischer abgemühter Hausvater, sondern wie ein lebenskluger Denker. Ein Strahlen ging von ihm aus, dessen Ursprung ich erst in seinen hellen Augen vermutete, dann aber doch eher seiner einfühlsamen Aufgewecktheit zuschrieb. Als ich ihn fragte, woher er seine Philosophie denn hernähme, erwiderte er, wenn man einem Kind ähnlich mit offenen Augen durch die Welt ginge, so käme wohl jeder zu seinem Schluss, dass Gutes und Böses in Wechselwirkung ständen und Böses oft auch einen guten Wert habe. Üble Erfahrungen nähme er als kostbare Lehre, um künftig Fehler zu vermeiden. Während man ihm das harte Leben kaum ansah, machte seine junge Frau einen verhärmten Eindruck. Die tiefliegenden Augen mit dunklen Schatten und ihr hageres Gesicht trugen zu ihrem Elendsbild bei. Auch sie entdecke ich unter den Schaulustigen. Sie hat eine Kiepe auf dem Rücken. Ein Bündel hängt ihr zusätzlich über der Schulter. Eng an sie geschmiegt geht der zehnjährige Sohn neben ihr. Ihre rechte Hand liegt auf seiner Schulter. Der Junge zuckt zusammen, als ein Rutenschlag den Rücken seines Vaters trifft. Dieser reagiert nur müde auf die Misshandlung. Aber warum musste dieser so redlich erscheinende Mann krumme Wege gehen? Schanzarbeiten an den Befestigungsanlagen gibt es doch zuhauf? Trotzdem steckt sein dem Himmel zugewandtes Leidensgesicht in meinem Hirn. Mein Erbarmen mit dem gequälten Mann ist größer als der Zweifel an seinem Charakter. Der Wunsch, ihm beizustehen, zieht mich auf die Straße. Sophia ruft mir etwas nach, aber da werfe ich bereits die Tür zu. Schon in Mantel und Hut zögere ich. Ich muss doch auf den Boten warten. Andererseits kann ich mit einem guten, gottgefälligen Werk meinem Sohn mehr nützen, als tatenlos weiter auf die Straße zu stieren. Am Sterntor erreiche ich die Meute. Unter Gejohle wird den Missetätern der Stadtverweis noch einmal verkündet. Nach drei nachdrücklichen Hieben taumeln die Gerichteten durch das Stadttor, womit das Spektakel sein Ende findet. Die beiden stehen auf dem Verteidigungswall. Der Henkersknecht löst ihre Stricke und treibt sie hinunter durch das letzte Tor neben der Sterntorbastion. Er beobachtet die Ausgewiesenen, damit es keinem einfällt, in die Stadt zurückzukehren. Vor den Augen des Stadtbüttels will ich mich nicht mit Übeltätern gemein machen und gehe weiter auf die Bastion, einem pfeilartig dem Wall vorgelagerten Bollwerk. Die beiden, die Kanonen bewachende Soldaten mustern mich argwöhnisch, während ich den Ausblick genieße. Hufgetrappel! Der Brigadier Ravillon inspiziert mit einigen Offizieren die Verteidigungsanlagen, wohl eine Abwechslung in dem langen Warten auf den Feind, der hoffentlich nicht kommt. Der Franzose ist ein umgänglicher Mann und fragt mich scherzhaft, ob ich ein neuer Wachsoldat sei. Ravillon kennt mich zwar nicht, dafür aber meinen Schwager und meine Schwester, so kommen wir ins Gespräch. Feurig schwärmt er von dem enormen Arsenal der Bonner Artillerie und der guten Proviantierung. Als er schließlich weiterzieht, ist der Stadtbüttel verschwunden. Der geprügelte Bauer wird ebenfalls fortgewandert sein. Dennoch gehe ich vor die Stadt. Zu meiner Freude treffe ich dort auf seine Frau. Sie bettelt mich an – nicht kriecherisch, auch nicht frech fordernd, sondern respektvoll, ihre knochige Gestalt straff aufgerichtet, als habe sie mit mir ein Geschäft abzuschließen.

»Wie steht's um deinen Mann?«, frage ich, während ich Münzen herauskrame.

»Er ist schwach, aber mehr Sorg hab ich um meinen Sohn. Er hat Fieber.«

»Hier hast du einen Taler und zwei *Albus*, kaufe Arznei!«

»So viel? Ach, ich dank Euch! Gott segne Euch, aber ich darf nit in die Stadt. Ich hab unerlaubt gebettelt.«

»Was soll ich also tun?«

»Herr!«, sagt sie sanft, »nehmt meinen Sohn mit Euch, lasst ihn unter einem Dach irgendwo schlafen und gebt ihm Speis. Ich weiß mir sonst keinen Rat nit, nur, dass er die nächsten Tage auf der Straß kaum übersteht. Darum bitt ich Euch.« Ihre großen Hungeraugen flehen mich an.

»Gut, Marie, ich tue dir den Gefallen.«

»Wo… woher kennt Ihr meinen Namen?«

»Vor einem Jahr habt ihr mich in eurem Haus aufgenommen, als ich nicht mehr in die Stadt hineinkam.«

»Ach, ja? Dann hat Gott Euch hierher geführt!«

»Eher das Antlitz deines gepeinigten Mannes!«

»Ihr habt die Schand gesehen?« Ich nicke stumm. »Ja, er hatte Glück! Er wurde zum zweiten Mal mit Diebsgut ertappt. Aus Not tat er's, so wurd' er nit gehenkt.«

Am Fuß der Bastion sitzt ihr Mann neben den Habseligkeiten des Paares. Sein Sohn ist in seinen Armen eingeschlafen und ich erkläre, den Jungen in meine Obhut nehmen zu wollen. Sein Dank in Worten ist knapp, doch in seinem Gesicht sehe ich die Erleichterung. Mein Angebot, ihnen beiden Zuflucht in Merhoffen zu geben, lehnen sie höflich ab, weil sie zu einem Verwandten ins Bergische wandern wollen. Dort hoffen sie auf einen Pachthof. Das ist zwar wohl eher ein Traumbild, das ich ihnen aber nicht nehmen will. Ein kurzer Abschied – dann laufe ich mit dem Kind zurück zur Sternpforte. Der Junge bleibt nach wenigen Schritten stehen und sieht seinen Eltern nach. Sie trägt die Kiepe, weil sein Rücken zu wund ist, er hat sich das Bündel umgehängt. Es ist ungewiss, wann und ob der Knabe seine Eltern wiedersehen wird. Er macht einen Schritt, um ihnen zu folgen, bei dem zweiten fällt er hin und weint. Ich tröste ihn, stelle ihn auf die Füße. Folgsam versucht er zu laufen, ist aber zu kraftlos. Ich nehme ihn auf den Arm. Er murmelt, er habe Durst. Aus Furcht vor Henriettas höllischen Schimpfreden gehe ich zu meiner Schwester. Vor der Haustür treffe ich Sophia. Bevor ich etwas sagen kann, stellt sie sich vor die Tür und verweigert mir den Zutritt.

»Nein, Christoph, das ist zu viel! Jetzt noch ein krankes Bettelkind.«

»Liebste Schwester, gewiss ist es viel, ich schlafe mit ihm im Keller und morgen werde ich Henriettas Herz erweichen.«

»Versprechungen, nichts als Versprechungen, Herr Bruder. Nein, hier ist kein Platz! Basta!«

Sie schlüpft ins Haus und schlägt mir die Tür vor der Nase zu. Ich setze den Jungen auf die Schwelle. Wo könnte ich ihn unterbringen? Klöster, Hospital alles überfüllt! Ich öffne die Haustür. Sofort klammert sich der Knabe an mein Bein und ich verspreche ihm wiederzukommen. Kaum bin ich im Haus, tritt mir die

Jungmagd entgegen. Ich frage sie, ob eine Nachricht für mich abgegeben worden sei. Sie läuft nach oben in die Stube und bringt mir einen Brief. Endlich, die ersehnte Botschaft! Die Mitteilung der Entführer ist kurz: Morgen solle ich die Wälle abschreiten, um die Zeichnung akkurat zu vervollkommnen mit allem, was ich an dem Tag vorfände und mich dann mit dem Plan um zwei Uhr an der Untersten Fährgasse einfinden. Ein Laufjunge habe das Brieflein abgegeben, sagt mir die Magd. Auf meinen Wunsch hin bringt sie mir einen Becher Milch. Vor der Haustür ist der Bettlerjunge zur Seite gekippt eingeschlafen. Ich wecke ihn und flöße ihm die Milch ein. Passanten gaffen – ein peinlicher Zustand, der Sophia wohl nicht entgeht, denn die Magd bittet mich sehr bald ins Haus. Der Junge ist wahrhaftig verwahrlost. Da beide Mägde sich weigern ihn zu berühren, wasche ich ihn im Garten, schneide ihm das durch Läuse verknotete Haar ganz ab und schmiere Salbe auf die Krätze unterhalb seines Nackens. Sophia kommt. Ihr Blick wird zornig, als er auf den in ein Tuch gehüllten Bettler und den Wasserbottich fällt.

»Ha, so werd' ich in grober Weis' zum Gespött in der ganzen Stadt gemacht!«, blafft sie mich an. »Der Herr von Merhoffen verrichtet Dienste, die schon unter der Würde einer Magd sind! Ist's nicht genug, dass mein Herr Bruder als Mörder verschrien im Turm saß? Wie schlecht soll der Leumund noch werden?«

»Sophia, ich war Opfer einer Intrige, das ist bekannt.«

»Sa, sa, böswillige Reden gibt's allemal noch zuhauf. Himmel, ich war so dankbar für die Huld des Kurfürsten, der meinen Bruder gnädigst aufnahm. Ja, Christoph, darüber hab ich mich von Herzen gefreut, denn auch mir heftet man Seine Schand an. Aber kaum ist die Ehr zurückgewonnen, gesellt Er sich zum Gesindel. Das ist wohl der Sohn des Diebs, der heut aus der Stadt geprügelt wurde!«

»Ja, aber sein Vater ist ein Bauer, der durch die Arbeiten am Wall sein Haus verloren hat. Vor einem Jahr half er mir aus einer Notlag und jetzt ist er ins Elend gekommen.«

»Und wenn schon! Der Bursche sieht aus wie vom Galgen gefallen. Der bringt uns noch die Pest ins Haus.«

»Er hat keine Seuch! Sophia, wer das Gute tun kann und es nicht tut, der sündigt!«

»Wir sind nun einmal alle Sünder. Und wenn der Herr Bruder sich einen Heiligenschein erwerben will, dann sollt er das nicht auf Kosten anderer tun.«

»Schon gut, ich gehe.« Beruhigend lege ich die Hand auf ihren Arm. »Aber, liebste Schwester, ein paar abgetragene Kleider von Ari würden es mir ersparen, das Kind nackend zu Henrietta zu tragen und dafür würde ich dich segnen.«

»Das kann der Bettler noch haben, dann aber Adieu!«

Mein Schwager mustert mich irritiert, als er sein Haus betritt und ich ihm mit dem Knaben auf dem Arm entgegenkomme. Er kündigt Sophia »hohe Offiziers« der kurkölnischen Armee an, die zum Nachtmahl kämen. Leise will ich zur Tür hinaus, doch er hält mich zurück. In seiner ruhigen Art befiehlt er der Jungmagd, das Kind zu nehmen und mir zu folgen. Sophias Lippen werden schmal. Ich habe ihr in der Tat zu viel zugemutet. Ihr Mann lädt mich zum Souper ein. Mir ist zwar nicht nach Zecherei, doch sage ich zu, damit schneller Gras über Sophias Ärger wachsen kann.

»Schwesterlein«, wispere ich ihr zu, bevor ich gehe, »vergib mir. Ich werde mich bessern.«

»Das hoff ich!«, antwortet sie vorwurfsvoll.

Henrietta bereitet mir ebenfalls keinen herzlichen Empfang. Die erzwungene Aufnahme der Gallier hat allerdings ihre Widerstandskräfte weitgehend aufgezehrt und resignierend sagt sie, ich könne auch alle streunenden Hunde und Katzen hereinbitten, wenn man ihr nur erlaube, ungestört in ihrer Dachkammer zu schlafen. Da im unteren Zimmer die vier Franzosen hausen, räumte ihr Schwager Stefan Cupper seine Habseligkeiten nach oben in die Stube. Er hat das zerfurchte Gesicht eines geistigen Arbeiters, ergrauendes dunkles Haar, schmale Lippen und einen breiten Mund, der seinen markanten Zügen etwas gemütlich

Nachsichtiges verleiht. Das 40. Lebensjahr hat er wohl erreicht. Liebenswürdig heißt er mich willkommen und ist auch bereit, das staubige Himmelbett mit mir zu teilen. Henrietta gefällt diese Lösung, so hat sie ihre Verwandten als Puffer zwischen sich und die Soldaten geschoben. Merkwürdigerweise nimmt sie sich des Kindes an. Der Knabe, sauber und in guten Kleidern, ist hübsch, sieht man von dem kahlen Schädel ab. Seine großen blauen Augen und die Magerkeit geben ihm etwas rührend Hilfloses, was sie wohl anspricht. Sie fragt nach seinem Namen, was ich bisher versäumt habe. »Anton«, sagt er und legt erschöpft den Kopf auf den Tisch.

Das Souper bei Sophia mit den Kurkölner Offizieren ist mir mehr Qual als Beglückung. Zu tief haben sich meine Gedanken in den morgigen Tag eingesponnen. Die mit Rotwein gefüllten Gläser, eine delikate Pastete, Salm, Zunge, Schinken, Salat, weißes Brot, silberne Senfgefäße, weiß-blaue Fayenceteller auf schneeweißem Tischtuch im warmen Kerzenschein, die Höflichkeiten der Tischgäste – das alles nehmen meine Augen und Ohren zwar wahr, aber die Annehmlichkeiten sind solche der anderen, nicht die meinen. Wie aus der Ferne beobachte ich meine Tischgenossen. Ich bin wortkarg, bis das Gespräch auf die Bonner Fortifikation kommt. Brüsk erkläre ich, die sei fast wertlos. Im Bonner Norden und am Rhein gäbe es nur die Stadtmauer – keinen Wall, nur eine Bastion. Die Tafelrunde erstarrt. Betulich wie ein Lehrer, der einem dummen Schüler das ABC erklärt, widerspricht der Ranghöchste der Offiziere meiner Übertreibung. Im Norden schützten die Kanonen auf den neuen Schanzen die Stadt und zum Rhein hin zwei Bastionen, die bestes Schussfeld hätten. Mein skeptisches Lächeln fordert ihn heraus, mir die exzellente Wehrhaftigkeit Bonns darzustellen, wobei mein Schwager auch mit seinem Wissen glänzen will. Das Streitgespräch, ob man neben Bronzekanonen über 54 oder 52 Eisengeschütze verfüge und ob darunter fünf oder nur drei 24-Pfünder seien, langweilt meine Schwester und eine andere Dame unsäglich. Daher bitte ich den Wortführer, mir die hochgelobten Kanonen auf dem Wall zu zeigen. Er stutzt und meint dann: »So leid mir's ist, dazu fehlt mir die Zeit. Doch wenn der Herr morgen früh aufsteht, kann Er mit meinem Leutnant die Wälle inspizieren.«

Der junge Leutnant erschrickt, nickt aber ergeben.

Am nächsten Morgen treffe ich den Leutnant an der am Rhein gelegenen Gierpfort und begleite ihn über den Wall. Er ist ein pflichteifriger Soldat, spricht mit den Wachen, inspiziert die Kanonen und sucht mit dem Fernrohr die Gegend ab. Mit fast kindlicher Begeisterung erzählt er mir von seinem Befehlshaber Daniel Dietrich von Landsberg, dessen Heldentaten sich in meiner Erinnerung bisher darauf beschränkten, vor gut fünfzehn Jahren die Stadt Münster schwer beschossen zu haben. Die Lobreden plätschern an meinem Ohr vorbei, weil ich so ganz aufs Spähen und Sehen aus bin. Auf der letzten Bastion beim Neuturm bricht er mitten im Satz ab. Hinter mir höre ich Stimmen. Eine Schar Herren kommt auf uns zu, deren Knechte Rosse führen. Mein Begleiter flüstert: »Der Herr Obristwachtmeister!«

Es ist leicht, Dietrich von Landsberg unter den Vielen auszumachen, denn alle Nachrangigen umgeben ihn wie Planeten einen Fixstern. Er ist ein stattlicher, bereits in die Jahre gekommener Mann. Sein blasses, leicht gedunsenes Gesicht umrahmt eine pechschwarze Allongeperücke. Die Augen liegen eingebettet in wulstigen Lidern und Tränensäcken. Die schmale ausgeprägte Nase und ein dünnlippiger Mund geben seinen müden Gesichtszügen einen Hauch von Festigkeit.

Ich trete zur Seite, um die Herren vorbeizulassen, die kaum Notiz von mir nehmen, doch einer seiner Begleiter macht den Stadtkommandanten auf mich aufmerksam, der mir daraufhin zunickt. Ich verneige mich, der Leutnant neben mir macht eine tiefe *Referenz*. Der Befehlshaber will an uns vorbeigehen. Wiederum flüstert der Begleiter ihm ins Ohr. Landsberg bleibt stehen, schaut mich an.

»Es freut mich, wenn die Herren der Kurkölner Landschaft sich von der Wehrhaftigkeit der Residenzstadt überzeugen«, sagt er liebenswürdig.

»Der Herr Leutnant hat mir alles gezeigt. Es ist in der Tat das beste …« – aus dem Machbaren geschaffen worden, will ich sagen, doch mir stockt der Atem. Der flüsternde Begleiter des Feldherrn ist Ernst von Kolff, mein hasserfüllter Nachbar. Es wundert mich zwar nicht, ihn hier anzutreffen, weil er stets um Hochrangige herumscharwenzelt. Allerdings ist mir unbegreiflich, warum er mich dem Stadtkommandanten vorstellte, wenn bisher schon das Grüßen unter seiner Würde war. Wie verdiene ich jetzt die Wohltat, von ihm in hohe Kreise eingeführt zu werden? Großtuerei – ich kenne alle Edelleute. Keine andere Erklärung habe ich für das unfassliche Verhalten dieser mit allen Wassern der höfischen Falschheit gewaschenen Kreatur. Landsberg ist bereits weitergezogen, während ich noch wie betäubt dastehe.

Die Unterste Fährgasse liegt ein gutes Stück außerhalb der Mauern Bonns und durchquert Weingärten. Es ist kurz vor zwei Uhr. In meinem Ranzen steckt die geforderte Zeichnung. Alles habe ich sorgfältig mit roter und schwarzer Tinte auf teures Papier im Folioformat aufgemalt. Während ich an eine Mauer gelehnt warte, sende ich ein Stoßgebet zum blauen Himmel hinauf, dass jetzt überhaupt jemand kommt. Mein Pferd schnaubt leise, als räuspere es sich. Es wird schwer werden, den Gaul wieder unterzubringen. Auch für Pferde wird es in Bonn immer enger und teurer. Am besten reite ich mit Alexander sofort nach Merhoffen. Seltsam, über das Danach habe ich mir nie Gedanken gemacht. Wie die Ähren eines Feldes im Wind ist in mir alles nur auf das Wiedersehen ausgerichtet. Von der Stadt her klingen die Zwei-Uhr-Schläge. Niemand kommt. Wieder dieses Warten – das Herz klopft, die Arme sind angespannt, die Knie schwach. Jetzt, ein Reiter auf einem plumpen Braunen. Er zockelt vorüber. Wieder ein Reiter von Bonn kommend. Dieser Bauerngaul trottete doch eben aus der Gegenrichtung vorbei. Er biegt in den Weg ein. Schneegaß! Kaum ist er bei mir angekommen, frage ich: »Wo ist mein Sohn?«

»Ich bringe Euch zu ihm!«, antwortet er knapp.

»Wohin?«

Er deutet vage nach Süden. Ich sage nichts, frage nichts mehr, schwinge mich in den Sattel. Er reitet voran. Ich treibe mein Tier zu sehr an, so dass ich sofort an ihm vorbei bin.

»Holla, wisst Ihr, wohin wir wollen?«, ruft er mir hinterher.

»Nein, aber geht's nicht geschwinder?«

»Geduld!« – die habe ich schon lange aufgebraucht.

Im Schritttempo führt er mich in die Wildnis, ein ins Kraut geschossenes Land, das zwischen Bonn und Godesberg liegt. Nach dem Dreißigjährigen Krieg war hier alles wucherndes Dickicht, in dem Einsiedler hausten. Inzwischen ist daraus ein Wald geworden, durch den Holz- und Beerensammler für Reiter wenig geeignete Pfade gebahnt haben. Dornengestrüpp reißt an den Kleidern. Wir steigen ab, weil Geäst uns sonst nicht nur den Hut heruntergeschlagen hätte, sondern den Kopf gleich mit. Wir passieren den Wald und gelangen zu einer Wiese mit verwilderten Obstbäumen. Schneegaß bittet mich am Waldrand zu warten. Die Wiese liegt in einer Einbuchtung des Waldes, so dass mir der Reiter flugs aus den Augen kommt. Es ist eine gottverlassene Gegend – nur Gras, Bäume und dahinter Berge. Die Bäume sind fast kahl. Ein Kirschbaum hat noch wenige gelbe Blätter. Sie zittern im Wind, als frören sie. Licht einer vom Sommer ausgelaugten Sonne fällt auf Wiesen, deren abgelebtes Grün sich kaum mehr gegen das Grau der herannahenden Novembertage behauptet.

Die Zeit vergeht. Herr Jesus, die Schindhunde lassen mich in dieser Trostlosigkeit wohl bis Mitternacht frieren und lachen sich ins Fäustchen. Gegen die aufkommende Erbitterung kämpfe ich an. Dort, wo Schneegaß verschwunden ist, von dort kommt gleich Alexander, dann wird mein vor Kälte und Angst starres Herz wieder warm und geschmeidig. Endlich, ein Reiter! Nein, zwei!

Es sind der Jäger und der rothaarige Johann. Sie steigen ab. Die Miene des Jägers ist grimmig – nun, Humor ist nicht gerade seine starke Seite.

»Wo ist mein Sohn?«, fahre ich ihn an.

»Wenn wir handelseinig sind, wird er wohl kommen!«

»Wohl kommen? Was soll das heißen? Ist er nicht hier?«

»Ha, der Herr sollte wissen, dass ich die Konditionen festlege, ob, wie und wann die Geisel übergeben wird.«

»Verflucht, das war nicht die Abmachung. Hier ist die Zeichnung der Bonner Fortifikationen und jetzt meinen Sohn!«

»Nicht so eilig! Wer weiß, ob alles seine Richtigkeit hat.« So nachlässig wie man ein Sacktuch aus der Hosentasche zieht, um sich zu schnäuzen, greift er nach meiner Zeichnung, betrachtet sie, schüttelt mehrmals abfällig den Kopf und sagt: »Da fehlt einiges.«

»Nein, alles ist sorgsam bis aufs Haar abgemalt.«

»Das mag wohl sein, doch es fehlt das *fecit* und der Name. Das setzt jeder Künstler unter sein Werk.«

Das Blut weicht mir aus dem Gesicht. Mein Gott, ich habe keinen Stift, um das nachzuholen. So trete ich die Flucht nach vorn an und brülle: »Kerl, was sind das für Narrenpossen? Ich bin kein Kupferstecher oder Feinmaler!«

»Nun, ich dacht' schon, dass der Herr Fehler macht. Deshalb hab ich Feder und Tinte parat.« Er winkt Johann, der ein Schreibpult bringt, wie es Offiziere im Feld mit sich führen. Der Knecht hält es, während ich das *Fecit* und meinen Namen daruntersetze sowie Bonn und das Datum, was der Jäger zusätzlich fordert.

»Zufrieden?«, frage ich.

»Nicht ganz!« Er wiegt zweifelnd den Kopf und grinst.

Diese Impertinenz dieses Laffen ist zu viel. Ich reiße den Degen heraus und richte ihn gegen seine Brust.

»Zum Henker, meinen Sohn! Auf der Stell!«

»Sehr unklug, sehr töricht«, murmelt er, deutet nach hinten und ruft laut: »Zeigt den Knaben!«

Zwei Männer zerren meinen Sohn aus dem Wald – die Hände auf den Rücken gefesselt, die Augen mit einem weißen Tuch verbunden wie ein zum Tode Verurteilter kurz vor der Hinrichtung. Die beiden Halunken zielen mit Pistolen auf seinen Kopf. Ein Aufstöhnen kann ich nicht unterdrücken.

»Als ein dem Herrn sehr geneigter Freund, rate ich, den Degen seitwärts auf den Boden zu werfen und alle Anweisungen präzis zu befolgen, ansonsten stirbt das Kind!« Ich schleudere die Waffe ins Gras. Mein Gegenüber fährt fort: »Recht so, und nun bitt ich, den Plan komplett zu machen, wenn's genehm ist?« Er erwartet wohl eine Antwort, ich bin aber derart konfus, dass ich nur hilflos die Hände hebe. »Es soll vermerkt werden, wie viele Soldaten sich in Bonn befinden, wie's um die Proviantierung bestellt ist, über wie viele Kanonen man verfügt und wo das meiste Schießpulver lagert.«

»Das ist Hochverrat«, platze ich heraus.

»Ach, ein böses Wort. Nein, nur ein vorsichtiger Bürger will wissen, ob sein Hab und Gut einer Plünderung ausgesetzt ist.«

»Keine Sorg, Bonn ist aufs Beste gerüstet.«

»Zum Teufel, genug geschwatzt!«, herrscht er mich an, »die genaue Zahl der Soldaten, der *Stücke*, Proviant, Schießpulver sonst, puff, puff!« Er deutet in Richtung meines Sohnes. »Und wenn der Herr glaubt, er könne nun das Blaue vom Himmel lügen, dann spielt er mit dem Leben seines Kindes. Einiges kenne ich bereits und ich weiß auch, dass Er mit dem Kurfürsten und hohen Militärpersonen auf gutem Fuß steht, Er also zumindest das wissen muss, was ich weiß.«

Aus diesem perfiden Netz ist kein Entkommen, zumindest sehe ich kein einziges Schlupfloch. Aus den Gesprächen mit den Offizieren kenne ich die Bestückung Bonns und die Anzahl der Soldaten ziemlich genau. Mein Glück!

»Wie viel *Stücke?*«, fragt der Jäger.

»120 Kanonen!« Er nickt und ich schreibe 120 *Stücke*.

»Davon wie viele aus Eisen, aus Bronze? Wie viel Mörser?«

Das weiß ich auch und schreibe 54 Eisen-, 66 Bronzekanonen und fünf Mörser. An seinem Gesichtsausdruck erkenne ich, dass er die genaue Zahl wohl nicht kannte und werde mutiger. Bei den Soldaten nenne ich die in Bonn kursierende übertriebene Zahl von 4000 Mann.

»Die Wahrheit, nicht das Gassengeschwätz!«, brüllt er »Das hier ist kein Kinderspiel. Die Zange!«

Das Wort »Zange« schreit er nach hinten. Einer seiner Knechte zieht eine Zange aus einem *Felleisen*, streift einen Ärmel meines Sohnes nach oben, dreht das Kind so, dass ich seine auf den Rücken gebundenen Hände sehen kann, dann kneift er dem Jungen mit der Zange zwei Mal fest in den Arm. Markerschütternd brüllt mein Sohn auf. Sofort halten sie ihm den Mund zu, so dass sein Wehgeschrei mich nur gurgelnd erreicht. Innerlich gehe ich in die Knie, während ich mich zwinge, äußerlich ruhig zu bleiben.

»Wenn der Herr noch weitere Kurzweil dieser Art sehen will, bin ich gern zu Diensten«, spottet der Jäger.

»Es ist jämmerlich, wenn Männer Kinder fesseln müssen, um gegen sie Gewalt üben zu können.«

»Gut, dann die akkuraten Zahlen der Bonner Soldaten!«

»700 Franzosen unter Ravillon, 800 Kurkölner kommandiert Herr von Landsberg zu Erwitte.«

Damit werfe ich dem Bluthund einen exquisiten Knochen vor und hoffe, nur ihm bereits Bekanntes zu bestätigen. Dennoch fühle ich mich wie ein Verräter, was ich fraglos auch bin.

»Das ist doch eine ganz andere Zahl als die 4000 davor. Schreibt: 700 Franzosen und 800 Kurkölner!«

Die Zahl der Verteidiger ist ihm wohl das Wichtigste, denn anderes akzeptiert er glatt. Meine läppische Erklärung, das Schießpulver sei auf mehrere Orte verteilt, vor allem in den Türmen zu finden, lässt er mich widerspruchslos aufschreiben. Kaum ist die Tinte trocken, klappt Johann das Feldpult zusammen. Seine Kumpane lösen Alexanders Fesseln. Der Jäger warnt mich erneut, irgendetwas von der Entführung in Bonn verlauten zu lassen, sonst würde man meinen Sohn töten und mich als Verräter brandmarken. Überall gäbe es Spitzel, auch in Merhoffen. Nirgendwo sei ich vor Lauschern sicher. »Kein Wort! Sonst puff, puff!«, ruft er mir zu mit der Hand eine Pistole imitierend, dann reiten sie davon und nehmen mein Pferd mit.

Alexander liegt schluchzend auf dem Boden. Blutige Rinnsale trocknen an seinem Arm, doch Fleisch haben sie ihm nicht herausgerissen. Er ist gesund und kräftig. Offenbar gab es nicht jeden Tag nur Wassersuppe. Ich knie neben ihm nieder. Ach, er ist da! Gott sei Dank! Glückselig drücke ich ihn an mich und lobe ihn, wie mannhaft er sich gehalten habe. Er legt seinen Kopf an meine Schulter, seufzt und fragt müde: »Herr Papa, warum ist der Kurfürst erst jetzt aufgewacht?«

»Warum sollte der Kurfürst lang geschlafen haben?«

»Er hat Euch so spät geschickt. Ihr habt doch gesagt, Gott wacht im Himmel über mich und auf der Erde auch der Kurfürst. Gott schläft nicht, dann hat der Kurfürst geschlafen.«

Ich habe ihm einmal erzählt, dass nicht nur Gott, sondern auch der Kurfürst uns vor Untaten böser Menschen bewahrt.

»Alexander, weder Gott noch der Kurfürst schützen dich vor deinen Dummheiten. Wenn du gegen meinen Willen an der Straße Laute spielst, musst du dich nicht wundern, wenn du für diesen Ungehorsam hart bestraft wirst. Daher halte dich streng an das, was ich sage, damit dir nichts geschieht.«

»Ja, aber ich war ja nicht allein auf der Straße.«

»Vor dem Schneegaß hatte ich dich auch gewarnt.«

»Ich dacht', Ihr seid nur gegen das Lautenspiel.«

»Nein, du solltest dich auch von ihm fernhalten, das weißt du. War denn der Schneegaß die ganze Zeit bei dir?«

»Nein! Erst war ich allein auf einem Bauernhof. Dort musst ich Holz hacken und Korn dreschen.«

»Warum bist du nicht weggerannt?«

»Die Männer sagten, sie würden meinen Herrn Vater totschießen, wenn ich das tät. Es waren auch nirgends irgendwelche Leut.

Und Herr Vater, wir dürfen niemals nichts davon erzählen, wer plappert, verliert's Leben, haben sie gesagt.«

»Ja, kein Wort davon, auch nicht zu Ari oder Tante Sophia. Komm, wir gehen jetzt nach Bonn zurück!«

»Ach, ich bin so müd. Nur ein schönes Federbett will ich.«

»Richtig! Zu dem Federbett gehen wir jetzt. Komm!«

Trotz seiner Mattigkeit läuft er tapfer neben mir her und wir gelangen kurz vor Toresschluss in die Stadt. Henrietta nimmt Alexanders Erscheinen gelassen hin. Hennes habe ihn gebracht, sage ich, und da es in Bonn kaum mehr Möglichkeiten gäbe, Pferde und Knechte unterzubringen, hätte er unsere Gäule nach Merhoffen mitgenommen.

»Zurück nach Merhoffen geht's auf Schusters Rappen!«, schwatze ich.

»Kein Herr geht zu Fuß!«, meint sie empört.

»Besondere Zeiten, besondere Sitten, liebe Henrietta!«

Mein Lager neben Cupper überlasse ich Alexander und schlafe auf Stroh am Fuße des Himmelbettes. In der Nacht wache ich auf. Wieder einmal fesselt mich der überirdische Glanz des Mondes – mattes Licht, das doch so stark ist, akkurat das Gewirr der kahlen Äste des Baumes vor dem Fenster auf den Boden zu zeichnen, durch die sich die Schatten der Fenstersprossen bohren. Nur wilde Formen in Schwarz und Weiß sind abgebildet, alles Unwichtige vernachlässigt. So klar, sich auf das Wichtigste konzentrierend verfolgen nun meine Gedanken die Tagesereignisse. Ich verschränke die Arme hinter dem Kopf. Warum wollen die Halunken unbedingt, dass ich die Entführung geheim halte? Den üblichen Gaunern ist es gleichgültig, ob nach Zahlung des Lösegelds die Obrigkeit etwas von der Entführung erfährt oder nicht. Die Kerle leben bereits lustig irgendwo außerhalb Kurkölns und Namen wie Dummerjan oder Jäger sind nicht einmal Schall und Rauch. Nein, den Galgenvögeln kann es einerlei sein, ob halb Kurköln von der Entführung weiß oder nicht. Warum also selbst jetzt noch das Bemühen, dies geheim zu halten? Die einzige Antwort ist: Nicht das Verbrechen an meinem Sohn soll bemäntelt werden, sondern meine Erpressung. Es soll so aussehen, als hätte ich gegen Geld Geheimnisse verraten. Die Zeichnung als solche war nicht geheim, aber die wahre Stärke der Besatzung Bonns, die Proviantierung wie die Zahl der Kanonen sind nur Wenigen bekannt und für den Feind höchst bedeutsam. Erneut eine der tückischen Ränke meines Erzfeindes Ernst von Kolff, der sich ja alle Mühe gegeben hatte, mich Herrn Landsberg während meiner Spitzelarbeit vorzustellen. Seine Anstrengungen, mir diese Ehre zukommen zu lassen, die er mir sonst nie gönnen würde, machen mir klar, woher der Anschlag auf mich herrührt. Der alte Herr von Kolff pflegte Beziehungen zum kaiserlichen Wiener Hof, während sein Sohn sich auf die französische Seite um die Fürstenbergs geschlagen hatte, wahrscheinlich nur zum Schein. Ernst von Kolff hat wohl selbst den Kaiserlichen Geheimnisse verraten und damit er nicht in Verdacht gerät, soll ich einmal als Verräter den Raben zum Fraß vorgeworfen werden. Deshalb bestand der Jäger auch darauf, dass ich meine Zeichnung mit Datum und vollem Namen unterschrieb. Ja, das ist es!

Viele Hunde sind des Hasen Tod und viele Hunde sind hinter mir her. Die Kurkölner werden mich wegen Landesverrats hinrichten, wenn irgendwann einem der zahlreichen Spitzel der Franzosen in Wien meine Zeichnung in die Hände fällt. Die Kaiserlichen wiederum werden vielleicht ihre Drohung wahrmachen und mich und meinen Sohn umbringen, wenn ich die Kurkölner warne, denn was die Kaiserlichen über Bonn wissen, soll selbstverständlich ebenfalls geheim bleiben. Schon ihr Interesse an der momentanen Verteidigungsfähigkeit der Stadt kann ein Hinweis auf einen geplanten Feldzug sein. Deswegen zielte der Jäger mit dem Zeigefinger auf mich und rief dieses alberne Puff, Puff. Ein Labyrinth, aus dem es kein Entkommen gibt? Doch! Einen Weg gibt es, einen sehr geraden. So wie auf dem Boden die Schatten der Fenstersprossen sich durch das schemenhafte Gewirr der Baumzweige ihren Weg bahnen, muss auch ich mich nicht den Gängen des Labyrinths anpassen, sondern kann sie geradewegs durchstoßen.

Ich ziehe meinen blauen hofgemäßen Rock, den sogenannten *Justaucorps*, an. Die Mode wird ständig bizarrer. Die Ärmel dieser merkwürdigen Jacke sind kurz, damit sich die weißen Hemdärmel an den Handgelenken üppig aufbauschen, ihre Aufschläge hingegen sind grotesk breit und reichen fast bis zum Ellenbogen. Unzählige Knöpfe und entsprechend viele Knopflöcher zieren sie und in der Länge lässt der Rock einen Teil der Kniebundhosen mit seinen Schleifen sehen. Auf eine Perücke verzichte ich, da ich üppig gewelltes Haar habe, obwohl Herren jetzt ohne Rücksicht auf ihre Kopfpracht solche Läusewärmer tragen. Den Kurfürsten habe ich bisher noch in keiner von diesen Modetorheiten gesehen, so dass mein natürliches Haar kaum Anstoß erregen wird. Eigentlich müsste ich eine Kutsche nehmen, damit die weißen Strümpfe und schnallengeschmückten Schuhe nicht vom Gassendreck beschmutzt werden, aber das kurze Stück gehe ich lieber zu Fuß. Inzwischen kennt man mich bei Hofe. Das Einladungsschreiben Max Heinrichs verschafft mir nach angemessener Wartezeit sogar eine Audienz am gleichen Tage, was eigentlich unüblich ist.

Der Kurfürst empfängt mich zum ersten Mal nicht im Audienzsaal, sondern sogar in seinem Privatgemach. Schwarzgekleidet sitzt er in einem Armstuhl beim Feuer. Heiter sieht er mich an, als ich ihm meine *Referenz* bezeige. »Es freut mich, den wohlgeborenen Herrn zu sehen«, begrüßt er mich.

Mit einer Handbewegung scheucht er die Diener hinaus. Seine ringgeschmückte Hand weist mir einen niedrigeren Stuhl zu, was eine außerordentliche Ehre ist, weil man vor einem regierenden Fürsten steht und nicht sitzt.

»Nach Erhalt des Schreibens Seiner Kurfürstlichen und Erzbischöflichen Gnaden, für das ich dienstschuldigst danke, bin ich so geschwind, wie es mir möglich war, hierher geeilt.«

»Dann war der Herr wohl verhindert, denn der Brief ging vor geraumer Zeit ab«, rügt er liebenswürdig.

»Ja, wie Dero Gnaden zu Recht vermuten, hinderten mich widrige Umständ daran.«

In gebotener Kürze – leise, damit die Diener hinter der Tür nichts erlauschen, berichte ich von der Entführung meines Sohnes und verschweige nichts. Als ich auf den Zusatz in meinem Plan mit der Zahl der Kanonen und Soldaten komme, reißt er die Augen auf und ruft: »Das ist Hochverrat!«

»Ich bitt um Vergebung, in den Händen der Missetäter war ich ganz konfus. Ich vertraue Dero Gnaden dies an, damit die braven Verteidiger Bonns wissen, welche Kenntnis der Feind über sie hat. Ich bin mir bewusst, wegen Verrats angeklagt zu werden und flehe Eure Durchlaucht untertänigst an, mich vor einem Prozess gnädiglich zu bewahren.«

Er senkt den Blick. Es ist still. Sogar das Feuer flackert lautlos. Er macht eine Bewegung, als wolle er nach den Dienern klingeln, um mich arretieren zu lassen. Gott steh mir bei!

»Ich muss Rat einholen«, sagt er mehr zu sich als zu mir.

»Dann werde ich angeklagt und verliere das Leben.«

»Das entscheidet der Hofrat!«

»Wie Seine Durchlaucht wissen, bin ich ein Mann, der schon einmal gefänglich im Turm war, zwar unschuldig, dennoch bin ich immer noch meiner Würde beraubt. Daher liegt mein Schicksal restlos in den Händen meines Landesherrn. Nur Er kann mich ausliefern oder retten.«

Sein herrschaftlicher Blick wird unsicher, angstvoll und schließlich fast kindlich hilflos, was im Gegensatz zu seinem männlichen Gesicht und der hohen Stirn steht. Ich bin ein zu großes Wagnis eingegangen und ich habe verloren. Maximilian Heinrich ist ein schwacher Landesherr, der die Führung seinen Beratern überlässt, aber in Dingen, bei denen es eher auf Menschenkenntnis als auf politisches Kalkül ankommt, sollte ein Fürst, dem alle kirchliche und weltliche Macht anvertraut ist, auch selbst entscheiden können. So dachte ich jedenfalls.

»Was soll ich tun?«, fragt er leise.

»Mit Verlaub, es steht mir nicht zu Seiner Durchlaucht zu raten, aber ich bitte von Herzen, die gütige Hand weiter schützend über mich zu halten. Meine Feinde sind zahlreich und wenn ein Sterbenswörtlein von dem, was ich meinem hochwürdigen Landesherrn anvertraut habe, anderen zu Ohren kommt, bin ich verloren. Euer Gnaden verzeihe mir daher meine Bitte, vielleicht in einer Unterredung mit Herrn von Landsberg zu Erwitte einfließen zu lassen, dass der Feind die Zahl der Verteidiger Bonns und die Bestückung unserer Artillerie kennt, ohne jedoch zu sagen, woher er das Wissen hat.«

Er nickt nachdenklich. Seine Miene hellt sich auf.

»Gut, das bleibt ein Geheimnis!«, beschließt er. »Ich spreche vorher mit einigen anderen Herren, damit keiner herausfindet, woher ich diese Kenntnis haben könnte.«

Bei aller Hilflosigkeit weiß er, wie man Hofleute narrt, die nicht nur zu seiner Bedienung da sind, sondern auch jeden seiner Schritte überwachen. Nach dem dramatischen Beginn der Audienz sprechen wir über Gott und die Welt, denn an beiden hängt sein Herz. Er liebt theologische Gespräche, aber auch Geld und Gold und besonders Edelsteine, die er sogar selbst schleift. Ich bewundere neuerworbene Raritäten und schlage mich tapfer in einem theologischen Disput. Obwohl wir am Ende des Gesprächs mehrmals gestört werden, weil ein anderer dringend um Audienz bittet, entlässt er mich erst nach geraumer Zeit. Auf dem Weg durch dunkle Gänge begegne ich dem drängelnden Besucher. Energische Schritte, viele Begleiter! Es ist der Erste Minister Kurkölns, Wilhelm Egon von Fürstenberg. Ehrerbietig bleibe ich stehen, ziehe den Hut. Ein böser Blick trifft mich, der befremdend lange auf mir haftet. Seltsam, der Minister ist doch in Köln bei dem Friedenskongress. Gelegentlich weiht er wohl den Kurfürsten in seine politischen Ränke ein, damit der Landesherr keine eigenmächtigen, ihm nicht genehmen Entscheidungen trifft.

Auf dem Großen Hofplatz bleibe ich vor dem alten Münster stehen, das in der Dämmerung wie eine plumpe Steinmasse in den Himmel ragt. Das Überdimensionale, Grobe widerspricht dem Zeitgeschmack geradezu schmerzhaft. Heute baut man zierlichere

Gotteshäuser, deren Inneres mit prächtiger Malerei, Gold und Silber weniger die Größe Gottes symbolisiert, sondern eher dem menschlichen Auge etwas bietet. Hingegen fühle ich mich in der mystischen Düsternis des hohen und weitläufigen Kirchenschiffes Gott näher als an irgendeinem anderen Ort. Hier ist es bereits nachtdunkel. An einem Seitenaltar mit einem steinernen Reliefbild der Geburt Christi flackern Kerzen. Vor ihm knie ich nieder, allein in tiefer Stille. Die vielen Figuren, die sich wie eine Kuppel über die Krippe neigen und ihre steinernen Blicke auf das Jesuskind richten, sind Gestalten wie aus einem Grab. Ich senke den Kopf und bete. Schritte nähern sich. Die Person bleibt dicht hinter mir stehen. Ich spüre Gefahr im Genick, die mich lähmt. Ein Ruck – eine Hand umklammert meinen Nacken und ich spüre die Schneide eines Degens an der Kehle.

»Nicht umdrehen!«, flüstert eine Männerstimme. »Was hast du mit dem Kurfürsten zu schaffen gehabt? … Antworte!«

»Ein Disput über die Apokalypse des Johannes.«

»Hola, befürchtet Seine Gnaden das Ende der Herrschaft?«

»Nein, es war nur allgemein theologisch.«

»Soso, und was schwatzten die Herren sonst noch?«

»Ein Diskurs über die Apokalypse kann Tage füllen.«

»Keine Scherze!« Er drückt seine Finger fester in meinen Nacken. »Keinem von uns ist nach Scherzen, das sollte sich der Herr ins Hirn schreiben, sonst ist er bald tot.«

»Wieso verdient ein simpler Landedelmann wie ich so viel Wertschätzung, dass man ihm überallhin nachläuft?«

»Zum Teufel! Du weißt genau, was die Glock geschlagen hat. Ein leichtfertiges Wort und der Jäger zerhackt dich und dein Söhnlein in so kleine Stücke, dass die Ameisen sie forttragen können. Nirgendwo bist du sicher! Auch nit in Merhoffen.«

»Eine ähnliche Botschaft hat man mir bereits überbracht.«

Blitzartig drückt er meinen Nacken nach vorne. Seine Waffe ritzt meinen Hals. Er zieht meinen Degen aus der Scheide, schleudert ihn ins Dunkle. Der Stahl schlittert über den glatten Boden, dann flüchtet der Fremde. Ich springe auf, renne zur Tür und reiße sie auf. Er hetzt links um die Ecke des Münsters. Ich folge ihm. Der Mann rennt wie um sein Leben. Am Kleinen Höfchen verliere ich ihn aus den Augen. Entweder ist er ins Schloss oder in den Marstall geschlüpft. Ich hielt ihn zuerst für den Jäger, aber dieser hier war eindeutig jünger und beweglicher. Offensichtlich waren die Drohungen des Jägers jedenfalls kein leeres Gerede.

Am Abend speise ich bei meiner Schwester und ihrem Mann, diesmal ohne Gäste. Mein Sohn isst wenig und antwortet einsilbig auf Fragen, die mein Neffe Ari munter ergänzt. Nicht zum ersten Mal wünsche ich mir, Alexander wäre ebenso springlebendig und stämmig wie er. Mehrmals habe ich ihn heute ermahnt, die Schultern nicht hängen zu lassen, sondern sie nach hinten zu ziehen und nach unten zu drücken, wie es sich für Edelleute gehört. Vor dem Nachtmahl versuchte ich im Garten – dem einzigen Ort, an dem wir allein sein konnten – aus ihm etwas über seine Entführer herauszubringen. Sofort senkte er die Nase wie bei einem Leichenbegängnis. Nur ein paar Nebensächlichkeiten presste ich ihm ab: der weißhaarige brummige Peter, der ihn Holzhacken ließ, eine magere Kuh und das Morgenmus, das ihm besser schmeckte als unsere Morgensuppe. Nichts Brauchbares. Als ich ihm den Brief aus Wien vorhielt, den ich in seiner Truhe entdeckt hatte, brach er in Tränen aus. Er gab zu, das Schreiben dem Marquis Obizzi gemaust zu haben. Mehr erfuhr ich weder mit Sanftmut noch mit Strenge und brach das Verhör ab. Jetzt sitzt er mit rotgeweinten Augen bei Tisch. Jedes Wort kommt ihm nur zögernd über die steifen Lippen. Morgen werde ich freundlich wie ein Beichtvater mit ihm reden und ihm Ehrlichkeit ans Herz legen. Ich spüre, er verheimlicht mir vieles, was ihm schwer auf der Seele liegt. Die Jungen ziehen sich mit meiner Mutter in die obere Kammer zurück. Sophia will mit der Köchin das morgige Souper bereden und überlässt uns Männern die Stube. Wir zünden uns Tabakspfeifen an.

»Was ist das für ein blutiger Kratzer?«, fragt Andreas und deutet auf meinen Hals. Peinlich berührt ziehe ich mein Jabot nach oben, damit es die Degenspuren verdeckt.

»Ach, da hat mich der Barbier geschnitten«, sage ich.

»Na, den Kerl sollte man durchbläuen, wenn er so tölpisch seinen Kunden fast die Gurgel durchschneidet.« Gleichgültig zucke ich mit den Achseln. Er sieht mich zweifelnd an: »Wir sollten offen miteinander reden. Sophia ist in großer Sorg, weil ihr Bruder beharrlich etwas vor ihr verbirgt. Auch wenn der Herr Schwager uns nicht mit Seinen Nöten beschweren will, so ist's für uns doch eine größere Qual, immer im Dunkeln zu tappen, was denn die Ursach des Kummers sein mag.«

Ich starre auf das Tischtuch. Da ich heute den Kurfürsten ins Vertrauen gezogen habe, kann man ihm, dem kurkölnischen Kammerrat, nicht vorwerfen, er hätte meinen Verrat verschwiegen. So erzähle ich ihm alles. Paffend hört er mir zu, manchmal stirnrunzelnd, manchmal kopfschüttelnd.

»Morgen kehren wir nach Merhoffen zurück«, schließe ich meinen Bericht, »keinem von meinem Gesinde traue ich einen Anschlag auf Alexander zu.«

»Nun ja, Menschenseelen sind stets voller Geheimnisse.«

»Ja, der Schneegaß war ein arger Schelm, der kam aber von der Straße, alle anderen stehen zu mir!«

Der Kammerrat wiegt zweifelnd den Kopf.

»Ich halte es für besser, Alexander zunächst bei uns zu lassen«, sagt er, »hier in Bonn ist er sicherer als in dem einsamen und weitläufigen Merhoffen. Ari wird ihn aufheitern und die beiden können zusammen in die Lateinschul gehen.«

Am nächsten Tag reite ich auf einem entliehenen Klepper allein zum Stockentor hinaus. Mir ist unwohl, meinen Sohn zurückzulassen, obschon es gewiss die bessere Lösung ist. Die Aussicht, eine Woche mit Ari zu verbringen, entlockte Alexander sogar ein Lächeln und er gelobte, nur mit Erwachsenen auf die Straße zu gehen. Doch Kindern entschlüpfen Zusagen schnell den Lippen und ebenso flugs dem Gedächtnis. Doch Angst darf jetzt nicht die Beherrscherin unseres Lebens werden. Der Betteljunge Anton bleibt bei Henrietta. Ein Kostgeld stimmte ihr Herz weich.

In Merhoffen ist alles in guter Ordnung. Hennes, Melchior, Jost und Gillis führten das Haus nach besten Kräften. Hennes beaufsichtigt die Ställe, Melchior zusammen mit seiner Mutter Katharina die Küche sowie den Hausgarten, Jost das Hausgesinde und Gillis die Kommerzien. Sie alle kenne ich von Jugend an und weihe sie in die Einzelheiten meiner Erpressung ein. Ich frage sie, ob außer Schneegaß noch ein anderer in die Tat verwickelt sein könnte. Sie schütteln die Köpfe, meinen dann aber, der Große Viehknecht sei seit einiger Zeit öfter als sonst in Plittersdorf gewesen. Der Mann ist allerdings ein Eigenbrötler und wenig beliebt, insofern nehme ich den vorsichtig geäußerten Verdacht meiner Vertrauten nicht zu ernst.

Mit neuem Mut schmiede ich Pläne. Vor allem verlange ich mit Leib und Seele nach meiner Frau. Obgleich wir vor ihrer Fahrt nach Köln oft gestritten hatten, ist sie für mich Sinnbild eines geordneten und schönen Lebens. Auch sie hat Sehnsucht, so steht es in dem Brief, der während meiner Abwesenheit eingetroffen ist.

Ich schreibe ihr, am 5. November mit Alexander per Schiff nach Köln zu fahren. Nachdem ich den Brief gesiegelt habe, betrachte ich den Holzschnitt der vier apokalyptischen Reiter über dem Kabinettschränklein. Diese Schrecken sollen endgültig Vergangenheit sein. Krieg herrschte in meiner Kindheit, Teuerung und Pest liegen hinter mir, fehlt nur noch der Tod, dieses Gerippe auf dem Klepper. Zu ihm sage ich: »Bevor du mich am Kragen packst, Gevatter Tod, hoffe ich noch auf viele schöne Monate, nicht in Schwarz und Weiß, sondern in frohen Farben.«

Doch der Tod grinst!

November 1673

Am 3. November in der Mittagszeit bin ich auf dem Klepper, den mir mein Schwager besorgt hatte, wieder auf dem Weg nach Bonn. Ein klarer Sonnentag macht den Ritt angenehm. Das lichte Himmelsblau überwältigt das blasse Grün und Braungrau der kahlen Novemberlandschaft. Bei Plittersdorf sehe ich einen seltsamen Auflauf. Zelte werden aufgerichtet. Merkwürdig, die Kirmeszeit ist doch vorüber. Vom Rhein her kommt eine Horde Menschen aus Schiffen, deren Masten zu sehen sind. Aus Süden trabt ein Trupp Reiter heran. Es sind Soldaten, wohl Franzosen aus Trier. Einen Mann, der gerade den Pflock eines Zeltes in den Boden schlägt, frage ich auf Französisch, ob die Truppe hier ins Winterquartier ginge. Er sieht mich verständnislos an.

»Der Tebel hol mer! Nee!«, antwortet er, als ich ihn auf Deutsch frage.

Er ist also ein Deutscher, aber auch Deutsche lassen sich von Franzosen anwerben. Ein Reiter kommt mir entgegen. Ich erkundige mich, ob die Kompanie zu Marschall Turenne gehöre.

»Turenne? Kerl, was fragt du nach dem lausigen Hund. Den prügeln wir aus dem Reich raus!«, erwidert er.

Der Feind? Unmöglich! Im November fängt man keinen Krieg an, da gehen die Armeen ins Winterquartier.

»Hola, was suchst du hier?«, brüllt mich der Reiter an, »willst wohl auskundschaften, was es hier gibt?«

Ich schüttle den Kopf, wende mein Pferd. Ich muss die Bonner warnen! Plötzlich ist er neben mir und bedroht mich mit einer Pistole, ich kapituliere und will absteigen. Ein Ruf aus dem Lager lenkt ihn ab, sofort gebe ich meinem Pferd die Sporen, schlage einen Haken, um ihm das Schießen zu erschweren. Ein Knall, eine Kugel surrt vorbei und mein Gaul galoppiert so schnell wie wohl noch nie in seinem Leben. Halt-Rufe hinter mir! Ich reite auf Buschwerk zu, um zu Fuß zu entkommen, bevor mein wackeres Ross unter mir zusammenbricht. Mein Verfolger ist mir hart auf den Fersen. Knapp vor ihm komme ich aus dem Sattel und laufe los. Bevor ich mich in die Büsche schlagen kann, wirft er sich mit einem Satz auf mich, zerrt mich zu Boden. Ein Fußtritt in sein Gesicht, dann bin ich wieder auf den Beinen, ziehe den Degen und er den seinen. Er stürmt auf mich los. Seine wütenden Hiebe wehre ich ab. Dann eine meiner Spezial-Finten – meine Degenspitze gleitet an etwas Hartem ab. Unter seiner rechten Achsel verwunde ich ihn. Er will mir die Klinge in die Brust stoßen, erreicht mich jedoch nicht und sinkt in die Knie. Der hat genug, denke ich und sehe mich nach meiner Schindmähre um. Die steht mit hängendem Kopf neben drei anderen Pferden. Eines gehört meinem Kontrahenten, auf einem sitzt ein Soldat, der eine Pistole auf mich richtet und der Herr des dritten Gaules steht wenige Schritte von mir entfernt, ebenfalls mit einer Pistole in der Hand.

»Den Degen weg, Kerl, sonst schieß ich dich über den Haufen«, sagt der Reiter zu Fuß.

Zwei Soldaten, die in Ruhe zielen können, müssen mich treffen, so lasse ich mich gefangen nehmen. Mein Gegner ist nicht schwer verletzt und reitet mit uns ins Lager.

An Händen und Füßen gefesselt sitze ich auf der Erde neben einem Zelt. Die Novembersonne wärmt, dennoch steigt die Kälte des Bodens in die Knochen, während ich meine verwirrten Gedanken ordne. Die Flucht wie auch die Püffe, die mein Verfolger einstecken musste, haben mich unbeliebt gemacht. Sobald sie aber merken, dass ich kein Soldat bin, werden sie mich ziehen lassen. Nur kommt niemand, dem ich das erklären könnte. Meine auf den Rücken gebundenen Hände und die Fußfesseln sind mit einem weiteren Strick so miteinander verknüpft, dass ich mich kaum bewegen kann. Meine Befreiungsversuche bescheren mir nur blutige Handgelenke. So gern ich die Bonner, quasi als Wiedergutmachung für meinen Verrat, gewarnt hätte, ich komme nicht frei. Die Zeit vergeht. Die Hände werden taub, ebenso die Füße. Ich bitte einen Soldaten, den Hauptmann zu fragen, was mit mir geschehen soll – er übersieht mich und geht weiter. Meine

Rufe verhallen. Das Lager leert sich, da sich viele in die Häuser der Plittersdorfer Bauern zurückziehen, wo es wärmer ist als in den Zelten. Weit entfernt von mir werden Wachtfeuer entzündet. Schattenhaft sehe ich vier Soldaten an einer Feuerstelle stehen – junge Burschen, die sich unterhalten. Mehrmals rufe ich sie an, brülle verzweifelt. Sie drehen sich nach mir um und lachen. Mehr Aufmerksamkeit erhalte ich nicht. Ihre Gesten erzählen Heldentaten: Gurgel durchschneiden, Erstechen, Feuer und Granaten einwerfen, Explosionen, Vergewaltigungen. Alle diese Prahlereien werden mit Lachsalven quittiert. Jeden, der mir zu Hilfe käme, würden diese Blutmenschen als Jämmerling verhöhnen und könnte leicht selbst Ziel ihrer Gewalttaten werden. Man heult mit den Wölfen oder wird von ihnen gebissen. Die verkrümmte Haltung verursacht arge Schmerzen. Die Kälte dringt in mein Innerstes. Mit kurz ausgreifenden Bewegungen meiner Beine versuche ich an eines der Feuer heranzurutschen. Endlich kommen zwei Soldaten.

»Unser Galgenvogel will fortfliegen?«, spottet einer, in dem ich den erkenne, der mich gefangen genommen hat.

Sein Kamerad knüpft meine Fußfesseln auf. Sie greifen mir unter die Arme, helfen mir auf die Beine, müssen mich aber halten, weil ich die Füße kaum noch fühle. Schließlich lösen sie auch die Handfesseln und bringen mich ins Dorf. Im Auerhof, dem Pachthof der Abtei Heisterbach, setzen sie mich in der Küche auf einen Schemel neben dem Herdfeuer unter Aufsicht eines Soldaten. Ich ziehe die Stiefel aus und wärme die blaugefrorenen Füße. Am liebsten würde ich sie in die flackernden gelbroten Flammen legen, deren Anblick schon wärmt. Ein Kessel mit Kraut und Hammelfleisch köchelt vor sich hin. Die Küchenmagd kennt mich und drückt erst dem Soldaten einen Napf Eintopf in die Hand, dann auch mir. Mein Bewacher, ein Mann, dem die Jahre nicht nur Furchen im Gesicht hinterlassen haben, sondern ihm auch eine liebenswerte Gelassenheit schenkten, hat nichts dagegen und so kommen wir beide noch zu einem Maß Bier. Noch bevor der

Bierkrug geleert ist, werde ich zum Obristen in die Stube beordert. Dort lodert ein noch kräftigeres Feuer. Mein Begleiter schließt von draußen die Tür.

Zwei Herren erwarten mich. Erwarten ist allerdings zu viel gesagt. Einer sitzt in Hut und Mantel an der schmalen Seite eines langen Tisches und würdigt mich nur eines lethargischen Seitenblickes. Der Andere, in Reitstiefeln und die Offiziersschärpe über dem Rock um den Leib geschlungen, steht an der Feuerstelle. Er stützt sich mit einer Hand auf dem Kaminsims ab und blickt in die Flammen. In sein braunes Haar mischt sich schon graues. Auf dem Tisch sehe ich im Kerzenschein Papiere liegen, darunter ein Stich der Bonner Festungsanlage und meine Zeichnung. Sollte ich noch ein Fünklein Hoffnung gehabt haben, dass sie nicht in die Hand des Feindes fiele – jetzt ist jeder Zweifel ausgeräumt! Mein leises Räuspern ignorieren die Herren, was mir ärgerlich affektiert vorkommt.

Der am Kamin Stehende dreht sich um. Er hat ein schmales Gesicht, große Augen, eine gerade Nase und ernste Züge. Er ist wohl etwas älter als ich, aber in seinen Augen zeigt sich jungenhafte Energie und Unruhe, die er mit aristokratisch gemessenen Bewegungen unterdrückt. Er fragt mich nach meinem Namen. Ich stelle mich vor. Erstaunt mustert er mich und ruckartig wendet sich der Herr am Tisch mir zu. Es ist Obizzi, der raue Gast, den ich vor einigen Monaten beherbergte. Diese Wiederbegegnung stimmt mich alles andere als froh. Im Gegenzug bitte ich um den Namen des mir unbekannten Herrn.

Verblüfft sieht er mich an, erwidert aber dann freundlich: »Ottone Enrico del Carretto, Marchese di Grana. Dieser Herr hier ist Obristwachtmeister Fernando Marchese degli Obizzi.«

Der Obrist Marquis Grana also, der einmal in Köln die kaiserlichen Schutztruppen befehligte.

»Muss ich mich als Gefangenen betrachten?«, frage ich.

»Nein, Verbündete nehmen wir nicht in *Courtegarde*«, sagt Grana belustigt.

»Verbündet? Ich bin nur mit meinem Landsherrn verbündet!«

»Wahrhaftig?« Er hält meine Zeichnung hoch. »Ein exzellenter Plan der Bonner Fortifikationen und ihrer Bestückung, die französischen Neuerungen sogar in roter Tinte.«

»Dazu hat man mich mit grausamsten Mitteln erpresst.«

»Schwer zu glauben, so akkurat ist alles Kriegswichtige hier verzeichnet. Nein, Monsieur, Er hat mir doch als treuer Anhänger des Kaisers diese Nachricht zukommen lassen, damit Kurköln bald von den Franzosen befreit wird.«

»Mit Verlaub, das wäre Verrat an meinem Landesherrn. Gegen ihn darf ich mich selbst nach Reichsrecht nicht auflehnen.«

»Auch nicht, wenn sich der Kurfürst mit der Kron Frankreich gegen den Kaiser verschwört und Reichsrecht bricht?«

»Darüber mögen Juristen disputieren.«

»Er gesellt sich also zu Verrätern – zu diesen aufrührerischen Brüdern von Fürstenberg. Diese Lakaien Ludwigs XIV. führen unter der Tarnkapp von Reichsfürsten alles aus, was Frankreich nützt und Kaiser Leopold schadet. Das ist Hochverrat!« Eine Antwort erwartend sieht er mich an. Da ich schweige, lenkt er ein. »*Bene*, überlassen wir die Frage des Verrats den Juristen. Es wär mir aber ein Vergnügen, wenn der Herr heut mein Gast ist.«

»Ich danke ergebenst, Herr Marquis, als verräterischer Kurkölner Judas möchte ich, weiß Gott nicht, bei Tisch sitzen, zudem war das Willkommen hier höchst unfreundlich, daher ziehe ich es vor, sogleich Adieu zu sagen.«

»Den groben Empfang bitt ich zu entschuldigen. Gegenwärtig müssen wir noch auf der Hut sein.«

»Bis die kaiserliche Armee hier ist?«

»Na, na, so viel Leut für ein kleines Kurfürstentum?«, weicht er aus, »doch als Zeichen, im Guten miteinander auskommen zu wollen, wär doch ein gemeinsames Mahl nützlich.«

»Und ich bitte um Vergebung, wenn ich's ausschlage. Viele Stunden ließ man mich barbarisch gefesselt in der Kälte sitzen. Auch die Entführung meines Sohnes, mit der man mir Geld und diese Zeichnung da abpresste, gibt kaum Anlass, mir einzubilden, hier Freunde zu haben.« Ich verbeuge mich und gehe zur Tür.

»Fermate! Ascoltate mi per vostro bene«, ruft er und wiederholt auf Deutsch: »Bleibt und hört mich zu Eurem Besten an, Monsieur. Vornehme Gefangene behandeln wir stets mit Respekt. Da der Herr allein auf einem alten Pferd unterwegs war, dachten meine Leute, Er sei ein Kundschafter aus Bonn. Die Vorwürf einer Entführung erstaunen mich. Um sie zu klären, bedarf ich aber der Hilfe des wohlgeborenen Herrn. Die Verantwortlichen werden hängen. Ich bitt Platz zu nehmen.«

Am liebsten würde ich ihm ins Gesicht schleudern, dass mir die kriminellen Subjekte seines Regiments völlig gleichgültig sind. Doch Obizzi hob bei Granas Worten »entführen« und »hängen« schlagartig den Kopf. Gut möglich, dass er an der Verschleppung Alexanders beteiligt war.

Jetzt ist Gelegenheit, etwas aus dem Rachen des Wolfes zu erhalten und die Drahtzieher ausfindig zu machen. Was Grana will, ist kristallklar. Ein Kurkölner Edelmann als Spion, der sich bereits mit einer guten Arbeit empfohlen hat, ist ihm weitaus nützlicher als die üblichen armseligen Spitzel, deren Frauen und Kinder man in Geiselhaft halten muss, damit sie zurückkehren und die oft nicht Witz genug haben, Wichtiges auszukundschaften. Durch den erzwungenen Verrat hat er, wie er meint, mich zwar in der Hand, doch gegen meinen Willen. Erst wenn er mich von der Richtigkeit des kaiserlichen Anliegens überzeugt, kann er sicher sein, einen verlässlichen Helfer zu haben.

Meine Wut verbeißend setze ich mich zu den beiden Herren an den Tisch. Gläser werden mit Wein gefüllt und ich erzähle alles, was Grana wissen muss, um für Ordnung zu sorgen. Überspitzt, hart an der Grenze zur Unwahrheit schildere ich die Entführung. Dabei beobachte ich Obizzi. Er ist zu impulsiv, um sich völlig im Griff zu haben. Bei meinen Übertreibungen verzieht er erbost das Gesicht und unterbricht mich sogar, damit ich meine Anschuldigungen abmildere, woraufhin Grana ihn zurechtweist. Das hindert

Obizzi nicht, mir weiterhin ins Wort zu fallen. Einen besseren Beweis, dass der Hitzkopf an der Entführung beteiligt war, kann er mir gar nicht liefern. Es fehlt eigentlich nur noch der Satz »wie ich es selbst gesehen habe«. Als Vorgesetzter müsste Grana allerdings gleichfalls von der Untat gewusst haben, zumal sie primär militärischen Zwecken diente. Er gibt sich zwar keine einzige Blöße, aber um ein unbeabsichtigtes Geständnis seines Landsmannes zu verhüten, ist er gezwungen, ihm zweimal den Mund zu verbieten, was er im allerletzten Moment tut. Die Hinweise, dass ich nun gerade die Täter um Aufklärung ihrer Missetat bitte, sind deutlich. Grana macht mir auch wenig Hoffnung, die Übeltäter zu finden. Seine Geschichte: Die Karte erhielt Obizzi von einem Mann, der sich im Tross befunden hatte. Dieser versicherte, Freiherr Sechem von Merhoffen sei ein eifriger Parteigänger des Kaisers und habe ihn beauftragt, dieses Dokument dem kaiserlichen Generalleutnant Graf Montecuccoli für 30 Reichstaler zu überstellen. Nach Erhalt der Geldsumme verschwand der Mann. Von den Umständen, wie der Kerl zu der Karte gekommen sei, habe man nicht gewusst, behauptet Grana. Schließlich sei die kaiserliche Armee kein Gaunerhaufen.

Was für ein wunderbares Märlein und so überzeugend vorgetragen, dass Grana wohl selbst daran glaubt! Voll aufrichtigen Mitleids bedauert er mein Schicksal, da er ebenfalls ein kleines Kind habe, Maria Henrietta. Quasi als Trostpflaster will er mir die 30 Reichstaler ersetzen, die ich den Entführern gegeben habe. Das sieht zu sehr nach Bestechungsgeld aus und ich lehne ab. Doch er besteht darauf und da ich überzeugt bin, dieses Geld für die Auslösung Alexanders ohnehin bereits in die kaiserliche Kriegskasse gezahlt zu haben, stimme ich schließlich zu. Der Obrist trinkt mir zu und wir leeren unsere noch fast vollen Gläser in einem Zug.

»Und jetzt, wohlgeborener Herr, seid mein Gast. Ein grandioses Nachtmahl ist zwar nicht zu erwarten, aber es hilft vielleicht, die Drangsal des Tages zu vergessen«, wiederholt Grana seine

Einladung charmant, die ich nun doch annehme, zumal mich Grana ohnehin nicht gehen lassen wird.

Es wird ein heiterer Abend, bei dem sich sogar Obizzi von einer ungewohnt liebenswürdigen Seite zeigt. Er bewundert Grana, ist ihm in Hundstreue ergeben und dieser wiederum behandelt den Jüngeren respektvoll. So fällt die Maske des aufbrausenden arroganten Adligen und ich lerne einen gebildeten Mann kennen, der, ein wenig naiv, leicht zu begeistern ist. Da der Obrist mich ausgesprochen höflich behandelt, zeigt Obizzi auch mir gegenüber bescheidene Zurückhaltung, obwohl ich von geringerem Stand bin als er. Weinfröhlichkeit verdrängt die Realität. Über feindliche Grenzen hinweg sind wir an diesem Abend Freunde.

Miauen neben meinem linken Ohr weckt mich am nächsten Morgen. Die schäbige Katze hat struppig gelbes Fell; struppig, leer wie gelbes Stroh und schäbig fühle auch ich mich. Von der Fesselung schmerzen alle Knochen. Mein Kopf tut zwar nicht weh, gleichwohl tasten sich die Gedanken auf bislang unberührten Umwegen durch mein Hirnhäuslein, bevor sie einen Entschluss fassen. Ich verscheuche das Tier. Nachdem ich mich angezogen habe, gehe ich in die Küche und erhalte mein Frühstück. Vor der Umtriebigkeit zwischen Spülstein und Herd flüchte ich in die Stube. Sie ist leer. Dort löffle ich die Hafergrütze mit Kerbel, zwar eine Armenspeise, die aber delikat zubereitet ist. Auf dem Tisch liegen wieder Papiere sowie Schreibzeug. Meine Zeichnung ist verschwunden, denn trotz der verstreuten Schriftstücke, darunter eine Proviantliste, müsste ich das große Blatt im Folioformat sehen. Unter dem Plan der Festungsanlagen Bonns lugt ein Brief hervor, was an den roten Siegellackspuren zu erkennen ist. Das nachlässig versteckte Schreiben reizt meine Neugier. Es ist nun keineswegs meine Art, fremde Korrespondenz zu lesen, doch obgleich Grana, Obizzi und ich uns gestern gemeinsam lustig gemacht haben, sind wir tief im jeweiligen Lager verwurzelt. Krieg steht vor der Tür, in dem Verräterei, List, Gewalt, Feuer und Schwert das Leben bestimmen und sich jede Menschlichkeit unter der Bank verkriechen muss. Nein, ich habe keine Ursache Rücksicht zu nehmen und ziehe den Brief hervor. Unten entziffere ich die großzügige Unterschrift Raimondo Montecuccolis, des Heerführers der kaiserlichen Armee, Datum 1. November 1673. Der Brief enthält auf Italienisch eine Nachschrift von Montecuccolis Hand.

Ich lese:

»Lieber Marchese di Grana!

Ich bin sehr erfreuet worden, als ich von Eurem schnellen Marsch auf Bonn vernahm, wo ihr wol schon an bequemem Ort campieret. Verhoff, ihr habt Nachricht über das, was wir dort vorfinden werden. Lasst mich alles wissen und schickts mir eilends entgegen, nach Remagen, wo ich wol bald bin. Trotz der widrigen Jahreszeit wollen wir große Märsche tun und vereinigt mit den Spaniern unter Befehl des Marquis von Assentar und dem Oranier mit seinen Truppen bald bei Bonn sein …«

Es folgt ein weiterer Satz, aber ich höre Stimmen. Flugs schiebe ich das Schreiben wieder unter den Stadtplan und stecke einen Bissen Hafergrütze in den Mund. Grana und ein Mann treten ein, den der Obrist mit Korporal anredet. Während ich aufstehe, um ihn zu begrüßen, sieht er mich misstrauisch an. Ich bin ein miserabler Schauspieler und er ein guter Menschenkenner. Sein Blick geht sofort zum Stadtplan, unter dem der Brief liegt.

»Warum sitzt der Herr hier, wo doch der Tisch in der Kammer nebenan gedeckt ist?«, fragt er liebenswürdig.

»Vergebung, davon wusst' ich nichts.« Ich verneige mich steif und will gehen.

»Monsieur, wenn's genehm ist, kommt mit mir!«

Er greift nach dem Brief, steckt ihn in seine Rocktasche und wir gehen ins Lager. An mehreren Feuern wärmen sich Soldaten, eine Kompanie exerziert. Wie ein gefährliches Tier kommen mir die 140 *Pikeniere* vor, wenn sie in exakt geraden Reihen, immer im gleichen Abstand voneinander marschieren, dann abrupt die

Richtung ändern. Die Piken, die dreimal mannshoch über den Köpfen der Männer hinausragen, sehen wie überlange Bohnenstangen im Garten eines Bauern aus, der akkurate rechte Winkel liebt. Die Genauigkeit, in der sich dieses Rechteck aus menschlichen Einzelwesen bewegt, ist so mechanisch, dass es einem seelenlosen Werkzeug gleicht. Wenn sie auf das Kommando »Fällt gegen Fußvolk eure Spieß« die Piken zum Stoß senken, ist es, als kippe ein Haus um, das sich schließlich in eine eisenspitzenstarrende Linie zusammenzieht. Eine riesige Menschenansammlung umgibt das kleine Plittersdorf, bestimmt 1000 Mann. Wie soll die Besatzung Bonns dem Ansturm standhalten, wenn das hier nur die Vorhut ist? Ja, und wenn in dem Brief, den ich heimlich las, die Wahrheit stand, kommen noch drei Armeen hinzu, die des Kaisers, der Holländer und der Spanier, insgesamt also zwischen 20000 und 25000 Soldaten. Armes Bonn mit seinen 1500 Verteidigern!

Es ist kalt geworden. Dunst steigt vom Rhein auf und rückt in der sonst so stillen Gegend das Gewimmel um mich herum zusätzlich ins geisterhaft Irreale.

Grana spricht mit Offizieren. Selbst hier behält er seine würdevoll freundliche Art bei. Wenn er befiehlt, dann bestimmt, aber ruhig mit nur leicht erhobener Stimme. Wir kehren zum Auerhof zurück, setzen uns ans Feuer und rauchen Pfeife. Zufrieden mit sich und der Welt genießt Grana offenbar Wärme und Tabak, während ich das eben Gesehene noch nicht recht begreifen kann. Es klopft, ein Mann tritt ein, legt einen Beutel auf den Tisch und zieht sich wieder zurück.

»Monsieur«, sagt Grana nach einer Weile, »mir bleibt nur wenig Zeit, müßig beim Feuer zu sitzen.« Er fixiert mich ernst. »Wenn der Herr ein treuer Landsmann ist, dann sollte Er alles tun, damit sich Kurköln beizeiten gegen die Tyrannei der Kron Frankreich wehrt. Die Kurkölner Minister, die Fürstenbergs, sehen ausschließlich auf ihren eigenen Vorteil. Für Geld und Titel aus den Händen des französischen Königs verkaufen sie den Kurfürsten samt dessen

Land. Ludwig XIV. liegt nichts am Wohl Kurkölns, für ihn ist's nur eine Basis, um Krieg auf Krieg zu führen. Sollen wieder fremde Heere Zwistigkeiten europäischer Könige im Reich austragen wie vor 25 Jahren im Dreißigjährigen Krieg? Will der wohlgeborene Herr das?«

»Nein, den Horror will keiner. Aber was wünscht der Herr Marquis noch? Mehr Verrat an meinem Kurfürsten zugunsten des Kaisers, als ich es getan habe, ist kaum möglich.«

»Doch! Auch mit Herz und Seel zum Kaiser stehen!«

»Das Herz gehört meiner Gemahlin und meine Seele Gott. Da bleibt nur die Hand, die dem Verstand folgt.«

»*Bene*, neben Mut und Tapferkeit ist der Verstand nicht der schlechteste Part eines Mannes.« Er sieht mich forschend an. »Jedem muss doch klar sein, dass das Reich auf Dauer den französischen Keil in seinem Leib nicht dulden kann. Deshalb, wer der Ratio folgt, stellt sich auf die Seite des Kaisers. Nachdem der Herr uns den Bonner Befestigungsplans überlassen hat, wäre das für Ihn selbst ohnehin eine weise und konsequente Entscheidung.«

»Gut die Ratio! Kurköln ist schon seit Jahren mit Frankreich verbündet, was der Kaiser duldete. Und dann entführten nicht die Franzosen, sondern die Kaiserlichen meinen Sohn. Man sagt, am Gesang erkennt man den Vogel, und die üblen Mittel, die bei mir angewandt wurden, verraten einen unredlichen Geist. Recht und Gesetz scheinen dem Kaiser weniger am Herzen zu liegen als dem König von Frankreich.«

Granas Lippen werden schmal. Für seine Antwort nimmt er sich Zeit. Er sagt: »Der Herr ist überaus offenherzig und hat wohl vergessen, dass Er ganz in meiner Hand ist! Nun ad puncta: Ludwig XIV. hat ohne Kriegserklärung die holländischen Generalstaaten und deutsche Städte überfallen. Soviel zur Rechtsliebe Frankreichs. Geiselnahmen, um Spione zu gewinnen, gehören zum Kriegshandwerk jeder Armee, auch der französischen. Dennoch ist mein Obristwachtmeister übers Ziel hinausgeschossen. Heut früh hat er mir gebeichtet, an der Entführung beteiligt gewesen zu sein. Damit wollte er wiedergutmachen, dass ihm ein Brief aus Wien verlorengegangen war.« Ein scharfer Blick trifft mich, aber ich verziehe keine Miene. »In seinem Eifer ging er zu weit und ich bitte abermals um Vergebung für diese Untat.«

Immerhin hält er mich nicht für einen Dummkopf und tischt mir zumindest einen Teil der Wahrheit auf.

»Der Marquis Obizzi hängt sehr an Euch, wie ich bemerkte«, erwidere ich, »mir fällt's daher schwer zu glauben, dass er ohne Euer Vorwissen das alles allein bewerkstelligte!«

»Ja, ich hab ihn unter meine Fittiche genommen.« Grana zeigt ein sparsames Lächeln. »Allerdings hat er schon mehr erlebt als mancher alter Mann. Er war noch ein Kind, da hat ein Edelmann seine Mutter geschändet und ermordet. In der Kammer nebenan soll der Junge alles gehört haben. Man sagt, er habe den Mörder später in Rom im Duell getötet. Obizzi selbst spricht nicht darüber, aber die Lehr, die er daraus gezogen hat, ist, schlag zu, bevor ein Anderer dich erschlägt. Das macht ihn zum guten, doch manchmal recht hitzigen Offizier.« Grana blickt ins Feuer, greift dann nach hinten und reicht mir einen Geldbeutel. »Ich bitte, dies als Ersatz für die 30 Reichstaler zu akzeptieren, die man dem Herrn abgepresst hat, und hoff, damit und mit der Entschuldigung ist die Sach vergeben.«

»Ich danke und nehme die Entschuldigung an.«

»Es wäre mir eine Freud, wenn der Herr auch seine Meinung über den König von Frankreich änderte. Heulen und Zähneknirschen wird er Kurköln bringen.«

»Leider Gottes hab ich nicht die Macht, über Krieg oder Frieden zu entscheiden.«

»Gewiss, nur sollten sich die Kurkölner daran erinnern, nicht Frankreich, sondern dem Reich anzugehören.«

»Mag sein, aber ich muss meinem Kurfürsten folgen und der Frieden, auch mit Frankreich, ist das, was bei uns zählt.«

»Frieden? Den wird's nur geben, wenn alle Fürsten den Kaiser gegen Ludwig XIV. unterstützen. Dauernde Überfälle ohne jede

Kriegserklärung ins Reich ist Unfrieden.« Er nimmt einen tiefen Zug aus der Pfeife.

»Ich werde darüber nachdenken«, antworte ich zurückhaltend, woraufhin er resignierend die Hände hebt.

Ich frage, ob er mich gehen lasse. Lange überlegt er, bis er sich ein Ja abringt.

Endlich kann ich aus Plittersdorf hinaustraben. Der Nebel ist dichter geworden. Gnädig verhüllt er mir den Anblick der unzähligen Soldaten. Rufe und das Bähen von Schafen dringen geisterhaft dumpf aus Richtungen an mein Ohr, die sich nicht verorten lassen. Milchige Gestalten, Pferde, Wagen, Zelte zeigen sich schemenhaft und lösen sich wieder in den Nebelschleiern auf. Meine Gedanken dürfen jedoch nicht in dieser überirdischen Realität spazieren gehen. So angenehm ich den Abend mit Grana und Obizzi verplauderte, so wenig kann ich als Kurkölner Partei für sie nehmen, schon gar nicht, wenn uns Tausende Soldaten überfallen. Ich muss Landsberg vor den anrückenden Truppen warnen. Wahrscheinlich komme ich zu spät, sonst hätte Grana mich nicht gehen lassen. Warum sich der Obrist so eifrig um meine Gunst bemühte, ist mir allerdings ein Rätsel. Mit über 20 000 Mann, die bald vor den Toren Bonns stehen, braucht der Kaiser keinen so unbedeutenden Helfer wie mich. Diese langen Dispute über Kaiser und König, die nicht nur mir unangenehm waren, sondern wohl auch ihm, nähren meinen Verdacht, dass Grana mich nicht nur als Spion benutzen will, zumal er das Wichtigste für den Feldzug gegen Kurköln ohnehin schon weiß. Was es ist, kann ich mir aber beim besten Willen nicht vorstellen.

Hufgetrappel hinter mir. Die galoppieren wie die Teufel, sich ganz auf den Instinkt der Pferde verlassend, da der Nebel inzwischen so zugenommen hat, dass mir ist, als steckte mein Kopf in einem Mehlsack. Im letzten Moment treibe ich meinen Klepper beiseite, da sind die beiden Reiter juchzend schon an mir vorbei. Ich bin im Niemandsland, obgleich ich doch in der Nähe Bonns sein müsste. Wenn das Auge versagt, helfen vielleicht die Ohren. Ich zügle den Gaul und lausche.

Leise Hilferufe. Ich schreie: »Ist da jemand?«

Deutlich antwortet der Unsichtbare: »Ach, um Gotts Wille seid barmherzig und helft!«

Ich steige ab. Abseits des Weges sitzt ein Kapuzinermönch, was leicht an seinem Habit mit der Kapuze zu erkennen ist. Ich frage, warum er so gottverlassen hier hocke.

»Wie die wilde Jagd sind zwei Reiter aus dem Nebel gestürmt, dem Ersten entkam ich noch durch einen Sprung, fiel aber und der Zweite ist mir übers Bein geritten. Vor lauter Schrecken bin ich aus dem Weg gekrochen, komm aber nimmer auf die Füß. Der Herr sei so gütig und helf mir auf«, bittet er.

Ich knie neben ihm nieder, er stützt sich auf meine Schulter und steht mit dem rechten Fuß auf. Kaum will er jedoch sein linkes Bein gebrauchen, fällt er aufschreiend zu Boden. Das Bein ist gebrochen. Ich hole meinen Gaul und hieve ihn in den Sattel, für Bruder Ambrosius, wie der Verletzte heißt, eine Tortur. Selbst das Reiten bereitet ihm Schmerzen, doch er hält sich wacker. Obgleich ich es eilig habe, bleibe ich mehrmals stehen und spreche ihm Mut zu. Am Stadttor seufzt er erleichtert auf und sagt: »Da bin ich kreuz und quer durchs Reich gelaufen, sogar bis hinauf nach Kärnten und jetzt ist mir im Hui jeder Schritt ein Gräuel. Doch gut, dass der Herrgott mich vorher meine Beine auskosten ließ. Ein Jammer, dass ich's vorher nit recht zu schätzen wusst, wie schön das ist.«

»Das Bein heilt. Bald läuft der hochwürdige Bruder wieder wie zuvor«, muntere ich ihn auf.

In seinem Kloster in der Kapuzinergasse helfe ich dem Bruder Pförtner den Verletzten hineinzutragen. Es ist Sonntag und alle Mönche sind in der Messe. Auch im Quartier von Herrn Landsberg herrscht sonntägliche Ruhe. Mit einem Der-wohlgeborene-Herr-Stadtkommandant-ist-nicht-da fertigt mich ein junger Offizier ab. Als ich von dem kaiserlichen Regiment erzähle, murmelt er gelangweilt, man wisse schon alles und lässt mich stehen. Verärgert suche ich nun das französische Quartier auf. Ich habe Glück. Dort stoße ich auf den jungen Kornett, der bei meiner Schwester logiert. Ihm vertraue ich meine Entdeckungen an und bitte ihn, dies prompt dem Brigadier Ravillon mitzuteilen.

»Ja, ja, die Soldaten in Plittersdorf, das ist nur ein kleiner Haufen auf dem Weg ins Winterquartier«, sagt er, »Monsieur, jetzt macht man keine Feldzüge mehr.«

»Doch! Die Kaiserlichen und die Holländer sind auf dem Marsch hierher. Lieber Freund, führt mich zum Herrn Brigadier!«

»Wie gerne wäre ich zu Diensten, Monsieur, doch, verzeiht meine Offenheit, aber selbst mit einem Brief Montecuccolis in den Händen würde man glauben, dies sei eine Finte.«

»Mein Gott, 25 000 Soldaten sind bald hier, wir brauchen schleunigst Hilfe, einen *Entsatz*«, flehe ich ihn an.

»Gut, ich melde das«, verspricht er mehr mitleidig als überzeugt, »nur, eine Allianz zwischen dem katholischen Kaiser und der protestantischen niederländischen Republik ist so abstrus.« Verständnislos schüttelt er den Kopf.

»Trotzdem, bitte, sagt's Herrn Ravillon. Die Zeit drängt!«

»Der Brigadier speist gerade beim Stadtkommandanten.«

»Bitte, dann geht dorthin und meldet den Herren das.«

»Monsieur, Ihr seht müde aus, ruht Euch im Haus Eurer verehrten Frau Schwester aus. Ich gebe die Nachricht an den Herrn Brigadier weiter. Aber ich fürchte, das wird ganz und gar fruchtlos sein.«

»*Bon*, dann muss ich ihm das selbst sagen. Wo könnte ich den Brigadier heute noch zu Gesicht bekommen?«

»Nach der Tafel will er mit dem Kommandanten zum Wall.«

»Um welche Zeit?«

»In einer Stunde vielleicht.«

Ein kurzer Dank, dann bin ich wieder im Sattel und bringe das Pferd zurück in den Marstall, wo mein Schwager es entliehen hatte. Meine Botschaft klingt wahrhaftig wie ein Märchen. Das

Einzige, das meine Behauptungen stützt, ist Granas Trupp, den der Kornett als »kleinen Haufen auf dem Weg ins Winterquartier« bezeichnete. Gestern waren es auch nur wenige Soldaten und heute konnte man im Nebel die wahre Zahl nur erahnen. Mein Gott, keiner wird mir glauben. Ich sollte dem Rat des Kornetts folgen und mich ausruhen. Auf dem Platz vor dem Münster betrachte ich die drei Kirchtürme. Die Türme verschwinden teilweise wie von Kanonen abrasiert im Dunst. Nein, ich darf jetzt nicht aufgeben, zu viel steht auf dem Spiel. Ich muss etwas tun. Mir fällt der Kapuziner Ambrosius ein. Wenn ein Mönch, der heute aus Plittersdorf kam, das Gleiche wie ich dem Kommandanten meldet, glaubt man der Botschaft wohl eher. Der noch unklare Gedanke treibt mich an. Schon laufe ich am Marktbrunnen vorbei zur Kapuzinergasse, die in der Nähe des Rheins liegt.

Der Pförtner ist zunächst abweisend. Da ich aber Bruder Ambrosius gerettet habe, lässt er mich schließlich doch herein, und weil alle Mitbrüder immer noch in der Kirche beten, führt er mich sogar zum Bett des Kranken, was nun gegen jede Klosterregel verstößt. Bruder Ambrosius sieht noch fahler aus als zuvor. Der Chirurgus lässt auf sich warten. Er fragt mich, ob ich einen Wunsch hätte, den er mit seinen geringen Mitteln erfüllen könnte – Gebete, eine Messe vielleicht? Mein Blick fällt auf seinen schmutzigen Mönchsmantel, der über seinem Betstuhl hängt. Das gibt mir den Gedanken ein, nicht durch einen anderen meine Kenntnisse weiterzugeben, sondern es selbst zu tun. Ich bitte Bruder Ambrosius, mir seinen Habit zu leihen. Entsetzt sieht er mich an. Vor seinem Bett kniend beschwöre ich ihn, mir den Wunsch zu erfüllen. Es gehe um die Rettung der Stadt, da bald drei Armeen Bonn beschießen würden. Je früher das *Entsatz*heer da sei, desto weniger litten die Menschen. Nicht auszudenken, wenn feindliche Soldaten hier Leute totschlügen und Weiber vergewaltigten. Der gequälte Mann murmelt mehrmals »was lädt der Herr mir auf die Seel!« Endlich nickt er. Dankbar drücke ich seine Hand und helfe ihm aus dem Habit. Mantel, Habit und selbst die Schuhe raffe ich zusammen und entwische unbemerkt. In der Stube des Hauses »Zum Kleinen Roten Löwen« treffe ich nur Henriettas Schwager Stefan Cupper an. Während ich den Habit anziehe, erkläre ich ihm mein Vorhaben, als Mönch verkleidet den Kommandanten und den Brigadier zu warnen.

»Wie kommt ein vornehmer und bedachtsamer Herr dazu, ein solch tolles Narrenstück ins Werk zu setzen?«, fragt mich Cupper. »Wenn herauskommt, wer hinter dem Mummenschanz steckt, gibt's wacker was zu lachen, und Ihr macht Euch bis ans Lebensend zur Zielscheib aller Spötter.«

»Mag sein, aber viel Spott und Hohn haben meine Seel so hornhäutig gemacht, dass ich vieles nimmer spüre. Und vielleicht hören sie eher auf einen Gottesmann als auf mich.«

»Mutig! Meine Hochachtung!«, lobt er mich mit einer Verneigung, die ernst und nicht bissig gemeint ist.

»Danke, lieber Freund! Ach herrje, ich habe kein *Zingulum*. Ich brauche einen Strick!«

Cupper nimmt die Kordel eines Vorhangs, die ich als Gürtel benutze. Sie ist kein richtiges *Zingulum*, zudem auch noch mit Silberfäden durchwirkt. Aber die meisten Menschen sehen ohnehin nur das, was sie gewohnt sind zu sehen. Merhoffen hatte ich schon mit deutlichem Bartwuchs verlassen, weil ich mich in Bonn von einem Barbier rasieren lassen wollte. Der kleine Medaillonspiegel an der Wand zeigt mir jetzt den Kopf eines ziemlich verwahrlosten Kapuziners, der bestenfalls noch als Eremit akzeptabel ist. Da ich mir schon selbst fremd bin, wird mich auch keiner der beiden Herren wiedererkennen, sonst scheitert der irrwitzige Plan grandios. In der Küche schöpfe ich Wasser in einen kleinen Eimer, segne es und mache mich damit auf den Weg. Cupper will mich durchaus begleiten und folgt mir in einigem Abstand. Der Mönchshabit erinnert mich an meine Novizentage in der Abtei Heisterbach und ist – je näher ich dem Wall komme – immer weniger Verkleidung, sondern wahres Kleid. Eine angenehme Ruhe erfüllt mich. Als ich auf den Wall gehen will, hält mich ein Soldat auf.

»Nee, hochwürdiger Bruder, hier darf keiner rauf, hier sprechen Kanonen und Musketen, nicht Pfaffen und Mönche.«

»Ich will nur die braven Verteidiger Bonns segnen, denn bald berennen 25 000 Mann die Mauern.«

»Hola, wer hat dir das gesagt? Eine göttliche Erscheinung wie beim heiligen Johannes?« Er lacht und vier weitere Soldaten kommen hinzu und fragen, was es gäbe.

»Dieser heilige Johannes da sagt, bald kommen 25 000 Mann, die uns den Garaus machen wollen.« Er greift sich an die Stirn, um zu signalisieren, ich sei nicht ganz richtig im Kopf.

»Es ist aber so!«, beharre ich, »bevor der Tanz losgeht, will ich die Soldaten und die Kanonen segnen.«

»Fein, guter Bruder, wir danken für die Offerte, aber wir haben unsern eigenen Pfaff, der besser weiß, wie man Kriegsvolk segnet. Also geh wieder in dein Kloster. Adieu!«

»Viele haben ihre Blindheit mit dem Leben bezahlt. Eine Vorhut ist schon in Plittersdorf«, erkläre ich würdevoll, mich zum Gehen wendend.

»Halt«, ruft mir einer der Soldaten zu, den eine Schärpe und eine buschige Feder am Hut als Offizier ausweisen, »was weiß der ehrwürdige Bruder von den Soldaten in Plittersdorf?«

»1 000 Soldaten sind gestern unter Obrist Marquis Grana dort angekommen. Bald werden drei Armeen Bonn belagern.«

»In Plittersdorf sind Soldaten, aber nicht 1 000 und die drei Armeen sind Hirngespinste.«

»Nun gut, einer von uns befindet sich im Irrtum. Es wär' mir eine Freud, wenn ich das bin.«

Der Offizier wird nachdenklich.

»Herr Hauptmann, mit Verlaub«, mischt sich ein Soldat ein und sieht den Offizier fragend an, der ihm mit einer Handbewegung das Wort erteilt, »mir wär ein Segen lieb, weil ich schon lang nimmer in der Kirch war. Und das Kriegsvolk in Plittersdorf kann doch leichtlich mehr werden.« Der Offizier macht eine abfällige Geste, aber die anderen nicken, weil sie die letzte Zeit wohl entweder ihren Rausch ausgeschlafen oder sich in ihn hineingetrunken haben.

»Nützt es nichts, so schadet's auch nicht«, murmelt der Hauptmann milde und befiehlt: »Gut, segne, was immer du willst, Bruder, aber erwarte keinen Heller Almosen dafür. Du da! Du lässt den nit aus den Augen, sonst geht's gleich zum *Gassenlaufen.*« Er deutet auf den Wortführer, dem er noch etwas zuflüstert.

Auf dem Wall sehe ich nur vor sich hindösende Soldaten, nicht aber den Kommandanten oder Ravillon. Die Fernsicht ist immer noch eingeschränkt. Vielleicht sind wir bereits umzingelt. Bei der ersten Kanone bete ich inständig um Verschonung Bonns. Hoffnungsvoll schaue ich auf, öffne die Hände, halte die Handflächen nach oben, als erwartete ich eine Himmelsgabe. In diesem Augenblick tritt die Sonne aus den Wolken – leicht verschleiert und doch wunderbar glänzend.

»Herr im Himmel, deinen Schutz erbitten wir! Herr Jesus Christus, bleibe bei uns, wende Gewalt und Tod ab«, bete ich dreimal laut. Nach dem Amen lasse ich die Hände sinken. Wolken bedecken wieder die Sonne und ich besprenge die Kanone mit Wasser. Soldaten knien vor mir nieder und bitten um meinen Segen.

In Andacht versunken gehe ich über den Wall. Mein eigentliches Ziel tritt in den Hintergrund. Auf der Maximilianbastion endet mein Weg schon. Mein Begleiter hat Order, dass ich hier meinen Rückweg antreten muss. Ich gehorche.

Bevor wir uns trennen, fragt der Soldat unterwürfig, ob ich ihn noch einmal segnen könnte. Er ist wohl lange nicht mehr in der Kirche gewesen, dass er meint, jetzt gleich zwei Segen nötig zu haben. Als ich zögere, fällt er vor mir auf die Knie und sagt, er glaube mir die Prophezeiung der drei Armeen und hoffe, mit meinem Doppelsegen die Belagerung heil zu überstehen. Das rührt mich und so tue ich ihm den Gefallen. Am Stockentor erwartet mich Cupper. Aufgeregt ruft er mir zu: »Ehrwürdiger Bruder! Landsberg und Ravillon sind am Sterntor. Aber sie wollen nit lang verweilen.«

So schnell wie es für einen Kapuziner schicklich ist, laufen wir zum Sterntor. Dort stehen Pferde. Ravillon schwingt sich in den Sattel und gleich darauf der Kommandant. Ich versuche an sie heranzukommen. Nur wenige Schritte sind es noch, als sie mit ihrem Gefolge lostraben.

Cupper seufzt. »Wenn's nit will, dann will es nit«, raunt er mir zu.

Tief enttäuscht lehne ich die Stirn gegen die raue Stadtmauer. Alles vergebens! Cupper zieht mich fort, schwatzt von einem Glas Wein, einem guten Barbier und angenehmen Schlaf. Ja, Schlaf – fruchtlose Anstrengungen und Niederlagen vergessen!

Der Barbier versteht sein Handwerk. Sanft verrichtet er seine Arbeit und macht aus einem Strauchdieb einen nach Parfüm duftenden Hofmann. Der Wein ist gleichfalls gut und samtig, nur Henrietta ist und bleibt das Gegenteil. Sie schimpft über die lauten Gallier, über den armen Anton, weil er beim Nachtmahl zu viel isst. Meine Maskerade als Kapuziner, die ich ihr als Schabernack verkaufte, findet sie blasphemisch und ihr Schwager erhält eine Extra-Ration an Vorwürfen, die er gutmütig erduldet, wobei er mir heimlich zuzwinkert. Müdegeschimpft zieht sie sich nach oben in ihre Kammer zurück. Anton und ihren Besen nimmt sie mit. Der Betteljunge muss auf einem Strohlager vor ihrer Tür schlafen, damit er sie warnt, falls die Gallier ihr die Jungfräulichkeit rauben wollen und der Besen steht zur Verteidigung gleich neben ihrem Bett. Aber die Franzosen würden wohl eher den Besen rauben als ihre Jungfräulichkeit, vertraut mir Cupper an, als sie gegangen ist.

Eigentlich will ich noch zu Sophia, aber der Wein hat mir die Mattigkeit in die Glieder getrieben. So finde ich nicht den Weg nach draußen. Zudem versicherte mir Henrietta, im Goldenen Sattel seien alle wohlauf. Versonnen blicke ich auf ein Gemälde – ein Stillleben mit Fayencegeschirr, einem Messer und einem silbernen Kelch. Das Bild hängt über einem halbhohen Eichenschrank, auf dessen Türen Adam und Eva dargestellt sind. Das alles kenne ich seit der Kindheit. In die Erinnerungen an diese, im Nachhinein so sorglos scheinende Lebenszeit, in der die damals gehasste Unfreiheit mir gleichzeitig eine nie wieder erlebte Geborgenheit schenkte, spinne ich mich ein. Ein tröstlicher Mantel gegen die Nöte der Realität. Ich frage Cupper, ob er sich in die Kindheit zurücksehne.

»Teufel nein, ganz und gar nicht. Mein Vater war ein angesehener Schmied und ich sollt sein Handwerk lernen, obwohl ich … potz Sakrament, wer lärmt da?«

Jemand poltert gegen die Haustür. Cupper läuft nach unten. Dazu wäre ich jetzt zu müde, schon der Weg bis zum Bett erscheint mir zu beschwerlich. Wer immer das ist, er soll sich zum Henker scheren! Das tut der späte Gast nicht, sondern kommt mit Cupper die Treppe herauf. Der Mann reißt den Hut vom Kopf, stellt sich als Kutscher vor, der mich zum Herrn Stadtkommandanten bringen soll. Im Hui ist meine Erschöpfung verflogen. Ich ergreife Degen, Mantel und Hut – alles schmutzig, aber Soldaten sind keine Hofleute. Draußen ist es Nacht. Ein Hund heult in die Stille. Von dem Rumpeln der Räder fast übertönt schlagen die Kirchturmuhren eine nach der anderen neun Uhr. Kaum hat die letzte Glocke ihren Dienst getan, sind wir schon beim Quartier des Kommandanten. Die Wege in Bonn sind kurz und die Kutsche ist eher eine Höflichkeit meiner Gastgeber als ein Erfordernis. Ehrerbietig werde ich willkommen geheißen. Landsberg sitzt mit dem Brigadier bei einem Glas Wein am Tisch.

»Freiherr Sechem von Merhoffen, danke für die Freundlichkeit noch zu später Stunde zu kommen«, begrüßt mich Landsberg.

»Es ist mir eine Ehr und wegen der *Importanz* der Sach wär ich auch um Mitternacht der Aufforderung gefolgt«, sage ich mich verneigend.

»Den Herrn Brigadier Ravillon kennt der Herr ja!«

»Gewiss, ich hatt' schon die Ehr«, eine weitere Verbeugung.

»Wenn's keine Umständ macht, sprechen wir Französisch. Heutzutag lieben es die Deutschen ja ohnehin, ihre Muttersprach so mit Fremdworten zu spicken, dass man oft nicht weiß, ob sie nicht doch Französisch oder Latein reden.«

Ich nehme Platz. Ein Diener schenkt mir Weißwein ein. Heute früh saß ich mit dem Marquis Grana zusammen und jetzt mit seinen Gegnern. Die Schnelligkeit der aufeinanderfolgenden Ereignisse ist verwirrend. Landsberg mustert mich, als wolle er in mein Innerstes sehen. Kaum hat sich der Diener zurückgezogen, fragt der Kommandant, wie ich zu der Behauptung käme, feindliche Armeen seien im Anmarsch. Mit leiser Stimme erzähle ich von dem Brief, der mir in Plittersdorf in die Hände kam, während mir beide gespannt zuhören. Sie wissen, dass Gefahr droht, wollen aber nicht so recht an die drei Armeen glauben.

»Dass Montecuccoli im Winter noch einen Feldzug wagt, nachdem er die gesamte gute Jahreszeit mit nutzlosem Hin- und Hermarschieren verbracht hat und tatenlos zusah, wie französische Truppen dem Kurfürsten Carl Caspar von der Leyen seine Hauptstadt Trier wegnahmen, ist sehr verwunderlich«, sagt Landsberg an Ravillon gewandt.

»Mir kommt dies alles gleichfalls seltsam vor, eher paart sich eine Maus mit einem Elefanten als der Kaiser mit der holländischen Republik – unglaublich«, stimmt der Brigadier zu.

»So denken viele«, entgegne ich, »aber wissen wir, ob Generalleutnant Montecuccoli nicht den Kaiser nun doch überzeugt hat, Frankreich seine Grenzen aufzuzeigen, damit er wenigstens einen militärischen Erfolg in diesem Jahr vorweisen kann? Montecuccoli ist ein Fuchs. Kurköln ist für ihn leichte Beute, nicht so Trier oder das Elsass. Doch wenn die Herren das alles für so phantastisch halten, warum schicken sie mir dann nachts noch eine Kutsche?«

»Monsieur, die Sache ist zu bedeutsam und wenn etwas Wahres dran ist, müssten wir sofort Marschall Turenne oder General d'Humières um Beistand bitten«, sagt der Brigadier.

»Ja, und gerade weil's so eilt und die ganze Stadt in Gefahr ist, in Grund und Boden geschossen zu werden, sollt man sogleich Hilfe anfordern. Seit Mittag laufe ich den Herren nach!«

»Pardon, Monsieur«, beschwichtigt mich Landsberg, »die Nachricht hat uns zwar erschreckt, doch kamen wir nach einiger Überlegung zu dem Schluss, dass Eure Annahmen – wie Ihr selbst zugabt – sehr phantastisch sind. Montecuccoli ist noch weit entfernt und hat seine Truppen bisher so geführt, dass eher ein Feldzug ins Elsass zu erwarten ist als hierher. Außerdem ist er 65 Jahre alt, krank und überaus vorsichtig. Seine Soldaten im Winter zu einer Belagerung zu jagen, passt so gar nicht zu ihm. Dann aber kam eine zweite Botschaft mit fast gleichem Inhalt.«

»Na, wenn's schon zwei sind, dann sollte man handeln!«

»Ja, der zweite Bote war nur … ziemlich kurios! Ein Kapuzinermönch oder Einsiedler hat ebenfalls von drei Armeen gesprochen. Die große Zahl der Soldaten in Plittersdorf beunruhigt uns nun auch. Die holländische Armee ist auch in der Nähe, was noch keineswegs heißt, dass Bonn ihr Ziel ist.«

»Schlimm, wenn man einem Eremiten mehr glaubt als einem Edelmann. Wo ist der jetzt?«, frage ich.

»Verschwunden!« Landsberg betrachtet seinen Wein gegen das Kerzenlicht. »Wer achtet schon auf die vielen Mönchsleut. Nun, wie verlottert er auch war, seine Rede war verständig.«

»Gut, und ich bitte, all das für bare Münze zu nehmen.«

»Das tun wir. Aber auch ich habe eine Bitte. Es wäre gut, wenn der Herr wenigstens morgen noch in der Stadt bliebe, um uns mit seinen Kenntnissen behilflich zu sein.«

Das verspreche ich.

Alexander schmiegt sich mit einem tiefen Seufzer an mich, als ich ihn am nächsten Morgen in die Arme schließe. Anders als andere Väter, die Zärtlichkeiten ihren Kindern gegenüber den Müttern überlassen, scheue ich mich nicht, gelegentlich meinen Sohn zu hätscheln. Noch immer ist er schwermütig. Er will nun auch in Aris' Lateinschule gehen, die ihm mehr zusagt als sein *Präzeptor*.

Um die müden Augen in der Weite der Flusslandschaft zu erfrischen, spaziere ich mit meinem Schwager und den beiden Jungen vor dem Mittagsmahl zum Rhein. Hinter dem Zollschlosstor beobachten wir, wie die neue Gierfähre, welche die Franzosen den Bonnern geschenkt haben, den Rhein überquert. Sie verbindet die Stadt mit dem Beueler Ufer. Es ist gespenstisch, wie das mit einem Fuhrwerk und Fahrgästen beladene Boot, ohne Ruder oder Segel, nur mit Seilen bewegt, herangleitet. Der Himmel ist novembertrüb. Atemhauch steht in Wölkchen vor dem Mund. Während wir Erwachsenen stromauf schlendern, laufen die Kinder voraus und werfen Steine in den Fluss. Ich erzähle meinem Schwager von Alexanders Wunsch, in Bonn die Schule zu besuchen.

»Ein guter Gedanke«, bemerkt er, »Im nächsten Jahr soll Ari in das neue Gymnasium der Jesuiten in der Wenstelgass gehen. Wenn Alexander fleißig lernt, könnte er auch bald so weit sein. Aber, lieber Schwager, sprechen wir über Drängenderes.«

»Ja! Wir sollten Sophia mit den Kindern morgen nach Köln schicken.«

»Potz Blut! Warum das? Der Herr Schwager wollte doch nach Köln zur Frau Gemahlin?« Erstaunt bleibt er stehen.

»Ich habe meine Pläne geändert und schicke Alexander allein nach Köln. Bonn wird wohl bald vom Feind belagert und da muss ich zurück nach Merhoffen.«

»Ach ja, dieses sonderbare Gerücht von dem Heiligen vom Wall«, sagt er lebhaft, »dessen Weissagung hat dem Kurfürsten wohl so imponiert, dass er auf und davon ist. Ja, gestern noch ist er nach Köln gefahren. Ich weiß nicht, ob man diesem Eremiten glauben soll.«

»Lieber Schwager, glaubt es! Bonn geht einem schlimmen Fatum entgegen. Sorgen wir dafür, dass Sophia und die Kinder fortkommen«, und dann berichte ich von meinen Erlebnissen in Plittersdorf. Meinen Auftritt als Kapuziner verschweige ich. Dem nüchternen Kammerrat fehlt jedes Verständnis für eine solche Komödie, die mir inzwischen selbst peinlich ist.

»Da sagt dieser wunderliche Mönch wohl die Wahrheit«, sinniert er, nachdem ich meinen Vortrag beendet habe.

»Was ist das denn für eine Geschichte mit dem Mönch?«

»Ha, die kennt doch jeder! Wie ein Lauffeuer ging die durch ganz Bonn. Just das, was Er mir gerade erzählte, hat gestern ein Kapuziner einigen Soldaten prophezeit. Darauf segnete er die Kanonen. Bei einer hielt er die Händ zum Himmel und die Sonn kam aus den Wolken. Der Mann stand ganz im Licht und der Strick, den er um den Leib trug, funkelte wie Blitze. Dreimal bat er Gott um Verschonung Bonns vor anrückenden Feinden. Als er die Hände sinken ließ, verlosch das Licht. Die Priester warnten in der Morgenmess' vor falschen Propheten, aber die Sach, die mehrere Soldaten als wahr beschworen haben, ist mir doch durch Mark und Bein gefahren. Dieser Johannes vom Wall hat wohl Recht?« Fragend sieht er mich an.

»Halten wir uns an das, was ich herausgefunden habe«, schlage ich vor.

Sophia weigert sich, ihr Haus zu verlassen. Andere nehmen die Prophezeiung des Johannes vom Wall ernster, zumal noch andere Anzeichen hinzukommen wie die zahlreicheren Wachen auf den Befestigungsanlagen, die vermehrten Streifzüge der Reiterei vor den Mauern Bonns und die plötzliche Abreise des Kurfürsten.

Während des Tages verstärkt sich das Gerede vom Heranrücken des Feindes noch. Die kurkölnische Stadt Rheinbach plünderten tags zuvor niederländische Truppen und steckten sie in Brand. Soldaten schlugen dort Bürger tot, sogar den Vikar vor dem Altar. Der Bürgermeister Averdunck wurde an einem Baum vor dem Stadttor gehenkt, vielleicht aus Rache für die Verwüstung der Niederlande durch die Franzosen vor einem Jahr, denen Kurköln half.

Die Grausamkeit der Holländer ist wieder in aller Munde. Im August letzten Jahres schlachteten Bürger in Den Haag ihren führenden Staatsmann Johann de Witt und seinen Bruder Cornelis auf offener Straße ab, weideten die Leichen aus und hängten die nackten blutüberströmten Körper kopfüber am Schafott wie Rinderhälften auf. Die Appelle des Stadtregiments, Ruhe zu bewahren, werden als das genommen, was sie sind: eine goldene Pille gegen die Angst, die aber nicht bei allen Wirkung zeigt. Einige Bürger eilen zum Hafen, schleppen ihre Habe mit sich, als gäbe es in der Stadt kein Morgen mehr. Vor allem Frauen und Kinder verlassen Bonn, während die Männer das Haus vor Dieben und Plünderern schützen. Jeder in Bonn dankt Gott, als wenig später die Nachricht kommt, die Holländer seien nach Süden abgezogen. Sophia triumphiert und meint, wenn sie auf mich gehört hätte, säße sie jetzt als unwillkommener Gast in dem kleinen Haus ihrer Stieftochter in Köln.

Am nächsten Tag, dem 5. November, bringe ich Alexander mittags zum Hafen. Das Boot, mit dem er fahren soll, liegt gefährlich tief im Wasser, weil jeder mit sich trägt, was er kann. Da der Schiffmann den überladenen Kahn nicht leichtern will und den »Dreikäshoch« noch zusätzlich an Bord nehmen möchte, weigere ich mich, meinen Sohn ins Boot zu setzen. Als der Kahn abgestoßen wird und schwankend Wasser aufnimmt, dass die Leute schreien, sieht Alexander zu mir auf und sagt: »Herr Vater, ich bin froh, nicht da drinnen zu sein!«

»Ich auch!« Schützend lege ich meine Hand auf seine Schulter. »Und morgen kehren wir nach Merhoffen zurück.«

Beim Nachtmahl versuche ich Sophia und Andreas zu überreden, nach Merhoffen mitzukommen. Beide scherzen über meine Zähigkeit sie fortzulocken. Merhoffen sei nicht die Arche Noah und würde vom Kriegsvolk wohl schlimmer heimgesucht werden als das befestigte Bonn, vorausgesetzt, die Kaiserlichen fänden überhaupt hierher. Meine Mutter bittet mich jedoch, sie mitzunehmen. Sophias Einwände wegen der kalten Jahreszeit, weist sie bestimmt zurück. Sie hat einen Entschluss über ihr weiteres Leben gefasst, den sie sich nicht mehr aus der Hand nehmen lässt. Für sie brauche ich Pferd und Kutsche. Mein Schwager will im Marstall nachfragen, ob man mir behilflich sein könnte. Es wird spät und ich mache mich im Dunkeln auf den Weg zu Henrietta. Auf der Sternstraße kommen mir Soldaten mit Fackeln entgegen. Sie treiben ein gutes Dutzend armselig gekleidete Männer, Weiber und Kinder vor sich her, alles Bettler, die keinen Unterschlupf bei mildtätigen Bürgern »im Eck« gefunden haben. Ein Anzeichen einer bevorstehenden Belagerung, weil man so die Stadt von nutzlosen Essern befreit. Die Gestalten im Fackellicht gehen so still, als wandle ein Zug Toter durch die Gassen in Richtung des Kölntors. So grausam es ist, in die Dunkelheit hinausgestoßen zu werden, vielleicht wird ihnen einmal im Leben der bessere Teil aufgezwungen als manchem Bürger, der jetzt behaglich in seiner Stube hockt. Nur ein winziger Bruchteil der Einwohner hat der Stadt den Rücken gekehrt. Die allermeisten bleiben, denn niemand möchte als Bettler in der Fremde herumirren, sobald die Ersparnisse verzehrt sind. Auch Henrietta will unter keinen Umständen ihr Heim verlassen und Cupper räumt seinen Platz im Kleinen Roten Löwen schon gar nicht, weil er befürchtet, später von Henrietta ausgesperrt zu werden.

Drei Tage ist es her, seitdem ich die Zelte der Kaiserlichen unter dem Marquis Grana in Plittersdorf zum ersten Mal sah. Der Morgen des 6. Novembers, ein Dienstag, dämmert herauf. Im Sommer hätten die Vögel die Schlusstakte ihres Morgenlieds gesungen, jetzt lärmen unten die Franzosen. Ich schlage die Bettvorhänge zurück und wirble so viel Staub auf, dass ich husten muss und Cupper wecke. Er wundert sich, mich so früh auf den Beinen zu sehen, da ich bisher entgegen dem Sprichwort »Morgenstund hat Gold im Mund« immer erst angekleidet war, wenn er sich auf den Weg zu seiner Lateinschule machte, die er im Haus einer Witwe betreibt, mit der er, wenn ich Henriettas losem Maul glauben will, eine Liebschaft hat. Das Morgenmus schlinge ich hinunter, dann laufe ich zum Marstall. Dort muss ich lange warten und dann bedauert man doch, trotz guten Willens mir kein Pferd überlassen zu können. Nur eine alte, abgenutzte Kutsche sei entbehrlich, für die aber die Bezeichnung »abgenutzt« eher noch ein schmeichelhaftes

Lob als eine Herabwürdigung ist. Auch in der Stadt ist kein Gefährt aufzutreiben. Gegen Mittag gehe ich zum Schloss, um meinen Schwager zu bitten, im Marstall nochmals nachzufragen. In gewundenen Sätzen versichert mir ein Kanzlist, dem Herrn Kammerrat Frohen eilends eine Nachricht zu überstellen. Mit überhöflicher Dienstwilligkeit maskiert man gerne Trödelei. Es dauert auch lange, bis mein Schwager kommt. Er ist totenblass.

»Was gibt's?«, fragt er rundheraus.

»Ich brauche Pferd und Wagen, um die Frau Mutter nach Merhoffen zu bringen.«

»Himmel, jetzt kommt keiner mehr aus der Stadt. Der Feind ist da! Gott steh uns bei!«

»Wie? Wir sind schon umzingelt?«

»Ja! Die Tore sind grad geschlossen worden.«

»Dann ist kein Fortkommen?«

»Wie's aussieht, nein! Es schien alles so unwahrscheinlich.« Zerknirscht sieht er mich an. »Nun ist's doch eingetroffen ... ja, eingetroffen. Mit Verlaub, ich muss gehen!«

Wie betäubt stehe ich da. Selbst für mich ist der Feind jetzt unerwartet schnell gekommen.

Die Stockenpfort ist geschlossen! Die Torwachen drängen mit den Stangen ihrer Spieße aufgebrachtes Volk zurück. Da bisher kein Schuss gefallen ist, versteht keiner, warum friedliebende Leute die Stadt nicht verlassen dürfen. Die Antwort auf die Frage, welche Möglichkeiten es gibt, mit heiler Haut doch noch aus dieser Falle zu entkommen, kann mir nur die Militaria geben. So versuche ich mein Glück in Ravillons Quartier. Der Kornett ist nicht da. Ein mir bekannter anderer Offizier weiß auch keinen Rat. Er wird auf den Wall beordert. Ich begleite ihn und komme so mühelos an den Wachen vorbei. Was ich sehe, ist bestürzend. Außerhalb der Reichweite der Kanonen stehen Hunderte Zelte um die Stadt herum aufgebaut. Davor werden mit Pferdegespannen Kanonen in Stellung gebracht. Reitertrupps patrouillieren. Mehrere wie Würfel aussehende Trupps Pikeniere, über deren Spießen Fahnen zu sehen sind, exerzieren, daneben in Reih und Glied einige Regimenter Musketiere, ebenfalls mit flatternden Feldzeichen. Diese Schaustellung militärischer Überlegenheit macht sprachlos. Auf dem Wall stehen neben Hunderten Soldaten auch einige Bürger mit ihren Spießen. Alle starren nur, wagen kaum zu flüstern. In dieser Kirchenstille laufe ich den Wall entlang, um nach einem Schlupfloch zu suchen. Aber der Feind ist überall. Auf meinem Gang treffe ich auf Ravillon.

»Monsieur, ich danke für die frühe Warnung«, sagt er, »vorgestern habe ich Boten zu Marschall de Turenne und General d'Humières geschickt. Ich hoffe, sie sind durchgekommen.«

»Es sieht übel aus, Herr Brigadier.«

»Nein, Courage! Sobald *Entsatz* kommt, werden Montecuccoli und seine Freunde ihr blaues Wunder erleben. Marschall Vicomte Turenne ist weit weg, aber General d'Humières wird uns heraushauen. So lange halten wir hier aus, *Fourage* und Munition haben wir ja genug.«

»Herr Brigadier, eine Bitte habe ich. Ich muss nach Hause. Wie komme ich aus Bonn heraus?«

»Hat der Herr keine Ambitionen, seine Heimatstadt zu verteidigen?«

»Mit Verlaub, ich hab das Kriegshandwerk nicht gelernt!«

»Bei Ausfällen gegen den Feind würden wir Euch nicht einsetzen, doch hier oben können wir manche Hand gebrauchen.«

»Ich werde es mir überlegen«, sage ich, um ihn milde zu stimmen, »trotzdem wär's mir lieb, etwas über die Möglichkeiten zu erfahren, wie ich die Stadt verlassen kann.«

»Diejenigen, die aus der Stadt fliehen, erschießen wir, weil es sich oft um Überläufer oder Spione handelt. Der Feind wiederum foltert gerne solche Flüchtlinge, um Näheres über die Stadt herauszufinden. Ich rate dringlich, sich dem Schutz unserer Soldaten und Kanonen anzuvertrauen, pardon …«

Ravillon wird von einem Offizier gerufen, der auf die feindlichen Linien deutet. Erstaunlich rasch formieren sich die Gegner.

Laufgräben werden ausgehoben und Wälle aufgeschüttet. Sie haben es eilig, weil die Lust auf eine ausgedehnte Winterbelagerung im feuchtkalten Rheintal kaum groß sein kann. Einer der Gräben ist sehr weit vorgeschoben, ebenso ein Wall. Ravillon zögert, den ersten Schuss abzugeben, er schickt einen Boten zum Stadtkommandanten. Eine halbe *Karthaune* wird gefährlich nahe postiert. Davor sieht man Soldaten schaufeln. Das Fernrohr vor dem Auge, die Lippen zusammengepresst beobachtet der Brigadier dies. Er gibt das Kommando, die Kanonen auf die *Karthaune* sowie die vorgeschobenen Gräben des Feindes auszurichten und lässt sie laden. Der Befehl Landsbergs kommt, das Feuer zu eröffnen. Lunten brennen und acht *Stücke* donnern los. Den Rückstoß hatte ich unterschätzt. Mit einem Sprung zur Seite rette ich mich vor einer der zentnerschweren Kanonen. Rauch und gelber Schwefeldampf vernebeln die Sicht. Als sich der Dunst lichtet, jubeln die Artilleristen. Die gegnerische *Karthaune* steht zwar noch, aber von den dort schanzenden Soldaten ist nichts mehr zu sehen. Ein Offizier reicht mir sein Fernrohr. Ich sehe, wie sechs Soldaten in Richtung der feindlichen Linien kriechen. Vier bleiben liegen. Einer der vier richtet sich noch einmal auf. Sein rechter Arm ist abgerissen. Er öffnet den Mund zu einem Schrei, den ich nicht höre. Wieder krachen unsere Kanonen, zerwühlen den Boden, zerfetzen, was sich darauf befindet. Der Feind hat seine Geschütze noch nicht so positioniert, dass sie unseren Bollwerken gefährlich sind. Ganz so schwierig ist es also nicht, aus einer ausgebauten Wehranlage heraus mit 1500 Verteidigern 25000 Mann in Schach zu halten. Die Soldaten um mich herum sind jetzt voller Mut. Sie lachen, recken die Fäuste zum Himmel. Das ohrenbetäubende Knallen, der Gestank von Verbranntem, Schreie Verletzter und das Zerstörungswerk sind mir neu und unerträglich, obwohl ich theoretisch weiß, was Krieg ist. Was wird uns der Feind bald antun, wenn wir mit ihm so unbarmherzig umgehen? Unbemerkt verlasse ich den Wall.

Im Goldenen Sattel ist es anheimelnd still. Doch das Kanonenkrachen, das Triumphgeheul, Schmerzensschreie und der stumme

Ruf des Sterbenden werde ich nicht los. In der Stube liest meine Mutter Alexander aus einem Buch vor. Er sitzt in Strümpfen mit angezogenen Beinen neben ihr. Sie begrüßt mich würdevoll und er plappert, Ari sei frühzeitig aus der Lateinschul zurückgekommen. Es sei Krieg, da gäbe es keine Schule. Er fragt, ob wir jetzt nach Merhoffen zurückfahren würden.

»Merhoffen? Heut nicht«, sage ich, »jetzt ist's aber an der Zeit, Laute zu spielen, allerhöchste Zeit. Hol sie!«

»Tante Sophias Laute darf ich ohne sie nicht anrühren.«

»Mit mir zusammen darfst du das!«

Jubelnd springt er auf und rennt davon.

»Wir kommen aus Bonn also nicht mehr heraus?« Meine Mutter legt das Buch auf die Fensterbank.

»Nein, mit einer Kutsche ist das unmöglich«, erwidere ich.

»Dann gehe ohne mich! Merhoffen ist alles, was wir sind und was wir haben. Es darf in Kriegszeiten nicht herrenlos sein«, fordert sie in einem so strikten Ton, der mich an ihre Befehle in meiner Kindheit erinnert.

»Es ist auch für mich allein schwierig!«

»Tue es!«

Alexander kommt mit der Laute und einem Packen Noten wieder. Er stimmt das Instrument – liebliche Töne. Sein Blick gleitet in andere Sphären. Prestissimo spielt er ein Tanzlied, welches wie das Strahlen eines Sommertages in die eisigkalten Stunden hineinspringt, in einer solch kraftvoll sprühenden Ausgelassenheit, dass die Rufe der Sterbenden und der Kanonenknall aus meinen Ohren weichen. Zweifellos werden sie wiederkommen, diese Gespenster des Grauens, aber später. Später! Jetzt vergesse ich! Eine Stunde lang trinkt meine Seele diese gezupften oder geschlagenen silberhellen Klänge, führen mich zu schnell fließenden Bächen, in Rosengärten oder lassen Pferde über morgenfrische Wiesen traben. Meine Mutter lächelt ihrem Enkel zu, während er, den lockigen Kopf zur Laute geneigt mit solchen roten Wangen wie die der süßlichen kleinen Engel in den Kirchen, die melancholische

Passacaglia spielt, die ihn einmal vor meinem Zorn bewahrte. Seine Finger sind viel geläufiger als früher, sein Spiel ist sicher, fast virtuos. Aber inmitten von Gewalttaten sind harmonische Töne ein kleines Wunder und den Zauber eines Wunders sollte man nicht mit der Suche nach Erklärungen brechen. Wie habe ich gegen die Musik gewettert, die in schweren Stunden doch tausendmal wertvoller ist als Degen und Gewehr, zu denen ich meinen Sohn zwingen will – ja muss, weil die Welt sonst alle Musikinstrumente zertrümmert. Als dem jungen Musikmeister nichts mehr einfällt, greift er nach den Noten. Ich lege meine Hand auf die Blätter.

»Ist's nicht schön?«, fragt er erschrocken.

»Doch, sehr anmutig und erstaunlich kunstfertig.«

»Ja?« Seine Augen leuchten. »Und hier die schön' Partita, die spiel ich noch geschwind.«

»Nein, es ist genug! Schönes behält den Reiz des Besonderen nur, wenn man es maßvoll genießt, sonst sinkt es zum Alltäglichen ab!«

»Ja? Doch jedes Stücklein ist anders. Und selbst wenn ich eines oft übe, ist es jedes Mal besonders. Ich könnt immerzu nur spielen und mir Melodien ausdenken, ohne Langeweil.«

In seiner Vergnügungssucht schießt er wieder über das Ziel hinaus. Alter Zorn steigt in mir auf. Mit der Faust haue ich auf die Noten und brülle »Genug!« Sein begeisterter Blick gefriert in Angst. So schlage ich einen ruhigen Ton an: »Alexander, man kann nicht immer spielen, tanzen und seinen Kopf mit tausend neuen Melodien vollstopfen. Musik dient dem Zeitvertreib. Da draußen aber muss man sich verteidigen, sonst schießen sie einen tot. Dort bewirkt die Musik nichts, gar nichts! Die Widerwärtigkeit der Welt bekämpft man nicht mit zierlichen Tönen, sondern mit Hieb-, Stich- und Feuerwaffen.«

Er nickt, nimmt die Laute und geht.

Meine Mutter blickt mich mitfühlend an. »Es ist schwer, Kindern den rechten Weg zu zeigen«, sagt sie, »der Trägheit und Traumwandelei musste auch ich bei meinen Kindern immer entgegentreten. Aber schöner wär's, wenn man mehr die Träume der Kinder zulassen könnte, als ihnen die Härten des Lebens vor Augen zu halten.«

Vor Kriegshandlungen zeigt man gerne die Wehrhaftigkeit seiner Bastionen, pocht auf das große Arsenal der Waffen, um den Feind zu beeindrucken. Sobald der Kampf aber begonnen hat, hütet man solche Angaben wie eine züchtige Jungfer ihre Unschuld. Nichts darf mehr nach außen dringen. Deshalb muss ich mich heimlich davonmachen.

In Henriettas Stube brüte ich über einer Skizze der Bonner Verteidigungsanlagen. Es wird schwer werden, einen Schleichweg aus der Stadt heraus zu finden. Fast jeder Winkel ist von den Verteidigern einsehbar. Ich muss nicht nur den Wall und die drei Stockwerke hohe Mauern überwinden, sondern brauche schon ein gutes Maß Glück, um ungesehen den Wachen zu entwischen, das kann ich nur ohne meinen Sohn. Ich hoffe, die Feinde beschießen mehr die Bastionen als die Stadt, und das Haus meiner Schwester liegt in beruhigender Entfernung von den Wehranlagen. Schutzloser ist Merhoffen. Wie Rheinbach kann es geplündert und in Brand gesteckt werden. Meine Beziehungen zu Grana könnten helfen, das zu verhindern. Ich muss dorthin, aber wie? Da fällt mir Anton ein. Der Betteljunge kennt vielleicht Schlupflöcher, durch die man nach Torschluss aus der Stadt herauskommt. Mittlerweile ganz gesund geht er Henrietta zur Hand – holt Wasser, bringt Holz und erledigt alles, was es an beschwerlichen Arbeiten gibt.

Henrietta kocht gerade ein opulentes Nachtmahl für alle, sogar für die Franzosen. Seitdem die Kanonen donnern, sieht sie ihre ungeliebten Gäste in einem anderen Licht. Sie sollen jetzt gut genährt werden, damit sie ihr den Feind vom Hals halten.

Nur ungern lässt sie Anton gehen. Ich frage ihn, wie man nachts ungesehen aus der Stadt kommt und zeige ihm den Plan. Sein an abstrakte Striche und Linien nicht gewohntes Hirn begreift nur langsam, was die Zeichnung darstellt. Er deutet auf eine Stelle im

Norden. Dort muss ich zwar nur die Stadtmauer überwinden, aber der Ort ist für mich sehr ungünstig, weil ich mich zunächst durch die feindliche Linie einige Meilen nach Norden in Richtung Köln durchschlagen muss, um dann die Belagerer im weiten Bogen umgehend nach Süden zu laufen, immer in Gefahr von Soldaten aufgegriffen zu werden. Das kann Tage dauern. Außerdem ist das Rheinufer sehr streng bewacht. Die Wälle im Süden seien aber sehr hoch, meint Anton. Das stimmt leider Gottes.

»Mit Verlaub, Herr, wollt Ihr fliehen, weil die Stadttore verrammelt sind?«, fragt er. Noch immer in die Skizze vertieft, nicke ich stumm. »Ich komme mit und helf Euch!«

»Wie willst du mir helfen?«

»Herr, wir waren sehr im Elend und so haben wir Diebsgut oder anderes heimlich aus Bonn geschafft. Es ist schwierig, über die Mauern zu steigen, das muss man erst lernen.«

Er spricht ruhig und selbstbewusst wie ein Erwachsener. Die blauen Augen sehen mich streng an, dann senkt er demütig den Blick. Sein Gesicht ist voller geworden, wenn er auch bei Henriettas Sparsinn keineswegs zur Fettleibigkeit neigt. Als Ausgangspunkt unserer Flucht schlägt er mir eine Stelle vor, an der sich vor einem Jahr noch das Mülheimer Törlein befand. Dort sind zwar in jeweils vierzig Schritt Abstand drei Wachttürme, aber auch mehrere Häuser, wo Geräusche den Wachen weniger auffallen als anderswo und die Stelle ist weit von den Bastionen entfernt. Nischen bieten dort zudem Deckungsmöglichkeiten. Anton will Taue mit Haken zum Abseilen holen, die sein Vater irgendwo versteckt hat. Dieser Plan gefällt mir. Wieder bittet er mich, ihn mitzunehmen. Zwischen zwei feindlichen Kriegsparteien, die auf alles schießen, was sich zwischen ihnen bewegt, hohe Mauern und Wälle zu überwinden, ist schon tollkühn. Antons Fähigkeiten erhöhen allerdings meine Aussicht zu überleben beträchtlich. Dennoch setze ich ein Kind enormen Gefahren aus. Dann wieder höre ich meine Mutter, wie sie sagt, Merhoffen sei alles, was wir sind und haben. Versuchen muss ich es und abbrechen kann ich das Unternehmen immer noch. So nehme ich Antons Angebot an. Henriettas Holzpantoffeln klappern die Treppe hinauf. Sie steckt ihren erhitzten Kopf zur Tür hinein und kommandiert ihren Haussklaven nach unten.

»Wir lassen's uns gut gehen, bevor's uns allen schlecht ergeht und füllen noch einmal fein den Wanst. Die Schindhund da draußen sollen Gras fressen. Aber wenn wir bankettieren wollen, brauche ich Hilf«, verkündet sie lauthals.

Ein guter Standpunkt, dennoch bitte ich sie, auf Anton noch zu verzichten, weil wir einen Gang zum Wall machen wollen und ich erkläre ihr auch die Ursache.

»Na, da schlag der Donner drein!« Sie stemmt die Hände in die Hüften. »Der Herr Vetter strebt wohl ernstlich nach dem Tod. Durch die Reihen der heimtückischen und meuchelmörderischen Feinde zu kommen ist unmöglich, basta! Und keiner verlässt jetzt das Haus!«

»Henrietta, bevor du mich in die Narrenzunft einschreibst, sag mir: Würdest du dein Haus den Mordbuben überlassen?«

»Niemals!«, erwidert sie empört, stutzt und lächelt verlegen.

»Richtig! Und ohne Gegenwehr tue ich das auch nicht.«

Das Nachtmahl nehmen wir in der Küche ein. Die Speisen schmecken, die Franzosen sind lustig und zuversichtlich. Bisher machte die Verteidigung keine große Mühe. Die Gespräche verlaufen in einem Mischmasch von Deutsch und Französisch, mit Armen und Beinen. Gelegentlich übersetze ich. Kaum haben sich die Franzosen zur Ruhe begeben, verlassen Anton und ich das Haus. In der Eile vergesse ich meinen Degen.

Draußen ist es stockdunkel, weit müssen wir allerdings nicht laufen. In dem letzten Haus von mehreren Gebäuden, die mit einer Giebelseite an die Stadtmauer gebaut sind, lärmen noch Soldaten. Eine Leiter haben wir bei unserem Erkundungsgang hinter einem Schuppen gefunden, so dass ich bequem über die Stadtmauer komme. Anton bringt die Leiter zurück, damit niemand Verdacht schöpft und überwindet behände mit dem Enterseil das erste Hindernis. In einer dunklen Nische zwischen Turm und Stadtmauer stehen wir eng aneinandergeschmiegt. Zwei Wachen patrouillieren vorbei. Einige Schritte von uns entfernt bleiben sie stehen, lauschen in die Nacht. Wir halten den Atem an. Gebannt blicken sie zu den feindlichen Wachtfeuern, die wie Glühwürmchen Bonn umschließen.

»Die lassen uns heut in Ruh, die sind müd wie die Hund' vom Marschieren«, sagt einer, dann verhallen ihre Schritte.

Wir laufen zur Brüstung des Walls. Halsbrecherisch steil fällt die Böschung ab, gut acht *Klafter* tief. Darunter ist noch eine nicht ganz so hohe Mauer zu überwinden. Jetzt verhüllt die Nacht gnädig den Abgrund. Ich nehme das Seil. Mein Enterhaken schabt über die Palisaden. Ein Stein poltert nach unten.

Anton packt mich am Ärmel und wispert: »Zurück, Wachtposten!« Wieder stehen wir stocksteif in die Ecke zwischen Turm und Stadtmauer gedrückt.

Aus dem Turm ruft jemand die Wachen an und brüllt: »Da war ein seltsam's Geräusch und grad huschte was quer übern Weg.«

»Das sind wohl Käuzchen oder Ratten!«

»Können auch Zweibeiner ohne Flügel gewesen sein.«

»Hier ist nichts, wenn man in der Rabenschwärz' überhaupt was sieht! Aber ich schau einmal!«

Klacken! Jemand spannt einen Pistolenhahn. Eine Gestalt kommt auf uns zu. Anton vergräbt sein Gesicht in meinem Mantel und ich neige den Kopf, damit nichts Helles den Mann anlockt. Keine zehn Schritte von uns entfernt bleibt er stehen. Ich kann unter der Hutkrempe hindurch seine Stiefel sehen. Die Schuhspitzen wenden sich uns zu. Jetzt muss er uns entdecken. Aber die Stiefel machen eine weitere Wendung und verschwinden aus meinem Sichtfeld. Der Mann raunzt zum Turm hinauf: »Mauskopp, schlaf deinen Fuseldusel aus und lass uns nit deinen Albträum' nachjagen!«

»Ich schlaf nit, ich dacht nur, da ist jemand!«

»Kamerad, lass et jut sin! Heut sin' wir all jeck in de Köpp.«

Sie gehen weiter. Kaum sind sie weg, schleichen wir um den nächsten Eckturm herum und seilen uns ab. Anton macht dies barfuß und schafft es fast lautlos. Ich habe arge Mühe. Das letzte Stück des Walles rutsche ich ab und hätte fast den Mauerabsatz verfehlt, was mir zumindest einige Knochenbrüche eingebracht hätte. Nachdem wir glücklich die Mauer und den Graben überwunden haben, erreichen wir das *Glacis*. Dort fühle ich mich schon fast am Ziel. Die gegnerischen Wachtfeuer sind weit auseinandergezogen. Am Rhein sind einige und dann bei den Zelten. Dazwischen klafft eine breite dunkle Lücke, durch die ich leicht in die Freiheit entwischen kann. Bis dahin ist es allerdings noch ein langer Weg. Die Nacht, die uns vor den Blicken der Soldaten auf den Bastionen schützte ist jetzt unser Feind. Wir stolpern über Wurzeln und abgeholzte Rebstöcke. Antons schlechtes Schuhwerk macht ihm das Leben schwer. Mit einem Aufschrei stürzt er zu Boden, steht auf und stöhnt: »Herr, geht alleine weiter.« Er setzt sich wieder.

»Hier kannst du nicht bleiben. Wir sind mitten im Schussfeld der Kanonen. Auf, gehen wir!«

»Ach, ich kriech zurück. Die lassen mich schon rein.«

»Vorausgesetzt, sie sehen und hören dich. Komm!«

Er haucht ein klägliches Kann-nimmer. Ich lasse mich neben ihn nieder. Er zittert. Um ihn zu wärmen, nehme ich ihn in den Arm. In der Stille ist leises Hacken und Schaufeln zu hören. Im Schutz der Dunkelheit heben die feindlichen Soldaten für die Kämpfe nach Tagesanbruch Gräben zur Deckung aus, wobei sie gleichzeitig Wälle zum gleichen Zweck aufhäufen. Rauch liegt in der Luft. Ein Feuerchen zum Wärmen wäre jetzt angenehm. Bevor uns die Zähne vor Kälte klappern, nehme ich den Jungen auf den Rücken und stapfe in Richtung der Lücke in der feindlichen Linie, wo »die Wildnis« sein müsste, durch die ich mich in die Nähe Godesbergs durchschlagen kann. Das Scharren der grabenden Soldaten ist immer deutlicher zu hören. Von diesem Hacken und Scharren versuche ich mich wegzubewegen. Bald stelle ich jedoch mit Schrecken fest, dass fast aus allen Richtungen Grabgeräusche kommen. Einerlei! Jetzt nur geradeaus auf die schwarze Lücke zu. Dann ist es nicht mehr weit bis Merhoffen. Unverdrossen marschiere ich einen Pfad neben einem Weingarten entlang. Inzwischen erleichtert mir das Mondlicht sogar das Laufen. Anton flüstert mir zu, ich solle ihn absetzen. Sofort! Ich bleibe stehen und wische den Schweiß von der Stirn. Die schaufelnden Soldaten sind nun auf gleicher Höhe mit uns. Reiter sind bei ihnen. Sogar einzelne Männer können wir erkennen ... und sie uns. Ungedeckt stehe ich im Licht. Sofort kauere ich mich nieder. Anton kriecht in eine Kuhle. Ich folge ihm. Gleich drei Reiter lösen sich von dem Schanzwerk. Wie die Häslein liegen wir bewegungslos nebeneinander und hoffen, nicht die Ursache des plötzlichen Aufbruchs zu sein.

»Nicht aufsehen!«, haucht Anton.

Ich vergrabe mein Gesicht zwischen den Armen. Unter den Galoppsprüngen vibriert der Boden. Sie kommen näher. Die Tritte der Pferdehufe höre ich schon. Vor Angst zitternd drängt sich der Junge an mich. Pferdeschnauben nur einen Steinwurf von uns entfernt. Ich sehe nichts, höre nur das Schnaufen des Tieres, endlos lange. Ich denke an Flucht, in die Reihen der entlaubten Weinstöcke hinein. Sinnlos, sie behindern zwar die Pferde, aber da biete ich ein leichtes Schussziel. Also Stillliegen! Anton rührt sich nicht. Schritte nähern sich uns.

»Ich sehe ihn!«, ruft einer aus einiger Entfernung – ein dummer Versuch, mich zur Flucht zu bewegen.

Steine knirschen wenige Schritte von mir entfernt. Ein Degen wird aus der Scheide gezogen.

»Und ich hab ihn«, sagt eine ruhige Stimme neben mir.

Wieder einmal werde ich an den Händen gefesselt in ein Quartier der Kaiserlichen getrieben. Ein Reiter hat Anton zu sich aufs Pferd genommen und brüllt, die ersten Gefangenen gemacht zu haben. Viele neugierige Augen gaffen mich an. Immerhin muss ich diesmal nicht im Freien auf die Entscheidung über mein weiteres Schicksal harren, sondern man bringt mich, allerdings ohne Anton, in ein Zelt. Man hält mich für einen Boten oder Spion. Mit der tröstlichen Bemerkung, morgen werde man wirksame Mittel anwenden, um Wissenswertes aus mir herauszupressen, verschnürt man auch noch meine Beine. Ein Wächter bleibt bei mir, der jedoch bald schnarcht und später zum Graben abberufen wird. Trotz der Fesseln überwältigt mich der Schlaf. Im Traum sehe ich Katzen Mäuse jagen. Die Mäuslein scharren fleißig tiefe Höhlungen, in welche die Katzen fallen. Das penetrante Kratzen der Mäusepfoten weckt mich, doch selbst im Wachen will es nicht verschwinden. »Hola, ist da jemand?«, rufe ich leise. Keine Antwort, stattdessen berührt etwas meine Beine. Erschrocken ziehe ich sie an.

»Herr?«, wispert jemand.

»Anton?«

»Nein, Schneegaß! Vielleicht erinnert sich der Herr an mich?«

Schneegaß? Den vergesse ich mein Lebtag nicht. Ihn habe ich in meinem gegenwärtigen Domizil zwar nicht erwartet, doch ist es keineswegs abwegig, ihn hier anzutreffen. Er hat die Zeltplane gelockert und steckt den Kopf hinein.

»Wenn Ihr fliehen wollt, dann haltet mir die Füße entgegen, damit ich die Fesseln zerschneiden kann«, flüstert er.

Das muss er nicht wiederholen. Im Nu sind meine Füße wie die Hände befreit. Ich krieche nach draußen. Unbemerkt huschen wir zu einem nahegelegenen Gebüsch. Die kahlen Zweige geben zwar nur wenig Deckung, aber der Mond ist inzwischen untergegangen.

»Wohin wollt Ihr?«, fragt mich Schneegaß.

»Merhoffen! Wie kommen wir aus dem Quartier heraus?«

»Nur waghalsig!«

Wir sind mitten in einer lang gestreckten Reihe Zelte, die noch keine Palisaden schützen. Zur Stadt hin sind Soldaten mit Schanzarbeiten beschäftigt. Immer wieder laufen Männer zu den Zelten, um sich schlafen zu legen, die Ablösung kommt, dazwischen Reiter, einige Wachfeuer, in deren Schein wir nicht geraten dürfen.

Meist kriechend kommen wir elend langsam voran. Mehrmals durchqueren wir das Lager, um hinter der feindlichen Linie endlich in die Freiheit zu entschlüpfen. Dort sind ebenfalls Wachen, damit es keinem Soldaten einfällt, sich aus dem Staub zu machen, bevor das Schießen angeht. Bei unserem dritten Versuch das Lager zu passieren, hält mich ein Soldat an, und ich rede mich mit Müh und Not heraus, die Notdurft vom Lager entfernt verrichten zu wollen. Er ist gnädig und verweist mich auf den »Scheißplatz«, der auf der Stadtseite liegt. Das Glück ist uns einfach nicht hold. Oft müssen wir platt auf dem Boden liegend warten, um ungesehen ein Stück weiterzukommen. Einige vom Feind gestapelte Bündel Äste, sogenannte Faschinen, geben uns einmal gute Deckung. Im Osten schimmert schon der anbrechende Tag.

»Schneegaß, geh zurück ins Quartier, bevor sie deinen Abgang bemerken«, empfehle ich ihm.

»Dafür ist's zu spät. Ich hätt' schon eine gute Weil beim Graben sein müssen.«

»Bei allen Heiligen, du bist desertiert?« Er nickt stumm. »Du weißt, was das bedeutet?«

»Ja, deswegen gibt's auch kein Zurück mehr.«

»Großer Gott, warum hast du das gemacht?«

»Als die Euch gefangen ins Quartier brachten, stand mein Entschluss fest, den Dienst zu quittieren. Ihr wart sehr gut zu mir und ich hab's Euch schlecht gelohnt und will's wieder gutmachen.«

»Aber ich wäre wohl freigekommen, dein Preis aber ist das Leben.«

»Täuscht Euch da nicht, Herr. Wer es schafft aus der Stadt zu kommen, muss ein Bote oder Spion sein und die werden gefoltert, um etwas über die Feinde herauszufinden. Und mein Leben? Ja, das ist herzlich wenig wert. Wenn sie Bonn heut angreifen, schonen die mich nicht und im Kriegshandwerk bin ich ein arger Tölpel. Was mir die Kameraden bislang erzählten – mein Gott, da ist mein Leben ohnehin am End.«

»Warum bist du dann Soldat geworden?«

»Geld! Mir fehlten einige Taler für eine schöne Geige. Hier ist sie jetzt drin.« Er deutet auf einen Ranzen, den er sich auf den Rücken geschnallt hat. »Die Zeit ohne Musik hat mich zum üblen Gauner gemacht. Jetzt werd' ich wieder ehrlich.«

Es wird heller. Bald ist der Morgen da. Jetzt müssen wir durch das Lager des Feindes hindurch oder zurück in die Stadt. Vor den Zelten wimmelt es nun von Soldaten. Zu allem Unglück bringen Fuhrwerke Kanonen, die in Position gesetzt werden sollen. Wir müssen zurück zur Stadt. Eine von den Kaiserlichen errichtete Palisade bietet uns noch Deckung bis zu den Weingärten. Im Schatten einer Mauer schleichen wir tief gebückt oder kriechend aus dem Schussfeld der feindlichen Musketen, können jedoch nun von den Bonnern beschossen werden. Auf der kahlen Fläche vor dem Wall bieten wir im Dämmerlicht bereits ein gutes Ziel. Allein krieche ich zum *Glacis* vor. Aufgeregte Stimmen und ein Trompetensignal zeigen mir an, dass ich entdeckt bin. Schüsse fallen, wirbeln neben mir Staub auf. Ich schreie »gut Freund« zu sein, nenne meinen Namen – immer wieder im Wechsel und bleibe mit ausgebreiteten Armen liegen. Endlich befiehlt mir eine Stimme aufzustehen. Schneegaß und ich erhalten die Erlaubnis, durch das Stockentor die Stadt zu betreten.

Herr Landsberg von Erwitte empfängt mich höchst ungnädig. Ohne jede Höflichkeit unterzieht er mich sofort einem Verhör, in dem sein Misstrauen nicht nur greifbar in der Luft liegt, sondern die mehrfach wiederholten gleichen Fragen mich schon zum Erzlügner stempeln. Den Verdacht, ich stecke mit dem Feind unter einer Decke, um mich zu bereichern, wehre ich mit dem Hinweis ab, für meine Warnung vor den Kaiserlichen von ihm weder Geld verlangt noch erhalten zu haben.

»Ja, um unser Vertrauen zu erschleichen und von seiner Verräterei abzulenken, warf der Herr uns einen Knochen vor, der doch nur faul und nutzlos war«, blafft er mich an.

»Welchen Verrat wirft man mir vor?«

»Die Kaiserlichen kennen bereits die genaue Zahl der Bonner Besatzung und unsere Artillerie wie anderes, was geheim war.«

»Über die Zahl der Bonner Soldaten hat bald jeder Bettler in den Gassen disputiert.«

»Ha, der Herr kann nicht abstreiten, dass er sich von Offizieren die Bastionen zeigen ließ. Ich selbst habe Ihn sogar bei seiner Spitzeltätigkeit angetroffen. Er erinnert sich?«

»Ja, der Herr Gouverneur war in Begleitung von Herrn von Kolff, meinem Nachbarn, der mir nicht gerade wohlgesonnen ist, ums mild zu sagen. Und dieser Herr kennt die Bonner Wehranlagen weitaus besser als ich.«

»Beschuldigt Er etwa einen der angesehensten Edelmänner der Kurkölner Landschaft des Verrats?«

»Und warum verdiene gerade ich diese Anschuldigungen?«

»Weil Er geflohen ist und zuvor alles zur Verteidigung Bonns Notwendige auskundschaftete!«

»Eine Flucht konnte sich Herr von Kolff ersparen, da er die Stadt wohlweislich rechtzeitig verließ, während ich auf Euren Wunsch hin hierblieb und schließlich in der Not den falschen Weg wählte«, brause ich auf.

»Verflucht! Er denunziert Unschuldige, weil Er dem Feind das alles zugetragen hat! Solche Verräter verdienen den Tod!«

»Das ist also der Dank, dass ich alles dem Herrn Gouverneur zu Gefallen tat und die Verteidiger frühzeitig warnte!«

»Die Warnung war nichts wert, weil sie zu spät kam!«

»Mit Verlaub, wenn man den Schlaftrunk schon morgens nimmt und die Zeit bis zum Abend nutzlos verstreichen lässt, bevor man Boten ausschickt, um Hilfe zu erbitten, dann …«

»Das ist impertinent!«, fällt er mir ins Wort, wird aber selbst unterbrochen, weil eine Abordnung Montecuccolis eingetroffen ist, die sofort vorgelassen wird.

Während ich hinausgehe, treten zwei Herren in derben Soldatenstiefeln, deren Schäfte über die Waden hinaus verdreckt sind, ein. Im Vorraum warten Soldaten und Offiziere mit weltwichtigen

Mienen. Sonst plaudert man hier, um sich die Zeit zu verkürzen. Jetzt herrscht weihevolle Ruhe, die allenfalls Flüstern stört. Die Kurkölner schweigen bedrückt, nur drei österreichische Soldaten aus Montecuccolis Abordnung tuscheln gelegentlich. Wir sind im Zentrum schicksalhafter Beschlüsse. Die allgewaltigsten Machthaber Europas – der Kaiser und der König von Frankreich – blicken auf die Stadt. Wenn Bonn fällt, hat Frankreich seine Nachschubwege nach Holland verloren und gleichzeitig ist es die erste Kriegshandlung des Kaisers gegen den französischen König. Montecuccolis Abordnung wird Landsberg vorschlagen, die Seite zu wechseln, da er gegen eine mehr als zehnfache Übermacht hoffnungslos unterlegen ist. Geht Landsberg darauf ein, wäre ich frei. Ich bin kein Fahnenflüchtiger und ein neues Bündnis feiert man nicht, indem man Edelleuten, die möglicherweise auf kaiserlicher Seite stehen, den Kopf abschlägt. Meine Hoffnung ist nur von kurzer Dauer. Allzu bald verlassen die Unterhändler Landsberg. Der Stadtkommandant hat das Friedensangebot abgelehnt und baut darauf, von den Franzosen herausgehauen zu werden.

Landsberg lässt mich lange im Ungewissen. Soldaten kommen und gehen. Endlich werde ich hereingerufen. Finster sieht er mich an. Wegen meiner frühzeitigen Warnung vor den Kaiserlichen entlässt er mich gnadenhalber in die Freiheit, droht mir aber ernstlich, bei einem weiteren Fehlverhalten, wie im Krieg üblich, mit mir kurzen Prozess zu machen, was sofortige Hinrichtung bedeutet. Meine Flucht bereue ich. Sie war ein schwerer Fehler, das ist mir nun schmerzhaft bewusst. Damit habe ich mich noch mehr im Netz des Intrigenspinners und Erzverräters Ernst von Kolff verheddert und den armen Anton in die Hände der Soldaten getrieben. Sie werden dem Kind zwar nichts antun, aber das Schicksal eines Reiter- oder Trossjungen in einem Heerhaufen hätte ich ihm lieber erspart.

Am Abend kommt Schneegaß. Obwohl es schon Nachtzeit ist, trägt er auf seiner Geige einige Tanzliedlein vor. So recht ist niemandem nach Sarabanden und Ringelreihen zumute. Die hagere

Gestalt des Geigers im Kerzenschein erinnert zu sehr an den Sensenmann der Totentanzbilder, der mit einem Knochen anstelle eines Bogens fiedelt. In der melancholischen Atmosphäre beklemmen die fröhlichen Melodien eher, als dass sie befreien. Doch nach dem Kanonenkrachen, den Trommeln und Trompetensignalen des Tages, versüßen uns die singend weitschwingenden Geigenklänge dann doch die Abendstunde. Hoffnung kommt auf, bald von dem Kummerklumpen im Bauch befreit zu werden. Einmal werden wir wieder von der puren Lebensfreude naschen, nach Herzenslust lachen, irgendwann einmal …

Wie einige Wochen zuvor sitze ich in der Stube am Fenster und beobachte die Leute auf der Sternstraße. Man könnte denken, mein Dasein verknöchere im Alltagstrott eines alten Mannes, erstarrt wie ein Bach im eisigen Winter. Dies scheint nur so! Das Leben hat sich gewandelt – nicht in der gewohnten sanften Gemächlichkeit, sondern einschneidend schnell. Man sieht es an den wenigen Passanten unten auf der Straße. Schutzsuchend hetzen sie an Hauswänden entlang, als verfolge sie ein Grauen.

Die Beschießung der Stadt hat begonnen.

Kanonen sind nicht nur auf die Befestigungen gerichtet. Montecuccoli hat auf der anderen Rheinseite bei Beuel große Geschütze aufgestellt. Von dort aus schießt man in die Stadt. Wenn Bomben einschlagen, zittert die Erde. Dazu kommt das Krachen unserer eigenen Artillerie von der Sterntorbastion, deren Schall durch die Häuserreihen jagt. Im Goldenen Sattel sitzen wir allesamt in der Stube und sollten doch im Keller sein, aber die dunkle kühle Enge ist wie ein Grab, das ein Lebendiger, Kanonendröhnen im Ohr, nur schwer ertragen kann. Endlich hört das Krachen auf – eine Stunde, zwei Stunden. Knechte und Mägde laufen wieder mit Eimern zum Marktbrunnen. Schwager Andreas kommt aus dem Schloss und verkündet: Der Feind habe erlaubt, Boten zum Kurfürsten nach Köln mit der Bitte zu senden, kapitulieren zu dürfen. Die Antwort kommt früh am nächsten Tag: Nein, Bonn ist zu halten!

Das folgende Bombardement ist infernalisch. Diesmal verkriechen wir uns in den Keller. Mein Sohn klammert sich an mich, kreischt, wenn irgendwo Bomben explodieren, dass der Boden zittert. Er zuckt, wenn unsere Kanonen knallen.

Am frühen Morgen des 9. November wird der französische Kornett schwer verwundet in unser Haus getragen. Der halbe linke Arm ist abgerissen. Der *Feldscher* hat den Stumpf gut versorgt. Der Verletzte wimmert. Wir legen ihn gegenüber der Stube in die Kammer. Da sein Diener tot ist, bleibe ich bei ihm, was mir nicht allzu schwer fällt, da im Keller die Luft dick ist von den Ausdünstungen des geballten Grausens vieler Menschen. Der Mann fiebert. Mit seiner Hand packt er meinen Arm und schreit, ich solle nicht zu den Holländern nach Rheindorf gehen, die würden Feuer speien. Tatsächlich haben die Niederländer ihr Quartier bei Rheindorf, während die Spanier in Kessenich sitzen und die Kaiserlichen in Richtung Godesberg. Diese Orte sehe ich im Sommerlicht und phantasiere mich in friedliche Zeiten, in die ich mich zu gern verkriechen will und es doch nicht kann. Nachts gibt es keine Ruhe. Blitze – manchmal taghell. Rotglühend bläht sich der Himmel auf. Funken sprühen, als entzünde die Hitze in der Luft schwebendes Schießpulver. Fenster zerbersten, auch bei uns im Erdgeschoss. Durch die Öffnungen zieht eine Wolke aus Pech und Schwefel zu mir hinauf, gefolgt von starkem Brandgeruch. In der Stube sehe ich aus dem Fenster. Es brennt am Marktplatz. Während ich noch überlege, dort beim Löschen zu helfen, erschüttert ein Krachen den Boden. Ein Haus ist in der Nähe zusammengefallen. Sophia und die Jungen trampeln die Treppe hinauf. Sie schluchzen. Meinen Sohn trage ich wiegend wie ein Kleinkind durch die Stube, bis er sich beruhigt. Sophia bringt Branntwein, von dem wir auch den Kindern einiges geben, damit sie im Schlaf dem Inferno entfliehen. Alexander will bei mir bleiben, was ich ablehne. Schneegaß nimmt sich liebevoll seiner an. Was immer der Mann mir auch angetan hat, in diesem Moment segne ich ihn. Irgendwann schlafe ich auf meinem Strohlager neben dem Verwundeten ein.

Es ist still. Gerade erwacht, blicke ich aus der Kammer über den Flur in die Stube gegenüber, deren Tür weit offen steht. Wie sauber und gediegen sie ist! Der mit hellen und schwarzen Quadraten geflieste Boden verschwimmt im Morgenlicht vor meinen müden Augen zu einer spiegelnden Wasserfläche. Sehr real hingegen stehen der mit gelbem Seidenstoff bezogene Stuhl dicht an der gegenüberliegenden Wand und daneben der Tisch. Dessen bodenlange Tischdecke mit den Fransen ist im gleichen edlen Goldgelb gehalten wie Lehne und Sitzfläche des Stuhls. Über dem Tisch hängt ein Bild und über dem Stuhl ein zweites, welches einen kleinen Jungen und die Rückenansicht einer mädchenhaften Dame zeigt. Vom Türrahmen begrenzt kann ich keinen dieser Gegenstände vollständig sehen. Nur das auf dem Tisch liegende Buch und der silberne Kerzenständer sind im Rahmen geblieben. Die Tür gönnt mir nur den Blick auf einen Ausschnitt dieses friedlichen Nests, das ich, die Schrecken der vergangenen Nacht noch im Herzen, wie ein Zaungast betrachte. Genau besehen ist auch diese Geborgenheit nur Täuschung. Die windschiefe Kerze im silbernen Kerzenhalter, die jede ordentliche Hausfrau gerade rücken würde, ist wie ein Fanal des Zerfalls: Exitus der idyllischen Stube, Exitus des Hauses, vieler Häuser – Exitus einer ganzen Stadt. In der Ferne krachen wieder Kanonen. Nein, es muss Schluss sein mit Schießen, Gluthimmel und Todesangst! Sich schwermütigen Stimmungen hinzugeben ist nutzlos! Wie die braven Bürger mit ihrem Spieß sollte ich die Stadt verteidigen, damit das Bomben und Feuereinwerfen aufhört, auch wenn ich bald so daliege wie der Kornett neben mir. Ich nehme seine Hand, nenne seinen Namen. Er lächelt mich an wie ein Kind und ich gebe ihm zu trinken, bis ihm die Flüssigkeit aus den Mundwinkeln rinnt. Unten pocht es an die Haustür. Ich öffne. Die Franzosen kehren heim. Gesichter als wären sie tot. Selbst der immerfröhliche Jüngste hat den trüben Blick eines Greises, dessen Augen von dem vielen Sehen der Hässlichkeiten der Welt ausgelaugt sind. Stumm gehen sie an mir vorbei in ihre Kammer. So wie sie sind, werfen sie sich auf ihr Lager.

Sophia kommt aus dem Keller und sagt kopfschüttelnd: »Was für eine Nacht! Immerhin das Haus steht, gottlob. Aber, wenn eine Bombe drauf fällt, wo sollen wir dann hin?«

»Draußen kampieren, lieb Schwesterlein. Damit's bald ein End hat, geh ich jetzt und helf bei der Verteidigung der Stadt.«

»Himmel, nein! Auf dem Wall ist's schlimmer!«

»Wenn die guten Bürger kämpfen, sollte sich ein Mann des Wehrstandes nicht hinter dem Ofen verkriechen.«

Sie will mich zurückhalten, schimpft, flucht sogar. Als ich das Haus verlasse, ruft sie mir erbost hinterher: »Wenn man auf Hasen zu schießen weiß, ist man trotzdem noch kein Soldat!«

Den Stadtkommandanten treffe ich auf der Ferdinandbastion. Ich frage ihn, ob ich bei der Verteidigung helfen kann. Er späht zu den feindlichen Stellungen, sagt Ja, ohne mich anzuschauen. Gleich zwei Offiziere wollen mich haben.

»Er geht zur Maximilianbastion und wenn sich der Herr tapfer hält, will ich die Sach mit dem heimlichen Aus-der-Stadt-Laufen vergessen«, beschließt Landsberg.

Seine Augen zwischen den Tränensäcken und wulstigen Lidern sind immer noch in die Ferne gerichtet. Ein Fernrohr ist überflüssig, um die katastrophale Lage zu erkennen. Die Feinde haben zahlreiche Gräben gezogen, die unseren Wehranlagen sehr nahe kommen. An einigen Stellen können sie sich unterirdisch an den Wall herangraben, dort Treibladung deponieren, um eine Bresche in die Festung zu sprengen, dann ist nur noch die Stadtmauer zu überwinden und sie sind in Bonn.

»Allein die Kaiserlichen haben sich so weit an den Wall vorgearbeitet. Bei den Holländern im Norden besteht noch keine Gefahr, dass die Schanzen oder die Festung miniert werden«, versucht ein Offizier die schlechte Stimmung zu bessern.

Auf einer Erhebung uns gegenüber steht eine *Batterie* feindlicher Kanonen, die schussbereit gemacht werden. Unsere Artilleristen schreien »à bas«, also hinlegen, und die gesamte Mannschaft einschließlich Landsberg wirft sich wie vom Donner gefällt zu Boden. Ich folge mit Verzögerung und höre das singende Pfeifen der Kanonenkugel, die hinter mir in die Stadtmauer einschlägt und Steine verspritzt. Ein Donnerkrachen folgt. Prasseln. Schreie. Brandgestank zieht über uns hinweg. Wir erheben uns. Qualm ringsumher. Alle husten. Die auf einer Bastei errichtete Stadtmühle, das Wahrzeichen Bonns, ist verschwunden. Dort, wo sie stand, brennt es lichterloh.

»Zum Henker mit ihnen, sie schießen nur noch mit Granaten und Wallkugeln«, schimpft einer.

Meine Knie zittern. Landsberg scheint gefasst und deutet auf zwei *Batterien* gegnerischer Kanonen: »Wir müssen einen Ausfall machen. Die zwei *Batterien* Haubitzen müssen weg oder vernagelt werden! Messieurs, zerstört die *Approchen* da vorne! Wir brauchen Zeit, Zeit, bis *Entsatz* da ist. Genaue Order gebe ich noch«, kommandiert er und verlässt die Bastion.

Meine Aufgabe ist es, mit einem Soldaten über den Wall zu gehen und Auffälliges zu melden. An Stellen, wo die feindlichen Gräben nahe an unsere Festung kommen, lauschen wir, das Ohr am Boden, ob Geräusche zu hören sind, die auf ein Minieren unserer Anlagen hindeuten. Musketenkugeln erreichen uns noch nicht, dennoch ist es hier gefährlich wegen der Kanonen, vor allem wenn Granaten oder Kartätschen verschossen werden, die bei ihrem Aufprall zerspringen und Nägel, Metallteile, Steine oder Ketten wie Geschosse überallhin schleudern.

Der von Landsberg befohlene Ausfall wird mit viel Kanonendonner von der Heinrichbastion begleitet, aber der Gegner weiß, was uns stört und lässt sich nicht täuschen. So empfangen gerade da viele Musketiere den Trupp, wo man gehofft hatte, der Feind sei dort schwach. Im Schutz der Schildträger halten die Unsrigen den geballten Kugelhagel zwar tapfer aus, sobald sie aber vorrücken, durchschlagen die Musketenkugeln die Schilde und die Verluste sind so groß, dass sie zurückweichen müssen. Todesmutig sprengen Reiter auf die Feinde zu, um die Musketiere niederzumetzeln.

Die Spieße der Pikeniere halten sie auf. Ein kurzes Gefecht, bei dem die meisten der Unsrigen fallen. Der klägliche Rest zieht sich zurück. Verletzte Pferde versuchen wieder auf die Beine zu kommen. Feindliche Musketiere erschießen sie. Sie bergen auch einige Verwundete in ihrer Nähe. Die meisten könnten aber nur unter Lebensgefahr geholt werden. So hört man noch lange Hilferufe. Einer schreit um Gnade und meint wohl den Gnadenschuss, den man den Pferden gönnt. Irgendwann winkt, schreit und ruft keiner mehr. Totenruhe!

Ich erhalte eine Muskete und zwei *Bandaliere* mit Patronen. An mein leichtes Steinschlossgewehr gewöhnt, fällt es mir schwer, mich mit dem Monstrum anzufreunden, das mit einer dauernd brennenden, nach Kuhdung und Salpeter stinkenden Lunte gezündet wird. Ich schieße mich ein, bezweifle allerdings, in der Not jemals damit zu treffen. Waffen gibt es genug, es fehlt an Verteidigern, und jeder Mann, der nur zu feuern weiß, wird gebraucht. Da im Schutz der Dunkelheit der Feind besonders leicht in die Stadt eindringen kann, soll ich die ganze Nacht Runden laufen. Viele Bürger halten Schildwach. Parolen werden geflüstert, damit man weiß, dass sich kein Fremder eingeschlichen hat. Das Gerücht, bald käme Hilfe, verstärkt sich. Heut Nacht … heut Nacht, höre ich oft oder Turenne kommt. Das macht mir die Ankündigungen des *Entsatzes* suspekt, denn die Armee des Marschalls steht zu weit weg im Süden.

Am Abend wird es eisigkalt. In der Wachtstube eines Turmes, wo ich mich mit meinem Kameraden aufwärme und esse, reißt man Witze über die vereinigten Armeen unter Montecuccoli und dem Prinzen von Oranien. Einer meint, sie seien allesamt närrisch, weil viele Bomben in der Stadt explodierten. Was habe es denn für einen Sinn, eine völlig ruinierte Stadt zu erobern; man feuere doch besser auf die Fortifikationen als auf die Bürger, sagt er und dabei sehen mich alle fragend an. Sie halten mich für einen verkappten Offizier, zumindest wundern sie sich, dass ein vornehm gekleideter Herr meines Alters niedere Soldatendienste tut.

Keiner wagt, mich zu fragen. Obwohl ich mit ihnen Schmalzbrot esse und wässriges Bier trinke, ist in dieser Gesellschaft mein edler Stand ein Makel, der mich ausschließt und sie stört. Seitenblicke lassen mich ihr Unbehagen spüren. Mich zieht es daher bald wieder nach draußen, während mein Kamerad sich noch ein wenig Tabaksqualm gönnen will. So komme ich noch in den Genuss einer Lobrede auf den Johannes vom Wall, dem die Leute schon einen Heiligenschein aufsetzen. Er ist die kleine Hoffnung der todmüden Schar, dass sich doch noch alles zum Guten wendet, weil er unsere Kanonen segnete. Ein Bursche meint, der Johannes sei nicht nur ein respektabler Prophet, sondern auch von großer, kräftiger Gestalt gewesen. »Wenn der einen Ausfall gegen die Feinde tät, ich würd mit ihm gehen, ohne angst und bang zu sein«, ruft er und außer mir stimmen dem alle zu.

Sie fragen mich, ob ich den Heiligen nicht unterstütze.

»Gewiss, bei einem vom Johannes vom Wall geführten Ausfall bin ich stets dabei!«, sage ich und darauf trinken alle.

Wieder laufen wir unsere Runde, lauschen in die Dunkelheit, legen das Ohr an den Boden, um nach Mienenlegern zu horchen. Es ist ruhig, nicht lautlos, denn das Graben und Schaufeln der feindlichen Arbeiter trägt uns der Nachtwind zu, ein friedliches Geräusch, dennoch gehen wir, um größtmögliche Deckung bemüht, gebückt als hätten wir den aufrechten Gang verlernt. Der Feind schießt nicht nur mit Kanonen, sondern lauert im Dunkeln, um einem unversehens eine Kugel vor den Kopf zu schießen oder die Kehle durchzuschneiden. Alles wird er versuchen, mit möglichst geringen Verlusten in die Stadt einzudringen. Oft sehen wir nach unten oder zurück und sind froh, ohne Blessuren zu den Schildwachen zu gelangen. Erneut Kampflärm! Im Dunkeln überfallen die Unsrigen feindliche Stellungen. Währenddessen werden mein Kamerad und ich auf die Nordseite geschickt. Auf dem Weg zum Kölntor hole ich aus dem Haus Henriettas meine Reiterpistole. Mit ihr kann ich wenigstens treffen. Henrietta döst in ihren Kleidern allein im Himmelbett. Das Schlafzimmer unter dem Dach ist ihr zu gefährlich und den Keller hebt sie sich für das nächste Bombardement auf. Mir und meinem verärgerten Kameraden, der den Marschbefehl ohne Umweg ausführen will und alles andere schon für Fahnenflucht hält, steckt sie kalten Braten zu. Zum Abschied segnet sie mich.

Am Kölntor drängen sich Soldaten. Meinen Kameraden und mich beordert man zu der kleinen quadratischen Schanze, die als Einzige wie eine Insel mitten im Feld liegt. Damit bin ich nun endgültig nicht mehr der wachende Spießbürger, sondern Soldat und das dem holländischen Lager gegenüber auf exponiertem Posten. Nach den Grausamkeiten während des Ausfalls segle ich nun ganz im Wind der allgemeinen Stimmung, den Angreifern Bonns alles bitter heimzuzahlen. In der Gemeinschaft kampferprobter Männer fühle ich mich sicher.

Es schlägt elf, zwölf. Ruhige Stunden – auch der Feind muss gelegentlich schlafen. Die Mondsichel steht am Himmel. Im diffusen Licht bemerke ich am Kölntor Bewegungen. Soldaten kommen leise aus der Stadt und schleichen nach Norden. Ihnen folgen Reiter, die Pferde am Zügel, alles fast lautlos. Kaum sind sie verschwunden, hören wir Trommeln, Trompetensignale, Schüsse, Mündungsfeuer blitzen, Wiehern der Pferde, Schwefelqualm zieht durch die Frische der Nacht. Das Schießen lässt nach, dafür Waffengeklirr, Gebrüll, Schreie. Allmählich ebbt der Lärm ab. Fußvolk und Reiter kehren zurück. Weitere Männer kommen auf unsere Schanze. Sie erzählen, der Kurfürst habe Soldaten zur Verstärkung der Bonner Besatzung geschickt, ihnen sei man entgegengezogen, um ihnen beizustehen, falls die Holländer sie entdeckten, was auch geschehen sei. Kaum mehr als 100 Soldaten sind dazugekommen, sagen sie. Wo bleiben die Armeen der Franzosen? Diese Frage stellt keiner mehr.

Die Männer hüllen sich in schwere Regenmäntel und schnarchen bald am Feuer. Diejenigen, die Schildwach halten, scheinen im Stehen zu schlafen, zu lange sind sie schon auf den Beinen. Auch ich will schlafen. Kälte und der Feuerqualm von feuchtem

Holz lassen mich nur kurz schlummern. Um frische Luft zu schöpfen, gehe ich auf und ab. Ein alter Wachsoldat rät mir, mich hinzusetzen. Jede Bewegung reize den Feind zum Schießen. Ich lade meine Pistole und stelle mich neben ihn. Man muss Luchsaugen haben, um dort draußen etwas zu erkennen. Schwaches Mondlicht, immer wieder von Wolken verdunkelt – aufgewühlte Erde, so dass man nicht weiß, ob dort ein Erdhaufen ist oder ein Mensch hockt. Einige Tote, die dort draußen liegen, können auch lebendig sein. Hinter einem Erdhaufen bewegt sich etwas. Bevor ich ausmachen kann, was es ist, wird es wieder schwarz wie im Keller. Ich frage den alten Soldaten, ob er etwas bemerkt habe. Nein, nichts. Von dem Hinausstarren werde manch einer ganz unsinnig im Kopf und sähe Dinge, die es gar nicht gäbe. Das ginge jedem so, der zum ersten Mal Wache halte, meint er. Die schwarzgraue Umgebung vor der Schanze drückt in ihrer Trostlosigkeit aufs Gemüt. Schöner ist der Schein der Wachtfeuer der Feinde. Allmählich zeichnet sich auch im Osten die Morgendämmerung ab. Rabenvögel fliegen krächzend über das Schlachtfeld. Irgendwo in der Schwärze machen sie sich über Leichen und Pferdekadaver her, bevor die Kanonen sie verjagen. Wenn sie auffliegen kann ich sie im spärlichen Licht sehen. Auch andere Tiere gehen auf die Jagd, ihr Scharren ist zu hören. Es ist viel Getier, das da draußen herumwandert. Rechts von mir kratzt etwas leise! Nein, nicht nur von rechts, von mehreren Seiten. Unruhe ist hinter der Brüstung, die ich mehr erahne als mit den Ohren wahrnehme. Ein Stein kollert – viele Steine. Jetzt wird auch der alte Soldat neben mir fiebrig.

»Qui va là? … Qui va là? Die Parole .. Parole!«, ruft er lauter werdend. Auf das französische »Wer da?« kommt keine Antwort. Dafür knirscht und rumort es im Graben, als hätte eine Horde Bären Honig gewittert. Plötzlich wird die Brüstung lebendig. Überall Köpfe und Leiber! Gegen das Feuer sehen sie uns gut, wir sie hingegen nur schemenhaft.

»Ans Gewehr! Sie kommen über uns!«, brüllt einer.

Nur wenige Wachen erreichen die Gegner, um sie abzustechen oder mitsamt ihrer Leiter in den Graben zu werfen. Irgendjemand hat das Tor geöffnet. Von dort dringen nun scharenweise feindliche Soldaten herein. »Mir nach!«, schreit ein Offizier, um die Leute gegen die vom Tor ausgehende größte Gefahr zu sammeln. Aber in der Verwirrung hören ihn nur wenige. Mit Spießen und Degen stechen meine Kameraden auf die Feinde ein. Nur ein Schuss fällt, weil die Gefahr, die eigenen Leute im Kampfgetümmel zu treffen, zu groß ist. Ein Kerl kommt auf mich zu. Er holt zum Hieb aus, als wolle er mir den Schädel spalten. Ich hebe die Pistole, feuere. Blut spritzt aus seinem Hals. Er fällt. Ich ergreife die Waffe meines Opfers, einen breiten zweischneidigen *Pallasch*, besser als mein eigener Degen. Einem verletzten Kameraden stehe ich bei. Sofort zieht er sich zurück. Mein Kontrahent besitzt mehr Kraft als Kunstfertigkeit und ich komme zum Stich – ohne Schonung in die Brust. Ringsumher Rufe, Schreie der Attackierenden und der Getroffenen, permanentes Waffengeklirr. Es sind Holländer, die uns überfallen. Sie tragen Feldzeichen, damit sie nicht die eigenen Leute erschlagen. Das orangefarbene Band an ihren Ärmeln ist gut erkennbar, weil das Feuer lichterloh brennt. Überall schwarze Gestalten im Feuerschein, die um ihr Leben kämpfen. Einer dieser Schatten ist mein Kamerad, mit dem ich patrouillierte. Sein Gegner sticht tief in seinen Leib. Die schwarze Gestalt krümmt sich – fällt. Andere treten im Kampfgewühl auf ihn. Ich ziehe ihn in den Schutz der Brustwehr.

»Danke«, flüstert er, »die Schwester … Henkersmahlzeit.«

Er meint Henrietta, die ihm das Bratenstück gab, was ihn sehr erfreute. Ich nehme seine Hand, er aber zeigt auf die Kämpfer und sagt: »Weiterhelfen!«

Einen Mann schlage ich mit dem Knauf des *Pallaschs* nieder, der einem blessierten Offizier den Rest geben will. Der Offizier ist zu Boden gesunken. Auch ihn rette ich aus dem Kampfgetümmel. Das ist gefährlich, denn wer sich bückt, einen Moment wehrlos ist, verliert leicht das Leben. Es geht allein ums Niedermachen.

Ein wenig Ritterlichkeit herrscht dennoch. Keiner rammt mir während meiner Schutzlosigkeit den Degen in den Rücken. Darauf kann ich allerdings nicht bauen. Kaum habe ich den Verletzten losgelassen, werde ich gnadenlos attackiert. Noch nicht kampfbereit wehre ich den Hieb zu schwach ab, die Klinge meines Gegners gleitet ab und fährt mir in den linken Unterarm, den ich schützend vor mein Gesicht gehalten habe. Die Wut über die Hartherzigkeit, Samariterdienste so zu belohnen, ist stärker als der Schmerz. Den Burschen greife ich so stürmisch an, dass er davonrennt und ich ihm mit dem *Pallasch* den Rücken zeichne. Überall Holländer, nur noch wenige Verteidiger stehen. Ich schlage nach links und rechts, säble nieder, wer in meine Nähe kommt, ohne Überlegung, gnadenlos.

Ein geschickter Fechter stellt mich. Ein zähes Ringen beginnt. Er treibt mich zur Brüstung der Schanze. Die Beine werden müde, mein Arm ist es schon. Gott, hilft mir denn keiner? Wieder stößt er zu, der Verteidigungshieb lenkt den Stoß nur halb ab. Die Spitze zerfetzt meine Kleidung und schneidet ins Fleisch. Wild schlage ich mit aller Kraft zurück und – die Waffe springt aus meiner Hand. Das Ende! Gott vergib! Die Brustwehr im Rücken versperrt mir die Flucht. Ich lehne mich zurück. Wie ein Hund dem stärkeren Gegner seine Kehle darbietet, so präsentiere ich ungewollt dem Holländer meine Brust zum Stich. Ich sehe ihm in die Augen und er hebt den Degen, um mir den Todesstoß zu versetzen. Er senkt die Waffe wieder. Einen Hilflosen zu töten, verlangt selbst Kampferprobten eine Entscheidung ab, zumal es still um uns geworden ist. Entschlossen setzt er erneut zum Stich an. Vom Tor kommen ein Ruf und ein Trompetensignal. Er weicht einige Schritte zurück, schreit mir »Adieu« zu und läuft zum Ausgang der Schanze. Mit ihm ziehen sich im Nu alle Holländer zurück. Keiner verfolgt sie.

Draußen fallen Schüsse. Kurkölner und Franzosen kommen uns zu Hilfe, werden aber durch Musketiere der Holländer, die Handgranaten werfen, wieder zurückgetrieben. Ich bücke mich, um den *Pallasch* aufzuheben, da durchzuckt ein Blitz mit ohrenbetäubendem Knallen die Nacht. Steine fliegen, treffen meinen Rücken und ich stürze zu Boden. Lange bleibe ich liegen, bis ich von französischen Soldaten unsere Parole höre. Um mich herum – ein Feld der Gewalt und Zerstörung im trüben Morgenlicht. Die Explosion hat ein Teil der Brüstung weggerissen. Verstümmelte Tote liegen dort. Ein Wunder, dass ich noch lebe.

Ich suche meinen Kameraden, den ich vor dem Tottrampeln bewahrte. Wie ich war er vom Explosionsherd weit entfernt und röchelt noch. Ich nehme ihn in den Arm, streichle sein raues Gesicht, spreche mehrere Ave Maria, bis er seinen Geist aufgibt. Unsere Mannschaft ist fast ausgelöscht. Tot ist der alte Soldat, mit dem ich gewacht hatte, tot unser Hauptmann – sein Schädel gespalten. Tot sind meine beiden Gegner, junge starke Burschen, denen ich das Leben nahm, um meines zu retten. Ich knie neben ihnen nieder, schließe ihnen die Augen und spreche ein Vaterunser, was sonst keiner tun wird. Wenn alles vorüber ist, werden sie zusammen mit unseren Gefallenen wie Hunde verscharrt. Während ich noch bete, werde ich aufgefordert, in die Stadt zu gehen, wenn ich es könnte. Ich kann laufen. Meine Wunden fühle ich kaum, weil das Grauen der letzten Minuten für jede andere Empfindung keinen Platz lässt. Die Warnungen des fiebernden Kornetts und meiner Schwester kommen mir in mein leeres Hirn, ich solle mich vor den feuerspeienden Holländern hüten, und dass ein Jäger kein Soldat ist. Gemeinsam mit einem Franzosen nehme ich mich eines am Bein verwundeten Holländers an. Der Samariterdienst ist mir ein Bedürfnis nach all dem Hauen, Stechen und den Grausamkeiten, die meine betäubte Seele allmählich spürt. Beiläufig höre ich, dass die Kleine Schanze durch die Explosion kaum noch zu brauchen sei. In der Stadt wundert man sich, wie ich unter die Soldaten geraten bin, da ich auf keiner Musterliste stehe. Mehrmals muss ich meinen Namen nennen und werde sorgsam als Freiwilliger vermerkt. Ein Soldat hält mich auf. In ihm erkenne ich den Mann, der von mir, als Johannes vom Wall, den zweifachen Segen erbat.

Der Soldat übergibt mir den von mir erbeuteten *Pallasch*, eine Trophäe, die mich keineswegs mit Stolz erfüllt und deren Annahme ich verweigere, was der Überbringer für falsche Bescheidenheit hält.

»Monsieur, ich sah Euch so tapfer fechten und Ihr habt einen verletzten Kamerad in Sicherheit gebracht, was schon tollkühn war. Diesen vortrefflichen Kürassierdegen habt Ihr wahrhaftig verdient, bitte nehmt ihn.«

Es ist eher die Sehnsucht, endlich nach Hause zu kommen als der Wunsch, dem generösen Soldaten einen Gefallen zu tun, dass ich nachgebe und mich obendrein für das unwillkommene Geschenk bedanke. Auf dem Weg zu meiner Schwester bin ich allerdings froh, den *Pallasch* bei der Hand zu haben. Trotz des Morgengrauens ist es stockdunkel in den Gassen – eine Finsternis, die mich unsicher macht, ob nicht irgendwo eine Horde schwarzer Gestalten lauert. Noch bevor ich das Haus meiner Schwester erreiche, bebt die Erde wieder von Kanonengetöse. Pech und Schwefeldampf stechen in die Nase. Funken sprühen, Feuer fällt auf die Gasse. Und dann zerplatzt rot aufleuchtend der Himmel, spuckt Glut, Eisen und Blei, das wie aus Eimern auf die Erde fällt. Im Schutz eines Hauseingangs stehend schreie ich zu Gott, dessen Himmel zur feuerdampfenden Hölle geworden ist: Mein Gott, verschone uns, es geht über jede menschliche Kraft! Irgendwann erreiche ich den Goldenen Sattel. Der Himmel ist in blutigen Dampf verhüllt, den Blitze gleißend erhellen. Wieder flehe ich zum Allmächtigen, dieses Inferno zu beenden. In meinem Innersten kommt aber die Frage auf, was ich denn für den Frieden tue.

Das Herdfeuer in der Küche ist erloschen. Alle sind im Keller. Dahin will ich nicht und steige zur Kammer hinauf. Den *Pallasch* werfe ich in die Ecke. Der französische Kornett lebt, was ich, nach all dem Töten, dankbar als eine himmlische Gnade empfinde. In Stiefeln und Mantel werfe ich mich auf mein Strohlager. Im Kanonendonner schlafe ich ein.

Henriettas Stimme weckt mich. Keine Kanone konnte meinen Schlaf stören, nur die in ihrer Empörung schrill klingende Stimme meiner Base ist dazu in der Lage. Ihre Holzpantoffeln liegen vor der Schwelle der Stube, deren Tür weit offen steht, und selbst ihren Besen zur Verteidigung ihrer Jungfernschaft hat sie nicht vergessen, den sie verschämt an den Türpfosten meiner Kammer gestellt hat. Sie weiß, Sophia legt Wert auf Ordnung und Sauberkeit. Selbst in diesen Tagen, in denen unten die Fenster mit Brettern vernagelt sind, weil die Scheiben fehlen, die Luft prall von Staub und Dreck ist, selbst jetzt ist der Fußboden hier oben rein. Sogar der Schmutz, den meine Stiefel in den frühen Morgenstunden hinterlassen haben, ist weggefegt. Nur das Mahnmal dieser heillosen Zeit, die in ihrem silbernen Ständer schief stehende Kerze, ist dem strengen Auge meiner Schwester entgangen, weil man hier oben nachts kein Licht mehr anzündet. Henrietta jammert über eine Kanonenkugel – die habe ihr Hausdach durchschlagen. Nein, sie sei nicht explodiert wie die auf der Gasse, die gestern alle Fenster zersplitterte.

»Es ist ein Elend, dass es den lieben Gott im Himmel erbarm, sie schießen, bis alles in Schutt und Asche liegt!«, klagt Sophia.

»Ja, sie kriegen nicht genug vom Schießen und keiner denkt dran, auch einmal zu siegen«, sagt Henrietta.

»Na, dann siegen Montecuccoli und der Ketzerprinz. Eine Schande, wenn kaiserliche gute Katholiken mit den holländischen Protestanten zusammen die Residenzstadt des kurkölnischen Erzbischofs ohne Mitleiden ruinieren.«

»Sophia, meinst du nicht, die Unsrigen könnten auch siegen?«

»Undenkbar! Wir haben knapp 2000 Soldaten, die können keine drei Armeen mit mehr als 20000 Mann schlagen.«

»Gestern hat der Landsberg den Feind doch angegriffen.«

»Alles Fehlschläge, liebe Henrietta! Der Landsberg ist auch nicht der Mann, der etwas gegen einen Montecuccoli ausrichtet. Landsberg hat einmal Münster so zusammengeschossen, bis es sogar dem *Bombenbernd* zu viel wurd, doch der Montecuccoli besiegte mit 30 000 Soldaten 120 000 gut bewaffnete Türken in einer Feldschlacht. Doch selbst der könnt auf unserer Seit gegen eine solche Übermacht wenig ausrichten.«

»Was du alles weißt. Dann ist ja alles hoffnungslos für uns?«

»Da hast du den Nagel auf den Kopf getroffen!«

»Ach, ihr liebe' Leut! Und warum lassen wir uns dann Tag und Nacht beschießen, wenn's doch nur für die Niederlag ist?«

»Das musst du den Landsberg fragen!«

»Das tu ich auch!«, sagt Henrietta widerborstig.

»Der lässt sich herab mit einem Weib zu reden«, erwidert Sophia gelassen, »und, liebe Base, bedenk, wenn sich Bonn ergibt, dann kommen die Holländer und die haben letzte Woche in Rheinbach Weiber geschänd't, Leut erschlagen und die Stadt wurd ratzekahl niedergebrannt.«

»Das verhindern die Kaiserlichen! Nur, mein Haus ist näher an der Stadtmauer als deines, Sophia. Wenn die nächste Bomb durchs Dach poltert und explodiert, dann kann ich vor den Kirchen betteln und irgendwo bei einem Schneider im Eck schlafen. Einmal geschänd't, das geht vorbei, aber mein Lebtag lang im Elend sein, das will ich nicht.«

»Ach, liebste Base, wir Weiber mögen darüber schwatzen, aber es müsst schon ein Wunder geschehen, wenn irgendein Mannsbild oder gar der Landsberg drauf hören würd.«

»Ja, ein Wunder! Wie der Johannes vom Wall. Auf den hoffen noch viele. Der ist aber verschwunden.«

»Wer weiß, vielleicht ist der schon mausetot. Mein Ehegemahl meint, der sei ein verkappter Soldat gewesen.«

»Ha, womöglich hat der Montecuccoli selbst auf die Weis' seinen Feldzug auf Bonn angekündigt.«

»Sei nicht albern, Henrietta!«

»Nein, mich ärgert's halt, wenn Neunmalkluge jedes Wunder kleinreden. Ja, und selbst wenn's ein Soldat war, so war's doch ein göttlicher Einfall, auf die Weis' eine wichtige Botschaft zu überbringen. Da fällt mir ein, Christoph Salentin ist an dem Tag auch in einem Mönchshabit herumgelaufen, hat ihn aber gleich ausgezogen, weil ich's gottslästerlich fand.«

»Mein Gott, mein Herr Bruder hat zwar einige seltsame Grillen, doch so ein Narr ist er nicht, im Gewand eines Mönchs den Untergang Bonns anzukündigen. Nein! Und lass es dir nur nicht einfallen, das herumzuerzählen. Ich warne dich!«

Sie schweigen eine Weile.

»Könnt nicht dein Ehegatte eine Bittschrift an den Landsberg schreiben, dass er sich ergeben soll?«, sinniert Henrietta.

»Was? Der Bettelmönch hat wohl deinen Geist verwirrt. Andreas ist kurkölnischer Kammerrat im Dienst des Kurfürsten, und der hat befohlen, die Stadt zu halten! Am allerwenigsten ein Kammerrat kann die Übergab an den Feind fordern. Das ist Sach der Bonner, wenn sie das wollen.«

»Die Bonner haben genug vom Bomben und Sterben. Und wenn wir uns ohnehin ergeben müssen, dann lieber mit einem Dach überm Kopf, als im Winter im Feld zu kampieren! So viel Verstand haben die Leut, mehr als all die hohen Herren, für die auch in größter Not immer noch ein warmes Bett da ist. Und damit Gottbefohlen, liebste Sophia!«

Sie schlüpft in ihre Pantoffeln, schnappt sich ihren Besen und klappert die Treppe hinunter. Vorsichtshalber habe ich die Augen geschlossen, bevor sie in meine Kammer kam. Im verwundeten Arm pocht und brennt es. Der Rücken schmerzt, als hätte mich jemand mit einem Knüppel verprügelt. Ein Genuss ist es hingegen, die Wärme der Füße zu spüren. In der frostigen Nacht waren sie eiskalt und jetzt sind sie wunderbar hitzig. Unten scheppert die Magd mit Töpfen und Tellern, Geräusche häuslicher Geborgenheit. Kinderschuhe poltern die Treppe hinauf: Ari und Alexander! Sie bleiben an der Tür stehen. Mein Sohn flüstert: »Der Herr Vater lebt«, und seufzt erleichtert. Jetzt sagen die Kinder nicht mehr, der Vater ist da, sondern er lebt. Alexander hat einen Becher in der Hand, den er mir hinhält. Ich ziehe meinen Mantel enger, damit mein blutdurchtränkter linker Ärmel verdeckt bleibt und nehme einige Schlucke. Trotzdem mustert mein Sohn neugierig den Arm. Ari hat den *Pallasch* entdeckt und hält ihn hoch.

»Da ist ja Blut!«, ruft er und deutet auf die Spitze.

»Leg das stracks zurück!«, befehle ich Ari.

Er folgt sofort. Scheu sehen mich die Kinder an.

»Herr Vater, seid Ihr auch ohne Arm wie der Franzose?«, fragt Alexander.

»Gestern Nacht bin ich in ein Gefecht geraten und musste Männer verwunden, dabei bin ich selbst am Arm verletzt worden, nur ein Schnitt. Keine Sorg!«

»Wie viel Männer habt Ihr getötet?«, will Ari wissen.

»Ari, halt dein loses Maul und geh, du Naseweis!«, tadelt Sophia ihren Sohn, die das Gespräch teilweise mitverfolgt hat. Ari läuft davon. Mein Sohn schaut mich angstvoll an.

»Geh nur!«, sage ich zu ihm, »ich ruhe noch ein wenig und dann kommst du und spielst mir Tanzliedlein vor.«

Ein zartes Lächeln kommt auf seine Lippen. Eine größere Freude, als ihn zum Musizieren aufzufordern, kann ich ihm nicht machen. Kaum ist er fort, lege ich den Mantel ab. Der Ärmel meines Rockes ist zur Hälfte steif von geronnenem Blut.

»Heilige Muttergottes!«, flüstert Sophia, »ich schick die Magd, um einen Wundarzt zu holen.«

»Der wird kaum Zeit für einen Schnitt haben. Die Magd soll warmes Wasser bringen und mich verbinden.«

Sie zuckt resignierend die Achseln und bald habe ich das Gewünschte. Die Wunde blutet nach, weil das Hemd an ihr festgeklebt ist. Der Stich in meine Seite ist glimpflich abgegangen, nur ein oberflächlicher schmaler Schnitt. Die Magd reinigt die Wunden und verbindet sie. Sophia bringt mir ein frisches Hemd. Ich drehe ihr den Rücken zu, als ich es anziehe.

»Der Rücken ist blau geschlagen«, stellt sie fest.

»Das kommt wohl vom Steinhagel nach der Explosion auf der Schanz. Herzschwester, es war eine Nacht, die jedes Wort noch vorm Aussprechen sterben lässt, wenn man von ihr erzählen wollt.«

Unbeschreibliches wollen die Menschen stets genau wissen, ganz besonders Sophia. Im Schlafrock des Hausherrn sitze ich mit ihr in der Stube am Esstisch neben dem Fenster. Wir trinken die Morgenschokolade. Der über der Stadt schwebende Qualm verwandelt die Strahlen der Wintersonne in lehmiges Licht, das zu kraftlos ist, unsere Schatten auf den Fußboden zu werfen. Während gelegentlich Kanonen donnern, mühe ich mich, über Gräuel zu berichten, die wie ein Gewirr schwarzer Giftschlangen mir zwar auf dem Herzen liegen, meinen Verstand hingegen noch nicht erreicht haben. In papierener Kanzleisprache beschreibe ich den Hergang. Sobald ich allerdings auf meine Beteiligung an den Gefechten komme, gebrauche ich fast nur das Wort »wehren«, gelegentlich »helfen« – niemals »schlagen«, »durchbohren«, »in den Hals schießen«, obwohl diese Verben die monströse Wahrheit eher treffen. Zu ihr will ich mich aber nicht bekennen. Sophia spürt das und möchte Details wissen, dann stöhne ich auf und schweige. Mein Sohn befreit mich schließlich von ihren bohrenden Fragen. Er bietet an, eine hübsche Suite von Johann Schein vorzuspielen, eine Offerte, die ich sofort annehme. Die Tanzlieder haben etwas Störrisches, Widerborstiges, als wollte die Laute die ruppige Wirklichkeit in ihre Sprache übertragen, dabei ersetzt sie aber die Hässlichkeiten durch kecke Fröhlichkeit. Kanonenschläge überdecken die Klänge immer wieder und dennoch führen sie mich in den kurzen Urlaub, den ich schon einmal so von Herzen genossen habe. Kaum hat der Wohlklang der Musik die nächtlichen Schreckensbilder verdrängt, erhalte ich Besuch. Stefan Cupper kommt. Einen Sack in der Hand bleibt er scheu an der Türe stehen. Ich bitte ihn herein. Sophia ist bereits gegangen.

»Schöne Musik«, sagt er nach der Begrüßung, »höchst kunstfertig gespielt.« Er bemerkt meine säuerliche Miene und murmelt, »ich will das Divertissement nicht stören, wenn der Herr jedoch ein wenig Zeit hätt', mir brennt einiges auf der Seel.«

»Ach, hier brennt vieles und leider weniger das Herdfeuer!«

»Ja, gewiss, wenn wir das vielleicht allein bereden könnten?«

Enttäuscht verlässt uns Alexander. Cupper schließt die Tür. Das, was er auf dem Herzen hat, ist wohl höchst geheim.

»Der Herr weiß vielleicht schon, wie schlecht es um Bonn steht«, sagt er, ohne sich zuvor in Höflichkeitsfloskeln zu ergehen, »die Kaiserlichen haben die *Approchen* fast bis zum Wall getrieben, werden ihn wohl bald minieren und eine Bresche sprengen. Die Holländer beschießen auf der anderen Seite das Kölntor schwer – man kann's ja hören. Die Kleine Schanze davor ist verloren, die anderen folgen bald. Es sieht bös aus.«

»Ich weiß, lieber Cupper, dass Bonn bald fallen wird. Gestern Nacht hab ich auf der Kleinen Schanz gekämpft und bin zwar mit dem Leben, aber nicht mit heiler Haut davongekommen.«

»Herrje, wie schlimm ist's denn?«

»Eine tiefe Wunde am Arm und ein Schnitt in der Seite.«

»Mein Gott, das ist übel!«, sagt er übertrieben mitleidig.

»Na, morgen wird's schon besser sein.«

»Ja, ja, durchaus, nur morgen ist's dann wohl zu spät.«

»Zu spät? Wofür?«

»Mit Verlaub, ich dacht' … nun, vielleicht könnt der Johannes vom Wall den Bonnern ein wenig Mut machen?«

Das nehme ich als Scherz und winke lachend ab: »Himmel, nein! Das war ein arges Narrenstück. Im Nachhinein bin ich gottfroh, nicht Landsberg und Ravillon begegnet zu sein.«

»Im Gegenteil! Der Einfall war bewundernswürdig und die Bonner ertrugen bislang die Bomben in der Hoffnung, die gesegneten Kanonen würden den Feind zurückhalten, aber auch diese Zuversicht schwindet.«

»Gut so! Dieser Betrug war das Schändlichste, was ich in meinem Leben je getan habe. Ich bereue das zutiefst.«

»Nein, nein! Manchmal ersinnt die Verzweiflung Mittel und Wege, die der klare Verstand für Dummheit hält, aber de facto kann die Torheit viel Gutes bewirken. Lieber Herr, wir stehen wahrhaft vor einem gräulichen Abgrund. Morgen plündern, schänden, morden Tausende Soldaten hier wie in Rheinbach. Eine geordnete

Übergabe könnt's verhindern. Einige Ratsherren waren deswegen schon bei Landsberg. Doch der ist bockbeinig und sagt: Der Kurfürst will's nicht, die Franzosen auch nicht und *Entsatz* käm noch. Barer Unsinn, deshalb *quid consilibus*?«

»Ja, ja, und *quid consilibus*?«, wiederhole ich ärgerlich.

»Die Bürgerschaft murrt. Es ist keiner da, der ihrer Forderung zur Kapitulation den Mund leiht und sie sammelt. Nun ja, in concreto, der Johannes vom Wall könnt' das tun!«

»Ich? Ich als Rädelsführer einer Rebellion? Um Himmelswillen, nein! Wenn's ungut läuft, ist Enthaupten noch zu mild, man wird mir vorher noch die Zunge herausreißen und all die guten Bürger, die ich retten will, sehen genüsslich zu.«

»Nur, wenn jemand erfährt, wer der Johannes vom Wall ist.«

»Ach, zum Henker! Bürgermeister und Ratsherren müssen sich für eine geordnete Übergabe einsetzen, nicht ich.«

»Gewiss, gewiss, sie haben's ja versucht und sind bös abgewiesen worden. Jetzt fürchten sie, weiterer Widerstand könnt als Meuterei gegen die Obrigkeit ausgelegt werden, was dann gleichfalls ihren Kopf kosten kann.«

»Die Gefahr ist für sie am geringsten. Cupper, ich bin blessiert und außer einer schmählichen Hinrichtung gibt's für mich nichts zu gewinnen. Werde ich festgehalten, kann ich auf keine Gnade hoffen, weil man mich schon als Spion verdächtigt und mein Ansehen ist ohnehin nicht das beste.«

Bekümmert sieht Cupper zu Boden. »Ich weiß und bitt um Vergebung«, sagt er, »wenn die Not nicht so drückte, wär ich nicht gekommen. Gestern kamen zwei meiner Lateinschüler beim Wasserholen durch eine Bombe jämmerlich ums Leben …«

»Nein, genug!« Ich schlage mit der Faust auf den Tisch.

»Mit Verlaub, nur noch eins. Das Haus der Witwe, wo ich meine Lateinschul hab, ist diese Nacht ganz und gar zerstört worden. Sie und ihre Magd sind tot. Lieber Herr, ich sag's nur, damit Ihr versteht, warum ich mit diesem ungebührlichen Ansinnen zu Euch komme. Ich gehe auch gleich, um alles zu tun, damit das

Sterben aufhört und die Überlebenden am End nicht erfrieren, weil hier kein Stein mehr auf dem anderen ist.«

»Ja, lieber Freund, ich nehm's auch gar nicht krumm, doch es ist zu viel, was du verlangst. Aber was ist da in dem Sack?«

»Das Mönchsgewand! Ich nehm's wieder mit. Adieu! Und vergebt meine Impertinenz.«

»Was willst du tun?«

»Ich gehe mit einer Trommel durch die Gassen und fordere alle auf, mit mir zum Quartier vom Landsberg zu marschieren, um die Übergab im *Akkord* zu verlangen.«

»Wenn dich die Soldaten am Kragen kriegen, wirst du dafür hängen.«

»Wenn's aber mit der Gnad Gottes gelingt, rett' ich viele.«

»Vorausgesetzt, die Leut folgen dir!«

»Ich hoff's. Ja, jeder hat Angst, dass die Soldaten schießen oder man wegen Aufruhrs aufgeknüpft wird. Die letzten höllischen Tage haben aber einige dazu gebracht, mitzumachen, doch …?«

Er sieht mich flehend an.

Ich begreife. Die Bürger würden dem gottgesegneten Johannes vom Wall eher folgen als einem Schulmeister. Nur, wenn herauskommt, wer hinter der Mönchslarve steckt, kostet mich das unweigerlich den Kopf. Erst Verrat und dann Einfädelung eines Aufstands während einer Belagerung lassen Landsberg keine andere Wahl, als mich hinzurichten, gleichgültig wie tapfer ich zuvor gekämpft habe. Die Offenlegung der Komödie des Johannes vom Wall bedeutet den Verlust meiner Ehre, denn Lächerlichkeit ist der Tod allen Respekts. Dies brächte Schmach über meine arme Witwe und Waisen. Meine Antwort auf Cuppers Bitte kann nur ein Nein sein und … und? Und ich sage schließlich Ja!

Harte Logik lässt nur eine Entscheidung zu, aber Berechnung ohne Herz nützt nur Kaufleuten. Ohne Herz bleibt alles im Mittelmäßigen stecken. Das Herz schlägt Keile in nüchtern sachliche Entscheidungen. Es zersplittert das Rationale und formt menschliche Willensbestimmungen in all ihrer träumerischen, erschütternd irrsinnigen Anmut. Das Herz gibt Entscheidungen den Impuls, über das Alltägliche hinauszuwachsen – lebensverändernd, selbst wenn der Urheber zugrunde geht. Schneegaß lässt sich als Soldat anwerben, um für sein Handgeld eine Geige zu kaufen. Bonner Bürger setzen sich mit dem Spieß in der Hand feindlichen Kanonen aus. Der Schulmeister Cupper kämpft mit einer Trommel gegen den Obristwachtmeister Landsberg und seine 1 500 Soldaten an, um andere vor einem grausamen Tod zu bewahren. Das sollten Argumente genug sein, die Hände nicht in den Schoß zu legen. Schon einmal ist es mir gelungen, meine Identität geheim zu halten. Das ist auch ein zweites Mal zu schaffen!

Während der Kornett schläft, ziehe ich mich um. Der wilde Bartwuchs, das bleiche Gesicht unter der Kapuze machen mich zum Johannes vom Wall. Als ich gehen will, erwacht der Verwundete, richtet sich auf und bittet mich, mit ihm zu beten. Ich vertröste ihn auf später. Verdutzt fragt er, was denn ein Mönch bei einem Kranken mache, wenn er keine Zeit für ihn habe. Die Antwort bleibe ich schuldig und eile auf die Straße. Eigentlich müsste ich mich im Mönchshabit wie ein Betrüger fühlen, der ich ja zweifellos auch bin. Mir ist aber, als hätte ich gerade in diesem Moment erst zu mir selbst gefunden. Wenn noch irgendwo der Zipfel eines Zweifels an meinen actiones in meiner Seele gewesen sein sollte, jetzt ist er verflogen.

Die rotbraunen Fliesen des Flures des Hauses Zum Kleinen Roten Löwen sind staubbedeckt. Spuren von Schuhen, auch die nackter Füße, unterbrechen das Grau der Schmutzschicht. Henriettas Besen, ihre Holzpantoffeln und eine große Militärtrommel stehen neben der Treppe. Von oben höre ich Durcheinandergerede. Zweimal haue ich auf die Trommel, bis Cupper die Treppe heruntertrampelt, gefolgt von Henrietta.

»Sieh da, der hochwürdige Pater Johannes! Danke für das frühe Erscheinen«, begrüßt er mich schalkhaft.

»Oh, hochwürdiger Herr! Was für eine Ehr erweist Ihr meinem armen Haus, das schon fast in Trümmern liegt«, flötet Henrietta.

»Ach, dass der Herr im hohen Himmel sich über uns erbarm in dieser Betrübnis. Was soll ich tun, ich bin ganz Eure dienstwillige Magd.«

»Weib, zieh ein Paar gute Schuhe an. Draußen ist's sehr kalt«, kommandiere ich mit verstellter Stimme.

Flüchtig betrachtet sie mein Gesicht, erkennt mich jedoch nicht. Zu sehr ist ihr Sinn auf einen Propheten gerichtet, als dass sie ihn mit ihrem Vetter in Verbindung bringen könnte. Lange wird sie mir die Täuschung nicht abnehmen. Es wäre besser, ihr sofort die Wahrheit zu sagen. Darauf muss ich allerdings verzichten, weil schon alle anderen herunterkommen. Henrietta will ihre Pantoffeln anziehen.

»Feste Schuhe!«, fordere ich und sie läuft zur Stube hinauf.

Dichtgedrängt stehen neun Weiber und drei Männer um mich herum.

»Liebe Freunde! Es ist wagemutig, was wir ins Werk setzen«, sage ich zu ihnen, »Soldaten werden vielleicht auf uns schießen. Wir können in den Turm geworfen werden. Das darf uns jedoch nicht beirren. Ich baue darauf, mit unserer friedlichen Aktion das Herz des Kommandanten zu erweichen, damit das Kanonenschießen bald ein End hat. Mit einem guten *Akkord* wird's keine Plünderung, keinen Brand, Mord und Totschlag wie in Rheinbach geben. Dass wir's erreichen, ist in Gottes Hand. Ich kann nur Hoffnungsfünklein entzünden. Diese Fünklein sind jedoch kraftvoll und wert, Leib und Leben einzusetzen. Ich bin guten Mutes und das sollt ihr auch sein! Vertraut mir, auch in Angst und Not. Furchtsame gehen besser sogleich, denn derjenige, der zur Unzeit flieht, macht auf der Stell alles zunichte, was viele durch ihren Opfermut schon erreicht haben. Und nun, liebe Freunde, Gott steh uns bei und Jesus Christus verleih uns die Kraft, die wir Schwache benötigen, um die Starken zur Einsicht zu bewegen, Amen!«

Die Umstehenden murmeln ein Amen. Henrietta sieht mich mit großen Augen an, schüttelt leicht den Kopf. Sie hat mich erkannt. Flugs ergreift sie ihren Besen und hält ihn hoch.

»Ja, folgen wir diesem braven Mönch!«, ruft sie forsch.

Cupper geht trommelnd voran, dann ich und hinter mir marschieren die zwölf Waghalsigen, wobei uns ein blonder hünenhafter Kerl gleich verlässt, dem die Sache wohl zu heiß ist. Das tut weh. So sehr ich die Courage der Weiber bewundere, wünsche ich mir doch ein paar Männer mehr, die nun einmal ein besseres Ansehen haben als Frauen. Die Trommel hat keinen Effekt. Verschwindend wenige schauen aus den Fenstern. Zu oft hat man den dumpfen Ton in den letzten Tagen gehört, als dass er noch Neugier erzeugen könnte. Obwohl wir sehr langsam gehen, bekommt die Schar keinen Zulauf. Dieser erbärmliche Haufen wird vor Landsbergs Quartier sofort auseinandergejagt. Henrietta beginnt mit dem Besenstiel gegen Türen zu dreschen und schreit durch zerbrochene Fenster in die Häuser, der Johannes vom Wall sei da und der wolle dem Kanonendonnern ein End machen. Wer das auch wünsche, müsse mitkommen. Zwei andere Frauen aus meinem Trupp folgen ihrem Beispiel. Nun treten zwar Neugierige vor die Tür, reihen sich aber nicht ein. Cuppers Taktik geht ins Leere. Wir müssen ungewohnte Töne anschlagen – Klänge, welche die Menschen aus ihrer Lethargie holen. Ich bitte Cupper das Trommeln einzustellen und beginne das Agnus Dei zu singen: »Agnus dei, qui tollis peccata mundi, miserere nobis« – Lamm Gottes, der du trägst die Sünd der Welt, erbarme dich unser! Für alle vertraute Worte, die man an stillen Friedenstagen in der Kirche sang, bevor Schwefel-, Pech- und Branddunst die Stadt durchzogen. Eine friedvolle Prozession mitten in Krieg und Verwüstung? Das sonst so Normale ist jetzt das Besondere. Der Gesang trifft wie Amors Pfeil die Sehnsucht der Bürger, die den gestrigen Sonntag in Angst und Schrecken in Kellern verbrachten. Der Gesang wird kraftvoller, schallt durch die Gassen, verdrängt das Kanonengedröhn in den Hintergrund. Die Töne locken immer mehr Leute vor ihr Haus. Henrietta und andere Frauen flüstern ihnen zu, Johannes vom Wall führe die Bürger zu Landsbergs Quartier, um Gnade zu erbitten. Ich bete, dass keine Bombe in die Menge schlägt. Es bleibt ruhig. Nur von fern hört man die Kanonen der Holländer auf die Schanzen im Norden schießen. Über Umwegen leitet der vorausgehende Cupper uns zu dem Quartier Landsbergs. Dort treffen wir auf den blonden Kerl, der uns zu Beginn des Marsches im Stich gelassen hatte. Er hat gut zwanzig junge Burschen mit Spießen zusammengetrommelt. Die starken Männer, die ich mir eben noch gewünscht hatte, sehe ich jetzt als Bedrohung meiner friedfertigen Mission. Auf Bewaffnete schießen Soldaten eher als auf Frauen und Kinder. Vor Landsbergs Quartier empfangen uns zwei Dutzend Musketiere mit brennender Lunte. Wir singen das Agnus Dei dreimal, dann rufe ich: Wir bitten um Frieden … Frieden … Frieden! Aus vielen Kehlen kommt die Forderung. Die Soldaten werden unruhig. Ich mache Zeichen, die Friedensrufe einzustellen, stimme erneut das Agnus Dei an und knie nieder. Cupper und die anderen folgen meinem Beispiel. Auch die Soldaten knien, allerdings nicht zum Gebet, sondern in Schießposition. Das Agnus Dei klingt zaghafter als zuvor. Gott, lass mich nicht schuldig werden an dem Tod der vielen Menschen, miserere nobis! Miserere nobis – Gott erbarme dich! Ein Herr im Brustkürass und Offiziersschärpe, flankiert von acht *Pikenieren* kommt auf uns zu. Der Gesang bricht ab. Erwartungsvolle Stille. Cupper steht auf. Führung und Verhandlungen liegen in seinen Händen, so haben wir es vereinbart. Der Offizier befiehlt uns nach Hause zu gehen, sonst wolle er schießen lassen. Cupper schüttelt den Kopf. Er sagt für alle vernehmbar, die Bonner hätten treu ausgeharrt, bis zum Umfallen Schildwach gestanden, zahllose Tote seien zu beklagen, Häuser zerstört und der Mut wäre nun vollends gesunken und keine Hoffnung mehr da. Der Kommandant solle kommen und versichern, mit den Feinden zu verhandeln, damit die Stadt im *Akkord* übergeben werden könne.

»Unsere Verzweiflungsschreie sollen den Herren in den Ohren klingen und ihre Herzen rühren«, beendet er seine Rede.

»Die Order des Kurfürsten ist, die Stadt zu halten, das gilt für den Kommandanten, die Soldaten wie auch für die Stadt. Darein muss sich jeder schicken. Anderes kann auch der wohlgeborene Herr Kommandant nicht sagen«, entgegnet der Offizier.

»Wenn seine Kurfürstliche Gnaden Kenntnis von der jämmerlichen Lag' hätte, redete er wie ein gütiger Erzbischof vom Friedenmachen«, widerspricht Cupper.

»Gewiss nit! Er weiß, wie gut die Stadt verteidigt wird.«

»Ha, eine fette Lüge!«, brüllt einer der Burschen, »die Kaiserlichen sprengen bald eine Bresch in den Wall und die Holländer brechen beim Kölntor durch und schlachten all ab!«

»Nein!«, donnert der Offizier ihn an, »was weißt du vom Krieg? Soviel wie der Esel vom Tanzen! Überlasst das dem Kommandanten und geht alle friedlich nach Haus!«

»Und warten bis die Stadt niedergebrannt ist und all tot sind? Nein! Nein!«, schreit eine Frau.

Alle skandieren: »Nein, nein!« Schimpfworte mischen sich in die Rufe, einige springen auf, die Menge kommt in Bewegung. Bis zum ersten Schuss sind es nur noch ein paar Lidschläge.

Cupper versucht verzweifelt die Meute zu mäßigen, doch keiner hört auf ihn.

Ich stehe auf, stelle mich neben den Offizier, hebe die Arme. Nur langsam ebbt das Grölen ab.

»Freunde, Geschrei fordert Geschrei heraus, Gewalt weitere Gewalt, die wir doch verhindern wollen!«, rufe ich. »Wer Frieden will, der muss friedlich reden. Robert Cupper soll sagen, was wir wollen.«

Völlige Stille. Der Offizier neben mir atmet auf.

»Der Johannes vom Wall soll für uns sprechen, nicht der Cupper«, ruft einer, was sofort die Zustimmung aller findet.

Das will ich auf keinen Fall und gehe zurück auf meinen alten Platz in vorderster Front der Menge.

»Wir bitten den wohlgeborenen Herrn Kommandanten, dass er mit dem Feind Waffenruh vereinbart«, verkündet Cupper. »Er soll kommen und uns die Aufgab' im *Akkord* versprechen oder uns das schriftlich geben, vorher gehen wir nicht!«

Der Offizier macht ein säuerliches Gesicht. Von Bürgern kommandiert zu werden, geht gegen seine Ehre, ebenso aber auch, auf Frauen und Kinder zu schießen.

»Gut, ich werde dem Herrn Kommandanten die Wünsche mitteilen«, sagt der Offizier endlich und die Menschen jubeln, als hätten sie bereits eine Schlacht gewonnen. Der Offizier geht.

Unsicher sieht mich Cupper an. »Ob Landsberg wohl kommt?«, fragt er mich.

»Nein! Kein Edelmann lässt sich vom Pöbel herbeizitieren«, sage ich und wundere mich, wie mein Gefährte überhaupt auf einen solchen Gedanken kommen kann.

»Wird er uns ein Schreiben schicken?«, will er wissen.

»Nein, das wäre eine noch schlimmere Demütigung.«

»Oh Gott, er wird doch nicht auf uns schießen lassen?«

»Diese Möglichkeit scheint mir realer als alles andere.«

Der Offizier kehrt sehr schnell zurück.

»Der wohlgeborene Herr Stadtkommandant wünscht den Rädelsführer zu sehen!«, befiehlt er lauthals.

Bei dem Wort Rädelsführer murren die Leute. Sie sehen sich als ehrbare Bürger, die eine Bittschrift überbringen und nicht als Horde wildgewordener Aufständischer. Cupper zieht den Kopf ein. In der Höhle des Löwen kann er flugs inhaftiert werden, damit die Leute umso leichter vertrieben werden. Will er allerdings eine gewaltsame Auseinandersetzung vermeiden, muss er das Angebot annehmen. Mutig stellt er sich zur Verfügung. Der Offizier deutet aber auf mich. Ich?

»Monsieur, ich bin nur ein Geistlicher, nicht der Anführer«, bringe ich mühsam über die Lippen.

»Wen kümmert's?«, sagt der Offizier leise zu mir, »wenn der hochwürdige Gottesdiener nit kommt, muss ich die Leut mit gezielten Schüssen vertreiben! Also Er kommt mit oder Er wird mit anderen Aufrührern sofort erschossen!«

Die Menge wird lauter. Wieder Rufe, der Johannes vom Wall solle für sie sprechen. Die Soldaten, die ihre Gewehre abgesetzt hatten, zielen wieder auf uns. Eine Wahl habe ich nicht. Ich muss den Opfergang antreten. Wenn mir jetzt nicht alle Nothelfer beistehen, ist das mein Ende.

»Freunde!«, rufe ich alle Kraft zusammennehmend, »der wohlgeborene Herr Kommandant möcht mit mir unsere Sach bereden. Herr von Landsberg ist ein edler Herr ohne Falsch. Dennoch, sollt ich in einer Stunde nicht zurück sein, also wenn die Glock vier schlägt, dann wird Robert Cupper euch allein führen. Gehorcht ihm aufs Haar. Bleibt ruhig! Gleichgültig, was geschieht, übt niemals Gewalt! Das ist meine einzige Bitte. So wird alles gut. Amen!«

Bevor ich gehe, bitte ich Cupper, ohne jede Rücksicht auf mein Leben zu handeln und ein Agnus Dei anzustimmen, sobald Unruhe aufkommt. Henrietta will mich zurückhalten.

»Sorg dich nicht um mich! Dein Schwager braucht dich dringend, liebe Base.« Ich ziehe sie zu Cupper. »Es ist nicht schlecht, ein starkes Weib an der Seit zu haben«, sage ich zu ihm, während er mich bestürzt ansieht.

Mir zu Gefallen umarmen sich die beiden, was die Umstehenden mit Lachen und Beifallraunen quittieren, denn ihr schlechtes Verhältnis zueinander ist stadtbekannt. Mir ist es allerdings ernst. Henrietta hat ein gutes Gespür dafür, was in der Not zu tun ist.

Der Stadtkommandant empfängt mich in einem Zimmer im ersten Stock mit Blick auf den Vorplatz, wo die Menschenansammlung wartet. Nur kurz kann ich die Aussicht genießen und bin erstaunt, wie viele dort stehen. 200 könnten es sein. Landsberg sitzt mit eiserner Miene an einem Tisch. Ohne einen Gruß heißt er mich, die Kapuze abzuziehen. Seine Augen sind gerötet, der Mund ein Strich.

»Mit Verlaub, ich bitte den wohlgeborenen Herrn auch nicht die Perücke abzunehmen und mag daher an meinem Äußeren gleichfalls keine Veränderungen vornehmen«, entgegne ich.

»Zum Teufel, was erlaubt Er sich! Ich will wissen, mit welchem Aufrührer ich rede«, fährt er mich an.

»Ich bin nur ein Bote der armen Menschen dort unten und da ist's nicht von Belang, wer ich bin.«

»Reißt ihm die Mönchskapp runter!«, befiehlt er den Soldaten, die mich eskortiert haben.

Sie kommen auf mich zu. Mechanisch fährt meine Hand nach links, wo sonst der Degen hängt. Da ist nichts. Ich packe einen Stuhl, den ich den Soldaten entgegenhalte.

»Halt! Lasst!« Landsberg springt auf. »Du bist Soldat, kein Mönch!«

»Nein, ich bin kein Soldat, wär aber dem Herrn Stadtkommandanten äußerst *obligiert*, inkognito bleiben zu dürfen.«

Er schickt die Soldaten hinaus. Wieder verlangt er von mir, die Kapuze abzuziehen. Schweren Herzens tue ich es.

»Gütiger Gott!« Er reißt die Augen auf. »Welcher Teufel reitet einen Edelmann, die Leut aufzuhetzen? Das Maß ist voll! Als Aufrührer kann ich Ihn sofort hinrichten lassen.«

»Ja, Herr Gouverneur, das ist ganz im Belieben«, sage ich kühl. »Ich bin ein treuer Kurkölner Edelmann, aber wie die braven Bürger dort unten sehe ich ungern, wie unsere Residenzstadt in Schutt und Asche gelegt wird, bevor wir uns auf Gnad und Ungnad ergeben müssen. Ich kenne die Order des Kurfürsten, Bonn zu halten, von der der Herr Stadtkommandant nicht abweichen darf, ohne selbst als Meuterer verleumdet zu werden. Doch droht noch ein Aufstand der Bürger, nimmt man die Aufgab der Stadt dem Befehlshaber weniger krumm.«

Er wirft mir einen grimmigen Blick zu. Eine öffentliche Enthauptung brächte die aufmüpfigen Bürger flugs zur Vernunft. Er tritt ans Fenster. »Wenn das hier von Erfolg gekrönt ist, steht die nächste Rebellion vor der Tür, das End jeder Staatsräson.« Er dreht sich zu mir um und sieht mich zornig an.

»Mit Verlaub, das ist nur eine Bittprozession«, erwidere ich. »So wie man Bittschriften der Obrigkeit überreichen darf, muss man in großer Not das auch auf die Weis' tun dürfen. Weiber mit Kindern flehen in ihrer Bedrängnis die Obrigkeit um Gnad an.

Einige Ordensleut sind auch dabei, denen gewalttätiger Tumult gewiss fern liegt. Der Herr Stadtkommandant weiß, was mit den Menschen hier geschieht, wenn die Feinde die Stadt stürmen. Vor den Holländern ist die Angst besonders groß.«

»Ha, unter dem Deckmäntelchen heuchlerischer Frömmigkeit will Er sich hier zum Befehlshaber aufschwingen. Schlau eingefädelt, aber nicht schlau genug!«, donnert er mich an. »Nein, ich bin kein Meuterer, kein Verräter wie Er!«

»Nichts weiter als Erbarmen mit den verzweifelten Bürgern hier hat mich dazu getrieben! Morgen plündert der Feind, länger halten die Befestigungen dem Beschuss nicht stand.«

»Was für ein Urteil maßt Er sich an, Narr!« Wutentbrannt ruft er die Wache und den Hauptmann. Bevor die Soldaten kommen, streife ich die Kapuze über.

»Einsperren!« Der Stadtkommandant deutet auf mich.

Der Hauptmann tritt ein. Er solle schießen, wenn die Leute nicht nach Hause gingen, und mit mir werde jetzt kurzer Prozess gemacht, brüllt Landsberg so, dass ich es im Flur noch höre. Im Keller sperrt mich der Mann in ein Gelass – feuchte Wände, sonst nichts. Ich lehne mich an die Tür, ein Halt in dem Niemandsland, das mir als Fortsetzung der Hölle vorkommt, in die ich vor Jahren schon einmal geraten war. Nur diesmal muss ich die kalte Dunkelheit nicht lange ertragen. Es ist ja alles klar. Ich bin ein Verräter und Rädelsführer eines Aufstands. Darauf steht zweimal der Tod. Heute, vielleicht bereits in der nächsten Stunde? Es ist Zeit mich vorzubereiten. Ich knie nieder.

»Mein Gott hilf, dass Cupper Blutvergießen verhindern kann. Wenn's bös ausgeht, dann vergib mir, ich tat's nur, um all die denkbaren und undenkbaren Grausamkeiten zu verhindern, die den armen Menschen hier bevorstehen.« Mehrmals flehe ich um Verschonung der Vielen, die mir folgten, bitte um Vergebung meiner Sünden, vor allem denen der letzten Nacht. Dann bete ich für Felicitas und meine Kinder. Ich schluchze und hoffe, sie verzeihen mir den Kummer, den ich ihnen bereite. Das, was mir jetzt bevorsteht, nehme ich nun erst richtig wahr. Todesfurcht! Jeden Herzschlag spüre ich in der Brust. Das aufgeregte Herz jagt mir den Schrecken in den Leib und lähmt Arme und Beine. Mehrmals flüstere ich: »Gott, nimm mir diese Angst vor den letzten Schritten, schenk mir Trost und Stärke.«

Noch bevor ich das Amen spreche, höre ich eine Salve. Das Knallen der Musketen hallt so scharf durch das Haus, dass es in all seinem Grauen bis in mein Verlies dringt, meinen Leib erschüttert und ein Muskelzucken verursacht, das ich nicht beherrschen kann. Also mehr Tote, denen ich bald folge und nach mir werden noch viele andere sterben, die keiner mehr zählt. Ein Schlachter darf kein Mitgefühl mit Vieh verspüren und der Himmel überlässt den Menschenmetzgern das Feld. Trotzdem klammere ich mich an ihn. Selbst wenn mich Gott in diesem Grausen verlassen hat, so verbinde ich mit seinem Namen alles Gute, das man einmal gern menschlich nannte. Das ist mein Ziel. Das ist mein Halt. Was ich tat, war richtig. Gegen die Wand gelehnt sitze ich in der Finsternis. Bald ist alles überstanden! Wenn der Henker sein Handwerk versteht, werde ich nicht allzu viel spüren. Mit der Todesstrafe sühne ich alle meine Sünden, so dass meine Seele nicht in die Hölle kommt. Ich male mir das Paradies aus, fühle, dass Gott bei mir ist. Allmählich hört das Zittern auf. Das aufgeregte Angstgefühl wird schwächer, verlieren werde ich es wohl erst mit dem Tod. Draußen wird der Riegel zurückgeschoben. Laternenlicht fällt herein. Es ist so weit. Zwei Soldaten führen mich hinauf zu Landsberg, der mich mit einigen Herren erwartet. Sie mustern mich abfällig: Wie kann ein Mönch mitten im Krieg den Pöbel gegen die Obrigkeit aufhetzen? Landsbergs teigiges Gesicht ist kreidebleich. Wie ein Richter zur Verkündung eines Rechtsspruchs erhebt er sich. Das Urteil ist also schon gefällt. Ein sehr kurzer Prozess. Ich bin froh, dass die Kapuze mich vor den Blicken schützt. Die geballte Verachtung spüre ich dennoch. Sie macht mich unsicher, aber mein Entschluss steht fest: keine Ausflüchte, kein Versuch noch das Leben zu retten. Jemand öffnet das Fenster. Stimmengewirr schallt herein. Landsberg bedeutet mir, mich den Leuten draußen zu zeigen. Doppelt so viele wie vorher sind unten versammelt. Sie jubeln mir zu. Kein Blut, keine Toten! Es wird still. Ich soll reden, aber ich bin stumm. Reglos stehe ich da. Alle sehen nach oben und warten geduldig. Kein Wort bringe ich über die Lippen. Jemand stößt mich und zischelt, ich solle sagen, dass mich der Gouverneur anhöre. Das hilft. Ich hebe grüßend die Hand.

»Liebe Freunde!« Ich spreche so laut ich kann. »Habt Geduld! Der Herr Stadtkommandant will mich gnädig anhören. Das Agnus Dei wird uns Frieden bringen, Amen.«

»Amen!«, rufen mir alle zu.

Dann trete ich zurück. Die Töne des Agnus Dei steigen zu uns herauf. Die Herren blicken zu Boden. Landsberg entlässt sie. Sie verneigen sich und gehen.

»Der Herr lasse jetzt den Mummenschanz und nehme die Kapuze ab«, befiehlt der Stadtkommandant. Ich folge und nehme unaufgefordert ihm gegenüber Platz, was er stirnrunzelnd akzeptiert. »Er sieht, was Er angerichtet hat. Daher will ich wissen, wie Er jetzt noch ein Gemetzel vermeiden will. Der Brigadier schickt mir 40 Soldaten. Sobald sie da sind, lasse ich scharf auf die Aufrührer schießen.«

»Herr Kommandant, heut Nacht, spätestens morgen wird die Stadt gestürmt, länger hält der Verteidigungswall nicht. Ich maße mir dieses Urteil an, weil ich letzte Nacht auf der Kleinen Schanze gegen die Holländer kämpfte, wo die meisten der Unsrigen niedergemacht wurden. Die Franzosen müssten schon hier sein, wenn sie uns noch retten wollten. Wozu noch bis zur Erstürmung weiterkämpfen? Warum mehr Soldaten opfern? Ich flehe Euch an, zeigt Mut vor der Welt und Barmherzigkeit gegenüber denen, die Euch anvertraut sind, Soldaten wie Bürgern. Verhandelt mit dem Feind über einen ehrenvollen Abzug. Vielleicht diffamiert man Euch dafür, aber die Bonner danken Euch ewig für diese beherzte Tat.«

»Aufrührern nachzugeben ist falsch!«, widerspricht er.

»Es ist kein Aufruhr, nur eine christliche Bitte von Vielen.«

»Christus predigte nie Widerstand gegen die Staatsgewalt.«

»Es ist eine Bitte, kein Widerstand!«, wiederhole ich. »Wenn Ihr wünscht, fordere ich die Leut auf, für Euch und einen guten Entschluss zu beten und schicke sie nach Hause.«

»Ein Traumbild! Das wird denen kaum genügen!«

»Warum nicht? Einen Versuch ist's allemal wert, bevor man ein Blutbad anrichtet.« Zum ersten Mal wird er nachdenklich, nachdem er mir bisher eher unwillig als interessiert zuhörte. Seine Linke spielt mit einer Schreibfeder. Jetzt muss ich mein Anliegen noch einmal zur Sprache bringen: »Mit Verlaub, unter großen Verlusten aus Bonn hinausgeprügelt zu werden, ist auch wenig ehrenvoll.«

»Ha, leicht dahergeredet!«, fährt er mich an, »gebe ich mit Magazinen voll Proviant und Munition auf, sieht man mich zu Recht als mutlosen Strohkopf an und stellt mich vor Gericht.«

»Vor einer mehr als zehnfachen Übermacht unter einem Feldherrn wie Raimondo Montecuccoli zu kapitulieren, ist weder Meuterei noch eine Schande, sondern zeugt von Vernunft – ein kluger Schachzug eines Staatsmannes in letzter Minute.«

»Ein gescheiterter Feldherr ist ein erfolgreicher Staatsmann?«, fragt er spöttisch.

»Gewiss, der Herr ist ja Gouverneur von Bonn.«

»Gut! Wenn Er das hier zu einem friedlichen End bringt, bewahr ich den Herrn ein weiteres Mal vor einem Strafgericht. Sollte es aber zum Tumult kommen, haben die Soldaten den Befehl, den Johannes vom Wall als Ersten zu erledigen!«

»Das ist keine Härte für mich.«

»Im Übrigen bewahr ich Stillschweigen darüber, wer der falsche Prophet ist. Hoff aber, der Herr macht sich nie mehr so zum Narren, falls Er überlebt.«

»Ich danke von Herzen! *Salva venia*, die Wahrheiten der Narren beklatscht die Welt, die der Philosophen verstauben in Büchern!« Ich streife meine Kapuze über. »Der Narr hofft auf eine glimpfliche

Übergabe im *Akkord*. Graf Montecuccoli will nichts weiter, als die Franzosen aus dem Reich werfen. Er wird weder den Kurfürsten noch seinen Feldherrn demütigen.«

Er nickt düster und ruft einen Soldaten, der mich hinausbegleitet. Kaum sehen mich die Menschen, bricht ihr Gesang ab. Gespanntes Schweigen erwartet mich.

»Liebe Freunde«, rufe ich mit ganzer Lungenkraft, »nach den fünf wahrhaft gräulichen Tagen voll Tod und Leid …«

»Und … und, was hat er gesagt?«, schreien viele dazwischen.

»Liebe Leut, ich bitt, mich in Ruh anzuhören. Der Kommandant hat Order vom Kurfürsten, die Stadt weiter zu verteidigen. Das heißt, will er unseren Wunsch erfüllen, muss er den kurfürstlichen Befehl missachten und der Feind besetzt Bonn. Aus diesen Ursachen hat der Kommandant noch keine endgültige Entscheidung gefällt. Das Schießen wird aber bald aufhören. Bis dahin ….«

»Pfui, für mageren Trost hab ich heut nit meine Haut zu Markte getragen«, brüllt ein Bursche dazwischen seinen Spieß hochhaltend; seine Kameraden unterstützen ihn laut.

Wütendes Zischeln und Drohrufe der anderen bringen sie zum Schweigen.

»Wir sind keine Rotte von Gewalttätigen!«, rufe ich, »wenn wir wie ein Räuberhaufen über unsere eigenen Soldaten herfallen, werden die Feinde Bonn im Handumdrehen stürmen. Unsere Verteidiger, ob Kurkölner oder Franzosen, sollten wir deshalb gut behandeln und für sie wie für unseren Stadtkommandanten beten, damit Herr von Landsberg einen guten *Akkord* aushandeln kann. Gott helf uns, Amen!«

»Ja, Amen«, schreit Henrietta ihren Besen schwingend, »heut geh ich noch in die Mess', selbst wenn ich den Priester aus dem Keller prügeln muss.«

»Recht so, und ich helf ihr!« Cupper legt den Arm um Henrietta und drückt sie an sich.

»Die braucht nirgends Hilf, die verjagt sogar die Holländer allein«, trompetet einer aus der Menge.

Alles lacht. Das Lachen ist wie ein Frühlingswind in der Winterkälte, obwohl von der Beueler Schanze wieder Kanonen über den Rhein in die Stadt feuern. Dankbare scharen sich um mich, bestürmen mich mit Fragen. Inständig bitte ich sie zu gehen. Einige gehorchen, andere fassen nach meinen Händen, reißen am Habit. Henrietta und Cupper drängen sie zurück. Eine Gruppe Kapuziner steht in Sichtweite. Wenn ich mich unter sie mische, kann ich mich vor den zudringlichen Leuten retten und mein Inkognito wahren. Allerdings laden mich die sauertöpfischen Gesichter der Bettelmönche nicht gerade zum Näherkommen ein. Sie tuscheln. Einer löst sich von ihnen, kommt auf mich zu.

Ein greller Blitz!

Ein ohrenbetäubender trockener Knall wirft mich zu Boden. Staub, Pech- und Schwefeldämpfe breiten sich aus. Dann Stille! Alle Geräusche hat der Donnerschlag ausgetilgt. Ich huste, höre andere husten und wimmern. Der giftige Rauch lichtet sich allmählich. Ich setze mich auf. Wasser rinnt mir ins Auge. Ich wische es weg – es ist Blut. Ein Splitter hat meinen Kopf getroffen, sonst bin ich aber heil. Im Dunst erheben sich einige Gestalten, es sind Soldaten. Von meinen Gefolgsleuten war ich der Bombe am nächsten. Wie durch ein Wunder kommen wir alle mit Schrammen davon. Die Menschen flüchten, ziehen oder tragen ihre brüllenden Kinder fort. Keiner bleibt zurück. Henrietta und Cupper sitzen benommen in meiner Nähe.

»Kann ich dem falschen Mönch helfen?«

Ich sehe auf. Einer der Kapuziner hält mir seine Hand entgegen und zieht mich auf die Beine. Der Schlag gegen meinen Kopf verursacht Schwindel. Meine Knie geben nach, doch er stützt mich und wispert mir zu: »Einen Johannes vom Wall gibt's in unserem Konvent nicht und es kostet uns viel Müh, der Obrigkeit und den zahllosen Leuten, die nach ihm fragen, das begreiflich zu machen. Wir wissen, wer sich hinter der Maske verbirgt, schweigen aber darüber. Doch einen weiteren frechen Missbrauch des Habits dulden wir nicht, selbst wenn dies einem friedvollen Zweck wie diesem hier dient. Noch ein Vorfall und wir demaskieren den wohlgeborenen Herrn!« Er lässt mich los und geht.

In Henriettas Prunkbett wache ich auf. Nach dem Bombeneinschlag ist es staubiger als zuvor. Im Licht sehe ich Tausende Partikelchen schweben. Draußen regnet es. Gut ein Dach über dem Kopf zu haben, wenngleich es nur notdürftig mit Stroh abgedichtet ist. Der »brave Cupper« hat es geflickt, erzählte Henrietta mir gestern. Seitdem er sie vor dem Quartier des Stadtkommandanten in den Arm genommen hat, ist sie zwar noch nicht zum Schnurrkätzlein geworden, geht jetzt aber eher auf Samtpfoten, als dass sie ihre Krallen zeigt. Ihr und Cupper wünsche ich einen langen Hausfrieden. So still war es im Kleinen Roten Löwen schon lange nicht mehr. Ich höre keine Kanonen. In den schweren Tagen gab es zwar immer Zeiten, in denen die Waffen schwiegen, dennoch lag stets Spannung in der Luft; dauernd erwartete man Krachen, dass die Wände wackelten. Diese fiebrige Atmosphäre ist verschwunden. Henrietta sitzt neben mir und spinnt Wolle. Ihre Haltung ist sorgloser als all die Tage zuvor. Unsere Blicke treffen sich.

»Ach, endlich ist der Herr Vetter aufgewacht«, sagt sie, »da hab ich mit meinem Dank lang warten müssen.«

»Danken? Wofür?«

»Für den Waffenstillstand! Schon gestern Abend wurde er geschlossen und jetzt verhandeln sie über den Abzug.«

Eine Freude steigt aus meinem Herzen auf, wie ein Rausch strömt sie bis in die Finger- und Zehenspitzen.

»Wahrhaftig? Das höre ich von Herzen gern!«, murmle ich.

Ich schließe wieder die Augen und höre die 10 Uhr-Schläge. 17 Stunden habe ich wie tot geschlafen, denke ich noch, dann schlafe ich weiter. Cupper weckt mich zu Mittag. Voll übersprudelnder Freude über unsere erfolgreiche Aktion lobt er meine Courage. In allen Einzelheiten erzähle ich Henrietta und ihm von meinem Diskurs mit Landsberg. Sie wiederum berichten mir, dass die Salve, die ich in meinem Kerker gehört hatte, verpuffte. Mit ihr sollten die Leute entweder nur verjagt werden oder die Kurkölner Soldaten hatten eigenmächtig über die Köpfe hinweggeschossen. Keiner meiner Mitstreiter sei geflohen oder habe Soldaten angegriffen. Sie hofften auf den Johannes vom Wall, wie einige später sagten. Während Henrietta einen Imbiss für mich bereitet, denke ich über die Geschehnisse der letzten Tage nach. Seltsam, meine Heldentaten auf der Schanze, die mir schwer wie Mühlsteine auf der Seele liegen, verschaffen mir Ansehen. Die christliche Friedensmission hingegen muss ich verschweigen, wenn ich nicht wegen Aufruhrs hingerichtet werden will und als Spottfigur gelten möchte. Die gewaltlosen Friedenskämpfer und Streiter für den Schutz der Schwachen sind immer noch Missetäter und Narren.

Nachdem ich mich gestärkt habe, gehe ich zu meiner Schwester. Der Boden ist pfützennass. Erde quillt aus dem Straßenpflaster und vermischt sich mit Unrat. Die Menschen huschen so ängstlich vorbei, als seien sie Diebe, die eben gemaust haben. Die Furcht vor Plünderung geht um. Jeden Einzelnen will ich festhalten und ihm sagen: Hab keine Angst! Dem Kaiser ist mehr an seinem guten Ruf und *Kontributionen* gelegen als am Ausrauben der Bürger durch seine Söldner.

Im Goldenen Sattel empfängt mich Lauten- und Geigenspiel unterstützt von einer Bassstimme. In der Stube sind Hausgenossen und Nachbarn zu einer Feier des Waffenstillstands zusammengekommen. Sogar der matte Kornett sitzt in einem Lehnstuhl an der Seite. Schneegaß spielt weltentrückt Violine, mein Sohn Laute und ein Nachbar streicht die Viola da Gamba. Nach all dem Grauen ist die feierliche Melodie so ergreifend, dass sogar die Herren nach ihrem Sacktuch greifen, um sich über die Augen zu wischen. Die Musik verklingt. In einem Dankgebet bittet mein Schwager, dass die Stadt vor weiteren Betrübnissen verschont werde. Ein kraftvoll ausgelassenes Musikstücklein leitet schließlich zum Plaudern über. Ein Glas Wein in der Hand schwatzt man in großer Runde über Landsberg und den Prinzen Wilhelm von Oranien, der mit dem kaiserlichen Feldherrn Graf Montecuccoli vor den Toren Bonns steht. Alles endet jedoch beim Johannes vom Wall. Manche halten ihn für einen tollen Mönch, alle aber schreiben ihm den Sinneswandel Landsbergs zu, den Feinden die Kapitulation anzubieten. Ein Kollege meines Schwagers fragt mich, was ich von dem Johannes vom Wall halte.

»Maulhelden sind immer in aller Munde. Dem Mann wird zu viel Ehr angetan!«, erwidere ich – alle sehen mich erstaunt an.

»Holla, der Mönch hat viel gewagt! Die Frag ist doch, wer hinter der Maske dieses Klosterbruders steckt. Die Kapuziner streiten rigoros ab, dass er einer von ihnen sei. Mag sein! Den rauen Landsberg hat er wohl kaum mit frommen Sprüchen zur Aufgabe Bonns bewegt. Keinesfalls ein Maulheld, nein, ein ganz vortrefflicher Mann!«

»Er kann auch ein recht simpler Mensch sein«, wende ich ein. »An vielen anderen, die ebenso ihr Leben eingesetzt haben, findet keiner etwas Besonderes, so wie an dem Schulmeister Stefan Cupper.«

»Mit Verlaub, der Cupper wäre allein jämmerlich gescheitert.«

»Ihn umgibt halt nichts Geheimnisvolles, was den Leuten etwas zum Schwatzen gibt«, entgegne ich.

»Und der Mönch ist auch nicht mit dem wohlgeborenen Herrn verwandt wie der Cupper«, wirft ein anderer ein.

»Monsieur, meine sehr entfernte Verwandtschaft mit dem Schulmeister spielt wahrhaftig keine Rolle«, sage ich, »nein, neben Herrn Cupper haben die vielen Bürger, vor allem Weiber und Kinder, das Herz des Stadtkommandanten erweicht. Ihnen und ihrer Courage gebührt diese Ehr.«

»Sapperment, das sind ja merkwürdige Reden eines Edelmannes, der auf den Pöbel gemeinhin verächtlich herabblickt«, spottet der Kammerrat.

»Wie die Anführer trug auch jeder Mitläufer seine Haut zu Markte. Ohne die Menge wäre der großartige Johannes vom Wall kurzerhand und völlig zu Recht hingerichtet worden. Die vielen

Menschen regten den Stadtkommandanten an, die kurfürstliche Order noch einmal zu überdenken.«

»Na, der wohlgeborene Herr hat dem Stadtkommandanten wohl ins Herz geblickt?«, bemerkt einer spöttisch.

Bevor ich antworten kann, bittet mein Schwager um Gehör.

»Mesdames, Messieurs, eben erhalte ich die Nachricht, dass die Stadt Bonn nach siebentägiger Belagerung sich den kaiserlichen Waffen ergeben hat. Die Stadtschlüssel sind bereits dem Feldherrn Graf Montecuccoli und dem Prinzen von Oranien übergeben worden.« Er macht eine Pause. Tiefstes Schweigen. Die Franzosen blicken betreten zu Boden. »Morgen früh wird die französische und deutsche Besatzung Bonns still und mit eingerollten Fahnen die Stadt verlassen.«

»Gott steh uns bei!«, murmelt Sophia.

»Wir haben es so gewollt«, sagt einer.

Von draußen schallen Rufe in die Stube.

»Sie öffnen die Tore! Die Feinde kommen!«

Wie Stroh im Windstoß, so blitzgeschwind sind alle Gäste auf und davon. Sophia, Andreas und Ari verrammeln mit dem Hausgesinde Türen und Fenster, verstecken, was noch nicht versteckt ist. Zwei Franzosen sitzen wie gelähmt auf einer Truhe, der Kornett hat den Kopf gegen die Wand gelehnt, als sei er ihm zu schwer geworden. Schneegaß zupft gleichförmig die A-Saite der Geige. In seiner Monotonie ist der scharfe hohe Ton selbst so erstarrt wie die Menschen. Den Musikus verlässt dann selbst die Kraft zum Zupfen. Er sieht mich an: »Herr, Ihr wisst, was die Kaiserlichen mit mir machen.«

Erschrocken schließe ich die Augen. Auf Desertieren steht der Tod.

»Ja, ich weiß es. Du musst eilends die Stadt verlassen.«

»Aber wie?«

Mein Blick fällt auf die Franzosen. »Wären die Herren bereit, einen Deserteur von den Kaiserlichen in ihren Reihen morgen aus der Stadt zu schmuggeln?«, frage ich sie.

Deserteure werden in jedem Heer verachtet. Wer seine Kameraden im Stich lässt, dem mangelt es an allen Tugenden eines Soldaten: Tapferkeit, Mut, Verlässlichkeit und Disziplin. Die Franzosen tuscheln und versprechen dann doch, Schneegaß zu retten. Der verletzte Kornett fleht, ihm morgen ebenfalls beim Abzug beizustehen, damit er nicht in Gefangenschaft geriete. Seine Angehörigen hätten nicht das Geld, ihn auszulösen. Da weder der Kaiser noch die Holländer mit überflüssigem Reichtum gesegnet sind, man außerdem zum Kriegführen nur drei Mittel benötigt, nämlich: Geld, Geld und Geld, würde er wohl auch nicht billig davonkommen. Trompetensignale, dann Trommeln, Flöten und Tritte der feindlichen Truppen hallen von der Straße zu uns hinauf. Schneegaß sinkt völlig in sich zusammen. Einer der beiden Franzosen packt ihn und bringt ihn nach unten in ihre Kammer. Der andere hilft dem Kornett. Reglos wie die Mäuse im Loch, vor dem die Katze lauert, sitzen wir in der Stube, bis jemand gegen die Haustür hämmert. Aus Furcht vor Plünderern will mein Schwager nicht öffnen. Der Mann draußen droht die Tür einzuschlagen. In Windeseile werden Barrikaden fortgeräumt. Ein Trupp Soldaten steht an der Schwelle. 30 Männern soll das Haus Zum Goldenen Sattel nun Unterkunft bieten. Meine Schwester wagt Widerspruch: »Gott im Himmel, wo sollen wir schlafen? Wir haben doch schon Franzosen!«

»Madame«, erwidert der Wortführer, »dann suchen die Herren Franzosen ihr Quartier in den Gärten auf oder Sie selbst kampiert dort. Da sind wir äußerst großherzig.«

»Vielen Dank für diese Großherzigkeit«, sagt Sophia bissig.

»Wenn Sie das Maul so aufreißt, kann Sie gleich noch 30 weitere Leut beherbergen. An Gästen wird's Ihr in den nächsten Wochen nicht mangeln.«

Ein Haufen schmutziger Soldaten drängt herein. Sie besetzen die Stube, fordern einen Willkommenstrunk und Imbiss. Später kommen noch zwei Offiziere, welche die oberen Räume mit ihren Dienern in Beschlag nehmen. Meine Mutter zieht mit der ganzen

Familie Frohen nach unten in die Kammer der Franzosen, die mit Schneegaß in einem Zeltlager unterkommen. Aus Angst, womöglich zurückgelassen zu werden, mutet sich sogar der schwache Kornett diese Strapaze zu.

Henrietta hat es ebenfalls schlimm getroffen. Trotz ihres schadhaften Daches muss sie 25 Soldaten aufnehmen, lauter Niederländer. Cupper und sie haben Decken zur Seite geschafft und sich ein Strohlager in der Küche bereitet. Ich bitte sie, Alexander und mich zu beherbergen, was sie stumm akzeptiert. Niemand zählt mehr seine Übernachtungsgäste.

Kaum sind die feindlichen Truppen da, haben die Bonner einen neuen Stadtkommandanten. Es ist mein alter Bekannter, der Marquis Grana. Auf dem Marktplatz nimmt er den Treueschwur der Bonner ab und ermahnt die Bürgermeister, die endgültige Einquartierung gerecht auf die Bonner Bürgerschaft zu verteilen. Ich versäume die Zeremonie und spare meine Kraft für den morgigen Tag, Dienstag, den 13. November 1673, dann will ich nach Merhoffen gehen!

Die Nacht ist laut. Holländer, Spanier und Kaiserliche feiern ihren Sieg mit viel Branntwein und Lärm. Nach dem Übergabetraktat sind Plünderungen verboten, so bleiben die Bürger von Brutalitäten weitgehend verschont. Mausereien gibt es dennoch. Beliebt sind die Bleieinfassungen der vielen zersprungenen Fenster, aus denen die Soldaten Schießkugeln gießen. Am Morgen will ich sehen, ob Schneegaß heil aus der Stadt kommt, und meinen einstigen Fluchthelfer Anton ausfindig machen. Noch bevor ich gehe, klopft der gewitzte Junge an Henriettas Tür. Er beteuert, er sei nicht von den Kaiserlichen ausgerissen, sondern entlassen worden.

Die Kurkölner Soldaten stehen auf dem Markt in dichten Reihen. Mit Alexander gehe ich aber zum Platz vor dem Münster, wo sich die Franzosen sammeln. Kaiserliche und Holländer bewachen ihre Gegner. Einige laufen sogar durch deren Reihen, als wollten sie ihnen Adieu sagen. Hoffentlich übersehen sie Schneegaß, dieses große Kind, das für eine Geige sein Leben aufs Spiel setzte. Zwei Soldaten zerren einen schreienden Mann mit sich, der aber nicht Schneegaß ist. Hämisch ruft einer dem Unglücklichen zu: »Ha, du bekommst jetzt, was du verdienst, fahnenflüchtiges Rabenaas.«

Der Gefangene wird hinter das Münster gebracht, wo in einer Ecke schon drei Gefesselte stehen. Ihre Waffen liegen auf der anderen Seite an der Stadtmauer. Die Bewacher wollen mich vertreiben. Zwei *Albus* stimmen sie gnädiger und sie versichern mir sogar, dass dies alle seien, die man bislang festgesetzt habe. Schneegaß ist nicht unter den Inhaftierten.

Der Auszug der Franzosen verläuft in gespenstiger Stille. Keine Trompetenfanfaren, stumme Pfeifen und stille Trommeln. Wie eine Rotte Galeerensträflinge ziehen sie mit eingerollten Fahnen nach Neuss ab. Die Bürger zucken die Achseln. Gleichgültigkeit begleitet die einstigen Verteidiger ihrer Stadt. Wie ein Lauffeuer hat sich aber herumgesprochen, dass die Sieger das kurfürstliche Schloss nicht angetastet haben und die Kanzlei sogar versiegelten. Alle Bürger warten nun auf die Rückkehr des rechtmäßigen Herrschers, dem furchtsamen Maximilian Heinrich und auf das gute Leben unter seinem erzbischöflichen Krummstab. Bis dahin muss man noch aushalten. »Aushalten« und »Ausharren« schwirren seit dem ersten Kanonenschuss durch die Luft, schlüpfen in die Ohren. Wie Maden setzen sie sich im Hirnhäuslein fest, reden von ergebener Duldsamkeit mit der Aussicht auf die Wiederkehr des goldenen Zeitalters voll Milch und Honig. Die Realität sieht anders aus. Dreck, Krankheiten und Lärm bringen die neu Einquartierten in die Häuser. Sie verdrängen die Eigentümer in die elendesten Winkel ihres Heims. Auch jetzt höre ich mehr Stöhnen als Dankesworte für die Erlösung von der gestrigen Angst um Leben, Hab und Gut.

»Jetzt habt ihr bösere Gäst' als uns«, ruft einer der Franzosen den Bürgern zu.

In kleinen Schritten schiebt sich die Schlange der ausziehenden Soldaten voran. Bis zu den Toren kommen wir nicht. Wieder warten Alexander und ich an der Sammelstelle der Gefangenen. Kaiserliche Soldaten kommen und gehen. Einige mustern uns misstrauisch. Ein Mann trottet mit einer Schubkarre heran und lädt Musketen, *Bandaliere*, Degen und Dolche darauf. Die Gewehre kommen mir schon wie Leichen von Gehenkten vor. Wieder wird ein Mann herangeschleppt, der halb Französisch, halb Deutsch die Kameraden vergeblich anfleht, ihn laufen zu lassen.

»Das ist der Letzte!«, sagt ein Soldat.

Mein Sohn grinst erleichtert. Wir laufen zum Sterntor, um herauszufinden, ob man die Stadt nun verlassen kann. Das Tor ist immer noch geschlossen. Alexander zupft mich am Ärmel, zeigt nach links und meint, da habe er Schneegaß gesehen. Dort springt die Stadtmauer in einem rechtwinkligen Knick vor und in dieser Ecke steht eine Gruppe Soldaten.

Mich zieht es zwar ins Warme, trotzdem folge ich der Bitte Alexanders und gehe auf die Soldaten zu. Zwei abseitsstehende Herren beobachten mich argwöhnisch. Das sind nicht die müden gemütlichen Bewacher der armen Gefangenen. Die beiden sind Offiziere, ehrgeizig mit vollen Machtbefugnissen. Ich spüre Gefahr, dennoch schlendere ich auf die Gruppe zu, gehe um sie herum. Wahrhaftig, dort an der Stadtmauer steht Schneegaß, den Kopf gesenkt. Er spricht, was ich nicht verstehe. Für das Folgende bedarf es allerdings keiner Worte: Man nimmt ihm das *Bandalier* und die Muskete ab.

»Was gibt's denn, ich kann nichts sehen!«, fragt Alexander.

»Sie haben Schneegaß arretiert«, erwidere ich.

»Ach, können wir ihn nicht befreien?«

»Ich versuche es!«

»Und wie?«, bohrt er nach.

»Ich werde mit den Offizieren sprechen.«

»Nur reden?«

»Was sonst?« Ich trete zur Seite, damit Schneegaß mich sehen kann und weiß, dass ich über seine Verhaftung im Bilde bin. Er blickt in meine Richtung. Ich hebe die Hand und winke.

»Wem winkt der Herr denn da?«, fragt jemand neben mir. Es ist einer der Offiziere, die mich vorhin fixierten.

»Ach, ich dacht', jemanden erkannt zu haben. Ich wünsche einen guten Tag. Komm, Alexander, gehen wir!«

»Halt! Vorhin sah ich den Herrn hinter dem Dom bei den Gefangenen müßig herumspazieren und jetzt winkt er einem Verhafteten, der uns fast durch die Lappen ging. Das Ding gefällt mir nit und daher kommt der Herr jetzt mit!«

Er führt mich zu einem höherrangigen Offizier, dem er berichtet, ich habe einem Gefangenen auffällig Zeichen gegeben.

»Was sucht der Herr hier?«, fragt mich der Höherrangige.

»Ich will wissen, wann die Tore wieder geöffnet werden.«

»Und warum gab Er dem Gefangenen da Zeichen?«

»Ich habe nur einem gewinkt, den ich kenne.«

»Er kennt den Inhaftierten?«

»Ich weiß nicht, ob er in Haft ist«, weiche ich aus.

»Bringt den Kerl her!«, befiehlt er auf Schneegaß deutend.

Der Musiker ist leichenblass. Seine Hände sind schon auf den Rücken gebunden. Schmerzerfüllt sieht er mich an und schließt ergeben kurz die Augen.

»Ist das der Mann, dem der Herr zugewinkt hat?«, fragt mich der Offizier. Ich nicke. »Der ist nicht nur ein ehrloser Fahnenflüchtiger, sondern hat zudem auch noch einen Gefangenen befreit. Gleich zweimal hat der den Strick verdient.«

»Ich kenne ihn nur als guten Musikmeister. Fürs Kriegshandwerk hat der Mann kein Talent.«

Der Offizier lacht: »Zum Soldaten ist keiner geschaffen, sie werden allesamt dazu gemacht. Und, Monsieur, es besteht kein Zweifel, dass der da ein Fahnenflüchtling ist. Zwei Kameraden haben ihn wiedererkannt. Morgen wird er gehenkt. Das ist so gewiss wie's Amen in der Kirch. Aber wenn's keine Umständ macht, hätt' ich gern Seinen Namen und wo Er zu finden ist.«

Schneegaß wird abgeführt und ruft mir noch zu: »Herr, bitte nehmt meine Geige an Euch. Das wär mir ein Trost, bevor sie mich häng…«, der Rest des Satzes geht in Alexanders Geschrei unter, der sich an seinen Lautenpräzeptor so festklammert, dass er von ihm weggerissen werden muss. Der Offizier wirft mir einen geringschätzigen Blick zu und der Schreiber, der meinen Namen und die Adresse notiert, gibt mir den Rat, den Jungen mehr mit dem Stock als mit Honigbrot zu traktieren.

Schneegaß eine Flucht noch in der Nacht aus dem besetzten Bonn zu ermöglichen, ist utopisch. Immerhin finde ich heraus, wo er gefangen ist: schwer bewacht im Neuturm! Das Einzige, was ich für den unseligen Musikenthusiasten tun kann, ist, den neuen Stadtkommandanten, den Obristen di Grana, um ein sofortiges Gespräch zu ersuchen und um Gnade für ihn zu bitten. Allerdings habe ich wenig Hoffnung, dass er für mich Zeit hat. Zu meinem Erstaunen ruft mich Grana gegen Abend zu sich. Er residiert in dem Haus Zur Blomen am Marktplatz, das dem kurkölnischen Ersten Minister Franz Egon von Fürstenberg gehört. Grana, ganz Staatsmann, ist in einen vornehmen hellblauen Rock gekleidet und trägt eine Perücke, deren Lockenpracht ihm bis zur Brust geht. Von dem rauen Obristen ist nichts mehr zu sehen. Zweifellos ein Mann, der geschmeidig von einer Haut in die andere schlüpft. In bester Laune bietet er mir ein Glas Rotwein an. Auf dem Tisch liegt eine Mappe. In großen Lettern lese ich: Extrema Supplicia, also Todesurteile. So rasch sind sie also gefällt und dem Obristen zur Bestätigung vorgelegt. Grana deutet auf den Wein: »Der ist vorzüglich. Er kommt aus dem reichhaltigen Keller des Bischofs von Straßburg. Wenn der auch ein giftspritzender Verräter ist, so hat er doch bestens vorgesorgt, dass die kaiserlichen Herren in Bonn jahrelang gut leben können.«

»So lange wird der Kaiser dem Kurfürsten von Köln doch nicht seine Residenz vorenthalten wollen?«

»Nun ja, Herr von Fürstenberg nimmt das wohl an, da will ich nicht widersprechen. Prosit, zum Wohle«, scherzt er und erhebt sein Glas. Wir trinken. »Was führet den Herrn so rasch zu mir?

Bei unserer letzten Begegnung hat Er mich ja fluchtartig verlassen und sich gegen meinen Rat doch auf die fürstenbergische Seit' geschlagen.«

»Nein, auf die des Kurfürsten, wo ich hingehöre.«

»Es ist kein Geheimnis, dass der Kurfürst auf diese Reichsverräter hört, die emsig deutsche Fürsten für Frankreich werben und alles tun, um den Kaiser zu schaden.«

»Und auf wen hört der Kaiser? Aus heiterem Himmel haben kaiserliche Truppen Bonn beschossen.«

»So heiter war der Himmel nicht. Mit der Eroberung Colmars und Triers hat die Kron Frankreich den Bogen überspannt. Mein Gott, macht doch die Augen auf! Louis XIV. wird Krieg führen, bis ihm ganz Europa *Kontributionen* zahlt, *finalmente*.«

»Wir aber wollen mit Frankreich und dem Kaiser in Frieden leben«, erwidere ich.

»Solange in Kurköln französische Kanonen stehen, die das Reich bedrohen, gibt es keinen Frieden. Das sieht hier nur niemand. Alle schreien nach dem Kurfürsten, der die Leut doch ins Unglück gebracht hat und hassen den Kaiser, der sich nur gegen die angreifenden Franzosen wehrt.«

»Was soll man auch anderes denken?«, frage ich gereizt.

»Monsieur, ich habe den Herrn für klüger als die braven Spießbürger gehalten.«

»Ja, ich verstehe den Standpunkt des Kaisers. Nur, warum macht sich der Herr Stadtkommandant so viel Müh, mich von der Richtigkeit Seiner Sach zu überzeugen?«

»Es wäre gut, wenn der Kurfürst dies gleichfalls einsehen wollte. Nun, und der wohlgeborene Herr steht mit dem Kurfürsten auf gutem Fuße. Mehr muss ich wohl nicht sagen.«

»Himmel, der Kaiser hat mehr Macht und Ansehen bei einem Kurfürsten als ein unbedeutender Landedelmann.«

»Gewiss, doch geht es hier um die richtigen Worte, die ein frommer und beim Kurfürsten gern gesehener Gast eher findet als mancher Gesandter des Kaisers.«

»Da überschätzt mich der Herr Stadtkommandant!«

»Mag sein!« Grana nickt bedächtig. »Doch sollten alle friedlichen Mittel ausgeschöpft werden. Ich bitte den wohlgeborenen Herrn, in Köln um eine Audienz beim Kurfürsten nachzusuchen, um ihn vor den Gefahren seiner Allianz mit Frankreich zu warnen. Die Worte eines Kurkölner Edelmannes, der über die blutrünstigen Tage Bonns zu berichten weiß, gehen dem Kurfürsten wohl eher zu Herzen als das Geplärr von Leuten, die sich derweil hinter den Mauern Kölns auf einem Kongress verlustierten.« Wieder ein Grana'scher Hieb gegen die Fürstenbergs.

»Da wäre ich zu Diensten, wenn wir Kurkölner von den Kaiserlichen nicht nur Übles, sondern auch einmal etwas Gutes erfahren würden«, schlage ich zurück.

»*Bene*, meinen guten Willen kann ich dem Herrn vielleicht zeigen, wenn Er mir sagt, warum Er so eilends ein Gespräch mit mir wünschte. Manus manum lavat«, sagt er liebenswürdig.

Dieses »eine Hand wäscht die andere«, missfällt mir, auch wenn der Satz in Latein vornehmer klingt. Ich erzähle von Schneegaß, auch über meine Befreiung aus den Händen der Kaiserlichen und bitte ihn um Begnadigung des Fahnenflüchtigen. Grana zieht die Mappe mit den Extrema Supplicia zu sich und schlägt sie auf. Gleich oben liegt Schneegaß' Todesurteil. Er studiert es lange, sieht sich auch die anderen Urteile an. Bedrückt blickt er mich an. Ich ahne Böses.

»Der Mann war ohne Frag in kaiserlichen Kriegsdiensten und hat ohne Abschied oder Erlaubnis sein Fähnlein verlassen. Die Gefangenenbefreiung hat er auch zugegeben. Bei allen anderen Urteilen wiegen die Missetaten weit weniger schwer. Diesen hier«, er hält ein Urteil hoch, »den könnt man begnadigen, nicht aber den Schneegaß. Er ist der Einzige, der vor dem Henken noch mit Ruten ausgehauen und außerdem als Letzter gerichtet werden soll. Wenn er begnadigt wird, müssten die anderen auch freikommen.«

»Es heißt doch Gnade vor Recht. Gnade ist also nie gerecht.«

»Gewiss!« Grana steht auf, geht zum Fenster, als wolle er das Urteil in besserem Licht sehen, schaut aber auf den Marktplatz hinaus. Wenn er mir nichts vorspielt, will er mir den Gefallen tun, was, leider Gottes, im Fall des unseligen Schneegaß gegen jedes Gerechtigkeitsempfinden der Soldaten verstieße. Es steht zwar jedem Befehlshaber frei, wen er begnadigt, allerdings dient jede Hinrichtung auch der militärischen Disziplin. Wer jedoch den laufen lässt, der am meisten auf dem Kerbholz hat, erreicht das Gegenteil, riskiert sogar eine Meuterei, die sich die kaiserliche Armee jetzt nicht leisten kann. Noch weitere kurkölnische Städte sind zu belagern, bevor es zu winterlich wird.

Er räuspert sich und dreht sich zu mir.

»*Niente da fare*!«, bedauernd hebt er die Hände. »In dem Casus ist die Todesstraf wahrhaftig nicht zu vermeiden. Die Strafschärfung, das Aushauen mit Ruten, kann gnadenhalber erlassen werden und er mag als Erster oder Zweiter gerichtet werden, um seine Seelenpein zu mindern. Den Wunsch, die Geige Euch auszuhändigen, erfülle ich sofort. Ansonsten ist zu meinem tiefen Bedauern hier kaum mehr möglich. Morgen um zehn Uhr sind die Hinrichtungen!«

Auf Henriettas Küchentisch liegt die Geige. Für dieses Stück Holz hat Schneegaß also sein Leben hingegeben. Sein erster Fehler war, kaiserlicher Soldat zu werden, der zweite, mich zu befreien. Morgen wird er sterben. Alexander zieht das Instrument ein Stück zu sich und sieht mich fragend an. Ich erlaube ihm, die Geige zu nehmen. Er zupft sie wie eine Laute. Die schreckliche Wahrheit kennt er noch nicht.

»Pizzicato«, sagt er und meint das Zupfen. »Herr Vater, wisst Ihr, dass Geigen eine Seele haben? Wenn man sie streicht, dann hört man sie. Kann ich bitte auch den Bogen haben?«

Wortlos schiebe ich ihm den Bogen zu. Er stimmt die Geige. Wie satt es klingt! Er spielt einige Töne. Schneegaß hat ihm in der Granaten- und Bombenzeit Lektionen erteilt.

»Hört Ihr, wie die Seele singt?«, fragt er.

Er spielt ein Lied. Wie außergewöhnlich rasch er das gelernt hat und wie sicher er die Töne trifft. Er sieht meinen kritischen Blick, lacht unsicher und setzt die Geige ab.

»In den paar Tagen hast du so gut spielen gelernt?«

»Ei, so gut mach ich's nicht. Herr Vater, vielleicht erlaubt Ihr mir noch ein paar Lektionen beim Schneegaß? Ich lerne dann auch fleißig Latein und Fechten. Bitte!«

»Nein, Schneegaß kann dir keine Lektionen geben!«

»Ach, wenigstens eine. Ich bitt gar schön!«

»Schneegaß ist im Turm, er kann nicht zu dir kommen.«

»Aber, Herr Vater, Ihr wolltet doch mit den Offizieren reden, damit er frei kommt.«

»Das tat ich auch. Aber sie lassen ihn nicht gehen.«

»Gar nimmer? Er kann doch nicht ewig im Turm sitzen.«

»Nein! Das Todesurteil ist gefällt. Morgen wird er sterben.«

Der Junge reißt die Augen auf: »An den Galgen?«

Den Galgen kennt er. Bei unseren Ausritten hat er schon halbverweste Missetäter baumeln sehen, an denen Vögel pickten.

»Er wird gehenkt, weil er von der Armee ausgerissen ist!«

»Aber er ist doch wieder zurückgekommen, da ist doch alles wieder gut! Wenn die Soldaten hören, wie schön er die Seele der Geige zum Klingen bringt – sie so engelhaft singt, sobald seine Hände sie berühren, wie sie jubelt oder fein klagt, dann vergessen sie gewiss, dass er vor dem gräulichen Kanonenkrach davongelaufen ist. Nicht wahr?«

In diesem Moment sehe ich Grana vor mir, wie er sagt, es sei unmöglich, den Musiker zu begnadigen. Da war ich völlig seiner Meinung. Und jetzt? Ein paar naive Sätze eines Kindes bringen mir die ganze Armseligkeit dieses Urteils zu Bewusstsein. Warum zerstören wir das gottgegebene Schöne, um Stück für Stück der Hölle mehr Platz einzuräumen? In der kindlichen Naivität spricht der Himmel zu uns und unsere Antwort ist stets die teuflische weltliche Logik.

»Ich wünschte, du hättest Recht!« Ich nehme seine Hand in die meine. »Ja, sehr wünschte ich es mir, aber nur wenige Wünsche gehen in Erfüllung. Und auch dieser, unser beider Wunsch, bleibt unerfüllbar.«

»Herr Vater, dann hab ich nur einen Wunsch, einen erfüllbaren. Ich möchte bei Schneegaß sein, wenn sie ihn töten.«

»Alexander, Hinrichtungen schmerzen und wenn jemand gerichtet wird, den man mag, sind sie unerträglich. Wir sehen uns eine Hinrichtung an, aber nicht die von Schneegaß.«

»Ich will aber doch nur wegen ihm dahin. Freunde lässt man in der Not nie im Stich, hat er mir einmal gesagt.«

»So hilfst du ihm aber nicht. Unter den Hunderten von Leuten wird er dich gar nicht sehen. Wenn du zu Hause für ihn betest und auf seiner Geige spielst, bist du seiner Seel näher als all die Leut auf dem Richtplatz. Er spürt das gewiss.«

Das leuchtet ihm ein.

Der Galgen ist hinter dem Stockentor außerhalb der Stadt aufgebaut. An seinem Querbalken lehnt eine Leiter. Um ihn herum scharen sich im weiten Kreis viele Soldaten. Zur Stadt hin gibt eine breite Lücke den vielen auf den Stadtbefestigungen versammelten Soldaten und Bürgern den Blick auf den Richtplatz frei. Warum nach allem Elend der letzten Tage scharenweise auch Frauen und Kinder sich ein solch trauriges Spektakel zumuten, ist seltsam. Vielleicht lockt sie das passable Wetter auf den Wall, von dem aus man einen Blick auf verwüstete Weingärten hat. Auf dem aufgerissenen Boden verstreut liegen neben Pferdekadavern noch die von Plünderern entkleideten Leichen der Gefallenen, einige völlig nackt, die übrigen nur mit dem Hemd bekleidet. Es sind viele, mehr als Hundert. Soldaten bergen Palisaden und Schanzwerk. Das Begraben der Toten überlassen sie den Besiegten. Aber noch immer sind nicht genug Tote zu beklagen. Begleitet von Geistlichen, flankiert von Soldaten und mit gemessenem Trommelschlag gehen die sieben Verurteilten auf ihr luftiges Grab zu.

Schneegaß ist der Erste. Dahinter wankt ein sehr junger Mann, der von einem Steckenknecht gestützt wird. Die anderen folgen, die Blicke gesenkt. Das Trommeln bricht ab. Selbst die Luft lastet auf den Schultern. Nur Gemurmel, nicht einmal den Delinquenten mutmachende Rufe sind zu hören. Ein Priester betet mit Schneegaß. Er steht vor den anderen und ist dem Galgen am nächsten. Wie von Grana versprochen, ist er vermutlich der Erste, an dem das Urteil vollstreckt wird. Sobald er in einer besseren Welt ist, will ich den Richtplatz verlassen. Meine Knie sind schwach und mir ist übel.

Nichts geschieht. Um mich herum wird eifrig disputiert, warum es nicht weitergeht. Der *Profoss* wartet mit eiserner Miene auf etwas. Die Verurteilten schöpfen Hoffnung, blicken zum Himmel. Gnade ist noch in der letzten Minute möglich. Auch Schneegaß hebt den Kopf. Er sieht mich. Ein Lächeln des Erkennens – dünn. Der Wind trägt einen Ton herbei. Wie ein Hauch dringt er durch das Geschwätz, eher sinnlicher Irrtum als Realität. Auch Schneegaß hört ihn. Er presst die Lippen zusammen, schließt die Lider und wehrt mit einer Handbewegung den betenden Priester ab. Weitere Klänge folgen aus dem Nirgendwo. Die Leute sehen sich um. An einer Stelle bewegen sich die Soldaten. Alexander tritt aus ihren Reihen. Er spielt die traurig-anmutige Passacaglia. Auf der Geige klingt das Zwiegespräch zwischen hoher und tiefer Tonlage ruhiger, gefühlvoller. Die tiefen volltönenden Klänge trösten. Langsam schreitet er auf Schneegaß zu, nur den Dialog zwischen hoher und tiefer Stimmlage vortragend. Die Gespräche verstummen. Als hätten alle auf den Wohlklang gewartet, hält niemand den die Ordnung störenden Jungen auf. Alexander bleibt vor Schneegaß stehen und streckt ihm die Geige entgegen. Der Verurteilte reagiert nicht. Geduldig wartet der Junge. Vorsichtig nimmt der Musiker das Instrument und den Bogen dann doch in die Hand. In der gleichen einfachen Tonsetzung seines Schülers spielt er die Melodie – hingebungsvoll, makellos, mit geschlossenen Augen so, als musiziere er nur für sich und meinen Sohn, den er einmal anblickt. Selbst ungeübte Ohren müssen seine Meisterschaft bemerken. Die fröhliche Schlussmelodie lässt er nicht aus, keine strahlende, aber hoffnungsvolle Freude liegt in ihr. Wie ein langsames Ausatmen weht die Melodie an all dem Grauen vorbei. Leiser werdend retardiert der Musiker das ohnehin langsame Tempo noch. Die letzten Takte wiederholt er, als fiele es ihm schwer, von der Musik Abschied zu nehmen. Andächtige Stille um mich herum. So liebevoll, wie er die Geige ergriffen hatte, legt er sie wieder in die Hände seines Lehrlings. Anton, der meinem Sohn gefolgt ist, verstaut sie in dem *Felleisen*. Stumm legt Schneegaß seinem Schüler zu einem letzten Adieu die Hand auf die Schulter. Viele Augen verfolgen die beiden Kinder, wie sie zurück auf die Stockenpforte zugehen. In ihrer Schlichtheit störte diese Zeremonie den Ablauf nicht und manche naiven Gemüter mochten denken, das sei so vorgesehen. Meine Wut, dass mein Sohn wieder einmal meine Anweisungen missachtet hat, dämpft ein gewisser Stolz. Diese Aktion verlangte viel Courage. Auch wenn er und Anton für ihren Ungehorsam Schläge verdient haben, werde ich diesmal beide mit eindringlichen Ermahnungen davonkommen lassen.

Als Schneegaß' Urteil verlesen wird, bin ich mit dem eben Erlebten zu sehr beschäftigt, um genau hinzuhören. Der Musiker wirkt gefasst, als man ihn zum Galgen führt. Dort zieht man ihm Rock und Hemd aus und bindet seine Hände an einen Galgenpfosten. Seltsam! Grana hatte mir doch versprochen, dass die Prügelstrafe erlassen werde. Ich gehe zum *Profoss* und weise ihn auf den Irrtum hin, während schon die Schläge auf den Rücken des Verurteilten klatschen. Nein, die Strafe stehe im Urteil, meint der Befragte. Von ihrem Erlass gnadenhalber wisse er nichts. Als ich noch einmal nachhake, fährt er mich an, ich solle das Maul halten und nicht den Ablauf der ernsten Sach stören, es seien bereits genug Merkwürdigkeiten vorgefallen. Mir scheint, als wäre besondere Grausamkeit befohlen worden, so unbarmherzig wird auf Schneegaß' blutenden Rücken eingeschlagen. Der Gemarterte stößt immer lauter werdende Schreie aus Die Hände ineinander verkrampft bete ich für ein baldiges Ende dieses Spektakels. Nachdem der arme Musiker zumindest diese Strafe abgebüßt hat, lässt man ihn am Galgen angebunden stehen oder besser hängen, weil er sich nicht mehr auf den Füßen hält.

»Alle Teufel, dem haben sie's gut eingetränkt«, sagt einer.

»Bruder, zu den Fahnenflüchtigen kann man nit hart genug sein«, erwidert ein anderer, »die streichen nur's Geld ein und wenn wir tapfer kämpfen, lassen die uns im Stich, so dass die Braven elendlich niedergemacht werden. Nee, alle diese Holunken sollten die vorm Henken tapfer ausklopfen!«

Schneegaß muss nun die Hinrichtung seiner sechs Leidensgenossen miterleben, weil er als Letzter aufgespart wird. Der Erste wehrt sich, schreit und zappelt bis zum letzten halb erstickten Röcheln am Strick, was auf Unwillen bei den Zuschauern stößt. Die anderen gehen ruhig, zum Teil reuevoll in den Tod, die dann doch Mitgefühl auf ihrem qualvollen letzten Weg begleitet. Den blutigen Rücken des zusammengesunkenen Schneegaß vor Augen, bin ich voller Groll gegen Grana. Als der Letzte der Verurteilten hängt, bindet man Schneegaß los und zieht ihm das Hemd über. Sein Gesicht ist aufgedunsen, der Mund blutig, da er sich auf die Zunge gebissen hat. Er hält sich an der Leiter fest, auf die er gleich steigen muss. Der Strick hängt schon. Mein Herz klopft. Doch nun wird der Befehl zum Abmarsch gegeben. Einige murren. Der *Profoss* verkündet, der Generalleutnant habe befohlen, dass einige Regimenter noch heute abmarschieren. An dem letzten Verurteilten werde die Strafe daher an einem anderen Tag vollzogen. Haufenweise eilen die Soldaten davon. Schneegaß sieht verwirrt um sich. Damit hat er so wenig wie ich gerechnet.

An dem Tag der Hinrichtungen zieht schon ein Großteil der kaiserlichen Truppen nach Norden ab, um Kerpen und Brühl zu besetzen. Die Artillerie und ein Teil der Infanterie gehen nach Bornheim. Siegburg ist bereits in kaiserlicher Hand. Die Niederländer marschieren nach Lechenich und Düren, um die Franzosen von dort zu vertreiben. Trotz des Truppenabzugs bleiben noch

3000 Soldaten in Bonn. Zwar herrscht nicht mehr die drangvolle Enge wie in den ersten Tagen, gleichwohl sind die wenigsten Bürger Herr ihres Hauses. Mein Schwager erreicht immerhin, dass seine Stube geräumt wird. Henrietta, Cupper, Anton, Alexander und ich schlafen weiterhin in der Küche. Ich muss mir dort sogar zwei Tage Strohlager gönnen, weil mich meine Verletzungen plagen und alle Kraft verlassen hat. Trotz der Enge leben wir jedoch in Harmonie. Einer der Einquartierten ist Henrietta besonders gewogen und steckt ihr *Viktualien* zu. Cupper – Konkurrenz witternd – umschmeichelt auf einmal seine Schwägerin. Von zwei Seiten hofiert zu werden, gefällt ihr. Geschickt schürt sie gleich beide Feuer. Da sie nicht zur jungmädchenhaften Koketterie neigt, wirkt ihre Tändelei nie grotesk. Ihre altjüngferlich harsche Art verliert sich und eine ungewohnt freundliche Henrietta kommt zum Vorschein, die Cupper sogar dazu verführt, sie um die Taille zu fassen und ihr einen Kuss zu geben, was sie nicht mit einem Schlag ihres Besenstils beantwortet.

Am Abend des zweiten Tages meines Krankenlagers geht es mir wieder besser. Am Küchentisch warte ich auf das Nachtessen, als mir Sophias Magd ein an mich adressiertes Schreiben überbringt. Ich lese:

»Manus manum lavat« und darunter *»datum Bonn, den* 16 *nov.* 1673 *Ottone del Carretti, Marchese di Grana. «*

Ja, eine Hand wäscht die andere, Herr di Grana! Ich kenne mein Versprechen, den Kurfürsten Max Heinrich in Köln von den guten Absichten des Kaisers und den schlechten des französischen Königs zu überzeugen. Allerdings ging es im Gegenzug nicht um den Aufschub einer Hinrichtung, sondern um Begnadigung. Der Musiker ist aber weiterhin im Turm, so bin ich keineswegs verpflichtet, spornstreichs nach Köln zu jagen, zumal ich in einem Brieflein Felicitas wieder einmal vertröstet habe. Nachdenklich betrachte ich meinen Sohn. Schon wieder hat er die Geige in der Hand. Seine Finger gleiten lautlos über die Saiten. Diese Fingerfertigkeit wie überhaupt sein Können sind ein Wunder.

»Spiel die Passacaglia!«, sage ich.

Ungläubig schaut er mich an, ich nicke, er nimmt den Bogen und trägt das Stück perfekt vor.

»Spielt er nicht wunderbar Geige?«, bemerkt Henrietta, die Eier in eine Schüssel schlägt, um Alexanders Leibspeise Arme Ritter zu machen.

»Ja, und es wundert mich, dass er das in ein paar Tagen gelernt hat, wozu andere Monate brauchen.« Er zuckt die Achseln. Ich brülle: »Wo hast du das gelernt?«

»Herr Vater, wenn man Laute spielt, dann ist's Geigen gar nimmer schwer.«

»Unfug! Laute und Geige sind grundverschieden.« Ich nehme ihm das Instrument aus der Hand. »Du hast das schon vor einiger Zeit gelernt. Sag jetzt alles oder ich werfe die Geige ins Feuer!«

»Nein, nein! Sie ist aus Italien und überaus wertvoll!«

»Dann die Wahrheit! Kein einziges Lügenwort!«

»Ja, aber ich musst' auf Leben und Sterben schwören, nichts auszuplaudern.«

»Das gilt nichts, weil du dazu gezwungen wurdest.«

Störrisch blickt er zu Boden. Ich nehme die Geige, stehe auf und gehe ans Feuer. Sofort ist er neben mir.

»Nein, bitte nicht!«, fleht er, »ich sag alles. Aber es nützt keinem was.«

»Das zu beurteilen, überlasse mir! Also?«

Da er die Geschichte nur mir allein anvertrauen will, gehen wir in den Garten. So erfahre ich endlich die Wahrheit.

»Der Schneegaß hatte mir in Merhoffen versprochen, mir mehrere Tage lang Lektionen zu geben«, erzählt er.

»Was? Gegen meinen Willen?«, fahre ich ihn an.

»Ja, deshalb wollt ich's erst auch nicht. Als ich dann gar nimmer spielen durfte, wollt ich's dann doch. Reiter sollten uns an einen Ort bringen, wo wir ungestört musizieren konnten. Auf die Reiter warteten wir draußen am Holzweg.«

»Und du Mauskopf bist da gleich mitgegangen?«, brülle ich.

»Ja, aber ich hatt' Angst, als der Schneegaß die schöne Laute zertrümmerte. Später wollt' ich fortlaufen. Der Jäger hat mich aber grausam durchgebläut und gedroht, den Herrn Vater zu erschießen und mir die Finger abzuhacken.«

»Und Schneegaß hat da munter zugeschaut?«

»Nein, er hat mich immer beschützt und deshalb hat ihn am End der Jäger mit dem Bastian fortgeschickt.«

»Und wohin?«

»Weiß nicht! Ich war auf dem Hof vom Vater des Bastian. Dahin kam der Schneegaß mit der Geige und gab mir Lektionen. Einmal ritt er weg und brachte Notenblätter und eine kaputte Laute mit. Die machten wir heil und spielten Duo.«

Schneegaß war offensichtlich kein Opfer der Entführung, sondern einer der Drahtzieher, der in Merhoffen die Laute zerstörte, um mir vorzugaukeln, selbst entführt worden zu sein, um später gefahrlos das Lösegeld abholen zu können.

»Der Schindhund, dieser verfluchte Schindhund!«, fluche ich.

»Ach nein, lieber Herr Vater. Er hat's nur wegen der Geige getan. Er sagte einmal: Leib und Seel hab ich für die Geige verkauft und meine Seel ist in dieser Geige.«

»Unfug, Geigen haben keine Seelen.«

»Doch, im Inneren aller Geigen ist ein Hölzlein angeleimt, damit sie lauter klingen. Das Hölzlein nennt man Seele. Aber neben der Holzseel ist auch ein Teil der Seel des Schneegaß in seiner Geige, weil er ja seine Seel für sie verkaufte«, seine Stimme wird immer leiser und er lässt den Kopf hängen.

Das Vertrauen, das er mir mit seiner Beichte auf einmal schenkt, lässt meine Wut über seine Eigensinnigkeiten verrauchen. Ich knie neben ihn nieder und sehe ihm ernst in die Augen: »Warum sagst du mir das alles erst jetzt? Warum lernst du aus den bitteren Lehren deines Ungehorsams nichts? Wie soll ich dich beschützen, wenn du lügst und davonläufst?«

»Ich hab dem Schneegaß geschworen, keinem, auch nicht meinen Eltern, ein Sterbenswörtlein davon zu sagen, sonst wird der

Schneegaß aufgehängt. Herr Vater, er bereut all das Böse sehr.« Er schluchzt auf. »Jetzt hab ich's verraten und Schneegaß wird getötet.«

»Nein, dein Geheimnis behalte ich für mich.« Ich nehme ihn in den Arm. »Alexander, wir leben in einer höchst gefahrvollen Welt. Dein einzig wahrer Schutz sind deine Eltern. Deshalb versprich, mir stets die Wahrheit zu sagen und zu gehorchen!«

»Ja Herr Vater, das verspreche ich!«, sagt er ernst. Dann sieht er mich kläglich an. »Kommt der Schneegaß denn frei?«

»Nein, noch ist nichts gewiss. Du magst ihn, obwohl er dir so viele trübe Stunden bereitete?«

»Ja, er versteht mich und er kennt die schönen Klänge, die so tief in die Seele hineingehen, dass man ganz fröhlich oder auch traurig wird. Aber es ist eine gute Traurigkeit, so wie man vielleicht im Himmel traurig ist. In der Musik gibt's Schmerz und Freud, nie aber Angst und Gewalt. Für ein Jahr Geigespielen würd' ich wie Schneegaß Leib und Seel hingeben.«

»Sag das nicht! Für die Geige musste er gestern Höllenqualen erleiden und vielleicht werden sie ihn doch noch töten.«

»Ach nein, er wird leben! Die Seel der Geige und ihre Töne haben ihn gerettet. All die Leut gestern waren ganz still, als er spielte, sie spürten, wie die Seel der Geige zu ihrer Seel sprach. Das ist eine große Himmelskraft.«

»Ja, nur herrscht auf der Erd mehr die rohe Gewalt und weniger die Macht der feingeistigen Schönheit. Das Anrühren der Seele durch die Musik spürt nicht jeder, dagegen spürt jeder die Gewalt. Neben der Geige darfst du deshalb den Degen nicht vergessen. Übe dich darin, dann kannst du immer entscheiden, welches Mittel du anwendest, um zu überleben.«

Dieses Argument überzeugt ihn, während es mir – so deutlich ausgesprochen – auf einmal fragwürdig vorkommt. Gewaltmittel zu besitzen, ist ständige Verführung zu ihrer Anwendung.

Merhoffen hat unter dem Krieg wenig gelitten. Zu Beginn der Belagerung gab es zwar Einquartierungen, doch sehr bald setzten sich die Kaiserlichen in Godesberg, Poppelsdorf und anderen, Bonn näher gelegenen Orten fest. Gleichwohl lebte mein Gesinde in ständiger Angst, weil die Truppen große Mengen Schießpulver im Herrenhaus einlagerten. Doch selbst an das explosive Zeug gewöhnte man sich wie auch an die sechs Soldaten, die es bewachten und an die Fuhrwerke, die jeden Tag ominöse Fässer abtransportierten oder Nachschub anlieferten. Selbst nachdem die Kaiserlichen und ihre Verbündeten die meisten Städte Kurkölns erobert und die Franzosen verjagt hatten, blieb mir das Schießpulvermagazin erhalten, wobei die Wachmannschaft sich um 50 Mann verstärkte. Mit anderen Worten, sie haben bei mir ihr Winterquartier aufgeschlagen. Bis zum Frühjahr werde ich nun weder diese Gäste noch die Munition los. Grana kann mir nicht helfen, weil die Bonner Türme noch randvoll mit Proviant und Pulver sind. Nun, man kann über die Beschwernisse eines Krieges ewig lamentieren, dazu sind mir aber Feder wie Tinte zu wertvoll.

Was mich und mein ganzes Haus mehr bedrückt, ist der Tod meiner herzlieben Frau Mutter. Die Fahrt im November nach Merhoffen bekam ihr schlecht. Am ersten Tag war sie voller Freude und ging im Haus herum, als müsse sie es wieder in Besitz nehmen. Jedem erzählte sie: »Wie schön, zu Hause zu sein. Nie wieder gehe ich fort.« Am nächsten Tag sagte sie das mit schwächerer Stimme. Am dritten Tag flüsterte sie es im Fieber. Am 2. Dezember ist sie gestorben und die letzten Worte an mich waren: »Wie schön, zu Hause zu sein.«

Schrecken und Jammer sind groß. Die Leichenfeier fällt wegen der bedrängten Zeit karg aus. Drei Freunde, der Pfarrer und Sophia mit Mann und Sohn kommen. Mein jüngster Bruder Max, der dem Jesuitenorden angehört und Magister am Dreikönigsgymnasium in Köln ist, erscheint noch in letzter Minute. Mit Max verbindet mich ein herzliches Verhältnis, ganz anders als mit meinem anderen Bruder Philipp. Nach einem uns völlig entzweienden Streit zog Philipp sich von der gesamten Familie zurück. Aber auch Max sehen Sophia und ich höchst selten. Mir ist er mehr als Schüler im Gedächtnis denn als Jesuit in der Soutane. Während mein Schwager, besorgt um Haus und Hof, bereits am Tag nach dem Leichenbegängnis mit Sophia und Ari nach Bonn zurückkehrt, bleibt Max noch zwei Tage in Merhoffen. Am letzten Tag seines Aufenthalts gehe ich mit ihm von der Gertrudiskapelle zurück, wo wir für unsere Mutter beteten. Die Luft riecht nach Schnee. Frost lässt die Hände starr werden.

»Vor meiner Abreise war ich bei Felicitas«, spricht Max ein mir unangenehmes Thema an, »sie ist kreuzunglücklich, dass ihr lieber Ehegatte noch immer auf sich warten lässt.«

»Ich weiß! Drei Briefe von ihr haben mich wegen der Belagerung erst spät erreicht. Mehrere habe ich ihr inzwischen gesandt und sie zuletzt vom Ableben der Frau Mutter benachrichtigt. Erst gestern erhielt ich ein Schreiben von dem Herrn Schwiegervater, in dem er mir sein Beileid bekundete, dem sich Felicitas mit wenigen dürren Worten anschloss. Etwas mehr Mitgefühl für die Verblichene hätte mich schon gefreut.«

»Felicitas und die Frau Mutter waren nicht gerade Freundinnen. Und, sie ist bitter enttäuscht. Liebster Bruder, schon wegen der bevorstehenden Geburt ist's an der Zeit, sich auf den Weg nach Köln zu machen, auch wenn's schwerfällt!«

»Ach, Max, glaub mir, ich wäre schon vor Monaten dorthin geritten, wenn's möglich gewesen wär …« Und dann erzähle ich ihm von Alexanders Entführung und ihren Folgen, lasse selbst den Johannes vom Wall nicht aus, spreche schonungslos über den Kampf auf der Kleinen Schanze, wobei mir oftmals die Stimme versagt.

Trotz der Kälte gehen wir immer langsamer. Am Brunnen im Wirtschaftshof beende ich meinen Bericht. Ich schluchze auf. Max legt die Hand auf meine Schulter.

»Lass nur!«, presse ich hervor, »es sind nur Tränen des Selbstmitleids, da verdient man eher Verachtung als Trost.«

»Das ist keine Wehleidigkeit, sondern echte Trauer. Die alten Griechen haben sich Tränen über ihr eigenes Schicksal öfter gegönnt. Das sollten wir auch wieder tun.«

»Mag sein! Unsere Zeit ist da härter. Gehen wir in mein Kabinett. Jost hat einen Teil des guten Weins vor den Soldaten gerettet und der wird uns jetzt wärmen!«, lade ich ihn ein.

Es dunkelt. Jost schürt das Feuer im Kamin und bringt den Wein. Die warmen Farben der Flammen beruhigen.

»Schade, dass es meist die traurigen Anlässe sind, die einen in den Genuss bringen, mit den Menschen zu reden, die einem wirklich am Herzen liegen«, sagt Max und prostet mir zu.

»Zu Weihnachten sehen wir uns wieder, da bin ich in Köln.«

»Wie schön, vor allem auch für Felicitas und Lieb-Belle.«

Wir kommen ins Plaudern – alte Geschichten aus Merhoffen und neue aus Köln. Max erzählt vom Kölner Friedenskongress, der nach den Kriegshandlungen ins Stocken geraten ist, obwohl er sich schon zuvor mehr durch Lustbarkeiten auszeichnete als durch Verhandlungen. Er unterstützt den Verhandlungsführer des Kaisers Franz von Lisola – ein rigoroser Gegner Frankreichs und der Kurkölner *Plenipotentiare*, der Brüder Fürstenberg.

»Wer dauerhaften Frieden will, muss auf Wien, nicht auf Paris setzen. Frankreich ist auf Raubzug aus«, behauptet Max.

»Da spricht der wahre Stadtkölner! Da fällt mir ein – dieser Obizzi, von dem ich vorhin erzählte, hat hier einen Brief aus Wien zurückgelassen. Alexander öffnete ihn. Ich kann ihn dir zeigen.«

Max interessiert alles, was aus Wien kommt. Ich hole den Brief aus dem Geheimfach meines Kabinettschränkleins. Er liest laut:

»1673 Aprilis 19, Wien

Meinen Gruß edelgeborener Herr,

die zuvorn mit dem Herrn deliberierte Sach soll ohne Eil und mit größter Vorsicht weiter verfolget werden, die Pestbeul mus abgeschnüret und ausgeschnitten werden. Im Vertrauen auf Eure Klugheit, die Ihr bereits in vortrefflich geleisteten Diensten gezeiget habt, verbleibe ich

Johann P. von H, s.s.

1-6-10/1-2-9/2-1-12/1-3-3/ ...«

»Die Zahlen am Schluss enthalten eine chiffrierte Botschaft«, erkläre ich, »sie beziehen sich wohl auf die Seiten und Linien eines Buchs, das nur in Wien und bei dem Adressaten ist. Also 1-6-10 heißt: Seite 1, 6. Linie und darin der 10. Buchstabe, welcher dann der erste Buchstabe der Geheimbotschaft ist.«

»Ja, somit können wir nichts entschlüsseln. Seltsam, kein Adressat! Edelgeborener Herr ist die Anrede für einen Grafen. Vielleicht ist dieser Marquis Obizzi gemeint? «

»Nein, Obizzi war nur Bote, weil er damals einen versiegelten Brief suchte. Er sollte das Schreiben wohl seinem Vorgesetzten Marquis Grana aushändigen. Das ist das Einzige, worin ich mir sicher bin.«

»Immerhin! Bravo! Der Schreiber ist ein Johann P. v. H. Das könnte Johann Paul von Hocher sein, er ist der Hofkanzler des Kaisers. Dann ist das ein Schreiben von sehr hoher Stelle.«

»Schwer denkbar, dass ein solcher Herr an einen Obristen einen Brief über die Behandlung der Pest schreibt?«

»Und Pestbeulen schnürt und schneidet man nicht ab, sondern sticht sie auf. Die da beschriebene Behandlungsmethode ist unnütz grausam«, sinniert Max.

»Die Pestbeule ist gewiss militärisch gemeint.«

»Vielleicht ein Befehl, Bonn abzuschnüren, es also zu belagern?«

»Nein«, widerspreche ich, »ein solcher Befehl wäre an den Feldherrn Graf Montecuccoli selbst gegangen, allenfalls noch an dessen Stellvertreter Graf Bournonville, keinesfalls an eine so untergeordnete Charge wie einen Obristen Grana. Max, wir kommen da nicht weiter. Außerdem ist der Brief schon alt und inzwischen wohl belanglos.«

»Aber da steht doch, die Sach sollte ohne Eil verfolgt werden. Insofern kann sie sehr wohl noch von Bedeutung sein.«

»Liebster Bruder, grübeln wir nicht weiter! Werfen wir den Brief ins Feuer.« Ich nehme das Schreiben und stehe auf.

»Halt, nein! Vielleicht steht etwas in Geheimschrift darauf.«

Ich seufze und gebe ihm das Papier. Er hält es über eine Kerze. Eine Schrift wird nicht sichtbar.

»Wir sollten's jetzt wahrhaftig gut sein lassen«, versuche ich das Thema zu beenden, doch er starrt auf den Text.

»Pestbeul, Pestbeul«, murmelt er, »das ist das Schlüsselwort. Alles andere ist zu nichtssagend. Ha, ich hab's! Die Pestbeul des Reiches ... Ja, die Pestbeul des Reiches, das ergibt Sinn, deshalb ging der Brief an Grana und nicht an die Generale. Mit so etwas wollen die Feldherren gewiss nichts zu tun haben.«

»Max, dir ist wohl der Wein zu Kopf gestiegen?«

»Nein, nein, mir ist jetzt alles kristallklar vor Augen! Aber man kann's kaum glauben, so ein Wahnwitz! Irrsinn!«

»Wahnwitz? Ein medizinisches Schreiben?«

»Mein herzlieber Bruder, die großen Pulverfässer in deinem Keller sind nichts gegen den Brief hier, der sprengt alles bis zum Mond!«

»Potz Blut! Dann sag endlich, was das ist. Mir ist nichts klar!«

»Pestbeul des Reiches nannte Kaiser Leopold die beiden Brüder Fürstenberg, ja die kurkölnischen Ersten Minister. Und die Pestbeul abschnüren und ausschneiden heißt ...?«

»Sie zu ermorden?«

»Möglicherweise! Dafür spricht, dass man damit einen ehrgeizigen, dem Kaiser ganz ergebenen Obristen beauftragt.«

»Was? Der Auftrag, gleich zwei Reichsfürsten zu ermorden, soll vom Kaiserhof ausgehen? Das ist noch nie passiert! Zu dem frommen Kaiser Leopold passt das schon gar nicht.«

»Christoph! Ist's auch Wahnwitz, so hat es doch Methode! Was für eine Wahl hat der Kaiser? Die Fürstenbergs sind Kreaturen Ludwigs XIV. Der Kurfürst Max Heinrich hält stur an ihnen fest.

Kaiser Leopold hat kein Machtmittel den Kurfürsten abzusetzen, muss also dulden, dass die Fürstenbergs gegen ihn im Reich intrigieren. Sobald die kaiserlichen Truppen hier abziehen, bitten sie die Franzosen zur Hintertür wieder herein. Dagegen kann der Kaiser nur wieder Krieg führen.«

»Ich verstehe! 400 kaiserliche Soldaten sollen allein vor Bonn gefallen sein, darunter viele Offiziere wie Graf Königsmarck und der hochgelobte Graf Schellard. Wie viel Dukaten und Blut dieser Feldzug verschlungen hat – wer weiß? Und am End siegt Ludwig XIV. Dennoch, Leopold gibt keinen Mordbefehl. Das gäbe Aufruhr, kein Fürst vertraute mehr dem Kaiser.«

»Wie soll der Kaiser sonst den Hochverrätern das Handwerk legen? Sie gefangen nehmen? Köln genießt als neutrale Kongressstadt Immunität und die Fürstenbergs sind als *Plenipotentiare* Kurkölns vor Inhaftierung doppelt geschützt. Einfach und endgültig ist ein Schuss aus dem Dunkeln oder ein Partisanenstich, wie es Leopolds Großvater Ferdinand II. mit seinem General Wallenstein gemacht hat.«

»Gut, als Priester und frommer Jesuit bestehst du also auf Mord? Einen Mord mag man noch als Resultat einer persönlichen Fehde sehen, aber gleich zwei? Nein, da weiß doch jeder, dass das vom Kaiserhof ausgeht.«

»*Salva venia*, Bruderherz, das lese ich aus dem Brief heraus. Vielleicht sind's auch nur Hirngespinste. Der exzellente Rotwein, das wohlige Gefühl zu Hause zu sein und die ruhige Stunde vor dem Feuer nach einem Spaziergang in der Kälte, verführen zu solchen Gedanken. Wenn's einem an einem Winterabend gar zu gut geht, denkt man sich leicht Spuk- und Schauergeschichten aus. Prosit!« Er trinkt mir zu.

Ob dies nur ein Schauermärchen ist, das mein Bruder während unserem behaglichen Kamingespräch daherphantasierte oder ob er wahrhaftig einen teuflischen Plan aufdeckte, weiß ich nicht zu entscheiden. Die Sache setzte sich jedenfalls in meinem Hirnhäuslein fest. Nach der Abreise Maximilians nehme ich das explosive Schreiben des Johann P. v. H. mehrmals in die Hand, will es ins Feuer werfen und tue es dann doch nicht. Erst am dritten Tag befreie ich mich von dem unheilvollen Brief. Mit Genugtuung sehe ich, wie das kostbare Papier erst glimmt, grell aufleuchtet und sich zusammenrollend im Nu verkohlt. So soll der politische Dreckshandel voller Intrigen und Kriege verbrennen. Mit Freuden überlasse ich ihn denen, die ihr Glück in schnellem Ruhm, Ehren und Geld sehen und dafür Tod und Elend Tausender in Kauf nehmen.

Ich frag nicht nach der Welt!

Mir liegt nur an einer heilen Seele, dem Wohlergehen meines Weibes, der Kinder und aller Menschen, die nach meinem Ableben mich noch eine Weile gegenwärtiger in ihrem Herzen tragen als manchen Hofmann oder Kriegshelden. Im Frühjahr verlassen die Soldaten mein Haus mitsamt ihren Pulverfässern und kämpfen hoffentlich weit weg von hier gegen die Franzosen. Dann nehme ich mein vor der Welt verborgenes Leben wieder auf, das im Wechsel zwischen Arbeit, Gebet und angenehmem Müßiggang still dahinfließt, bis es Gott gefällt, es mir zu nehmen, um mir ein anderes dafür zu geben. Zuvor muss ich allerdings noch durch eine Vorhölle – nach Köln, diesen Sammelplatz hochwohlgeborener Politiker und deren bürgerlichen gelehrten Räten. Morgen oder übermorgen reite ich dorthin, besser noch nehme ich die Kutsche, damit Felicitas und das Neugeborene nicht in der leichten Kalesche reisen müssen, mit der sie im Frühjahr nach Köln fuhren.

Draußen fällt die Haustür ins Schloss und wird wieder gewaltsam aufgerissen. Getrampel, Fluchen, Geschrei – meine unwillkommenen kaiserlichen Gäste. Bei mir im Herrenhaus logieren zwar nur Offiziere mit ihren Dienern, einige von ihnen lieben es aber, sich zu betrinken, was ihre Manieren gelegentlich auf das Niveau ihrer Mannschaften senkt. Im Flur kracht ein Schuss, Schreie und Gejohle folgen. Das Schießen im Haus habe ich verboten, doch ein von Wein und Tabak duseliges Gehirn vergisst das leicht. Mein stummer Diener Jost platzt herein, Laute wie ein

Ertrinkender von sich gebend. Den in diesen Zeiten stets griffbereiten Degen in der Hand laufe ich in den Flur und treffe auf zehn Soldaten, die allesamt im Stall und den Wirtschaftsgebäuden ihr Quartier haben. In der Ecke neben der Tür kauert ein Mensch. Ein Soldat, eine rauchende Reiterpistole in der linken und den bloßen Degen in der rechten Hand, steht vor ihm.

»Ha, du Lump, das war eben nur Spaß, jetzt aber sprich dein Ave Maria, dann fahr' zur Höll!«, sagt der Schießwütige.

»Der Spaß ist vorbei!« Auf meinen Ruf hin drehen sich alle Köpfe zu mir. »Was sucht ihr Schindhunde im Herrenhaus? Wenn ihr nicht auf der Stell das Feld räumt, kommt jeder von euch wegen *Marodierens* an den Galgen, das schwör ich!«

»Holla! Wir sind die Richter! Die Scharfrichter! Den haben sie vergessen aufzuknüpfen und jetzt helfen wir dem Henker«, lallt einer und deutet auf den zusammengekrümmten Mann.

»Das ist ein Fahnenflüchtiger und der ist getürmt. Auf Bruder, gib ihm den Rest!«, brüllt ein Krummbeiniger und ein anderer: »Gerg, spick ihn, dass der rote Saft spritzt!«

»Spick ihn! Spick ihn! Spick ihn«, grölt die Meute.

Mord, vor meinen Augen? Gerg zögert. Ich stelle mich vor den Bedrohten, den Degen gegen die Bluthunde gerichtet.

»Gerg und all die anderen, lasst den Unfug, dann will ich den Spaß hier vergessen«, fordere ich meine Gegner auf.

Gerg hat sein Hirn nicht ganz im Alkohol ertränkt und will sich zurückziehen, was ihm Schmäh- und Anstachelungsrufe aus der Rotte einbringt. Noch bevor er sich entschieden hat, geht ein Tollkopf mit dem Degen auf mich los. Ein paar Hiebe und ich werfe dem Kerl die Waffe aus der Hand. Wer siegreiche Soldaten demütigt und einen Fahnenflüchtigen schützt, zwickt einem hungrigen Löwen in den Schwanz. Zur Ausrüstung eines jeden Soldaten gehört ein Dolch, den einige flugs zur Hand haben. Zwei bedrohen mich mit dem Degen in der rechten Hand, den Dolch in der linken als wären wir auf einem Schlachtfeld. Die betrunkene Meute spaßt nicht. Gewalt liegt in der Luft. Der Kreis um mich herum wird enger. Die Haustür wird aufgestoßen. Eine laute Stimme fragt, was der Auflauf hier solle. Noch bevor einer antwortet, rufe ich: »Die Burschen wollen mir an die Kehl!«

Die Angreifer weichen zurück. Verstohlen stecken sie Dolch und Degen weg. Der Ankömmling, ein Hauptmann, sieht mich mit bloßem Degen und seine bewaffneten Leute, die das Haus nur auf Einladung betreten dürfen.

»Mit Verlaub, Herr Hauptmann …«, beginnt einer.

»Raus hier, Lumpengesindel!«, brüllt der Offizier.

Wie eine Prozession bußfertiger Pilger ziehen sie schweigend ab. Alexander und zwei Knechte stehen verschlafen auf der Treppe. Ich beruhige sie und sie gehen wieder zu Bett.

»Was für Händel suchten die?«, fragt mich der Hauptmann.

»Sie sind hier eingedrungen und wollten einen erstechen.«

»Und wo ist der arme Tropf jetzt?«

Ich drehe mich um. Der Verfolgte ist nicht mehr da.

»Er ist weg. Ich hoffe nicht, dass sie ihn draußen aufhängen.«

»Keine Sorg, die wagen nichts mehr. Ich bitt herzlich um Vergebung für den Tumult. Der Herr ist doch nicht blessiert?«

»Nein, aber wenn der Herr Hauptmann nicht gekommen wär, hätt' mein letztes Stündlein geschlagen!«

»Na ja, ich kam gerade aus Bonn, da zerrte der Hausdiener an mir herum und ich verstand gar nicht, was er wollte. Monsieur, beim nächsten Mal wär's besser, nicht gerade einen stummen Boten um Hilfe zu schicken!«

»Kaiser oder Papst waren grad nicht bei der Hand, so musst halt der Jost mir aus der Not helfen.«

Lachend wünscht er mir gute Nacht und geht in seine Kammer.

Jost sieht mich besorgt an. Ich lege die Hand auf seine Schulter: »Mir ist nichts geschehen, guter Jost. Tausend Dank für die Hilf, sonst wär's übel ausgegangen. Zapf dir ein Maß Wein, von dem allerbesten, du hast's wahrhaftig verdient, und bring mir einen Krug Bier.«

Er will den Wein erst nicht annehmen, bedankt sich dann aber freudig. In meinem Schreibkabinett stecke ich den Degen in die Scheide. Vor meiner für morgen geplanten Reise nach Köln muss ich noch Weisungen für meinen Verwalter Gillis schreiben. Mit einem Holzspan entzünde ich zwei Kerzen, bin jedoch zu aufgewühlt, um mich an den Tisch zu setzen und gehe zum Feuer. Ein Schaben und Kratzen ist plötzlich hinter mir, als gingen hundert Mäuse auf Wanderschaft. Ich drehe mich um. In der dunkelsten Ecke neben der Truhe richtet sich eine hagere Gestalt auf, deren weißes abgezehrtes Gesicht mir wie das eines Toten erscheint.

»Vergebung, dass ich Euch in Todsgefahr brachte«, sagt das Wesen, »aber die wollten mich aufhängen, da bin ich hierher gerannt, ich weiß nit wie … Herr, ich bin's, Paul Schneegaß.«

Er kommt auf mich zu, bleibt scheu am Tisch stehen, auf den er sich abstützt. Wortlos bedeute ich ihm, sich zu setzen und nehme ihm gegenüber Platz. Jost bringt mir den Bierkrug. Auch er stiert Schneegaß an, als sei der Mann nicht von dieser Welt. Der späte Gast erhält ebenfalls einen Becher und ein Schmalzbrot obendrein, weil der arme Musikus sehr verhungert aussieht. Die Hände des dem Tod entronnenen Mannes zittern so, dass er den Becher wieder abstellen muss. Er legt sie auf den Tisch und betrachtet sie, als seien sie ihm fremd. Geradewegs aus dem Turm ist er wohl hierher gelaufen, um Zuflucht zu finden, stattdessen endete er fast auf einem zweiten Galgenplatz. Seine noch angstgeweiteten Augen, die verhärmten angespannten Gesichtszüge und sein verwahrlostes Äußeres treffen mich mitten ins Herz. Sanft lege ich meine Hände auf die seinen, damit das Zittern aufhört.

»Ihr seid sehr milde, gar nicht wie ein Herr«, murmelt er.

»Schneegaß, ich nehme an, die Lästermäuler hier haben dir bereits erzählt, dass ich viele Monate im Turm gefangen saß, ich weiß deshalb, wie's um dich steht.«

»Ja, aber viele Monate hätt' ich's dort nie ausgehalten.«

»Nach der Haft war ich auch krank – die Kälte, kein Sonnenlicht, die Hoffnungslosigkeit und die Todesangst …«

»Ja, so ist das – genauso«, er nickt eifrig.

»Trink ein paar Schlucke!«

Seine Hände gehorchen ihm immer noch nicht. Ich stelle mich neben ihn und gebe ihm zu trinken. »Wie bist du aus dem Turm gekommen?«, frage ich.

»Herr, Ihr habt doch für mich um Gnad gebeten, die hat mir der Marquis gewährt. Sogar einen Abschied von den Soldaten gab man mir. Allerdings musst' ich noch einen Schuldschein unterschreiben, weil sie das Mustergeld wieder zurückhaben wollen. Die Geige darf ich behalten, falls Ihr sie mir wiedergebt. Wegen meiner Schulden werd' ich sie wohl verkaufen.«

»Es ist deine Geige! Aber verkaufen?«

»Ja!« Er hebt die Arme. »Mit den Händen kann ich ohnehin nicht spielen.«

»Das Zittern wird wieder vergehen.«

Über meine Trostworte lächelt er traurig. »Herr, Ihr habt mich so oft vorm Tod gerettet, und ich weiß gar nit, wie ich Euch für all die Lieb danksagen soll. Ich bin ein Schindhund mit einem mottenzerfressenen Gewissen.«

»Ich weiß.«

»Nicht alles. Ich war von Anfang an ein Handlanger der Entführer.«

»Ich weiß.«

»Der junge Herr hat's Euch gesagt?«

»Ja, allerdings nicht aus freien Stücken. Sein gutes Geigenspiel hat ihn verraten. Das konnte er nicht in drei Tagen lernen.«

»Gott ja, ach, was hab ich dem armen Knaben angetan, nur weil ich auf eine vermaledeite Geige ganz versessen war. Dafür verkaufte ich sogar all die Menschen, die gütig zu mir waren.«

»Wir sollten schlafen gehen!«, schlage ich vor.

»Nein, Ihr müsst alles erfahren, alles! Ihr sollt wissen, wem Ihr Obdach gewährt. Kein Lügen, kein Betrügen mehr.« Er erzählt.

Einer meiner Knechte habe ihn gleich nach seiner Genesung von seiner Kopfverletzung in eine Schänke mitgenommen, wo's bunt ums Eck ging, weil der Wirt nur darauf sah, dass sich die Gäste lustig machten. Da habe er den Quirin kennen gelernt, der ihm, dem Mittellosen, einen Trunk spendierte. Mein Knecht warnte ihn vor Quirin, weil dieser ein besonders ergebener Diener des Herrn von Kolff sei. »Die Kolffs sind unserem Herrn seit Jahr und Tag spinnefeind«, erklärte er ihm, daher solle sich Schneegaß von dem Mann fernhalten. Die beiden verlustierten sich sodann in anderen Wirtshäusern. Als Schneegaß jedoch nur noch eine Gnadenfrist von drei Wochen auf Merhoffen verblieb, traf er sich mit Quirin in der verrufenen Schänke und bat ihn, ein gutes Wort bei seinem Brotherrn für ihn einzulegen, um in dessen Dienste treten zu können. Vier Tage später erhielt Schneegaß ein Angebot. Ein befreundeter Graf sei oft auf der Jagd in den Wäldern um Merhoffen und würde sich gerne an Lautenmusik in der freien Natur ergötzen. Schneegaß solle doch mit seinem Schüler auf der Wiese an der Landstraße für ihn spielen. Ein solches Duo erhielte fünf Taler. Schneegaß war kein Strohkopf, roch den Braten und wollte den Namen des Grafen sowie Details dieser verlockenden Offerte wissen, sonst würde er das nicht machen. Der einfältige Quirin wunderte sich zwar, warum sein Freund noch Fragen stellte, wenn er für so geringen Aufwand ein Vermögen von fünf Talern erhalten sollte, richtete aber Schneegaß' Antwort aus. In der Nähe der Schänke kam es schon am nächsten Tag zu einer Begegnung mit Ernst von Kolff. Schneegaß ließ durchblicken, wenig gut auf mich zu sprechen zu sein und zeigte sich geneigt, bei gewissen, auch nicht ganz legalen Tätigkeiten, Herrn von Kolff behilflich zu sein. Die Tätigkeiten waren nicht nur illegal, sondern kriminell. Kriminelles erhöht den Preis und 20 gute Taler waren ein Entgelt, mit dem Schneegaß sich den Abschied von Merhoffen versilbern wollte und seinem Traum, wieder als Geigenspieler sein Geld zu verdienen, näher kam. Dem Entführungsopfer sollte die Geiselhaft mit Musik versüßt werden. Emsig werkelte er zusammen mit meinem Sohn an dem Luftschloss, fernab von dem kauzigen *Präzeptor* mehrere Tage nur für die Musik zu leben. Die militärische Bedeutung seiner Untat wurde Schneegaß erst klar, als er in Koblenz seinen Lohn abholen wollte und ihn der Marquis Obizzi empfing. Nach dem ersten Schrecken fand Schneegaß an dem kaiserlichen Offizier Gefallen, weil dieser ihm eine Geige gab. Das italienische Instrument verzauberte den Musiker. Der Wert der Geige überstieg aber bei weitem die 20 Taler, die er für die Entführung erhalten sollte. Verblendet unterschrieb er einen »Wisch«, womit er im Handumdrehen zum Soldaten wurde, er aber die Geige behalten durfte, obwohl auch sein *Laufgeld* noch nicht für den Erwerb hinreichte. Obizzi stellte ihm bei gutem Verhalten einen besseren Geigenbogen in Aussicht und die Restschuld könne auch erlassen werden, wenn er ein Jahr treu im Dienst der kaiserlichen Armee bliebe. Er sollte sich um den Knaben kümmern und gleichzeitig auf dem Bauernhof arbeiten, wo das Kind untergebracht war. Im Falle einer Flucht, würde er sofort aufgehängt werden. Da dem Jungen nichts geschehen sollte, das Leben auf dem Hof auch angenehm war, kam er gar nicht auf den Gedanken zu fliehen. Kaum war Alexander frei, wurde er *Pikenier* in der kaiserlichen Armee.

»Grana hat mich zu Euch gesandt. Ich soll Euch das geben«, beendet Schneegaß seinen Bericht und gibt mir einen Brief.

Ich lese: *»Ich vertraue darauf, dass der Herr in Kürze nach Köln fährt und so ehrenhaft sein Versprechen hält, wie ich es getan habe.«* Darunter Datum, Granas Unterschrift und als Postskriptum folgt militärisch knapp eine Instruktion mit Argumenten für eine Loslösung Kurkölns von Frankreich. Schneegaß' Elendsaugen sind gespannt auf mich gerichtet.

»Herr, was verlangt der Marquis für seine Gnad?«, fragt er.

»Nichts, was ich nicht erfüllen könnte.«

»Bitte, lasst es! Damals unter dem Galgen hab ich mit dem Tod Freundschaft geschlossen, der doch ein End aller Schmerzen ist. Das Leben verdiene ich nicht mehr, nach allem.«

»Du verdienst das. Ja, du wolltest dein Glück über unser Unglück machen. Das hast du eben ohne Bemäntelung, Ausflüchte oder Entschuldigungen gesagt. Wer so schonungslos sein hässliches Selbstbildnis zeichnet, ist auf dem Weg, ein besserer Mensch zu werden. Jeder will stolz auf sich sein, gerade diejenigen, die Gewalttaten begehen, mit Listen andere schädigen oder auf Kosten Notleidender unmäßigen Reichtum anhäufen. Solche Menschen sehen darin keine Mängel, sondern Stärken, die ihnen Macht und die Bewunderung anderer verschaffen. Wer sein Fratzengesicht jedoch sieht, wird das ändern. Keiner will sich selbst dauernd verachten.«

»Ihr verzeiht mir?«

»Ja!«

»Ihr seid ein selbstloser, guter Mann!«

»Nein!«

»Nein?«

»Nein, es gibt ein widerwärtiges Fratzenbild tief in mir, von dem ich mich immer abwende, wenn ich es sehe.«

Das versteht er wohl nicht, wenn es überhaupt jemand verstehen kann. Das Gespräch verstummt. Die Glut im Kamin glimmt in durchdringendem Rot. Ein schwarzgebranntes Holzscheit, weiße Ascheflocken auf der Oberfläche, raschelt funkensprühend in sich zusammen.

»Mit Verlaub«, bricht Schneegaß das Schweigen, »Ihr geht zu hart mit Euch ins Gericht. Was Ihr allein an mir Gutes getan habt, wiegt vieles Böse auf.«

»Es gibt Taten, die sprengen das vorher Gewesene. Dann fragt man sich, ob das Gute nicht doch alles nur Verkleidung ist, die einen verrotteten Kern birgt?«

Es ist tiefe Nacht. Im Haus ist es still, aber draußen heult der Wind und lässt die Fensterläden klappern. Ich hänge meinen Gedanken nach, während Holzreste im Kamin glimmen und knistern. Eigentlich sollten mich meine Taten plagen, stattdessen sind es die des Ernst von Kolff, der Obizzi und Schneegaß anstiftete, meinen Sohn zu entführen. Möglicherweise, weil sein einziger Sohn letztes Jahr im Alter von drei Jahren gestorben ist. Wie groß müssen Hass und Neid sein, wenn er mir ähnliche Schmerzen zufügen will? Immerhin habe ich jetzt absolute Gewissheit, woher die Giftpfeile kommen. Dieser abgefeimte Intrigant dingt zwar keine Mörder, doch seine Listen, Gewitztheit und Hartnäckigkeit wie auch sein immenser Einfluss in Kurköln sind für mich von großer Gefahr. Wie geschickt brachte er mich in das Schussfeld von Landsberg! Nur mit Hilfe aller Nothelfer bin ich bisher seinen Anschlägen entkommen. Morgen fahre ich nach Köln. Der Besuch beim Kurfürsten liegt mir jetzt ebenfalls am Herzen, weil Granas Ziel, die Loslösung Kurkölns von Frankreich, nun auch das meine ist. Die Allianz mit dem machtgierigen Ludwig XIV. bringt keinen dauerhaften Frieden, davon bin ich inzwischen überzeugt. Nur hat Wilhelm von Fürstenberg den Landesherrn fest in seinen Krallen, dagegen ist kein Kraut gewachsen. Dass die Kaiserlichen denken, ich könnte das Wunderkraut sein, zeigt, wie hilflos sie sind.

Die letzten 500 Schritte zur Kölner Hahnenpforte laufen Alexander und ich, während die Kutsche mit Hennes auf dem Bock und Schneegaß als Fahrgast weiterfährt. Damit Soldaten nicht doch noch den Musiker aufhängen, habe ich ihn nach Köln mitgenommen. Der Befestigungsgürtel um die Hauptstadt Kurkölns ist seit meinem letzten Aufenthalt angewachsen. Im Norden und Westen ist Köln allerdings nur durch die Stadtmauer geschützt, wie ich später feststelle, was den beeindruckenden Wall im Süden fast wertlos macht. Das militärische Interesse an der Stadt nimmt mich so gefangen, dass ich meine Scheu vor Köln vergesse. In der Stadt steigen wir wieder in die Kutsche. Die Gassen sind schmutziger, die Menschen ärmlicher gekleidet als vor acht Jahren. Auch Köln liegt vom Schlaraffenland weit entfernt. Meinen Sohn und mich packt die Vorfreude auf das Wiedersehen. Alexanders Decke rutscht oft zu Boden, weil er immer wieder den Kopf aus dem Fenster streckt, um nach dem stattlichen Haus seines Großvaters am Alten Markt Ausschau zu halten. Endlich sind wir da. Lieb-Belle begrüßt uns zuerst, dann folgen die Stiefmutter meiner Frau und ihre achtjährige Tochter Anna. Felicitas kommt zuletzt. Ihren finsteren Blick überwältigt dann doch die Wiedersehensfreude. Sie fällt mir um den Hals.

»Herzliebste, was bin ich froh«, flüstere ich ihr ins Ohr.

»Ich auch, ich hoffte schon nimmer …«, wispert sie.

Sie ist hochschwanger. Anfang Januar soll das Kindlein zur Welt kommen. Schneegaß verabschiedet sich von mir. Meine Schwiegermutter Sybilla fragt mich, wer dieser erbärmlich aussehende Mann denn sei.

»Er ist ein Musikus«, schreit Alexander vorlaut dazwischen, »und er spielt die Geige so exzellent, dass man im Herzen lacht oder weint. Ach, er soll bleiben! Er schläft auch im Stall!«

»Ein Schlafplatz wird sich schon finden«, sagt Sybilla, »und ein Süpplein, Brot und ein Stück Braten gibt's dazu, damit der Herr Musikmeister wieder zu Kräften kommt!«

Schneegaß' Bernsteinaugen sehen mich fragend an. Es war abgemacht, uns in Köln zu trennen. Obgleich ich ihm nicht grolle, möchte ich ihn von meinem Sohn fernhalten.

»Madame, ich dank ergebenst für die Güte, doch muss ich, Gott sei's geklagt, weiter«, sagt er.

»Ei, wohin will Er denn so spät noch? Er ist doch fremd hier. Ein wenig Speis und ein Nachtlager werden ihm gewiss gut tun, bevor Er weiterzieht«, mischt sich Felicitas ein, die Alexanders Wunsch ebenfalls erfüllen will, der sofort Jaja schreit.

»Der Herr ist uns von Herzen willkommen«, versucht ihn nun auch Sybilla zu überreden.

Die Reise hat an Schneegaß' mageren Kräften sichtlich gezehrt, so nicke ich ihm still zu, das Angebot anzunehmen. Dankbar akzeptiert er die Einladung der Frauen.

Erst zum Nachtmahl in der Stube begegne ich meinem Schwiegervater Gerwin von Beywegh wie auch den beiden Brüdern von Felicitas, Arnold und Gerwin. Sie stoßen mit mir mit einem Kölschen Genever an, einem Wacholderschnaps, der ein traditioneller Willkommenstrunk im Hause Beywegh ist. Er lockert die Zunge sowohl zur besseren Bereitschaft, leibliche Köstlichkeiten zu genießen als auch dazu, ein offenes Tischgespräch zu führen. So spreche ich recht unverblümt von dem kläglichen Bild, das die früher so properen Kölner Gassen heute böten. Eigentlich erwarte ich scharfen Widerspruch der auf ihre Stadt stolzen Kaufleute. Doch sie stimmen mir zu. Der Kaiser presse die Stadt aus, um die Auslagen für seine Armee zu decken. Die Ausgaben für die Verteidigungsanlagen treiben den Schuldenstand der Stadt zusätzlich nach oben und die Steuerlasten die Bürger in die Armut. Der Krieg koste selbst da das Wohlergehen der Menschen, wo er nicht einmal sei, meint weltweise der spitznasige Arnold, der älteste Sohn meines Schwiegervaters. Meine Gastgeber wundern sich wiederum über meinen Wunsch, Kurköln solle sich nun auf die Seite des Kaisers schlagen, was noch nie Ansicht guter Kurkölner war.

»Hei, das hab ich noch anders im Ohr«, frohlockt Felicitas.

»Ja, das höllische Bombardement auf Bonn hat mich bekehrt. Wir sind noch mit einem blauen Aug davongekommen. Wenn wir den Franzosen bei dem Überfall auf Holland nicht geholfen hätten, wär' uns die Belagerung erspart geblieben.«

»Die Leut aus Bonn sind sonst nicht so verständig«, behauptet Gerwin junior, »die fluchen all über die teuflischen Kaiserlichen und wünschen sich den guten Kurfürsten Maximilian zurück, der ihnen doch die ganze Supp eingebrockt hat.«

»So ist es!«, sage ich, »trotzdem muss der Kurfürst zurückkommen, sich aber von Frankreich lösen. Ich will zu ihm gehen und mit ihm sprechen.«

Mit Ausnahme der Kinder starrt mich die Tischgesellschaft an, als hätte ich ein drittes Auge mitten auf der Stirn.

»Zum Kurfürsten?«, fragt Arnold, was ich bejahe. »Lieber Schwager, ich weiß, Er hatte bisher das Privileg, mehrmals zum Kurfürsten vorgelassen zu werden, doch derzeit kommt keiner an ihn heran. Der hohe Herr hat sich bei den Benediktinern in Sankt Pantaleon geradezu verschanzt und weist gelegentlich selbst die Fürstenbergs ab, munkelt man. Max Heinrich hat die Kaiserlichen zudem gebeten, sein Bett und andere Utensilien nach Köln zu verschiffen. Da mögen die Bonner noch lange auf ihren Kurfürsten warten.«

»Gleichwohl muss ich zu ihm und ihn um Aufgabe der Allianz mit Frankreich bitten.«

Jetzt lachen alle Erwachsenen lauthals.

»Ihr Bonner seid doch ein närrisches Völklein«, sagt Arnold.

Am nächsten Tag fahre ich zum Kloster Sankt Pantaleon und komme durch die erste Pforte, die mir allerdings nur den Weg in die Klosterkirche öffnet. Dort spreche ich ein Gebet und hoffe, der Kurfürst verspüre gleichfalls den Wunsch, im weltlichen Teil der Kirche neben mir vor einem Seitenaltar zu knien. Eine Tür knirscht: Tritte hinter dem steinernen *Lettner*, der mit drei riesigen vergitterten Torbögen den Chor vom Kirchenschiff trennt. Eine Männerstimme ruft zum Chorgebet: »Deus in adiutorium meum intende« – Oh Gott, komm mir zu Hilfe! Grazil und dennoch den hohen Raum füllend dringt der Ruf ins Herz, verdrängt das Jetzt. So habe ich zuletzt vor zwölf Jahren als Novize in der Abtei Heisterbach empfunden – dort, wo es leicht war, das Richtige zu tun, leichter als das, was mir die Welt abverlangt, die mich in Richtung der Gewalt zieht.

Diese Seligkeit, die mich der himmlisch-mystische Psalmengesang der Mönche spüren lässt, verdiene ich nicht mehr. Zu blutig bin ich in die Welt verstrickt. Ich sollte gehen, doch die Klänge fesseln. So zwinge ich mir die Bilder meiner Gewalttaten in all ihren schauerlichen Einzelheiten vor Augen. Viele Wochen lang trage ich den Totschlag an zwei Menschen in meiner Seele. Vielleicht sind es sogar mehr. Gewiss, es war Notwehr, in die ich mich jedoch aus freien Stücken begeben hatte. Die aufgepeitschte Stimmung in der belagerten Stadt, die alltäglichen Grausamkeiten, die jeder glaubte, nur mit ähnlichen Brutalitäten bekämpfen zu können, verführten mich, den Ort der Gewalt aufzusuchen. Tröstlich, dass ich als alberner Johannes vom Wall weiteres Blutvergießen vielleicht verhinderte. Ja, dieses Narrenstücklein, das ich nicht zuletzt aus Scham vor aller Welt verheimliche – es war der richtige Weg. Gewaltlosigkeit ist göttliche Weisheit, mit der wir Menschen nicht leben können. Einmal war ich angetreten, dem friedvollen guten Leben für die Menschen auf dieser Welt zu dienen – demütig bescheidene Schritte in einem kleinen Wirkungskreis. Dem bin ich untreu geworden. Ich schlug den Weg der Gewalt ein, der auf der Kleinen Schanze endete. Mehrfach habe ich meine Kriegstaten gebeichtet, jeder Priester gewährte mir Absolution, nur ich selbst kann sie mir nicht verzeihen. In unserer fehlerhaften Welt brauchen wir Soldaten, die den Gewalttätigen Einhalt gebieten. Aber es muss auch die gewaltlosen Friedensmenschen geben und aus dieser Armee, zu der ich mich stets zählte, desertierte ich ohne Not, aus freiem Willen. Wie ein Soldat habe ich Menschen totgeschlagen, ohne Soldat zu sein, und meine Opfer starben sinnlos in einem Krieg, dessen Ausgang bereits entschieden war.

Mörder!

Das Wort verfolgt mich. Und nun rühren die erdentrückten Gesänge der Mönche meine Seele an. Es ist ein göttliches Geschenk, das meine blutigen Händen nicht anzunehmen wagen und es doch sollten, wenn ich dahin zurückkehren will, wo ich hingehören möchte. Dankbar überlasse ich mich den Stimmen des Chores, die mich in die Tiefe meiner Seele führen. Als es still wird, spüre ich nach langer Zeit Erleichterung – keine endgültige Erlösung. In einem Dankgebet verspreche ich, mich niemals mehr von der Masse mitreißen zu lassen, vor allem mich nie wieder auf die Seite der Gewalttätigen zu schlagen. Auch wenn ich Grana helfe, den Kurfürsten aus dem Kielwasser der Franzosen herauszulotsen, bin ich nicht sein Gefolgsmann. In keinem Lager werde ich künftig Wurzeln schlagen. Mit diesen Gedanken verlasse ich die Kirche.

Die Eingangspforte zum Konvent ist ein einstöckiges mit Zinnen bewehrtes Haus. Die Klostermauer sowie eine weitere von der Kirche ausgehende Wand laufen schräg auf das wehrturmartige

Pfortenhaus zu. Abweisender kann man einen Klostereingang kaum noch gestalten. Nach mehrmaligem Klopfen öffnet sich die Tür. Ein Mönch fragt streng, was ich wolle.

»Ich bitte, zu Seiner Gnaden, dem Erzbischof und Kurfürsten von Köln, vorgelassen zu werden«, sage ich.

Der Bruder lacht über so viel Dreistigkeit hell auf.

»Seine Gnaden ist für keinen zu sprechen!«, weist er mich ab.

»Aber er kennt mich aus Bonn, wo wir angenehme Diskurse führten. Hochwürdiger Bruder, seid so barmherzig, Seiner Kurfürstlichen Durchlaucht im Unglück neben dem geistlichen Trost auch ein wenig kurzweilige Aufmunterung zu gönnen.«

»Aus Bonn kommt für den Kurfürsten kaum Erfreuliches, gelobt sei Jesus Christus!«

Er knallt die Tür zu und quetscht versehentlich meinen Unterarm ein. Erschrocken bittet er mich nun herein. Es ist nur eine Schramme, so erhalte ich anstelle eines Pflasters ein gutes Maß Bier und komme mit Bruder Bartholomäus ins Gespräch. Ich vertraue ihm einen Brief an, in dem ich den Kurfürsten um eine Audienz bitte. Er verspricht mein Gesuch weiterzugeben.

In den folgenden Tagen erhalte ich keine Nachricht.

Bruder Bartholomäus versichert mir, den Brief an den Kammerdiener Maximilian Heinrichs übergeben zu haben. Der Kurfürst sei schwermütig und wolle niemanden sehen, daher solle ich mir keine Hoffnung machen, vorgelassen zu werden. Kurz vor Weihnachten sende ich Grana einen Brief und erkläre ihm die schwierigen Umstände. Wenige Tage später erhalte ich seine Antwort. Von der Melancholie des Kurfürsten habe er schon gehört. Die »Sach« läge ihm aber sehr am Herzen. Sollte mir allerdings bis Anfang Februar keine Audienz gewährt werden, sähe er mein Versprechen als erfüllt an. Wegen Felicitas' Niederkunft komme ich bis dahin ohnedies nicht aus Köln heraus. Insofern ist Granas Bitte leicht zu erfüllen.

Die Weihnachtstage verleben wir alle in schöner Harmonie, wenn nicht Schneegaß wäre. Trotz seiner Reue traue ich ihm nicht. Mit seinem Lauten- und Geigenspiel fand er rasch Zugang zu den Herzen aller im Haus. Felicitas will ihn partout nicht gehen lassen. Die Entführung Alexanders halte ich noch unter der Decke, da ich Felicitas jede Aufregung ersparen will. Schneegaß kennt meine Besorgnis und beteuert, mir gewiss keinen Kummer mehr bereiten zu wollen. Aber die Katze lässt das Mausen nicht. Jede Nacht stehe ich auf und sehe, ob Alexander noch in seinem Bett liegt. Schneegaß bemerkt mein Unbehagen und verlässt noch vor Neujahr das Haus.

Januar 1674

Da die Fastnacht bereits auf die erste Februarwoche fällt, beginnt man schon früh mit Mummenschanz und Vergnügungen. In der Kongressstadt Köln überbietet man sich geradezu mit Lustbarkeiten. Bälle meist mit Masken, Bankette und Musikdarbietungen folgen zügig aufeinander. Wegen der winterlichen Waffenruhe strömen kaiserliche Offiziere vieler Regimenter in die Stadt, so dass kein Tag ohne allerhand Amüsements vergeht und die Wirte bestens auf ihre Rechnung kommen.

Obgleich zwischen den Nationen der Kongressteilnehmer Krieg herrscht und sich das kaiserlich-holländisch-spanische und das französische Lager in bissiger Feindschaft gegenüberstehen, feiert man gemeinsam – heute bei dem spanischen *Residenten* Don Emanuel de Lira, morgen bei den Franzosen, übermorgen bei dem Markgraf von Baden, der als kaiserlicher General die Franzosen aus Kerpen hinausgeworfen hat. Der vor den Kaiserlichen in das sichere Kaiserswerth geflohene kurkölnische Erste Minister Franz Egon von Fürstenberg wiederum lädt in das heruntergekommene kurfürstliche Palais in der Trankstraße zu einem Maskenball ein, bei dem edle Wandtapisserien von dem maroden Zustand des Gebäudes ablenken, während der eigentliche Hausherr im Kloster vereinsamt.

Wie sein älterer Bruder Franz ist auch Wilhelm Egon von Fürstenberg nicht nur glänzender Arrangeur von Festlichkeiten, sondern auch als *Plenipotentiar* des Kurfürsten der eigentliche Leiter der kurkölnischen Regierungsgeschäfte. In den eleganten, immerhin schon im 45. Lebensjahr stehenden Domherrn und Bischof von Metz hat sich die zwanzig Jahre jüngere Katharina Charlotte Gräfin von der Mark verliebt, wenn man den Gerüchten glauben darf. Ich gebe allerdings wenig auf Klatschgeschichten, die überall dort aufblühen, wo sich Mächtige versammeln. Da sich Wilhelm von Fürstenberg der Vorbehalte des kaiserlichen Lagers gegen seine franzosenfreundliche Politik nur allzu bewusst ist, lädt er am Neujahrstag alle Frauen der spanischen und kaiserlichen Delegation zu einem Fest ein, an dem auch Felicitas teilnehmen darf, um die kurkölnische Gastgeberseite zu stärken. Das Bankett wirkt berauschend auf sie. Überschwänglich lobt sie die delikaten, kunstvoll komponierten Speisen, die dem Auge wohl mehr boten als dem Gaumen. Geduldig höre ich mir die Beschreibung der Roben von Damen mit klangvollen Namen an. Der charmante Gastgeber jedoch überstrahlte den Luxus wie alles, was es an Staunenswertem zu sehen gab. Sie schwärmt: »Von diesem galanten Kavalier kann jede Frau nur träumen.«

»Ein Eheweib sollte vom Gatten träumen«, sage ich.

»Hei, wer träumt schon vom Alltäglichen? Nein, vom Himmlischen träumt man und dieser Herr ist außergewöhnlich.«

»Ja, wer zu Hause stets Kuchen im Schrank hat, für den ist das Brot draußen auf einmal Naschwerk«, necke ich sie.

»Träumen, nicht naschen! Und, mit Verlaub, wenn der Ehemann mit einer sauertöpfischen Miene herumläuft, die bestenfalls eine giftige Kröte hinterm Ofen hervorlockt und auch nur dann, wenn die blind ist, braucht Er sich nicht zu wundern, wenn sich die Augen der Gattin am Gegenteil delektieren.«

»Ach, es sind vielerlei Sorgen, die mir auf der Seel liegen – um Merhoffen und die Soldaten, die es ruinieren, dann meine arme Schwester in Bonn.«

»Man muss nicht dauernd die Plagen der Welt suchen!«

»Die muss ich nicht suchen, die finden mich.«

»Ei ja, daher sollten wir, bevor sie uns heimsuchen, noch zu vielen Banketten, Komödien und Lustbarkeiten gehen.«

»Himmel, bald ist die Niederkunft, da muss sich ein Frauenzimmer doch eher ruhig halten.«

»Ganz im Gegenteil, wer weiß, ob ich's überlebe.«

»Wir überleben, erleben, verleben lustig noch viele Jahre!« Ich nehme sie in die Arme und gebe ihr einen Kuss.

»Fein, leben wir gleich lustig und gehen zum nächsten Bankett der Franzosen. Frau von Lisola hat mir versprochen, für eine Einladung zu sorgen.«

»Frau von Lisola? Ihr Mann ist Gesandter des Kaisers und macht den Franzosen seit Jahren das Leben zur Hölle!«

»Dann haben wir ja beste Aussichten eingeladen zu werden!«

Sie hat Recht! Dem Sprichwort folgend, das sagt, einem bösen Hund gibt man zwei Knochen, erfüllen die französischen Diplomaten Frau von Lisola gerne Wünsche. Glänzte Wilhelm von Fürstenberg mit seinen Feierlichkeiten, so übertreffen die Franzosen alle Erwartungen Felicitas'. Der Gastgeber Herzog, Charles Albert d'Ailly, Duc de Chaulnes, macht seinem Stand und Land alle Ehre. Den Soldaten verleugnet er trotz höflicher Umgangsformen zwar nicht, doch versteht er die Gesellschaft angenehm zu unterhalten. Seinem feisten Äußeren nach – das ihm den wenig ehrenvollen Titel »Schwein« eingebracht haben soll – liebt er delikate Speisen, ebensolche Weine und beides reichlich. Bei seinem Bankett wird auch nirgends gespart, nicht an Dienern, nicht an Kerzen, die den hohen Raum wie im Sonnenlicht erstrahlen lassen, nicht an Musik, an reichverzierten silbernen Gefäßen und Schüsseln, schon gar nicht bei den Gerichten und Getränken. Alles ist Gaumen- und Augenschmaus, Glänzen und Funkeln.

Bei den Tischgesprächen halte ich mich zurück, um die kultivierten Plaudereien des noblen Kreises der Diplomaten nicht zu stören. So habe ich Muße, Wilhelm von Fürstenberg zu beobachten. Seine Bewegungen sind elegant, ohne gekünstelt zu wirken. Jedem gibt er das Gefühl hochgeschätzt zu sein, selbst den Schwätzern und Phrasendreschern widmet er seine ganze Aufmerksamkeit. Seine edlen, früher scharf geschnittenen Züge sind plumper geworden, die Augenlieder schwerer, ein Doppelkinn ist sichtbar, dennoch ist er ein attraktiver Mann, der seine Anziehungskraft auf Frauen durchaus nicht nur aus seiner Macht und üppigen Geldmitteln schöpft. Einmal treffen sich unsere Blicke, kaum merklich nickt er mir zu, als habe er mich erkannt, obwohl wir uns bislang immer nur flüchtig sahen.

»Monsieur, womit kann man Euch erfreuen, um die Stimmung noch ein wenig zu heben?«, spricht mich einer der Gesandten Ludwigs XIV. an, der mir gegenüber sitzt. Es ist Pierre Honoré Courtin, Seigneur de Chantereine et des Mesnuls, ein hoher Amtsträger, der schon in jungen Jahren bei den Verhandlungen zum Westfälischen Frieden in der französischen Delegation war. Seine feingelockte Perücke umrahmt ein offenes, freundliches Gesicht.

»Vergebung, Monsieur, ich hoffe nicht, mit übler Laune das prachtvolle Fest zu stören«, entschuldige ich mich.

»Keineswegs, nur der Gastgeber möchte den höchsten Genuss bieten und es wäre traurig, wenn dem Herrn etwas fehlte, was leicht zu beschaffen wäre.«

»Ich danke ergebenst der Nachfrage, alles ist vorzüglich. Nur macht mich gerade das Amüsement melancholisch, wenn ich an die ruinierten Häuser in Bonn denke und die Beschwernisse der Bürger, was leicht zu vermeiden gewesen wäre.«

Das ist eine rohe Unhöflichkeit! Aber mich sticht der Hafer. Wenigstens einmal muss ich meinem Ärger Luft machen, dass keiner der französischen Feldherren auch nur einen Finger für Kurköln rührte. Herr Courtins liebenswürdiger breiter Mund wird schmal.

»Es ehrt Euch, dass Ihr Euch das Leid anderer so zu Herzen nehmt. Nur wird es dadurch für die Bürger von Bonn um keinen Deut besser«, entgegnet er galant.

»Gewiss, aber wenn man den Jammer der Belagerung miterlebt hat und Verwandte weiterhin in der Stadt leiden, lässt einen dies auch bei einem solchen prächtigen Anlass nicht los. Aber pardon, ich will keine Misstöne in das exzellente Fest bringen, in dem es wahrhaftig an nichts fehlt.«

»Ah, Monsieur, nein! Auch Ernstes hat hier seinen Platz, obgleich die Bankette eher darauf ausgerichtet sind, sich von den Diskursen des Tages zu erholen. Ich kann Euch versichern, der Verlust Bonns trifft uns ebenfalls überaus hart. Der kaiserliche Generalleutnant Graf Montecuccoli hat unsere Feldherren mit viel List genarrt. Niemand konnte voraussehen, dass er im Winter darauf aus war, Kurköln anzugreifen. Marschall de Turenne wollte Bonn retten, nur hätte er mit Gewaltmärschen sein Heer zugrunde gerichtet, ohne dem Feind auch nur den geringsten Schaden zuzufügen. General d'Humières Truppen waren zu schwach gegen drei Armeen eine Schlacht zu wagen.«

»Doch so hat man viele Städte Kurkölns ruiniert.«

»Ja, zu unserer größten Trauer. Dieser Anschlag des Kaisers und der Holländer auf ein friedliches Land wie Kurköln zeigt, dass diese Parteien keinen Frieden wollen.«

»Also weiter Krieg? Wozu dann der Kongress?«

»Sagen wir's so, die Verhandlungen sind erschwert. Wie kann man jemandem trauen, der ohne sonderliche Kriegserklärung über das Land eines der Kongressteilnehmer herfällt und den Fürsten verjagt? Aber trinken wir auf einen Kölner Frieden, weil er solche Wünsche höchst nötig hat!«

Das Anstoßen und Trinken besänftigt den Geist, auch wenn es einem Kölner Frieden wenig nützt. Dennoch kitzelt es mir auf der Zunge, dass Ludwig XIV. zuerst ohne »sonderliche« Kriegserklärung Colmar und Trier eroberte. Nur ist es sinnlos, einen Delegierten von der Falschheit seines Brotgebers überzeugen zu wollen. So plaudere ich über viele Nebensächlichkeiten mit Gesandten der Könige und Fürsten aus halb Europa. Es ist ein beschwingter Abend, in dem ich bald vergesse, dass ich mich eigentlich aus dieser bizarren Welt der Eitelkeiten und vollmundigen Reden zurückziehen wollte.

Zurück im Haus meines Schwiegervaters erhalte ich eine wunderbare Nachricht: Maximilian Heinrich, Erzbischof und Kurfürst von Köln, gewährt mir morgen eine Audienz im Kloster Sankt Pantaleon.

Der Kurfürst lässt mich warten. Sein Erster Minister Wilhelm von Fürstenberg ist bei ihm. Dessen pompöse Karosse steht im Vorhof. Als der Prinz den Kurfürsten verlässt und ins Vorzimmer tritt, mustert er mich wie einen ungebetenen Gast. Ich verneige mich. Er nickt. Vor der geöffneten Tür zögert er, will sich wohl nach mir umdrehen. Nein, zuviel der Ehre für einen Landadligen. Er stolziert davon.

Maximilian Heinrich sieht mir ernst entgegen, als ich eintrete. Um ihn herum glitzert und funkelt es: goldene Schalen und Pokale, Silbergeschirr, Perlen- und Edelsteingeschmücktes. Auf einem Tischchen steht neben silbernen Kerzenständern ein mit Diamanten verziertes Kästchen, das im Feuerschein glitzert. Auf engem Raum zusammengedrängt umgibt den Kurfürsten das Kostbarste aus seinem Residenzschloss. Der zusammengewürfelte Prunk lässt seine Person zur Nebensächlichkeit werden. Eine müde Handbewegung des einsamen Königs dieser Zauberwelt fordert mich auf, mein Begehren vorzubringen.

»Ich danke Euer Gnaden untertänigst für die Güte, mich zu empfangen. Wie sehr hätte ich mir ein Wiedersehen unter erfreulicheren Umständen gewünscht, um wie früher schöne Diskurse zu halten.« Seine Miene zeigt bei dem Wort »Diskurse« eine Regung. »Ja, die Diskurse vermisse ich, aber Leben ist Wechsel, auch wenn's zum Unguten ist. Die liebe Stadt Bonn hat es hart getroffen. Unzählige Granaten und Bomben explodierten. Häuser fielen zusammen, viele starben einen grausamen Tod und trotz tapferer Gegenwehr musste die Stadt an den Feind übergeben werden.«

»Ist das Schloss heil geblieben?« Seine Worte klingen, als seien sie Mühlsteine, zu schwer, um sie auszusprechen.

»Ja, der Feind hat nichts angetastet. Die Kanzlei ist versiegelt.« Das muss er doch wissen; vermutlich will er nur eine Bestätigung. »Wegen des bösen Fatums Bonns komme ich zu Euch, Eure Kurfürstliche Gnaden. Die Bonner leiden grausam unter den Tausenden einquartierten Soldaten und den *Kontributionen*. Ihr innigster Wunsch ist, dass ihr Landesherr zurückkehrt und diesen Wunsch, den viele äußerten, überbringe ich und bitte Euer Gnaden um eine Botschaft an die Verzweifelten.« Ich warte auf Antwort. Den Blick zu Boden gerichtet schweigt er. »Eure Durchlaucht, nicht nur die Bonner Bürger, auch die von Rheinbach, Brühl, Siegburg, Andernach und vielen anderen Orten sehnen ihren Kurfürsten herbei.«

Schweigen! Ich überlege, wie ich mich vor diesem versteinerten Mann höflich zurückziehen kann, da sagt er: »Ich habe keine Truppen, um die Kaiserlichen zum Abzug zu zwingen.«

Gott sei Lob und Dank, eine verständige Antwort!

»Das ist nicht nötig. Der Kaiser erwartet nur ein Treuebekenntnis Eurer Gnaden, damit er weiß, sein Kurfürst steht ganz an seiner Seite, dann zieht er die Truppen ab.«

»Da müsste ich die Kron Frankreich verraten«, erwidert er.

»Ein Kurfürst ist in erster Linie dem Kaiser und dem Reich verpflichtet, dafür hat gewiss auch Frankreich Verständnis, zumal bei dieser desolaten militärischen Lage.«

»Nein!«, sagt er bestimmt. »Seit Jahrzehnten sind wir im engen Bündnis mit Frankreich und so bleibt's.«

»*Salva venia*, dann steh Gott unserem armen Kurköln bei. Der Kaiser und alle anderen Reichsfürsten werden französische Garnisonen hier nimmer dulden.«

»Der Kurfürst von Trier bekannte sich zum Kaiser und Frankreich hat ihm prompt seine Hauptstadt weggenommen. Was habe ich also schlechter gemacht als er? Ich bete für mein unglückliches Bonn wie für ganz Kurköln jeden Tag. Herr von Fürstenberg kümmert sich um die Regierungssachen.«

Den Fehlschlag hatte ich erwartet, dennoch schmerzt er. Eine schnelle Einigung mit dem Kaiser würde Kurköln das Joch der Einquartierungen erleichtern, vielleicht sogar ersparen. Max Heinrich wurde im Verlauf des Gesprächs zwar redseliger und bat mich wiederzukommen, doch meinen Versuch unseren Diskurs abermals auf die Not Kurkölns zu lenken, beendete er rigoros: Er sei sich mit Herrn von Fürstenberg völlig einig, auf Seiten Frankreichs sein Heil zu finden. Punktum! In seinem Unglück wird dieser ängstliche Landesfürst seinen wichtigsten Minister kaum vor die Tür setzen, wie sich das Herr di Grana in seiner Instruktion an mich wünschte.

Was soll ich Grana nun antworten, ohne ihn gegen meine Landesherrschaft aufzuhetzen? So schreibe ich, der Kurfürst fürchte, ein ähnliches Schicksal wie der Trierer Kurfürst Carl Caspar von der Leyen zu erleiden und wolle Frankreich nicht reizen. Außerdem sei der Landesherr schwermütig und vermittle den Eindruck, kaum über die Kraft zu verfügen, tiefgreifende Entscheidungen zu fällen. Damit lege ich Grana nahe, mich nicht weiter als Werkzeug zur Einflussnahme auf den Kurfürsten zu benutzen. Während ich den Brief siegle, bringt mir eine Magd ein *Billett* von Fürstenberg. Er bittet mich unverzüglich zu sich. Felicitas ist voller Hochachtung, dass ich sogar mit dem Prinzen Umgang pflege. Für sie ist der Macht- und Gesellschaftsmensch Fürstenberg reizvoller als der skurrile Kurfürst, über den sogar respektlose Scherze gerissen werden. Sie bestürmt mich, für weitere Einladungen im Kreis der Kongressteilnehmer zu sorgen.

»Die Bankette sind vor allem für die Repräsentanten des Kaisers, der Könige und Fürsten, meine Herzliebste. Wir hatten großes Glück, einmal dazugebeten zu werden, damit sollten wir uns begnügen«, versuche ich ihre Hoffnung zu dämpfen.

Begnügen war das falsche Wort.

»Nein! Hat man einmal den Fuß in der Tür, zieht man ihn nicht weg!« Empört funkeln ihre grünen Augen. »So bald wird's hier keinen Kongress mehr geben. Dann sitzen wir wieder in Merhoffen, zählen die Wolken am Himmel und die Maulwurfhaufen im Garten! Frau von Lisola konnte uns eine Einladung besorgen und der Prinz schon ganz und gar. Basta!«, kommandiert sie, als sei der Erste Minister mein Lakai.

Der Erste Minister sieht aber eher mich als Lakaien an und lässt mich geraume Zeit warten. Verärgert will ich gehen. Fürstenbergs Sekretär, Herr Breget, hält mich zurück und bittet inständig, mich noch zu gedulden. Endlich verlassen vier Herren mit hochwichtigen Mienen das Kabinett des Prinzen. Unter ihnen sind Pierre Courtin, mit dem ich mich auf dem Bankett unterhalten hatte, außerdem Herr Barillon d'Amoncourt, gleichfalls einer der hohen Repräsentanten Ludwigs XIV. Nach ihnen werde ich sofort vorgelassen.

Fürstenberg ist bester Laune und kommt rasch zum Kern der Sache. »Ich habe den Herrn heut' zu meiner Überraschung bei Seiner Kurfürstlichen Gnaden gesehen.«

»Ja, gelegentlich habe ich die Ehr, Audienz zu erhalten.«

»Gewiss, in Bonn, aber hier in Köln hat sich Seine Durchlaucht doch sehr zurückgezogen. Ja, er ist – wie soll ich sagen? – zu einem Misanthropen geworden. Ich sorge mich sehr um ihn. Vielleicht kann mir der Herr Erfreuliches mitteilen?«

Armseliger Heuchler! Deine Sorge um den dahinkümmernden Landesherrn besteht allein darin, ihn von der Welt fernzuhalten, damit du leichter Ludwig XIV. zuarbeiten kannst.

»Bedauere, Exzellenz«, sage ich, »es erfüllt mich mit Trauer, den Kurfürsten in einem erbärmlichen Zustand angetroffen zu haben. Nur wenig konnte ich ihn aufmuntern.«

»Und? Will er den wohlgeborenen Herrn wiedersehen?«

»Ja, vielleicht kann ich seine trüben Stimmungen vertreiben.«

»Das hör ich von Herzen gern«, erwidert er charmant, obwohl sein Gesicht flüchtig etwas anderes ausdrückt als die Worte. »Es sind schwere Zeiten! Kleine Länder wie Kurköln werden gern zwischen den großen zerrieben.«

»In Bonn bekamen wir das blutig zu spüren. Die armen Menschen sehnen sich nach dem Kurfürsten und nach Frieden.«

»Frieden ist auch mein innigster Wunsch«, sagt Fürstenberg leidenschaftlich, »dafür kämpfe ich, mit Feder und Worten. Eine Partie de la Paix, also eine dritte Friedenspartei, strebe ich neben dem Kaiser und dem französischen König an, ein festes Bündnis kleinerer Fürstentümer, damit die großen sie nicht nach Gutdünken als Schlachtfeld nutzen können.«

»Den Rheinbund haben wir schon seit 1657.«

»Man müsst's anders anpacken. Voilà! So irrwitzig es klingen mag, die Überrennung Kurkölns durch die Kaiserlichen hat's mir in die Hand gegeben, den Friedenskongress erfolgreich zu beenden, nachdem er schon fast gescheitert war.«

»Mit Verlaub, Eure Exzellenz, wie macht unsere völlige Niederlage den Ersten Minister Kurkölns stärker als zuvor?«

»Mein Gegenspieler in Paris ist der Kriegsminister Louvois. Monsieur Louvois setzt nur auf Angriff, wogegen ich mich stets wehrte. Das désastre in Bonn hat ihn kleinlauter werden lassen, man vertraut mir und meinem Einfluss nun mehr.«

»Aber eine Partie de la Paix ist dem Kaiser gewiss ein Dorn im Auge, weil sie leicht wieder ins französische Fahrwasser geraten kann.«

»Richtig!« Er nickt anerkennend. »Daher muss sich Kurköln zuerst von der Kron Frankreich im Guten lösen. In Paris strebe ich daher für Kurköln Neutralität an. So müssen weder der Kaiser noch unsere Nachbarn in Angst vor uns leben.«

»Neutralität zu Frankreich? Das wär ein guter Schritt.«

»So ist es! Monsieur Courtin, mit dem sich der Herr beim Bankett so angeregt unterhielt, ist übrigens ein Günstling von Herrn Louvois, und auch er unterstützt meine Pläne. Morgen bringt sie ein Kurier nach Paris oder Versailles, wo der König jetzt meist residiert. Kennt der Herr Versailles?«

»Vor 14 Jahren war ich in Paris, da war Versailles ein Dorf mit einem königlichen Jagdschloss.«

»Ah, der Herr sollte es jetzt sehen! Grandios, ganz Ausdruck der Größe des Königs! Ja, er ist die Zukunft und wer ihm treu ist, dem tut er viel Gutes. Aber hat der Herr nicht Lust, auf den Erfolg der Pläne ein Glas Bordeaux mit mir zu trinken.«

»*Avec plaisir*, Eure Exzellenz!«

Er klingelt nach einem Diener, obwohl Gläser und eine Karaffe Rotwein in Reichweite auf dem Konferenztisch stehen, an dem wir sitzen. Daneben liegen zwei in Schweinsleder gebundene Folianten, Dokumente, zwei Landkarten, Tinte, Federn und Streusalz, alles penibel geordnet. Mir gegenüber steht auf einem Schreibtisch ein Kabinettschrank mit Messingbeschlägen, auf dem ich neben Schreibutensilien mehrere eng beschriebene Papiere sehe. Ein Kachelofen, ein kunstvoll gedrechselter Schrank, Gemälde niederländischer Maler, rote Samtvorhänge am Fenster und ein Orientteppich von beeindruckender Größe ergänzen die harmonisch aufeinander abgestimmte Einrichtung. Den Raum füllt die Atmosphäre geistiger Arbeit. Dagegen ist die Behausung des Landesherrn – eine Spielwiese. Wilhelm von Fürstenberg beschäftigt der Frieden zum Wohl Kurkölns mehr als den Kurfürsten, wenn er auch daneben in seine eigene Tasche wirtschaftet, was heutzutage, leider Gottes, üblich ist. Es ist bekannt, dass ihm die Franzosen einen Jahressold gewähren. Daraus macht er auch kein Geheimnis. Er erwähnt sogar »Guttaten« des französischen Königs wie die Verehrung von 15 000 Reichstalern für die Eroberung Maastrichts. Ein Frieden müsse Ludwig XIV. gefallen, sonst tauge er nichts, ruft er einmal aus. Die Gläser sind schon leer, da legt ihm sein Sekretär einen Teil der Reinschriften seiner Friedenspläne vor.

»Es war ein Vergnügen mit dem Herrn zu konversieren«, verabschiedet mich Fürstenberg. »Viele reden, um sich selbst zu hören. Ein wahrer Gedankenaustausch ist selten. Unser Gespräch war mir daher ein Genuss. Gott befohlen, wohlgeborener Herr, und ein weiterer Diskurs wär' mir eine Freud.«

Die Sätze, außerhalb üblicher Höflichkeitsfloskeln, schmeicheln mir, wie überhaupt seine natürliche Art mich für ihn einnimmt. Im Hinausgehen fällt mir das Schreiben ein, aus dem mein Bruder Max den Plan eines Mordanschlags auf Fürstenberg herauslas. An der Tür drehe ich mich noch einmal um: »*Salva venia*, Eure Exzellenz, ich bitt noch um ein Wort.«

Bereits in ein Schriftstück vertieft sieht er irritiert auf, bedeutet mir aber näher zu kommen.

»Durch Zufall fiel mir im April letzten Jahres ein Brief in die Hände«, sage ich, »zum Großteil war er chiffriert. Im lesbaren Part stand, dass die Pestbeul abgeschnüret und ausgeschnitten werden soll. Das Schreiben war an den Obristen Marquis Grana gerichtet. Vielleicht ist's nicht von Belang, aber da es aus Wien kam, wollt ich das Seiner Exzellenz noch mitteilen.«

»Die Pestbeul ausschneiden?« Er legt das Dokument auf den Tisch. »Und das Schreiben war aus Wien an Herrn di Grana?«

»Ja, ein Johann P. von H. hat's unterschrieben. Leider habe ich den Brief nicht mehr.« Trotz der dürftigen Angaben hat Fürstenberg begriffen, worum es geht, so versuche ich die Sache herunterzuspielen, »wie gesagt, es ist vor vielen Monaten geschrieben worden, deshalb wohl kaum noch von Relevanz.«

»Doch, das ist es!« Er erhebt sich, geht auf und ab. Die Dielen knarren gedämpft unter dem Teppich. Er bleibt stehen. »Ich weiß, ich bin in Gefahr. Mein Bruder hat sich wohlweislich nach Kaiserswerth verzogen, das die Franzosen schützen.«

»Warum folgt Seine Exzellenz nicht diesem Beispiel?«

»Erst wenn Frieden geschlossen ist. Es wird zu viel bankettiert, getanzt, leeres Stroh gedroschen. Tag für Tag liegen die gleichen Forderungen auf dem Tisch. Keiner denkt daran, angeblich gute Positionen zugunsten einer Einigung aufzugeben. Ohne Kompromisse und harte Arbeit gibt's keinen Frieden. Lange dachte ich, nur Schlachten könnten Bewegung in die Fronten bringen. So ist's nun auch gekommen, zum Unglück anders als erhofft. Ich bin nun einer der wenigen, der meint, gerade jetzt mit der Feder Frieden schaffen zu können. Deshalb bleibe ich.«

»Trotz der Todsgefahr?«

»Ja! Immerhin leben die Kämpfer mit der Feder weniger gefährlich als die des Schwerts. Aber ich danke für die Warnung.«

Nach dem Gespräch mit dem Ersten Minister hätte ich das Schreiben an Grana anders abgefasst. Die Unfähigkeit des Kurfürsten, Entscheidungen zu treffen, wäre wohl unerwähnt geblieben. Trotz der Skrupel, mich in Regierungssachen einzumischen, nehme ich Tage später doch Papier und Feder zur Hand, um Grana von den Plänen Fürstenbergs zur Herstellung eines Friedens in Kenntnis zu setzen. Aber der begonnene Brief bleibt liegen. Felicitas kommt in die Wehen. Bei drei Geburten musste ich nicht um ihr Leben bangen, diesmal doch.

Hornung 1674

Auf dem Platz des Alten Marktes zeigt das Feuer der Februarsonne die Pracht des Winters in seinem herrlichsten Glanz. Millionen Kristalle glitzern, als hätte eine Fee verschwenderisch Brillanten ausgeschüttet. Wie oft wird über den Winter lamentiert! Aber gibt es eine andere Jahreszeit, die märchenhafter, friedlicher, gemütlicher ist und uns gleichzeitig die vielen Farben der übrigen Jahreszeiten besonders liebenswert macht? Das kirchturmartige Wachhaus und die Marktglocke sind überpudert, als hätten sie Allongeperücken aufgesetzt. Der Blick aus dem Fenster rückt die dunklen Tage der Angst und Not ins Vergessen. Felicitas ist seit der schweren Geburt bettlägerig. Am Sonntag, dem 14. Januar, kam das Kind zur Welt und jetzt ist der 18. Tag, an dem meine Eheliebste immer noch mehr schläft als wach ist. Aber es ist überstanden, und ich hoffe, meine vielen Not- und späteren Lobgebete in irdischer Hilflosigkeit sind dem lieben Gott nicht zu viel geworden. Wohl nicht, sonst hätte er nicht so wunderbar geholfen! Das Kind lebt. Es ist ein großer kräftiger Junge. Wenn ich einen Finger in eines seiner Händlein lege, greift er fest zu. Hoffentlich wird Adam Christoph nicht wie sein Bruder die Finger vorwiegend zum Geigen- und Lautenspiel benutzen, sondern auch den Degen führen. Das Glucksen des Säuglings weckt Felicitas. Sie streckt mir eine

Hand entgegen. Kaum entwinde ich dem Kind meinen Finger, brüllt es empört. Die Säugamme kommt und holt den Schreihals.

»Lieber Schatz, nicht immer am Bett sitzen, sonst ist die Fastnacht vorbei«, sagt Felicitas müde.

»Ach, der Teufel hol die Fastnacht! Ich bin so froh, dass wir beisammen geblieben sind, da wird mir die Zeit nicht zu lang.«

»Ha, wer hat gesagt, wir leben noch lange lustig zusammen?«

»Du siehst, es stimmt, meine Allerliebste.«

»Gehen wir bald auf den Ball?«, bittet sie schläfrig und ich sage Ja, bevor sie einnickt.

Tanzvergnügungen waren nicht das, worauf ich in der letzten Zeit mein Augenmerk richtete. Dass ich Fürstenberg bislang nicht um die von ihr erbetene Einladung ersucht habe, fuchst sie. Aber das heutzutage so beliebte Katzbuckeln vor hohen Herren, um Ämter oder Privilegien zu erjagen, ist mir von Herzen zuwider. Doch jetzt verführt mich ihr Interesse am Dasein zu jeder Albernheit, damit wir das Leben feiern. Obwohl es noch kaum absehbar ist, wann sie aufstehen kann, werde ich den Ersten Minister um eine Einladung bitten.

Am Frühstückstisch sitzen nur noch Sybilla und mein Sohn. Sybillas Tochter Anna und Lieb-Belle sind in der Schule bei den Ursulinen. Alexander zupft auf der Laute eine leichtfüßige Gavotte. Er wirft mir einen scheuen Blick zu. Da ich nichts sage, spielt er weiter. Nächste Woche geht er ins Gymnasium Tricoronatum der Jesuiten als Gastschüler. Mein Bruder Max hat dies ermöglicht. Sybilla schenkt mir eine Tasse Tee ein. Dieses neue, leicht bittere Getränk ist mir lieber als die süßliche Schokolade, mit der die höheren Stände gern den Tag begrüßen. Genussvoll trinke ich. Die Lautentöne verbreiten anheimelnde Ruhe. Die liebliche Melodie weckt die Vorstellung eines sommerlichen Rosengartens. Bevor ich in Behaglichkeit versinke, schiebt mir Sybilla einen Brief mit kurfürstlichem Siegel zu. Maximilian Heinrich bittet mich heute um zwei Uhr zu sich. Nun war ich in schöner Regelmäßigkeit jede Woche zwei Mal bei ihm. Offensichtlich liebt er die Diskurse im gleichförmigen Rhythmus. Bei einigen dieser Besuche stieß ich auf Herrn von Fürstenberg, mit dem ich mehrmals im Klostergarten bei unangenehmen Temperaturen »lustwandelte«, damit keiner unser Gespräch belauschen konnte. Was den Kurfürsten angeht, ist er übervorsichtig. Meine Audienzen akzeptiert er gezwungenermaßen. Er hat Vertrauen zu mir gefasst und öffnet mir ein wenig sein Herz, das er mir im unbeschwerten Geplauder stets als rein und edel darstellt. Doch spüre ich den brennenden Ehrgeiz dieses Mannes. Nichts überlässt er dem Zufall, was seine Beute, den Kurfürsten, angeht. Wie die Spinne eine Fliege in ihr Netz einwebt, so umgarnt er mich, damit ich Max Heinrich in seinem Sinne beeinflusse. Erst nach den Gesprächen fällt mir das auf, so geschickt, luftig charmant versteht er es, seine Absichten zu bemänteln.

»Warum so missmutig?«, fragt Sybilla, »es ist doch eine hohe Ehr, so oft Botschaften von Seiner Durchlaucht zu erhalten.«

»Ich soll ihn wieder erheitern.«

»Ha, mit dem Landesherrn würd ich auch gern einmal schwatzen und wollt ihm schon die Augen öffnen.«

»Liebe Sybilla, so einfach ist das nicht, wenn man in Regierungsdingen wenig bewandert ist.«

»Ich wüsst' schon, was ich dem Kurfürsten einblasen würd'.«

»Ach ja? Für die Kölner ist's ganz leicht, die müssen immer nur kaisertreu sein, wenn sie Freie Reichsstadt bleiben wollen.«

»Richtig! Wir sind keine speichelleckenden Franzosenhunde. Die Gallierfreundschaft hat Bonn bös ins Unglück gebracht.«

»Dafür saugt der Kaiser mit seinen Steuern Köln aus. Ziegengestank und Schweinekot findet man bald in jeder Gass.«

»Ei, wir sind lieber ein freies großes Dorf als eine ruinierte Stadt, in der man *Kontributionen* zahlen muss und obendrein haufenweis Einquartierte hat.«

Sie lacht, ja sie hat gut lachen.

»Fragt sich nur, wie lang der Kaiser Köln schützt?«

»Länger als die Franzosen Kurköln gewiss. Lieber Herr Schwiegersohn, Er sollt dem Kurfürsten zureden, diesen Fürstenberg fortzujagen. Das ist kein ehrenhafter Mann. Als geistlicher Herr mit der Ehefrau eines anderen eine Liebschaft zu haben, ist abscheulich. Jeden Tag ist er jetzt bei der Gräfin von der Mark. Wenn er sich mit ihr verlustiert hat, kutschiert er zum Kurfürsten nach Sankt Pantaleon. Ja, frisch aus dem Bett seiner Geliebten ins Kloster. Pfui Teufel!«

»Na, was die Leut so alles reden, sollt man nicht für bare Münze nehmen, liebe Sybilla.«

»Das ja!«, ereifert sie sich. »Ich hab seine Kaross selbst mittags vorm Haus Zum Juden am Neumarkt stehen sehen, wo die Gräfin logiert. Jeden Tag bricht dieser Bischof von Metz sein Gelübde und begeht Ehebruch. Gott straf ihn! Und der arme Kurfürst büßt im Kloster für die Untaten seines Ministers. Wen wundert's, dass er schwermütig ist. Gegen Melancholie soll Musik gut sein. Der Schneegaß hätte ihm helfen können. Der ist ja nun, leider Gotts, fort. Weiß der Himmel, warum der Herr Schwiegersohn den liebenswürdigen Menschen so gar nit hier dulden wollt.«

»Ach, Sybilla, dieser Musikus ist ein Erzschelm.«

»So kam er mir nit vor, doch will ich's gern glauben.«

»Herr Vater, könnt ich nicht dem Kurfürsten etwas vorspielen, damit er nimmer so traurig ist?« fragt Alexander.

»Gut, aber wenn der Kurfürst keine Musik hören mag, musst du in der Kutsche frieren«

Dem Kurfürsten steht nicht der Sinn nach Melodien. So lasse ich Alexander in der Obhut eines Benediktiners, während ich meinen Dienst bei dem immer düsterer wirkenden Landesherrn verrichte. Die Audienz zieht sich hin. Einige Male hat mich Fürstenberg abgelöst. Diesmal ist es wohl zu hübsch bei der Gräfin von der Mark und die Aussicht, mit einem lebendig Begrabenen zu konversieren, lockt auch den Ehrgeizigsten nicht unbedingt in dieses Joch. Schließlich entlässt Maximilian Heinrich mich. Ein Aufatmen unterdrückend danke ich ihm für die Huld, mir seine Zeit gewidmet zu haben. Ja, kaum ist man bei den hohen Herren, fangen Heucheln und Liebedienerei an. Beides liegt mir nicht. Ein gewisses Maß an Galanterie ist bei Hof allerdings unabdingbar, sofern man nicht Wert darauf legt, im Ruf eines ungebildeten Klotzes zu stehen. Ich frage mich nur, ob es den Regierenden wirklich dient, dauernd belogen zu werden, denn gerade sie müssten doch die Wahrheit kennen, um sinnvoll entscheiden zu können.

Mein Sohn sei schon zur Kutsche gegangen, sagt mir der Benediktiner, der ihn betreute; er fügt hinzu: »Der junge Herr ist ein vorzüglicher, schon sehr reifer Lautenspieler. Er hat ein einzigartiges Talent für die Musik …«

»Hochwürdiger Pater«, unterbreche ich ihn, »mein Sohn soll nicht Stadtpfeifer werden, sondern mein Nachfolger sein, dazu bedarf er keiner besonderen Kunstfertigkeit in der Musik!«

»Keine Musik? Aber sein ganzes Gemüt geht dahin.«

»Ha, mein Sinn ging auf den Gottesdienst, aber ich musste Merhoffen übernehmen. Bis heut führ ein Leben, das gegen meine Neigung geht und ich frag nimmer nach meinen Träumen.«

»Und ein solches Leben wünscht Ihr auch Eurem Sohn?«

»So ist die Welt!« Ich drehe mich um und gehe.

Im Hof treffe ich auf Herrn von Fürstenberg. Ich bitte ihn um eine Einladung zu einem Ball, allerdings erst nach der Fastnacht. Er bedauert. Wegen der Fastenzeit könne er als geistlicher Herr, bis Ostern kein Tanzvergnügen abhalten. Er verspricht aber, für eine Einladung zu einem Ball der Franzosen am 14. *Hornung* zu sorgen. Auch würde er sich freuen, wenn ich heute zu einem Souper in das französische Quartier käme. Wie immer ist er zuvorkommend, nimmt meine Wünsche wie Wohltaten entgegen, als habe er schon lange darauf gewartet. Diesmal sagen wir Adieu, bevor wir durchgefroren sind.

Meine Kutsche, die außerhalb des Klosters steht, ist leer. Jeder Strauchdieb könnte mit ihr davonfahren, keinem fiele es auf, weil das Kloster einsam liegt. Von weitem sehe ich Hennes und Alexander kommen. Sie erzählen mir eine merkwürdige Geschichte. Alexander vertrat sich gerade die Füße, da seien zwei Reiter vorbeigekommen. Weil sich die Männer mehrmals umsahen, verfolgte der

Junge sie, sich immer wieder hinter den Stützpfeilern der Klostermauer versteckend. Dort, wo die Männer glaubten, nicht gesehen zu werden, hätte sich einer auf den Sattel seines Pferdes gestellt und habe mit einem Fernrohr in das Kloster hineingespäht. Hennes beendete dieses Abenteuer des Jungen und holte ihn zurück.

»War denn die Karosse des Herrn von Fürstenberg schon vorgefahren?«, frage ich Hennes.

»Ja, kurz davor kam eine prächtige Kutsch«, ruft Alexander dazwischen, »die durfte sogar durchs Tor in den Hof fahren.«

»Seltsam!« Ich schüttle den Kopf.

»Ach, Herr, es gibt die närrischsten Leut«, meint Hennes, »die wollten nur sehen, wie der Kurfürst logiert.«

Da bin ich allerdings anderer Meinung.

Auch auf die Gefahr hin, den Ersten Minister unnötig zu beunruhigen, erzähle ich ihm bei dem Souper am Abend von dieser Beobachtung. Wir sind beide der Ansicht, dass möglicherweise der Kurfürst in Gefahr ist. Fürstenberg will deshalb seine Bewachung verstärken.

»Das bringt die Benediktiner wieder in Harnisch«, stöhnt er, »ihr Kloster sei ein Ort der Ruhe und des Friedens, sagen sie. Es hat ihnen schon wenig Freud gemacht, die Pforte zu erweitern, damit meine Kaross' durchpassieren kann. Zwei als Lakaien gekleidete Soldaten werden sie noch schlucken müssen.«

»Ist Seiner Exzellenz niemand nach Sankt Pantaleon gefolgt?«

»Mir ist nichts aufgefallen. In der letzten Zeit waren meine Begleiter und Niclaß, mein Kutscher, sehr achtsam.«

Im Verlauf des Soupers lerne ich den wichtigsten Gesandten des Kaisers, Herrn von Lisola, kennen. Er macht aus seinem Herzen keine Mördergrube und sagt mir sehr deutlich, für wie gefährlich er die Machtambitionen Ludwigs XIV. hält. Unter dieses Motto hat er wohl sein ganzes Leben gestellt.

»Eins verwundert mich«, sage ich zu ihm, »bei den Aversionen gegen die Kron Frankreich, warum feiern die *Residenten* der kaiserlichen Partei dann hier im französischen Quartier mit Herrn von

Fürstenberg zusammen, der doch ganz im Wind des französischen Königs segelt?«

»Monsieur, unsere Differenzen beeinträchtigen durchaus auch die persönliche Wertschätzung. Die Bankette im französischen Quartier besuche ich, während ich die beim Herrn von Fürstenberg meide. Der Prinz ist ein durchtriebener Fuchs. Um ihn nicht als Verhandlungspartner und Kurkölner *Resident* anzuerkennen, habe ich Herrn von Fürstenberg nie in seinem Quartier aufgesucht. Nach einiger Zeit erhielt ich von ihm ein *Billett*: Er habe mir vertraulich dringende und äußerst bedeutsame Neuigkeiten von Ludwig XIV. und vom Kurfürsten mitzuteilen, sei aber so malad, dass er sich den Tod holen würde, wenn er zu mir käme. So verlockte er mich zu einem Besuch, schwatzte aber nur über lauter Lappalien. Danach ließ er herumerzählen, ich hätte ihm einen offiziellen Besuch abgestattet und der Kaiser habe ihn als *Residenten* anerkannt. Doch bei aller Vorsicht vor den Listen des Gegenparts ist es unsere Aufgabe, Wege über Gräben hinweg zu finden. Dazu gehören die Lustbarkeiten. Allianzen lassen sich schneller in fröhlicher Runde als am Verhandlungstisch schließen. Außerdem. erleichtern wir uns das Leben bei manchen Alltäglichkeiten. Der spanische *Resident* war einmal in Verlegenheit, einen Lautenspieler zu finden und ich schickte ihm einen exzellenten. Der ist bei ihm geblieben und jetzt sehe ich ihn bei Herrn von Fürstenberg.«

Als er den Lautenspieler erwähnt, beschleicht mich eine böse Ahnung. Ich drehe mich um. Weit entfernt von mir spielen zwei Lautenisten. Einer von ihnen ist Schneegaß.

»Ach, war der Musikus nicht auch beim Marquis Grana?«

»Ja, er hatte ein Empfehlungsschreiben von dem Marquis, woraufhin ich ihn in Dienst nahm.«

»Kennt der Herr den Stadtkommandanten von Bonn?«

»Nein, nicht persönlich. Die Offiziere des Schwerts haben mit denen der Feder eher selten Umgang, obwohl wir für den gleichen Herrn kämpfen.«

Einem Diener sage ich, ich würde gerne mit dem Lautenspieler Schneegaß sprechen. Der Lakai bringt mir bald die Nachricht, der Musiker warte nach dem Souper draußen auf mich. Bei meiner Kutsche steht Schneegaß. Wir steigen ein.

»Schneegaß, was treibst du bei dem Prinzen Fürstenberg, außer Laute zu spielen?«, fahre ich ihn grob an.

»Nichts weiter, lieber Herr.«

»Lüge! Der Marquis Grana hat dich empfohlen und wir beide kennen das Arsenal von dessen Kriegslisten. Ich hab wahrhaft oft genug deinen Kopf gerettet und erwarte auf der Stell eine ehrliche Antwort, wenn du nicht wegen himmelschreiender Undankbarkeit ewig in der Höll schmoren willst.«

Er ist einen Augenblick still und sagt dann: »Ja, die Kaiserlichen kriegten mich wegen meiner Schulden am Kragen und nahmen mir die Geige wieder ab. Herr von Lisola brauchte einen Lautenspieler. Dann war ich bei den Spaniern und jetzt wollt mich der Fürstenberg haben. Das ist alles.«

»Das ist nicht alles. Ich sagte: die ganze Wahrheit.«

»Ja, ich soll dem Herrn von Hauwitz melden, was der Fürstenberg so macht, keine Geheimnisse, nur, was er speist, was das Gesind so schwatzt oder welche Leut er besucht.«

»Und hast du das getan?«

»Ei, ja. Er mag Krammetsvögel, französische Weine, Rhein- und Moselwein und die Limonade darf nie fehlen. Mittags fährt er immer zur Gräfin von der Mark, danach zum Kurfürst, aber das weiß halb Köln. Da tu ich nichts Unrechts!«

»Ha, du tust nichts Unrechts! Und wenn die Kaiserlichen einen Anschlag planen, dann ist's gut zu wissen, was der Herr von Fürstenberg gerne isst oder wo er sich oft aufhält.«

»Na, die Kaiserlichen, das sind zwar harte Leut und, bei Gott, ich fürcht sie. Aber von Mordplänen hab ich nichts gehört.«

»Dennoch, sag ihnen nichts mehr! Ansonsten lieferst Du deinen Brotherrn so ans Messer, wie du's mit mir getan hast.«

»Herr, ich gäb viel darum, von den Schelmen wegzukommen.

Aber es ist wohl so, wenn man einmal mit dem Teufel Hochzeit macht, ist man auf ewig mit ihm verheirat'. Ich hab kaum mehr als das, was ich am Leib trag. Wenn ich ein paar Nichtigkeiten erzähl, tue ich dem Prinzen nichts Böses, will's auch nicht. Der Dienst bei ihm ist das Beste, was ich je hatte.«

»Gleichwohl, schweig über alles. Das macht einen anständigen Diener aus.«

»Von Anständigkeit wird man nicht satt!«

»Unsinn, du verdienst doch dein Brot.«

»Wenn ich den Kaiserlichen nichts melde, bin ich sofort wieder auf der Straß, ohne Geige. Herr, Ihr habt mich drei Mal vorm Tod bewahrt. Das Leben aber wollt Ihr mir nicht gönnen. Leben ist nicht nur atmen, sondern auch das gelegentliche Satt-sein von Leib und Seel. Die Geige macht meine Seel satt und wer die Leut mit einem Liedlein oder Tanz erfreut, erhält einen Lohn, ein Almosen oder ein Stücklein Brot für den Bauch. Mehr muss mir das Leben nicht bieten, aber auch nicht weniger. Ja, ich sag nichts, was dem Prinzen schadet, mehr will ich freilich nicht versprechen.«

Und mehr kann ich kaum verlangen. Der Prinz ist gewarnt und wird wohl wissen, dass einige Diener bestechlich sind.

Die Aussicht auf einen Ball entzückt Felicitas. Die Freude bringt sie bereits am Aschermittwoch aus dem Bett. Sie sitzt in ihrem moosgrünen Morgenmantel mit mir zusammen in der Stube bei ihrer Morgenschokolade. Die Jungmagd bringt mir ein Schreiben, diesmal ohne kurfürstliches Siegel. Trotzdem kommt es mir bekannt vor. Es ist das Wappen der Kolffs.

»Verschlossene Briefe lassen sich schwer lesen«, sagt Felicitas, weil ich das Schreiben nachdenklich betrachte.

»Vielleicht sollte dieser hier besser ungelesen bleiben!«

»Von wem ist der denn?«

»Von unseren Gift und Galle spuckenden Nachbarn!«

»Von den Kolffs? Dann gleich ins Feuer damit!«

Ich stehe auf und gehe zum Kachelofen.

»Nein, nein«, ruft sie mich zurückwinkend, »ich muss wissen, was diese hochnäsigen Rabenäser wollen. Ach, ich würd' zu gern sehen, wie Frau Gräfin mich auf Knien bittet, ihr eine Einladung beim Prinzen Fürstenberg zu verschaffen.«

»Wie Madame wünscht!« Ich breche das Siegel und überfliege die wenigen Zeilen.

»Was steht da?«, will sie wissen.

»Das ist von Florentin von Kolff. Er will mit mir reden.«

»Ach ja, das ist der mit dem lahmen Arm. Der wird kaum besser sein als sein eitler Bruder.«

»Er ist auf jeden Fall bescheidener«, entgegne ich.

»Trotzdem, mein Schatz, er kommt aus dem gleichen falschen Schlangennest und vor dem sollt man sich hüten.«

Das stimmt, allerdings schätze ich Florentin weitaus mehr als seinen Bruder. Jeden, der einem die Hand entgegenstreckt, sollte man zumindest anhören, auch wenn man nur sagen kann, keinen Schlussstrich unter die Feindschaft setzen zu wollen. So gehe ich am Abend des Aschermittwochs in das Wirtshaus »Heinrich zum Krae« in die Salzgasse. Die dunkle Wirtsstube ist gut besucht. Betrunkene Soldaten verlängern die Fastnacht, prosten sich mit einem »Sauf aus« zu. Florentin erwartet mich. Verlegen lächelnd bittet er mich, Platz zu nehmen. Trotz seiner Zurückhaltung drücken seine Gesichtszüge wahre Freude aus. Die Wutrede gegen die Ränke der Kolffs, die mir auf der Zunge liegt, zergeht.

»Ich hatte wenig Hoffnung, dass der Herr kommt«, sagt er.

»Ja, es fiel auch schwer!« Darauf weiß er nichts zu antworten, so frage ich: »Was gibt's nun zu bereden?«

»Es ist schon eine Weil' her, am Rhein bei Bonn begegneten wir uns an der Herrenmauer. Damals machtet Ihr das Angebot, dass wir uns gegenseitig helfen sollten. Mein Bruder hat das rundweg abgelehnt.«

»Ja, er hasst mich wie die Pest. Ich will auch keine Versöhnung mehr.«

»Das verstehe ich! Seine Feindschaft hat etwas Unsinniges.«

»Er will wohl endlich sehen, wie mir der Henker den Kopf abschlägt, damit ich neben dem Leben auch die Ehr verliere.«

»Das zwar nicht, aber er hat sich zu Dingen hinreißen lassen, die ich nicht billige. Daher hab ich mich von meinem Bruder getrennt und will nun ein von ihm unabhängiges Leben führen. Dazu gehört auch, Vergangenes in Ordnung zu bringen. So bitt ich für meinen Teil um Versöhnung.«

»Ich wäre gottfroh, mit meinen Nachbarn in Frieden zu leben. Nur, wenn mir mein Leben und das meiner liebsten Menschen etwas gelten, muss ich mich von allen Kolffs fernhalten. Wozu dann eine Aussöhnung?«

»Ich … ich verstehe.« Hilflos hebt er die Hände. »Aber, was lastet mir der Herr an.«

»Die Entführung meines Sohnes, bei der nicht nur der edle Bruder, sondern auch der gute Freund des Herrn, Marquis Obizzi, die Drahtzieher waren.«

»Obizzi, mein Freund? Das ist übertrieben. Gut, mein Bruder hat ihn durch mich kennen gelernt. Von der Entführung habe ich aber lang nichts gewusst. Sie war dann auch die Ursach, warum ich mich von meinem Bruder trennte.«

»Und von dem Marquis Obizzi?«

Florentin zögert, bevor er die Frage beantwortet: »Wie ich schon sagte, ist er nicht so ein Freund von mir, von dem ich mich trennen müsste wie von einem Bruder.«

»Nun gut! Mit anderen Worten, der Herr steht in Diensten des Kaisers?«

Verblüfft sieht er mich an und sagt dann gelassen Ja.

»Ha, dann kann Er mir vielleicht auch sagen, ob die Kaiserlichen einen Anschlag auf Herrn von Fürstenberg planen?«

»Was? Wer sagt das?«

»Wer in Diensten des Kaisers steht, der muss wissen, das dies nicht nur ein Gerücht ist!«, greife ich ihn frontal an.

»Über das, was mir im Dienst des Kaisers zu Ohren kommt, schweige ich«, weicht er aus, »die Intrigen Fürstenbergs sind allerdings ein großes Übel, auch für Kurköln. Trotzdem würde ich gerne etwas über die infamen Gerüchte über Anschläg' des Kaisers auf einen Reichsfürsten wissen.«

»Sie sind mir von verschiedenen Seiten zugetragen worden. Jedenfalls will der Prinz Neutralität für Kurköln und das ist beste Mittel zum Frieden.«

»Neutral?« Er schüttelt bedauernd den Kopf. »Fürstenbergs Neutralität heißt: Gefolgschaft mit Frankreich. Und gegen Ludwig XIV. sind inzwischen fast alle Kronen Europas! Wer Frieden für Kurköln wünscht, muss für den Kaiser sein!«

»Ja, zu der Überzeugung bin ich inzwischen auch gekommen. Aber Fürstenberg ist nun einmal Kurkölner *Resident* und ist jetzt geneigt, primär das Wohl Kurkölns zu verfolgen. Darauf sollten wir trinken!« Ich hebe meinen Bierkrug.

»Auf die Geneigtheit Fürstenbergs«, prostet er mir zu.

Wir lassen die unerfreulichen politischen Dispute, und er erzählt mir von seiner Schwester Marisa, die ich einmal sehr liebte. Sie sei im Bergischen verheiratet, habe drei Kinder und sei zufrieden. Während er spricht, suche ich in seinem Gesicht nach Ähnlichkeiten mit Marisa und finde sie auch: die großen grauen Augen, das haselnussfarbene gewellte Haar, das bei ihm derber ist als bei seiner Schwester, ja, sogar seine kantigen Züge haben etwas Seelenvolles, was ich an Marisa so liebte. Mit dem fischäugigen groben Ernst hat er so wenig gemeinsam wie ich mit meinem verschollenen Bruder Philipp. Seine gelassene Art gefällt mir, die so ganz im Gegensatz zu seiner früheren Quirligkeit steht. Er hat wohl harte Jahre hinter sich, in denen er sich eine Selbstdisziplin aneignete, die man selten findet. Da er keinen Versuch unternimmt, mich über Fürstenberg auszufragen, erwärmt sich mein Herz für ihn. Zum Abschied klopfen wir uns freundschaftlich auf die Schultern.

Felicitas, rosenwangig, schwärmt von dem Ball der Franzosen, zu dem wir gestern die Einladung erhielten. Kölner Bürger, so reich sie auch sein mögen, sind von der hochadligen Gesellschaft ausgeschlossen. Der Ball eines Herzogs ist selbst für mich als Angehöriger des niederen Adels außerhalb des Erreichbaren, sofern ich nicht wie Herr von Lisola ein Gesandter des Kaisers bin. Insofern kann ich ihre Begeisterung verstehen, bezweifle aber, dass sie am 14. *Hornung*, also in sieben Tagen, kräftig genug ist, an dem Tanzvergnügen teilzunehmen.

Wir sitzen in unserem Gemach am Fenster. Auf dem grauen Platz ist heute Markt. Mägde tragen Körbe auf dem Kopf, Männer mit Schubkarren bringen Waren. Obgleich es windet, wandern neben einfachem Volk auch gutgekleidete Bürgerinnen mit ihren Mägden an den Ständen, *Kramen*, *Gademmen* und Verkaufstischen vorbei, begutachten Töpferwaren, in Körben feilgebotene Eier, Käse oder getrocknetes Obst. Wegen der vielen Soldaten ist der Platz im ungemütlichen Februar belebter als im Sommer. Ein Missetäter, der gegen die Marktgesetze verstoßen hat, wird in den Käfig neben der Marktglocke gesperrt.

In ihre Bállträume verstrickt beachtet Felicitas das alles nicht. »Der Prinz ist in meiner Achtung hoch gestiegen«, sagt sie.

»Bisher war Fürstenberg ein ausgekochter Schelm, ein hinterfotziger Verräter, Erzlügner, ruchloser Franzosenhund und Hurenjäger. Ist er nur noch Schelm, Verräter, Lügner, Hund?«

»Nein, nein«, sie schüttelt den Kopf, »Fürstenberg ist ein großer Mann, der bald einen Frieden zuweg bringt.«

»Die Einladung eines französischen Herzogs zu einem Ball reicht schon, um meine Eheliebste zu bestechen?«

»Das ist schon eine respektable Bestechung und jeder wäre dumm, sich so nicht bestechen zu lassen. Außerdem unterstützt mein Schatz ja auch den Fürstenberg!«

»Liebste Felicitas, ich unterstütze nur eines: den Frieden. In Bonn dachte ich, wir stehen alle vor einem Exitus, das hat mich auf die Seite des Kaisers getrieben, aber ...«

»Ach, ich mag den Kaiser und den Prinzen«, fällt sie mir ins Wort. »Was ist das? Eine fürstliche Equipage!« Sie deutet auf eine sechsspännige Karosse, die auf unser Haus zuhält. Obwohl die Kölner an hochherrschaftliche Kutschen inzwischen gewöhnt sind, bleiben Leute vor dem Gespann stehen.

»Das ist Fürstenbergs Equipage«, sage ich.

»Der Prinz? Gott, und ich bin im lumpigen Hauskleid.«

»Meine Eheliebste ist auch so die Allerschönste.« Ich ziehe sie an mich, gebe ihr einen Kuss und wir gönnen uns einen herrlich amourösen Augenblick.

In der Stube erwartet mich nicht Fürstenberg, sondern Johann Niclaß, sein Kutscher. Ich solle eilends zu Seiner Exzellenz kommen, ist der Kern der Botschaft, die er mir in tausend Ehrerbietigkeitsfloskeln verpackt überbringt. Was der Reichsfürst so pressant von mir will, kann er mir nicht einmal andeutungsweise sagen. Draußen hat sich markttagsbedingt die Anzahl der Gaffer um das pompöse Gefährt mit den sechs Rossen auf die Menge einer kleinstädtischen Fronleichnamsprozession erhöht. Rasch steige ich ein. Innen ist alles luxuriös mit Stoff ausgeschlagen, die Sitze sind weich und Fensterscheiben schützen vor der Nässe.

Wir fahren zum Neumarkt und halten vor dem Haus Zum Juden. Die Gräfin von der Mark und Fürstenberg empfangen mich freundlich. Sie zieht sich zurück und so sitzen der Erste Minister und ich uns an einem langen Esstisch bei einem Glas Wein gegenüber. Wortreich bedankt er sich für mein Kommen. Entgegen seiner Gewohnheit sei er heute zuerst zum Kurfürsten gefahren, wäre aber nicht vorgelassen worden. Dabei habe er höchstwichtige Nachrichten.

»Heut ist ein besonderer Tag«, sagt er, »in der Früh kam ein Kurier aus Paris. Meine Pläne sind dort wohlwollend aufgenommen worden. Der König hat meinen Boten in Versailles empfangen. Man erwägt, uns in die Neutralität zu entlassen, damit wir uns mit dem Kaiser aussöhnen können. Ich benötige die Zustimmung des Kurfürsten und die Unterzeichnung einiger Schriftstücke, aber schon gestern hat er mich wegen Unwohlseins abgewiesen und heute ebenfalls. Deshalb wäre ich dem wohlgeborenen Herrn sehr dankbar, wenn Er versuchte, zu Seiner Durchlaucht vorzudringen, mir den Weg ebnete, ihm vielleicht auch schon die Pläne schmackhaft machte.«

»Mit Verlaub, Eure Exzellenz, seit vielen Wochen fahre ich nun hinaus nach Sankt Pantaleon, um einen schwermütigen Mann in all seinem Reichtum zu erheitern. Einmal habe ich ihn auch wunschgemäß im Sinne Seiner Exzellenz beeinflusst.«

»Ja, das war sehr dienlich. Bravo! Und ein zweites Mal dürft's doch keine allzu große Beschwer sein.«

»Ein zweites Mal wird es nicht geben.«

»Gütiger Gott, warum nicht?« Erstaunt sieht er mich an.

»Ich habe kein Recht, mich in hohe Regierungssachen einzumengen. Ich bin ein einfacher Landedelmann …«

»Ach, ich verstehe«, fällt er mir ins Wort, »der Herr wünscht ein Amt? Ich dacht' bisher, Er strebt das nicht an. Aber Bescheidenheit macht auf Dauer auch nicht glücklich. Nun, möchte Er Kammerherr sein oder vielleicht Amtmann, was einiges einbringt. Eine Hofratsstelle könnt ich auf längere Sicht auch ermöglichen. Er kann hoch steigen, wenn Er will, auch in Frankreich und alles wird in klingender Münz gut gelohnt. Ganz gewiss, ich halte meine Hand über meine Freunde. Und ebenso gewiss ist, auch ich bleibe nicht nur Kurkölner Minister, meine Ambitionen gehen weiter.«

»Zum Kurfürsten?«, frage ich.

Ein impulsives Lächeln, das die Frage bejaht, unterdrückt er sofort. »Nein, das wäre wohl vermessen. Aber es wird weiter nach oben gehen. Der Herr sollte sein Schicksal mit dem meinen verbinden. Würden, ehrenvolle Ämter, vieles, worum sich andere jahrelang balgen, kann Er mühelos über mich erhalten.« Schneegaß' Worte über das Satt-sein fallen mir ein. Es wird wohl lange dauern, bis der Minister einmal das Gefühl des Sattseins hat. Das mag noch einigen das Leben kosten. Da ich schweige, wird er unsicher. »Nun, ein Amt und Geld, das ist's doch, was Er wünscht?«

»Das wünscht sich wohl jeder. Ich frage mich nur, mit Verlaub, wie Seine Exzellenz das bewerkstelligen will? Kurköln ist vom

Kaiser besetzt, der Kurfürst hat sich in ein Kloster verkrochen. Wo ist noch die Macht, um irgendetwas zu fordern?«

»Der vom Domkapitel gewählte Kurfürst hat weiterhin die Herrschaft. Dieser von Gott verliehenen Macht muss auch der Kaiser Respekt zollen. Und Frankreich ist keineswegs besiegt. Gott, ich will doch nur den Frieden voranbringen, daher muss ich den Kurfürsten sehen. Muss denn alles so schwer sein?« Gequält schließt er die Augen.

»Gut, für einen guten Frieden werde ich tun, was ich kann«, verspreche ich.

Lange muss ich warten, bis Maximilian Heinrich mich zu sehen wünscht. Er sieht krank aus und will mir nur eine kurze Audienz gewähren. Das stimmt mich eher fröhlich, als dass es mich bekümmert. Während unseres Diskurses über römische Münzen und die frühen Christen wird er lebhaft. Nach einer Stunde erwähne ich Fürstenberg. Unwillig winkt er ab. Nein, über Staatsaffären wolle er nicht sprechen. Fürstenberg habe alle Vollmachten und solle ihn nicht dauernd mit seinen Angelegenheiten plagen. Vor allem müsse sich sein Minister mit Lisola einigen, der ebenfalls permanent um Audienzen bei ihm nachsuche. Obwohl er vorgibt, Fürstenberg würde ihn mit Kleinigkeiten behelligen und in einen persönlichen Zwist mit dem kaiserlichen Gesandten hineinziehen, spüre ich seine Verzweiflung, die Angst, eine falsche Entscheidung zu treffen. Die Katastrophe, die in Bonn ihren Anfang nahm, hat ihm jedes Zutrauen genommen. Immerhin erreiche ich, dass er Fürstenberg am nächsten Tag empfangen will. Viel von meiner schönen Lebenszeit habe ich mit öden Dingen vergeudet – nutzbringend hoffentlich für einen Frieden für Kurköln.

Felicitas' Freundinnen sind da und bewundern unseren fast einmonatigen Sohn. Meine Gemahlin hat sich in Eilschritten erholt. In ihrem blassblauen Kleid sieht sie hübsch aus. Der morgige Ball bei dem Herzog d'Ailly und die damit verbundenen Kleiderfragen interessieren bald mehr als das Kind.

Ich verlasse die Gesellschaft. Es ist mir zur Angewohnheit geworden, mir vor dem Mittagsmahl eine Stunde die Beine zu vertreten, um mich nicht wie ein Löwe im Käfig zu fühlen. Mein Ziel ist stets der Rheinhafen mit dem Blick auf Deutz, dort wandere ich an der Stadtmauer entlang, wo man keine Angst haben muss, jeden Moment in die Hinterlassenschaften von Schweinen, Ziegen oder Hunden zu treten oder dass ein Nachttopf über einem ausgeleert wird.

Auf dem Weg zum Hafen treffe ich auf Florentin von Kolff. Wir sind uns hier schon öfter begegnet. Immer wenn er vom Hafen kam, ging ich dahin. Die letzten beiden Male lud er mich zu einem Trunk ein, was ich ablehnte, weil ich mich mehr nach frischer Luft sehnte als nach einer verräucherten Schänke.

»Lieber Freiherr Sechem«, sagt er, »bitte macht mir heut die Freud, einen Krug Bier mit mir zu leeren. Wenn Ihr bei dem trüben Wetter wieder dem Rhein den Vorzug gebt, muss ich wahrhaftig glauben, Ihr wollt mich wie meinen Bruder meiden.«

Er sieht mich treuherzig an. Das erinnert mich an Marisa – die grauen Augen und diese kindlich-herzliche Art! Wir könnten die schönen Seiten früherer Jahre aufleben lassen, so gehe ich mit ihm. Wir trinken in einem lauten Wirtshaus zwei Genever und lassen das miserable Bier stehen. Florentin lädt mich zu einem Moselwein in sein Haus ein. So eilig habe ich es zwar nicht, Freundschaft zu schließen, aber die Lust auf einen Spaziergang ist mir inzwischen vergangen und am Alten Markt erwartet mich eine Schar Weiber, die ich in ihren Disputen über die neueste Pariser Mode nicht stören will.

Das zweistöckige Haus Florentins liegt am Rande der Stadt und hat schon bessere Tage gesehen. Die Fassade bröckelt. Zwei marode Fensterläden sind geschlossen, ein anderer hängt schief und im geschwungenen Stufengiebel fehlt ein Stein. Das altmodische Schild mit der Hausbezeichnung »Zum Kuckuck« ist rostig. Innen im Flur ist der Steinboden ausgetreten. Es riecht muffig, als hätte das Gebäude lange leer gestanden.

»Ich konnte es für billiges Geld erwerben und will es wieder instand setzen, mehr à la mode machen«, erklärt Florentin, während er die Haustür abschließt.

»Es ist repräsentativ, hat aber etwas Unheimliches«, sage ich und sehe im spärlichen Licht die kahlen Wände hoch, von denen die Farbe blättert und deren Ecken Spinnweben zieren.

»Den desolaten Zustand bitt ich zu entschuldigen. Erst seit wenigen Tagen logier ich hier«, sagt er fröhlich und führt mich im Erdgeschoss in ein Gemach. »Die Stube oben ist noch liederlich, deshalb muss der Herr mit meinem Kabinett vorliebnehmen.«

Bevor ich in das Zimmer trete, höre ich Gemurmel.

»Sind hier noch andere Leut?«, frage ich.

»Ei, nein!«

»Aber eben habe ich doch Stimmen gehört?«

»Oben ist ein Fenster entzwei und da schallen oft Gespräche von der Straß herein. Einen Moment! Ich hol den Wein.«

Er schließt die Zimmertür, geht aber nicht in den Keller, sondern die Treppe hinauf, was ich am Knarren höre. Aus dem Fenster hat man einen Blick in den verwilderten Garten. Dahinter liegen die Kölner Weingärten. In der Feuerstelle ist kalte Asche. Eine Ansicht von Bonn hängt an der Wand, auf der das Wahrzeichen der Stadt, die Windmühle auf der Bastion, noch zu sehen ist, die es seit der Belagerung nicht mehr gibt. Mehr Wohnlichkeit, außer dem Schreibtisch und zwei Armstühlen, gibt es hier nicht. Es ist unangenehm frostig.

Seltsam, dass Florentin nicht einmal eine Magd hat. Hier stimmt etwas nicht. Besser, ich verlasse das Haus. Die Haustüre ist verschlossen. Aus dem Fenster im Kabinett zu steigen, erscheint mir nicht ratsam. Das Dornengestrüpp im Garten zerreißt mir die Kleider. Verflucht, dann zum Küchenfenster hinaus. In der Küche ist es stockdunkel, weil die Läden geschlossen sind. Ich versuche sie zu öffnen, aber etwas blockiert sie.

Was soll das alles? Ich muss doch wahrhaftig nicht wie ein Dieb das Haus zum Fenster hinaus verlassen! Florentin soll mir die Tür aufschließen. Entschlossen steige ich die Treppe hinauf. Oben höre ich wieder Stimmen. Sie kommen nicht von draußen, sondern aus der Stube. Ich ziehe den Degen und will mich zurückziehen, da öffnet Florentin die Türe. Als er meinen bloßen Degen sieht, springt er ins Zimmer zurück.

»Florentin, ich hab nun lang genug gewartet!«, sage ich ärgerlich, trete in die Stube und blicke mich nach seinem Gesprächspartner um. An einem langen Tisch sitzen wie die Apostel zwölf Männer. Flinten und Spieße stehen in einer Ecke. Die Herren springen auf, greifen zum Degen. Bis auf einen kenne ich sie nicht. Der eine aber ist der Marquis Obizzi.

»Teufel, das ist ein seltsames Konsilium!«, sage ich.

»Willkommen, Herr von Merhoffen«, begrüßt mich Obizzi, »ja, wir waren uns noch nicht ganz einig, ob wir den Herrn einweihen sollten. Jetzt hat Er uns die Entscheidung abgenommen. Bitte, Monsieur, nehmet Platz!«

»Das muss ich ablehnen. Die Leut hier gefallen mir nicht!«

Ich knalle die Tür zu und laufe die Treppe hinunter, in meiner Verwirrung nicht ins Kabinett, sondern zur Haustür. Verflucht, sie ist ja abgeschlossen! Zurück kann ich nicht, weil mir die Männer bereits den Weg versperren. Mit dem Degen halte ich sie mir vom Leibe. In der Enge des Flurs kann mich immer nur einer angreifen. Ich rufe um Hilfe und hämmere mit einem Fuß gegen die Tür. Einer richtet seine Pistole auf mich.

Jemand schreit: »Nicht schießen!«

»Zum Henker, wie kriegen wir ihn raus?«, brüllt ein anderer.

»Damit!« Obizzi hält zwei Spieße hoch.

Gegen die Spieße ist mein Degen machtlos. Die Spitzen drücken sich in meinen Rock, da gebe ich auf.

Obizzi fordert mich auf, nach oben zu gehen. Die Stube wärmt ein Kachelofen, in der außer dem Tisch und den Stühlen nur ein Himmelbett steht. Ansonsten sieht es eher nach einem Heerlager aus – Strohsäcke zum Schlafen und ein imponierendes Waffenarsenal. Wir setzen uns an den Tisch.

»Warum nahm der Herr Reißaus?«, fragt mich Obizzi, der wohl der Anführer dieser gutgekleideten Räuberrotte ist.

»Wegen der vielen Waffen! In einer Kongressstadt dürfen keine militärischen Feuerwaffen lagern«, erwidere ich.

»Ach, sind hier Musketen?«, scherzt Obizzi. »Nein, lauter Steinschlossgewehre und Radschlossbüchsen – nur zur Jagd.«

»Pistolen sind mehr für die Jagd auf Menschen als auf Tiere.«

»Topp«, stimmt er zu, »gut, ich gebe zu, diese Puffer hier sind für die Jagd auf einen Menschen.«

»Auf die Pestbeule des Reiches, Wilhelm von Fürstenberg?«

»Akkurat! Und der Herr hat gleich das richtige Attribut für diesen Erzverräter gewählt.«

»Aber wozu braucht man für einen Mann der Feder, der noch dazu Geistlicher ist, gleich eine halbe Korporalschaft?«

»Nun, der Hase hat Wind von einem angeblichen Anschlag bekommen und fährt nur noch mit großer Bedeckung aus.«

»Gewehre habe ich bei dem Prinzen noch nie gesehen.«

»Lassen wir das Wortscharmützel! Wir wollen den Herrn in aller Heimlichkeit in Haftung nehmen. Ja, Monsieur, darum geht's! Aber der Prinz ist höchst vorsichtig. Der Einzige, mit dem er alleine – ohne Diener – Umgang pflegte, war der wohlgeborene Herr von Merhoffen. Gestern war der Prinz sogar im Haus des Herrn Schwiegervaters am Alten Markt, sagt man. Sehr ungewöhnlich für jemanden, der ansonsten ausschließlich die Quartiere von Herrschaften gleichen Standes aufsucht.«

»Ich verstehe! Ich soll also der Lockvogel sein, der den Prinzen dazu verleitet, allein in einen Wald zu reiten.«

»Ja, zumindest könnte der Herr uns sagen, ob Er mit dem Prinzen irgendwo lustwandelt, wo wir ihn arretieren können.«

»Arretieren? Also keinen Mord?«

»Mord? Um Himmels willen, nein! Wir nehmen ihn in Haftung und bringen ihn nach Wien, wo er abgeurteilt wird.«

»Aber hier in der Kongressstadt darf niemand von kaiserlichen Soldaten angetastet werden, schon gar nicht ein Kurkölner *Resident*.

Welchen Verrat wirft man Fürstenberg vor?«

»Prinz Wilhelm wird nie dartun können, ein Gesandter zu sein, und das Faktum des Verrats kann Seine Kaiserliche Majestät genugsam begründen. Mein Befehl ist, den Prinzen auf unspektakuläre Weis' nach Bonn zu bringen. Nun, will der Herr uns helfen?«

»Unspektakulär? Marquis Obizzi, eine Gefangennahme Fürstenbergs wird Ludwig XIV. als Affront nehmen und der Kölner Kongress ist beendet. Gerade jetzt ist Fürstenberg auf gutem Weg in Paris für Kurköln Neutralität zu erwirken …«

»Ha, Neutralität? Wie perfide!«, fällt er mir ins Wort. »Der Kaiser zieht seine Truppen unter Achtung der Neutralität ab und Prinz Wilhelm sorgt dafür, dass die Franzosen zur Hintertür bequem ohne einen Kanonenschuss hier wieder hineinschlüpfen oder glaubt der Herr ernsthaft, dass Fürstenberg zum Wohle Kurkölns Ludwig XIV. fallen lässt?«

Nein, das halte ich nach dem letzten Gespräch mit dem Ersten Minister für unwahrscheinlich. Seinen Ehrgeiz und seine Verbundenheit mit dem französischen König hatte er zu klar herausgestellt. Letztlich müssen sich aber Kaiser Leopold und Ludwig XIV. in Köln einigen. Ein Rechtsbruch kann jedenfalls kein Auftakt zum friedlichen Miteinander sein.

»Nun?«, fragt Obizzi.

»Was die Person Fürstenberg angeht, stimme ich zu. Aber seine Verhaftung ist ein böses Mittel zu einem guten Zweck! Ganz gewiss beendet dies aber alle Bestrebungen zu einem Kölner Frieden. Das Resultat ist ein längerer Krieg!«

»Eine andere Sprach verstehen die Franzosen nicht! Erst seit der Niederlage in Kurköln sind sie geneigt, Zugeständnisse zu machen. Also, hilft uns der wohlgeborene Herr nun?«

»Ja, Frankreich macht jetzt Zugeständnisse. Deshalb muss der Kongress weitergehen. Die kaiserlichen Diplomaten sollen den Fuchs Fürstenberg an die Kette legen, nicht Soldaten.«

»Gut, aber die Verhaftung ist befohlen. Wenn der Herr nicht den Prinzen zu einem Gespräch in einen Garten lockt – bei der

Gräfin von der Mark oder morgen auf dem Ball der Franzosen – müssen wir ihn auf der Straße inmitten seiner bewaffneten Diener gefangen nehmen, was blutig ablaufen wird.«

»Bedauere, für Actiones, die ich für falsch halte, kann ich das Vertrauen des Prinzen nicht so missbrauchen.«

»Ha, das Vertrauen Fürstenbergs ist also mehr wert als Menschenleben? Wahrhaft christlich gedacht!«, fährt er mich an.

»Das ist Eure Entscheidung, Marquis.«

»Meine? Ich handle nur auf Befehl! Und habe lediglich die Wahl zwischen einem sanften Mittel oder einem blutigen.«

»Dann hat Herr di Grana das auf dem Gewissen.«

»Pardon, macht Er sich das nicht sehr leicht?«, provoziert er.

»Nein, die Entscheidung schmerzt mich! Mit dieser Verzweiflungstat nimmt nicht nur das Ansehen des Kaisers Schaden, sondern auch das Vertrauen in das Recht zwischen den Nationen. Wer als Herrscher das Recht missachtet, ist ein Tyrann!«

»Nein! Alles ist rechtens. Fürstenberg ist als Reichsfürst dem Kaiser untertan und für jahrelangen Verrat muss er sich verantworten. Dazu muss er aber erst einmal arretiert werden.«

»Das wird die Welt anders sehen und dafür rühre ich keinen Finger!«

»Ein Jammer! Wenn dies das letzte Wort ist, muss sich der Herr als Gefangener betrachten.«

»Mein letztes Wort!«

»*Bene*, Freiherr Kolff wird heute der Gastgeber sein.«

»Ich bitte, meiner Gattin schreiben zu dürfen, um ihr Sorgen zu ersparen, wenn ich tagelang nicht nach Hause komme.«

»Gut! Der Herr ist hoffentlich einverstanden, wenn ich diese Correspondencia lese?«

»Dagegen werde ich nichts tun können!«

»So ist's!« Er gibt Florentin einen Wink.

Auf dem Tisch liegen Papiere. Ein Kupferstich, der die Straßen Kölns darstellt, ist mir schon während des Gesprächs aufgefallen, weil vom Neumarkt ausgehend mit Tinte eine Linie bis Sankt

Pantaleon gezogen ist. Ein handschriftlich eingetragenes und umringeltes Wort kann ich nicht lesen. Im Hinausgehen blicke ich noch einmal auf den Plan. »Königstorffer Hof« steht da. Dort soll der Angriff wohl stattfinden. Wir steigen in die Giebelkammer hoch. Bis auf zwei Strohsäcke zum Schlafen und einem altem *Leibstuhl* ist sie leer. Bevor mich Florentin einschließt, nimmt er mir das Versprechen ab, nicht um Hilfe zu rufen, sonst müsse er mich in den Keller sperren. Hilferufe nützen auch wenig. Das Fenster geht zu den Weingärten, in die sich zu dieser Jahreszeit kaum ein Mensch verirrt. Kahle Reben, wohin mein Auge blickt. Ein Apfelbaum, der in dem verwahrlosten Garten steht, hat noch einige welke Blätter. Schwer hängen sie an dürren Ästen, nichts bewegt sie. Stillstand, als hielte eine Hand die Zeit an. Müde bin ich – nachtmüde, obwohl die Glocken Mittag läuten. Ich lasse mich auf einen Strohsack fallen. Ein altes Flugblatt, das mit einem riesigen Nagel an die Wand geheftet ist, ist der einzige Schmuck in der Kammer. »Der Kriegsgott Mars ist nun im Ars«, lautet die Überschrift eines vielzeiligen Gedichts. Ein Wortspiel mit dem deutschen Arsch und dem lateinischen Ars, das Kunst bedeutet. Die bekannten Verse feiern den Sieg des Friedens über den Krieg. Mit der Entführung Fürstenbergs triumphiert der Krieg. Krieg ruiniert die Bauernhöfe, verwüstet mein Heim, bringt Tod und die Lebenden in Armut.

Florentin kommt mit Schreibzeug. Im Auftrag von Maximilian Heinrich sei ich eilends nach Bonn gefahren, schreibe ich Felicitas. Wenig glaubhaft, doch Obizzi wünscht dies so, damit ich keine Botschaften nach draußen schmuggle. Felicitas wird vor Wut kochen, weil ich ihr den so lange ersehnten Ball verderbe. Als ich Florentin das Schreiben übergebe, wechseln wir in dieser Kammer zum ersten Mal Blicke.

»Ich weiß, Ihr wünscht mir Galgen und Rad an den Hals«, sagt er. »Meine einzige Entschuldigung dafür, Euch hierher gelockt zu haben, ist mein aufrichtiger Wunsch, Kurköln von dem unseligen Franzosenbündnis zu befreien. Ich war fest der Meinung, Ihr seid inzwischen der gleichen Ansicht.«

»So ist es, aber der Zweck heiligt nicht die Mittel.«

»Es wär mir eine Freud gewesen, wenn wir einmal beide auf der gleichen Seite gestanden hätten.«

»Ehrlichkeit hätte mich überzeugt, doch diese Tugend kennt ein Kolff nicht.«

»Das Urteil muss ich wohl annehmen!«, sagt er bedrückt. Er schließt mich wieder ein. Draußen ziehen graue Wolken. Der Tag dümpelt dem Ende entgegen. Obwohl ich müde bin, liege ich wach. Die Schläge der Turmuhren bringen mir meine Schlaflosigkeit in den zähen Nachtstunden in quälender Regelmäßigkeit zu Bewusstsein. Um Mitternacht knarzt die Treppe. Die Tür wird geöffnet.

Obizzi! Ich erhebe mich. Er deutet eine Verbeugung an, stellt sich ans Fenster und legt die Hand auf das Fensterbrett. In ähnlicher Haltung stand Grana in Plittersdorf am Kamin.

»Herr di Grana sagte, Ihr seid ein honetter Mann«, eröffnet er das Gespräch.

»Schwere Zeiten, ein aufrechter Mann zu sein.«

»Mag sein! Eure Worte gehen mir nicht aus dem Kopf: ein böses Mittel für ein gutes Ziel. Aber manchmal muss man Böses mit Bösem bekämpfen. Fürstenberg, als Reichsfürst Seiner Kaiserlichen Majestät zur Treue verpflichtet, verhandelt für einen deutschen Kurfürsten und wird vom Feind bezahlt. Ein Jahr sind wir durch Dreck und Regen marschiert, um endlich siegreich zu sein. Der Sieg in Kurköln kostete viel Geld und Blut, das Fürstenberg auf dem Gewissen hat, und er wird noch mehr Blut fordern. Daher muss er zur Strecke gebracht werden. So will's Seine Kaiserliche Majestät und ich tu's.«

»Den Franzosen ging es kaum besser!«

»Aber sie sind unterlegen, *al primo colpo*!«, fährt er mich in altgewohnter Manier an, »was wollen die Franzosen im Reich? Haben sie nicht Land genug?«

»Gewiss, auch ich wünsche nichts mehr als ihren Abzug.«

»Ja, aber dann helft, den Hochverräter zu verhaften, damit der Kurfürst den Kaiser unterstützt und nicht Frankreich!«

»Ich sagte schon, der Kongress muss Fürstenberg und die Franzosen an die Leine nehmen. Darauf baue ich.«

»Ludwig XIV. und seine Gehilfen gleichen Schlags wollen keinen Frieden, die bändigt niemand mit Worten!«

»Mit Worten hat Gott die Welt erschaffen!«

»Auf der Erde herrschen nun einmal andere Gesetze! Despoten bezwingt niemand mit Worten.«

»Sollten wir nicht versuchen, mit himmlischen Gesetzen zu einem Friedenstraktat zu kommen? Voraussetzung hierfür ist, dass in einer Kongressstadt Gesandte vor jeder Gewalt geschützt sind. Wer selbst dieses simple Gesetz missachtet, zerstört diesen schönen Weg zur friedlichen und schnellen Beilegung von Kriegen.«

»Gott, so begreift doch, darüber kann ich nicht befinden! Ich bin Soldat, hab einen Befehl, muss gehorchen und versuche einen unblutigen Weg zu gehen!« Er sieht mich flehend an. »Ich weiß nicht, was der morgige Tag bringt, aber wenn sich Fürstenbergs Diener wehren, sollen wir ihnen nur unter die Füß schießen.« Ich schweige – wieder ein bittender Blick: »Es ist nur der Wunsch, Leib und Leben vieler zu schonen … die Sorg um die Leut … Gott, so helft doch! Ich bitte darum.«

»Es bleibt Gewalt, die den Krieg verlängert – eine militärische Attacke, die ich gerne verhindern würde, ihr aber keinesfalls dienen will.«

»So unnachgiebig, also? *Bene*! Bona notte – gut Nacht!« An der Tür dreht er sich noch einmal um. »Betet für meine Männer – und für mich. Adio!«

Es war sein letzter Versuch, mich umzustimmen. Seine Heißblütigkeit zurückhaltend zeigte mir der überhebliche Offizier sogar seine Angst. Mein Herz würde ihm gerne helfen, doch muss ich den glattzüngigen Minister unterstützen, wenn der Kongress weitergehen soll. Für morgen ist also die Entführung geplant. Bleibt der Minister zu Hause, läuft der Anschlag ins Leere, alle sind gerettet – auch der Kölner Frieden.

Im Morgengrauen stehe ich am Fenster und überlege, ob ein Sprung in den Garten ohne Knochenbruch abgehen kann. Nein, mehrere Knochenbrüche müsste ich im günstigen Fall in Kauf nehmen. Die Prognose schließt diesen Fluchtweg aus. Die einzige Möglichkeit ist, Florentin zu überwältigen. Aber nicht Florentin, sondern ein kräftiger Bursche bringt mir das Frühstück: Kommissbrot, Schmalz, kalten Braten und einen Krug Bier. So hoffe ich auf eine spätere Gelegenheit. Doch das Geschirr holt nun ein Herr Hauwitz.

»Morgen ist der Herr gewiss bei der Frau Gemahlin, dann ist der Tanz vorbei«, tröstet er mich freundlich.

»Hoffentlich! Mit Verlaub, die Hand des Herrn ist übel zerhauen«, ich deute auf seine linke Hand, an der mehrere Narben sichtbar sind, die sich zum Handgelenk hinaufziehen.

»Ha, die breite Narbe, ist ein Dolchstich von der Raab. Zehn Jahr' ist's her, da haben wir den Türken bei Mogersdorf am Sankt Gotthard das Laufen gelehrt. Ich war Kürassier beim Sporck. Ohne zu schießen sind wir auf die Türken zugeritten. Mittendrin haben wir mit dem *Pallasch* zugehauen.«

»Ein Held bedient mich, das wird wohl in meinem Leben einzigartig bleiben«, sage ich, denn das Regiment Sporck hatte die Wende zum Sieg des Kaisers in der letzten Schlacht gegen die Türken gebracht.

»Für mich wird's wohl auch einmalig sein, aber hier sind nur Offiziere und alle waren beschäftigt. Verzeihung, aber ich muss den Herrn jetzt fesseln.« Er hält mir zwei Stricke vor die Nase.

Das sind schlechte Nachrichten. Einen Türkenhaudrauf anzufallen, lasse ich besser und verlege mich aufs Verhandeln. Mein Bierkrug ist noch halbvoll. »Vielleicht gönnt mir der Kriegsheld noch einige Schlucke?«, bitte ich.

»*Bien*, Monsieur. Ein paar Minuten, dann tue ich, was getan werden muss.«

Bis Mittag rumoren die Soldaten, dann wird es still. Lange lausche ich an der Tür. Nichts regt sich. Hauwitz hat mich vergessen.

Ich klopfe, erst leise, dann laut, schließlich schlage ich gegen die Eichentür und rufe. Keine Schritte, kein Knarren der Treppe. Ich reiße das Fenster auf, rufe bis zur Heiserkeit um Hilfe. Als ich schon aufgeben will, sehe ich in dem Weingarten gegenüber einen Mann. Alle Kraft zusammennehmend schreie ich nochmals um Hilfe und winke. Der Kerl gafft, winkt zaghaft und geht gemütlich weiter. Entmutigt schließe ich das Fenster. Es schlägt zwei Uhr, halb drei. Zwischen drei und vier Uhr verlässt Fürstenberg seine Geliebte. Fußtritte gegen die Tür ermatten mich, dem Holz macht es nichts. Ich sehe mich um. Ein *Leibstuhl*, ein Bierkrug, Strohsäcke und der Nagel mit dem Flugblatt an der Wand, mehr Hilfsmittel gibt es nicht. Auf dem Boden sitzend starre ich das Bild an: Der Kriegsgott Mars ist nun im Arsch. Ha, der ist nicht tot, der siegt! Bald ist der Friedenskongress da, wo Mars sein sollte. Mit dem Nagel könnte ich vielleicht etwas anfangen. Er lässt sich leicht herausziehen. Und nun? Ich untersuche die Tür. Hauwitz hat den Schlüssel nicht abgezogen. Wenn ich das Flugblatt zum Teil unter der Tür durchschiebe und den Schlüssel mit dem Nagel so aus dem Schlüsselloch stoße, dass er auf das Papier fällt, kann ich ihn unter der Tür durchziehen. Ich lege das Flugblatt in Position. Es kostet Zeit, mit dem Nagel den Schlüssel in die richtige Position zu drehen. Endlich rutscht er nach hinten. Ich schaue nach dem Papier. Verflucht! Es ist fast ganz unter der Tür verschwunden. Ein Eckchen blitzt noch hervor. Vorsichtig schiebe ich es mit dem Nagel zur Seite, so dass ich es vorziehen kann. Dabei stoße ich gegen die Tür. Der Schlüssel klappert zu Boden. Das halbe Blatt ist jedoch auf meiner Seite. Mit Glück liegt der Schlüssel trotzdem auf der anderen Hälfte. Ich sende ein Stoßgebet zum Himmel. Langsam ziehe ich das Blatt zu mir. Mein Herz klopft bis zum Hals. Der Schlüsselbart erscheint, das Griffstück ist aber dicker und passt nicht durch den Schlitz. Ich fasse den Bart des Schlüssels und finde eine Stelle, durch die der Rest gleiten kann. Gott sei Dank! Aufatmend lehne ich den Kopf gegen das Eichenholz, bevor ich die Tür öffne. In der Stube liegen mein Degen und das

Bandalier. Durch das Fenster im Kabinett fliehe ich, diesmal ohne mich um Risse in der Kleidung zu sorgen.

Das Zeitgefühl habe ich verloren. Ich weiß nur, es ist spät, wahrscheinlich zu spät. Einerlei! Ich muss versuchen, Fürstenberg aufzuhalten. Ich renne durch Nieselregen. Keine Schüsse und keine beunruhigten oder aufgeregt tuschelnden Leute in den Straßen. Ich kann es noch schaffen! In der nächsten Gasse liegt der Königstorffer Hof. Gemächlich, in unauffälliger Manier gehe ich an der engen Gasse vorbei, wo die Kaiserlichen lauern. Dort lehnen zwei Männer müßig an einer langen Mauer. Das sind bestimmt Obizzis Leute. Ich kann die Entführung also noch verhindern! Kaum habe ich die nächste Ecke erreicht, höre ich Pferdegetrappel – viele Gäule. Fürstenbergs Equipage! Die beiden Männer, die an der Mauer lehnten, und zwei weitere laufen den Pferden entgegen, die im schnellen Trab auf sie zukommen. Kurz bevor sie unter die Hufe der Tiere geraten, springen sie beiseite und fassen in die Zäume der ersten Zugtiere. Ein Stück werden sie von den scheuenden Rossen mitgerissen, dann bringen sie das Gespann zum Halten. Zwei Herren laufen zu der Kutsche und bleiben an deren Schlag stehen. Einer von ihnen ist Hauwitz. Er ruft so laut, dass ich es sogar höre: »Reichsfürst von Fürstenberg, Ihr seid kaiserlicher Gefangener!« Weitere Männer stürmen herbei, umzingeln die Kutsche und die Reiter Fürstenbergs. Ein Kaiserlicher holt den Kutscher Niclaß vom Bock. Hauwitz reißt die Wagentür auf und brüllt noch einmal: »Reichsfürst Fürstenberg, Er ist kaiserlicher Gefangener!«

Die Karosse bewegt sich. Sie geben auf! Fürstenbergs Sekretär Jean Breget steigt aus. Er hebt den Arm. In der Hand hält er eine Pistole. Er zielt auf Hauwitz und feuert ihm in die Brust. Der taumelt zurück. Ein weiterer Schuss aus der Kutsche und Hauwitz fällt. Das Signal zum Kampf! Die Kaiserlichen schießen Fürstenbergs Begleitern unter die Füße, um sie zu vertreiben. Diese wiederum schießen scharf auf die Angreifer, treffen aber schlecht. Zwei weitere Männer mit Pistolen springen aus der Karosse und feuern. Ein Schuss trifft Obizzi, der zusammenzuckt. Dennoch greift er mit dem Degen Breget an und kommt sogar zum Stich, doch springt er nicht schnell genug zurück, so schafft es Breget noch, ihm seine Klinge in den Leib zu stoßen. Beide sinken fast gleichzeitig zu Boden und liegen nebeneinander im Gassendreck. Der Kutscher Niclaß flüchtet. Ich laufe auf ihn zu, packe ihn am Arm und ziehe ihn in einen Hauseingang gegenüber der Kutsche. Ein paar Schritte weiter ist der Kampf in vollem Gange: Schreien, Wiehern der Pferde und Degengeklirr. Schüsse höre ich nicht mehr. In der Karosse bewegt sich etwas. Licht fällt hinein und ich sehe einen Kopf. Jemand versucht, auf der anderen Seite aus dem Wagen zu steigen, was nicht möglich ist, weil die Kutsche eng an der Mauer steht und die Tür sich nur spaltbreit öffnen lässt. Es ist Fürstenberg. Keiner ist bei der Equipage. Den zitternden Niclaß mit mir ziehend renne ich zur Karosse.

»Geschwind auf den Bock!«, raune ich dem Kutscher zu.

Flugs ist er oben, ergreift die Zügel, die Pferde ziehen an. Das Gespann rasselt davon. Der Kampf bricht ab. Kommandos werden gebrüllt. Reiter galoppieren an mir vorbei. Auf einmal ist die Gasse still, nur Kampfunfähige bleiben zurück. Zwei Schritte von mir entfernt liegt ein Mann mit einer Schusswunde am Kopf auf dem Boden. Fürstenbergs Stallmeister Champillon sitzt blutend an der Mauer gegenüber. Sein Sekretär Breget ist schwerverletzt und stöhnt. Wie tot liegt Obizzi neben ihm. Ich lege die Hand auf seine Brust und spreche ihn an. Er bewegt sich, schlägt die Augen auf und flüstert etwas auf Italienisch. Vergeblich versucht er aufzustehen. Meine Versuche, ihn zu beruhigen, scheitern. Hauwitz richtet sich auf. Seine Brust ist voller Blut. Er kriecht zu seinem Vorgesetzten und bemüht sich ihm aufzuhelfen. Gemeinsam bringen wir Obizzi auf die Beine. Hauwitz führt ihn zum nächsten Haus, dem Kloster Sankt Reinhold. Dort klopft er an. Ein junger Mönch öffnet. Obizzi macht einen Schritt, dann stürzt er zu Boden. Hauwitz hält sich am Türrahmen fest. Der Mönch streckt ihm einladend die Hand entgegen, doch der Verletzte schüttelt den Kopf. Er wankt, sich an der Mauer abstützend, weiter und stolpert ins nächste Haus. Ich folge ihm. Eine Frau schreit. Mitten in der Stube bricht der Leutnant zusammen. Ich knie neben ihm nieder, nehme seine Hand. Ein Blick in meine Augen ist ihm noch möglich, dann entflieht seine Seele. Im Gebet halte ich seine Hand. Sanft schließe ich ihm die Lider.

»Erst Schießen, dann wurd' die Tür aufgerissen und der Mann fiel mir vor die Füß«, jammert eine Frau.

In meinem blutfleckigen Rock laufe ich im Haus meines Schwiegervaters Felicitas und meinem Sohn in die Arme.

»Ist wieder Krieg?«, fragt Alexander, während mich meine Eheliebste wie einen der Hölle entstiegenen Teufel anstarrt.

»Nein, die Kaiserlichen wollten eben Fürstenberg entführen.«

Dieser Satz muss ihnen noch verrückter vorkommen als ein neuer Krieg oder mein verwahrlostes Erscheinen. Hinter verschlossenen Türen erzähle ich meine Erlebnisse. Der Name Florentins bleibt unerwähnt. Keinem der Kaiserlichen will ich schaden. Auch wenn mir alle Stillschweigen geloben und ich ihnen vertraue, so bleibt ein Geheimnis nur wirklich geheim, wenn man es für sich behält. Felicitas gibt reumütig zu, tatsächlich geglaubt zu haben, ich sei nach Bonn geritten. Ihre Wut über meine Rücksichtslosigkeit, ihr den Ball zu verderben, um für den närrischen Kurfürsten vielleicht ein paar Diamanten aus der Residenz zu holen, hatte sie nicht misstrauisch werden lassen, während mein Schwiegervater hinter meinem Verschwinden doch anderes vermutete. Meine beiden Schwager Arnold und Gerwin fuhren nach Sankt Pantaleon, konnten aber nichts in Erfahrung bringen. Da Felicitas so felsenfest auf den Inhalt meines Schreibens vertraute, kam es zu keinen weiteren Nachforschungen. Die Schießerei hörte man zwar fast in ganz Köln, ihre Ursache kennen die wenigsten. Die Frage, ob Fürstenberg seinen Verfolgern entkommen ist, treibt mich zu der Gräfin von der Mark. Weinend empfängt sie mich. Sie sei nach den Schüssen mit ihren Dienern zum Königstorffer Hof geeilt und habe die drei Schwerverletzten aus der Kutsche aufgenommen. Ihr Stallmeister habe eine Schusswunde am Kopf, lebe aber noch. So gut es geht, tröste ich sie. Das Quartier der Franzosen ist mein nächstes Ziel. Dort logierte Fürstenberg nach meiner Warnung. Ich frage nach Pierre Courtin.

»Ei, warum will der Herr nicht gleich den König in persona sehen«, will ein Wachhabender mich scherzend abweisen.

»Den König kenne ich nicht, wohl aber den Seigneur de Chantereine.«

Ein mir bekannter Lakai nimmt sich freundlich meiner an. Auf einmal stehe ich in einem mit Seidentapeten ausgestatteten Raum. Zehn um einen runden Tisch versammelte Herren sehen mich gespannt an. Der korpulente Herzog Charles d'Ailly begrüßt mich und bittet mich, Platz zu nehmen.

»Mit Verlaub«, sage ich, »ich will die Zusammenkunft nicht stören und möchte nur Monsieur Courtin sprechen.«

»Monsieur, wir freuen uns über den Besuch«, sagt der Herzog herzlich. »Der Kutscher seiner Exzellenz, der Jean Niclaß, war eben hier und erzählte, wie Ihr ihm wieder auf den Bock geholfen habt, um unseren Freund zu retten. Die Kerle haben den Niclaß unglücklicherweise am Friedhof Sankt Mauritius wieder von der Karosse geworfen. Herr von Fürstenberg wollte fliehen, wurde aber in die Equipage zurückgeholt. Jetzt hoffen wir, dass die Entführer am Stadttor aufgehalten wurden und unser fürstlicher Freund bald wieder unter uns ist.«

»Das wäre mir eine große Freude.«

»Nun, es waren wohl kaiserliche Soldaten, die Herrn von Fürstenberg attackierten unter Missachtung der Neutralität Kölns. So war es doch, Monsieur?«

Da Obizzi lebend zurückgeblieben ist, verrate ich kein Geheimnis, wenn ich das bestätige. »Ja, so war es, Eure Exzellenz, bedauerlicherweise.«

Empört schlagen einige Herren auf den Tisch und schütteln die Köpfe, dass der Puder aus den Perücken staubt.

»Mon dieu, eine unfassbare Impertinenz!«, schimpft der Herzog, »keinen Tag verhandle ich mehr über Frieden. Wir kämpfen, bis der Kaiser auf Knien um Frieden bettelt.«

»Exzellenz, außerhalb dieser Stadtmauern herrscht Krieg und das, obwohl kein Fürst Krieg in seinem Land will. Die Leute in Stadt und Land muss man gar nicht erst fragen, was ihnen lieber ist, Krieg oder Frieden«, sage ich. »Warum will man nicht einmal mehr über Frieden reden? Darf es keinen einzigen Ort in der Welt geben, in dem man sich unblutig um Frieden bemüht? Herr von Fürstenberg sagte mir, wie sehr er's bedauere, dass man nur auf militärische Siege poche, seine Forderungen in Stein meißle und nicht geneigt sei, sich Gegnern, um des lieben Friedens willen, entgegenkommend zu zeigen. Nichts wünschte er mehr als ein gutes Ende der Zusammenkunft so vieler hoher Herren vieler Nationen hier in Köln.«

»Lieber Freund, auch in Köln ist nun der Krieg eingezogen«, antwortet der Herzog, »der Kaiser wird gewiss eine juristische Rechtfertigung für die Untat bei der Hand haben. Nur an der Verletzung der Neutralität Kölns kommt er nie vorbei. Wer jedoch diese einfache Regel missachtet, der mag vom Frieden reden, was gewiss edel ist und jeder gerne hört, nur an den Friedenswillen glaubt keiner mehr. Reden und Wollen sind oft zweierlei Dinge. Die Sprache der Waffen ist eindeutig, das Ergebnis klar. Nicht in Studierstuben wird das Fundament eines wahren Friedens gelegt, sondern auf dem Schlachtfeld!«

»Ja, wir müssen wie die wilden Tiere unsere physischen Kräfte messen, weil wir immer noch nicht genug Verstand besitzen, unsere Reviere friedlich abzustecken!«, sage ich bitter.

Während der Rede des Herzogs wurde Herr Courtin hinausgerufen. Als er den Raum wieder betritt, bittet er um das Wort. »Eben überbrachte ein Bote des Magistrats die Nachricht, dass die Karosse des Herrn von Fürstenberg noch vor fünf Uhr die Stadt durch das Hahnentor verlassen hat. Die Tore wurden leider zu spät geschlossen. Unser hochgeehrter Freund, der Reichsfürst von Fürstenberg, ist entführt.«

De facto beendete die Entführung den Friedenskongress. Es ist ein langsames Sterben einer Zusammenkunft, die gerade in dem Moment, als sie sich angestrengt um Frieden bemühte, tödlich getroffen wurde. Keine Partei will sich an die Fahnen heften, dem Kongress den Todesstoß versetzt zu haben. Frieden, ein großes Ziel, ein christliches Gebot – Frieden, den sich jedes Volk wünscht, den man aber lieber wie ein göttliches Wesen anbetet, als ihn auf die Erde zu holen, weil weder die irdische Auffassung von Gerechtigkeit noch die Mächtigen ihn vertragen. So schleppten sich im Februar die Tagungen weiter, auf denen man ausschließlich über den Casus Fürstenberg disputierte und jeweils der Gegenpartei die Schuld für das Scheitern der Verhandlungen zuschieben wollte. Der Fall Fürstenberg beschäftigt alle Höfe Europas und Flugblätter überschwemmen Deutschland, in denen die abenteuerlichsten Vermutungen geäußert werden, wer hinter der kriminellen Tat steckt. Dabei stand der Urheber schon einen Tag nach der Tat fest. Obizzi wurde am 15. Februar von Amtsträgern des Kölner Magistrats verhört. Wegen seiner Verletzungen konnte er kaum sprechen. Aber auf die Frage, auf wessen Befehl er gehandelt habe, erwiderte er klar und deutlich: »Auf den Seiner Majestät des Kaisers selbst.«

Am 25. Februar bekannte sich Kaiser Leopold in einem Schreiben an seinen Kölner *Residenten* zu der Verhaftung. Der Kaiser rechtfertigte sein Vorgehen damit, dass Fürstenberg als ein ihm untergebener Reichsfürst gegen ihn und das Reich konspirierte, Aufruhr verursachte und Kriege gegen das Reich förderte, kurz des Hochverrats verdächtig sei und daher in Haft genommen werden musste. Fürstenberg sei nie ein bevollmächtigter Kongressteilnehmer gewesen. Da der Prinz als Reichsfürst Vasall des Kaisers sei, hätten nur sein Prinzipal der Kaiser oder die Reichsstände ihn zu einem solchen Kongress entsenden können, nicht aber ein Kurfürst, schließlich könne man nur einem Herrn dienen. Zu der

Verletzung der Neutralität und Immunität der Stadt Köln schwieg der Kaiser. Seit dem 1. März kann er aber auch den Franzosen vorwerfen, die Immunität Kölns missachtet zu haben. An diesem Tag hielt eine Wache am Eigelsteintor eine Karre an, die laut Frachtzettel einige Tonnen Branntwein geladen hatte. Tatsächlich fand man aber Schießpulver und Geld, das für die französischen Truppen in Neuss bestimmt war. Jetzt empörte sich der Kaiser über Ludwig XIV., dass dieser die Stadt Köln »zu einem Waffen-Stuhl oder Vorratsscheuer aller Krieges-Rüstungen wider den Kaiser« machte, obwohl sie neutral und frei von allem für den Krieg Notwendigen sein müsse. Die Bitten der Franzosen, Geld und Pulver an sie herauszugeben, stießen beim Kaiser auf taube Ohren, der nach Kriegsbrauch die Beute behielt. Das vergiftete das Klima endgültig. Exitus aller Friedensbemühungen mit friedlichen Mitteln!

Enttäuscht habe ich mich noch im Februar nach Merhoffen zurückgezogen, wo immer noch anstelle des Weins Pulverfässer im Keller lagern und Soldaten hausen. Felicitas und die Kinder sind in Köln geblieben. Der kleine Adam kränkelte, ebenso Lieb-Belle. Alexander geht weiterhin ins Jesuitengymnasium, da sein *Präzeptor* schon vor Monaten in andere Dienste gegangen war. Diesmal schmerzt mich die Trennung besonders. Mitte März ziehen die Soldaten ab, doch einige Fässer Schießpulver bleiben zurück. Gillis ermuntert mich, nach Köln zu reiten, um Weib und Kinder zu holen, ein Rat, den ich bald befolge.

Zunächst besuche ich Sophia in Bonn. Sie ist in heller Aufregung, weil Ari an einer von den Soldaten eingeschleppten Seuche erkrankt ist, an der schon viele gestorben sind. Der Knabe phantasiert im großen Himmelbett. Sie klagt sehr über die Einquartierungen und dass die Stadt, respektive die Bürger, für den Sold der kaiserlichen »Höllenhunde« von Dezember bis Mai auch noch hohe *Kontributionen* zahlen müssen.

»Wenn man für unerwünschte Gäst' und böse Krankheit sogar Geld zahlen soll, da knirschen viele selbst nachts noch mit den Zähnen«, sagt sie.

Nur kurz halte ich mich bei ihr auf. Bevor ich mich auf den Weg nach Köln mache, gehe ich in ein Wirtshaus am Markt. In der gut gefüllten Stube finde ich an einem langen Tisch noch einen Platz und blicke zum Fenster hinaus auf den Marktplatz.

Eine Hälfte des Hauses »Zur Blomen« kann ich sehen. Dort residiert Grana als Stadtkommandant. Bei ihm logiert der Reichsfürst von Fürstenberg als Gefangener. Meine erste Begegnung mit dem Prinzen in der Residenz kommt mir in den Sinn – sein hochmütiger Blick, dem ähnliche Blicke in Köln folgten, bis er beschloss, sich mit mir anzufreunden, damit er meinen Einfluss auf den Kurfürsten kontrollieren konnte. Sein Charme, seine gezähmte Leidenschaftlichkeit, die schmeichelnde Aufmerksamkeit, die er mir entgegenbrachte, ließen mich während unserer Gespräche stets an eine Freundschaft glauben. Dachte ich später nüchtern über das Gesagte nach, sah ich viel Berechnung und erkannte seine Versuche, mich als Werkzeug zu benutzen. Bei Grana hingegen war es umgekehrt. Zurückhaltender, weniger eloquent als sein Gegenspieler und seine Motive offensichtlicher preisgebend, spürte ich deutlich, wie er mich auf seine Seite ziehen wollte, was mich abstieß. Im Nachhinein jedoch erschien er mir ehrlicher und seine Argumente machten auf mich stärkeren Eindruck als die Fürstenbergs. Sie waren ihren jeweiligen Herren ähnlich. Ludwig XIV., der ohne Kriegserklärungen Länder und Städte verwüstete, brachte nun die europäische Diplomatie geschickt gegen Kaiser Leopold auf, weil dieser in der Absicht, weiteres Blutvergießen zu verhindern, völkerrechtswidrig einen seiner Reichsfürsten festsetzte.

»Monsieur, ist's gestattet?« Ein junger Herr nimmt mir gegenüber Platz. »Vielleicht erinnert sich der Herr, wir hatten in Köln einmal das Vergnügen im Haus Zum Kuckuck.«

»Ei ja, die Umständ' waren nur – verworren«, erwidere ich.

»Ja, gewiss! Mit Verlaub, wenn der Herr uns ein wenig geholfen hätt', wär's wohl weniger blutig abgegangen«, greift er mich ohne große Vorrede geradewegs an.

»Die meisten waren Offiziere, denen die Gefahren bekannt gewesen sein müssten und zu diesem Dienst wurde wohl keiner gezwungen!«, weise ich ihn zurecht.

»Ha, einen Befehl eines Vorgesetzten zu verweigern, ist das, was ein Soldat als Erstes verlernt.«

»Dies hat seine Grenze, wenn Missetaten befohlen werden.«

»Kaiser Leopold befiehlt keine Missetaten.«

»Im Casus Fürstenberg steht der Kavalier mit dieser Ansicht in Europa ziemlich allein da, abgesehen vom Wiener Hof!«

»Das mag wohl so sein, aber nur wegen der Umständ. Ja, der Marquis Grana wollt', dass die Verhaftung in Heimlichkeit geschehen sollt'. Mit der Heimlichkeit war's nur nit viel.«

Wir erhalten unsere Speisen – Linseneintopf mit viel Speck, Würste, dazu frisches Brot. Obwohl mein Gegenüber schmaust und sich seinem Bierkrug mit Herzenslust hingibt, mustert er mich immer wieder verstohlen.

»Kommt der Herr wieder einmal nach Köln?«, fragt er, sich Bierschaum vom Mund wischend.

»Ich bin auf dem Wege.«

»Der Marquis Obizzi ist da noch gefangen. Es wär' ihm gewiss ein Trost, einen Brief von hier zu empfangen.«

»Dann schickt ihn mit der Post!«, sage ich bissig.

»Auf die Weis' wird er ihn kaum erhalten. Vielleicht könnte der Herr …?«

»Herrje, soll ich mich etwa in den Turm schleichen?«

»Ja, das wär' sehr freundlich!« Freudestrahlend sieht er mich an. »Der Obristwachtmeister ist nicht im Turm, sondern im Kloster Sankt Reinhold.«

Über diese in Naivität gehüllte Unverschämtheit lache ich.

»Nein, ich bin kein so inniger Freund von Herrn Obizzi.«

»Seltsam! Als einige Euch damals einen räudigen Franzosenhund schimpften, weil Ihr uns nicht helfen wolltet, war der Marquis wie ein Freund voll Verständnis für Euch.«

»Diese Freundschaft ist nur einseitig«, entgegne ich.

Meine ruppigen Worte gehen im Lärm unter. Die Gäste laufen zur Tür hinaus. Ich höre den Namen Fürstenberg und gehe ebenfalls nach draußen. Reiter und Soldaten umringen eine Kutsche, die vor dem Haus Zur Blomen steht. Neugierige um mich herum flüstern das, was auch ich denke: »Die bringen den Fürstenberg nach Wien.« Obwohl nichts weiter als der obere Teil des Wagens zu sehen ist, rühre ich mich nicht vom Fleck. Nach längerem Warten bewegt sich die Karosse, was neben mir scharfsichtig kommentiert wird: »Der Fürstenberg ist eingestiegen.« Der Kutscher treibt das Gespann an. Langsam rollt die Equipage in Richtung des Zollschlosstores. Reiter eskortieren sie. Fürstenberg droht nun ein Todesurteil wegen Hochverrats. Der vielbeneidete Mann ist mit einem Schlag in eine irdische Hölle geraten.

Bevor ich mein Pferd hole, trinke ich noch ein gutes Bonner Bier. Mein Gesprächspartner, der junge Offizier, drückt mir einen unversiegelten Brief in die Hand und sagt: »Ich hab's geschwind geschrieben. Vielleicht hat der Herr doch noch Erbarmen mit dem Gefangenen im Kloster Sankt Reinhold, sonst mag Er's wegwerfen.«

Den Brief vergesse ich. Alles vergesse ich in der großen Wiedersehensfreude. Felicitas hat ihre kränkliche Magerkeit überwunden, umarmt mich und will mich gar nicht mehr loslassen. Alexander ist aufgeweckter und der kleine Adam in seiner Wiege lacht mich an. Lieb-Belle – fröhlich wie eh und je – weicht kaum von meiner Seite. Sie hat Sehnsucht nach Merhoffen, ebenso Alexander. Obwohl meine Eheliebste ein schiefes Maul zieht, will ich jetzt alle mit nach Hause nehmen. Es soll keine Trennung, keine traurig-einsamen Stunden mehr geben! Ein *Präzeptor* wird die Kinder unterrichten. Später mögen sie dann in Köln gute Schulen besuchen. Später, später! Sobald das Wetter angenehmer ist, fahren wir nach Hause. Das ist abgemacht. Doch als alles gepackt ist, strömt Regen vom Himmel, den ein eisiger Wind über den Alten Markt peitscht. Ich stehe in der Stube am Fenster und beobachte die wassersatten Wolken. Sie sind weder Hund noch Katze noch feuerspeiender Drache oder kämpfende Ritter, wie ich sie als Kind sah, sondern das Orakel, das über die Abfahrt oder das Hierbleiben entscheidet. Die Wolken sind zu schwer, um rasch weiterzuziehen. Also bleiben wir noch einen weiteren Tag in Köln.

Obwohl die geräumige Stube alles für meine Bequemlichkeit bietet und das Wetter niemanden nach draußen zieht, treibt mich eine bekannte Unruhe auf die Straße. Seit meiner Turmhaft habe ich gelegentlich den Drang nach Wind, Weite und Bewegung. Ich will den Luftzug auf der Haut fühlen. Wenn er kühl durch die Kleidung dringt, spüre ich, ein atmender Mensch zu sein. Als der Regen nachlässt, spaziere ich zu den Weingärten, ein dürftiger Ersatz für den Wald um Merhoffen herum. Ich komme an dem Haus »Zum Kuckuck« vorbei und bleibe stehen. Dort geschahen Dinge, die mir inzwischen so phantastisch wie ein Traum vorkommen. Vielleicht sind es die leeren Stunden des Wartens auf die Heimreise, welche mir Lust auf Abenteuer eingeben. Vielleicht Neugier, ob Florentin das Haus wirklich bewohnt. Vielleicht ist es der heftig einsetzende Regenguss, der mich dazu bringt, an die Haustür zu klopfen. Nichts rührt sich. Gut! Ein zweites Mal fordere ich das Schicksal nicht heraus. Ich gehe. Die Tür knarrt und eine bekannte Stimmte ruft: »Immer nur herein, gnädiger Herr, in diesem üblen Wetter ersauft Ihr noch!« Es ist Paul Schneegaß.

Im Haus riecht es nach Kalkfarbe und alles ist sauber.

»Schneegaß, was treibst du hier?«

»Ach, der arme Prinz hat meine Lautenkünste nun nimmer nötig, Gott steh ihm bei! Jetzt streiche ich nicht die Geige, sondern Wände und zupfe keine Laute, sondern Unkraut.«

»Und die Geige hast du immer noch nicht?«

»Doch, aber die spiel ich nur zum eigenen Vergnügen, nicht um den Bauch zu füllen.«

Die Tür zum Kabinett öffnet sich. Florentin kommt auf mich zu und begrüßt mich glückstrahlend: »Was für eine wunderbare Überraschung, lieber Freiherr Sechem. Tretet ein! Wenn Ihr wollt, trinken wir eine Bouteille Wein!«

»Danke, aber bei der letzten Einladung zum Wein war man hier mehr auf menschlichen Spießbraten aus.«

»Spießbraten? Ach so! Nein, diesmal spießt niemand meine Besucher auf. Nur Mut! Paul, bring uns einen Hochheimer.«

Ich zögere, aber Regen prasselt gegen die Haustür. Im Kabinett lodert ein hübsches Feuerchen und Florentin wird mir nicht gleich den Hals umdrehen. Meinen nassen Mantel werfe ich über einen Schemel, meinen Hut auf den Tisch und wir setzen uns zum Feuer, die Beine weit von uns gestreckt – Männergemütlichkeit.

Florentin wirft mir einen scheuen Seitenblick zu und sagt: »In meinen kühnsten Träumen hätte ich auf einen solchen Besuch nicht zu hoffen gewagt, nach allem, was geschehen ist. Bedeutet das, Ihr verzeiht mir, lieber Fr…?«, er verschluckt das Wort Freund.

»Verzeihen? Ja, gewiss! Sonst wäre ich nicht hier, zum Vertrauen ist's aber noch ein weiter Weg.«

»Danke! Ihr beschämt mich zutiefst. Auch dass Ihr mich wegen der erzwungenen Nacht hier in meinem Haus nicht verklagt habt. Aus der Stadt kam ich nicht mehr heraus und musste lange mit Verhaftung rechnen.«

»Die Falschheit, mit der ich hierher gelockt wurde, hat mich maßlos enttäuscht – für mich ein indicium, dass Florentin wie sein Bruder ein arglistiger Ränkeschmied ist. Andererseits war ich wohl die einzige Hoffnung, Blutvergießen zu vermeiden «

»Ja, wir hatten mehr als zehn Bewaffnete gegen uns. Ich konnte Euch vorher nicht ins Vertrauen ziehen, da die Sach streng geheim war, und ein Verrat Obizzi und seinen Leuten das Leben gekostet hätte. So habe ich das zarte Pflänzlein einer wiederaufkeimenden Freundschaft geopfert.«

»Und das für ein tolles Schelmenstück, über das ganz Europa den Kopf schüttelt. Selbst die Holländer und der Kurfürst von Brandenburg haben ihre liebe Not, für diese Heldentat Verständnis aufzubringen.«

»Doch jetzt wird der Kurfürst mit dem Kaiser Frieden schließen«, behauptet er.

Schneegaß serviert einen exzellenten Wein. Während draußen der Regen in Kaskaden vom Himmel strömt, schwatzen wir über die Zukunft Kurkölns, des Reiches, Europas und enden in unserer Jugendzeit, schweigen auch viel. Es ist kein peinlich unbehagliches Schweigen, sondern ein nachdenkliches, das uns sogar Nähe fühlen lässt. Florentin hat sich tatsächlich von seinem Bruder gelöst. Das forderte ihm viel Courage ab, da er jahrelang in Abhängigkeit von Ernst lebte und als Krüppel es schwerer hat, sich außerhalb der Kirche zu behaupten. Ich frage nicht, wie er seinen Lebensunterhalt bestreitet. Mit Reichtum ist er jedenfalls nicht gesegnet, weil sein Kabinett immer noch so karg möbliert ist wie bei meinem ersten Besuch. Es klopft. Ein Mann tritt ein, dem Florentin sofort bedeutet, er solle sich noch ein wenig verziehen. Die schroffe Abweisung wundert mich, da mein Gastgeber eher höflich als barsch ist. Dunkel erinnere ich mich, den Mann im Kreis von Obizzis Spießgesellen gesehen zu haben.

Im Haus meines Schwiegervaters erwartet mich überraschender Besuch – der Syndikus des Kölner Rates Huigen. Noch den Wein in den Gliedern und den Kopf voll Gedanken habe ich wenig Lust auf einen Diskurs mit ihm, zumal mir die schwarzgekleideten Mitglieder des Kölner Stadtregiments ohnehin suspekt sind. Den Hergang des Überfalls auf Fürstenberg habe ich ihm schon geschildert. Was will er nun noch? So begrüße ich ihn mit dem entsprechenden Gesichtsausdruck.

»Vergebung, wenn ich nochmals störe«, entschuldigt er sich, »es ist wieder die leidige Sach um den Prinzen. Dem löblichen Rat der Reichsstadt Köln macht man zum Vorwurf, nichts getan zu haben, um die Missetat zu verhindern. Jetzt unternehmen wir vielleicht mehr als vonnöten, um den Casus aufzuklären. Uns ist zu Ohren gekommen, dass der wohlgeborene Herr vor der Entführung Fürstenbergs selbst verschwunden war.«

»Ach, will man mich nun in den Turm sperren, damit man den Eifer des hochweisen Magistrats und löblichen Rates rühmt?«, fahre ich ihn an.

»Gott behüte! Nein, das ist keinesfalls die Intention. *Salva venia*, es soll nur nichts versäumt werden in der für Köln so beschämenden Sach. Wenn der Herr sagt, wo er am 13. *Hornung* abgeblieben ist, bin ich sogleich wieder aus der Tür.«

»Gut, ich ging spazieren, hab mich dann in einer Schänke lustig gemacht und fand erst am nächsten Tag nach Hause.«

»Das ist recht ungewöhnlich für einen als tugendsam bekannten Edelmann.«

»Monsieur, der Teufel lauert überall. Ein kleiner Streit mit meiner lieben Frau Gemahlin und ein Haufen schnatternder Weiber im Haus, die das überstandene Kindbett feiern, verführen manchmal zu Torheiten, an die man sich später nicht gern erinnert, wenn man's überhaupt noch kann.«

»Ei ja, ich verstehe.« Huigens jungenhaftes Grinsen wirkt deplatziert in seinem biederen Gesicht. »Ich bitt nochmals um Vergebung, nur hörten wir im Kloster Sankt Pantaleon, dass der junge Herr von Beywegh nach seinem Schwager fragte, der unauffindbar sei. Gestern kam noch ein Weingärtner und sagte, kurz vor dem Überfall auf den Prinzen habe er am Fenster eines Giebelzimmers einen Mann gesehen, der um Hilfe schrie. Da es nicht brannte, hielt er ihn für einen Irren. Gut, jetzt kommen viel Leut, die dies und das erzählen, aber außer Obizzi haben wir nichts, trotz fleißiger Examination. Wir müssen wenigstens einige Helfershelfer arretieren, dann wär die Ehr der Stadt wiederhergestellt.«

»Bedauere, zur die Ehr Kölns nichts beitragen zu können.«

»Nun, wir sind dankbar, dass der Herr versuchte, zusammen mit dem Johannes Niclaß den Prinzen zu retten. Ich weiß, dem Herrn ist früher viel Unrecht geschehen, was ich sehr beklage.«

»Da ist der Herr Syndikus der Einzige im Stadtregiment.«

»Um Himmels willen, nein! Ich versichere, der wohlgeborene Herr steht in hohem Ansehen. Wenn Ihr einen Wunsch habt, werde ich alles tun, um ihn zu erfüllen.«

»Ja, einen Wunsch hab ich!« Erwartungsvoll sieht er mich an und ich versetze ihm den Schlag: »Eine öffentliche Entschuldigung des Bürgermeisters von Cronenberg dafür, dass man mich damals im Turm gefangen hielt, wo ich fast krepierte.«

»Wie, jetzt? Jetzt, wo wegen der Fürstenberg-Affair sich das Stadtregiment bei allen Höfen Europas entschuldigen muss? Der französische König hat sogar gedroht, Köln zu belagern, weil wir die Kutsch durchs Tor entschnappen ließen. Nein, der Herr kann nicht verlangen, dass sich Bürgermeister und Rat ganz und gar in der eigenen Aschen begraben.«

»Tja, werter Herr Syndikus, da sieht man, welche Wertschätzung man hier der Gerechtigkeit und mir entgegenbringt.«

Die kurze Unterredung lässt längst Vernarbtes wieder zu Wunden werden. Dieses korrupte Stadtregiment, gegen das viele Kölner Bürger immer öfter recht freimütig lästern! Die Bürgermeister wirtschaften kräftig in die eigene Tasche, aber die Hälfte des Festungsgürtels ist noch nicht fertiggestellt. Allzu schwer werden es die Franzosen nicht haben, Köln zu erobern. Je mehr die Wirkung des Weines nachlässt desto stärker schießt mir die schwarze Galle ins Blut.

Am Nachmittag erhalte ich ein *Billett* von Florentin. Er bittet mich, unauffällig zum Haus »Zur Roten Axt« zu kommen, das in der Nähe des Klapperhofs liege. Zwischen sechs und sieben Uhr abends wolle er dort auf mich warten. Das ist mir Recht, so kann ich ihm von dem Besuch des Syndikus erzählen. Weswegen er mich nicht in sein Haus bittet, sondern zu dem mit dem wenig einladenden Namen, kann ich mir auch denken. Trotzdem lasse ich mich von Hennes begleiten. Das verkommene Gebäude steht leer. An der Tür ist ein weißes Pestzeichen zu sehen und die Aufschrift »*Salvator Mundi Salva Nos*«.

»Herr, in das Pesthaus geht besser nicht«, wispert Hennes.

»Sei nicht närrisch, die Pest ist vorbei.«

»Die Tür ist versperrt! Aber da am Tor … sieh da, der Herr von Kolff! Vor dem hütet Euch!« Er hält mich fest.

»Hennes, ich weiß, was ich tue, also komm!«

Ich mache mich los. Widerwillig folgt er mir. Florentin führt uns in den Hof. Durch die Hintertür gelangen wir in die Stube. Zwei Schemel sind dort das einzige Mobiliar. Eine brennende Kerze steht zwischen ihnen. Spärlich dringt noch Licht durch die geschlossenen Fensterläden.

»Es wär' mir lieb, mit dem Herrn allein zu sprechen«, bittet mich Florentin.

Hennes sieht mich besorgt an, dennoch schicke ich ihn fort.

»Der Herr hat eine Vorliebe für verlotterte Häuser. Kaum ist eines einigermaßen behaglich, sucht Er sich die nächste Räuberhöhle«, scherze ich.

»Ja, man könnt's fast glauben.« Er lacht. »Nur muss ich höchst vorsichtig sein. Heut Nachmittag waren zwei Herren vom Magistrat bei mir. Die hielten mir vor, am 14. Hornung sei in der Dachkammer meines Hauses ein Mann gestanden, der um Hilfe rief. Sie vermuteten, es sei einer von Fürstenbergs Leut gewesen. Erst leugnete ich's ab, dann behauptete ich, meinen Diener dort eingesperrt zu haben, weil er voll wie eine Sau gewesen sei. Das nahmen sie, gottlob, für bare Münz.«

»Zu mir kam sogar der Syndikus, weil mich mein Schwager am Tag vorher gesucht hatte. Er war der Ansicht, ich sei der um Hilfe schreiende Mann gewesen. War ich ja auch.«

Florentin sieht mich bestürzt an: »Die sind mir auf der Spur!«

»Keine Sorg, ich hab ein ähnliches Märlein erzählt, nur dass ich sturzbetrunken war und deshalb nicht nach Hause fand.«

»Die hören die Flöhe furzen!« Sein Gesicht ist kalkweiß.

»Gut, und warum sitzen wir nun in diesem Rattenloch? Um Vergangenes aufzuwärmen oder doch wegen Obizzi?«

»Was? Wer hat das von Obizzi gesagt?«, stottert er.

»Ha, als ich den Besucher heut Mittag sah, war kristallklar, dass Herr di Grana seinen Freund nicht im Stich lässt.«

Erschrocken schließt er die Augen und überlegt. »Eh *bien*, Ihr könnt mir nun den Magistrat, die Franzosen und den Rest aller Höllenhunde auf den Hals hetzen.«

»Florentin, das hätte ich schon lange tun können. Ich hätte dem Syndikus nur die Wahrheit sagen müssen und dass Florian von Kolff nun die Befreiung seines Spießgesellen plant. Der Verdacht ist bereits da und jeder würd's mir glauben.«

»Gewiss, aber warum dann das Stillschweigen?«

»Da gibt's vieles. Ich bin kein Freund von Gewalttaten wie Entführungen und schon gar nicht Befürworter von Angriffskriegen à la Louis XIV. So kann ich mich auf keine Seite schlagen. Obizzi habe ich gewalttätig kennen gelernt. Den Befehl des Kaisers hat er jedoch mit Bedacht ausgeführt und alles getan, um ein Blutbad zu vermeiden. Grana schätze ich. Beiden will ich nicht schaden, auch meinem früheren Freund Florentin nicht, der mein neues Vertrauen in ihn der Rettung von Leib und Leben anderer geopfert hat.«

Den Kopf gesenkt hört er mir zu. Seine Haare verdecken das Gesicht. Die Dunkelheit in dieser Bruchbude, das flackernde Kerzenlicht und sein langes Stillschweigen werden mir unheimlich. Ich erhebe mich. Da blickt er auf. »Danke, dass Ihr Enttäuschungen und Abneigungen so beiseiteschiebt!«, flüstert er.

»Ich verrate ganz gewiss nichts.« Ich lege meine Hand auf seine Schulter und sage Lebwohl.

»Christoph Salentin, ich hab noch eine Frag, die ich bitte, für Euch zu behalten, wenn Ihr nicht damit einverstanden seid.«

»Ich soll bei der Befreiung Obizzis helfen?«

»Ja! Grana bat mich darum. Die Sach eilt. Wegen seiner Schwäche ist Obizzi noch im Kloster. Bald wird ihn aber das Stadtregiment in strenge Haft nehmen. Ist er erst im Turm, ist eine Befreiung unmöglich. Christoph, ich sah, wie der arme Hauwitz und Ihr den Marquis wieder auf die Beine gebracht habt. Soll Obizzi jetzt durch das Henkersschwert sterben?«

»Dies Wagnis ging er ein! Und dann, wer hilft mir, wenn's bös ausgeht?« Ich setze mich wieder.

»Den Kölnern wird eine Flucht Obizzis zwar unangenehm sein, aber ihr Herz schlägt für den Kaiser.«

»Umso lieber werden sie einen unbeliebten Kurkölner im Turm verrecken lassen, den Franzosen zulieb oder um der Welt zu zeigen, wie viel Recht und Gesetz in ihrer Stadt etwas gelten. Nein, Florentin!«

»Es ist nicht allzu viel, worum ich bitt. Zwei Mönche bringen Obizzi aus dem Kloster und eine Kutsche muss ihn zum Tor hinausschaffen, das wäre Euer Part.«

»Ha, das ist die heikelste Aktion. Die Tore werden jetzt scharf bewacht. Und warum soll just ich das tun?«

»Ich wollt's tun, bis die Leut vom hochweisen Magistrat kamen. In der Fürstenbergsach haben die mich stark in Verdacht. Einem Nachbarn ist aufgefallen, dass bis zum 14. *Hornung* viele Männer bei mir ein- und ausgegangen sind. Zur Prob bin ich heut Mittag durch's Eigelsteintor aus der Stadt gefahren. Dort hat man mehrmals alles durchstöbert und mich nur widerwillig fahren lassen. Der Henker hol mich, wenn ich's mach', wird's nicht gut.«

»Und mich winken die fröhlich durch?«

»Seitdem man überall hören kann, wie trefflich der Herr von Merhoffen versuchte, seinen Freund Fürstenberg zu retten, wird man Ihn mit größter Ehrerbietung fahren lassen.«

»Warum bringt man Obizzi nicht nachts über die Stadtmauer oder besticht die Torwachen, die sind doch alle von Granas altem Regiment?«

»Obizzi ist zu schwach, um über Mauern zu klettern. Bestechungen sind ein zu großes Wagnis. Bei Fürstenberg hat das nur dazu geführt, dass der Prinz gewarnt wurde.«

»Florentin, das muss ich überdenken!«

»Dafür ist wenig Zeit. Morgen Mittag soll Obizzi fliehen. Jetzt muss ich's wissen, sonst blase ich's ab.«

»Teufel, da sagt man doch lieber Nein als Ja!«

»Sa, sa! Ich hab eine Kutsche gemietet. Der Rebinder nimmt Obizzi beim Kloster auf und bringt ihn in die Hundsgass neben dem Hof Mommersloch. Da merkt man, ob Obizzi verfolgt wird. Ihr wartet beim Mommersloch in Eurer Kutsch und werdet nicht in der Näh des Klosters gesehen.«

»Und warum fährt ihn der Rebinder nicht gleich hinaus?«

»Er ist einer von Granas Leuten, kann also auch leicht erkannt werden. Christoph, ich hab's mir hin- und herüberlegt. Es gibt niemanden, dem es leichter fiel.«

»Mir fällt wohl vieles leichter. Nein, Florentin! Morgen verlasse ich mit Weib und Kindern Köln. Felicitas mag ich so einen heiklen Reisegast nicht zumuten.«

»Weib und Kind? Das ist ja bestens! Da beachtet man den Freund, der mit in der Kutsch sitzt, gar nicht.«

»Und mein Eheweib samt Schwiegervater und Schwager sind auch gleich in einer Sach verwickelt, in der's nichts zu gewinnen, nur hoch zu verlieren gibt. Nein!« Ich stehe auf.

»Aber allein schaffen wir's nicht, da bringen wir Obizzi und uns selbst sofort ins frühzeitige Grab. Christoph, bis morgen um acht Uhr hoff ich noch auf ein Einverständnis, dann kann ich's noch abblasen!«

»Nein, darauf hofft nicht. Ich trage nichts nach, doch in einem so kitzligen Vorhaben muss ich mich auf meinen Spießgesellen felsenfest verlassen können. Mein Vertrauen hat der Herr bereits verkauft, zwar für einen uneigennützigen Zweck, es ist aber nun einmal so.«

»Ich schwör auf Leben und Sterben, bei meiner Ehr und Seel, es gibt keine Hintergedanken.« Er hält die Finger zum Schwur hoch. »Bis zum End meiner Tage bin ich Euer dienstwilligster Diener. Überdenkt's, das ist meine einzige Bitt und behaltet Stillschweigen über das, was ich eben gesagt habe.«

»Ich schweig darüber stockstill. Das ist das einzige Versprechen, das ich geben kann, bei meiner Ehr und Seel!«

Im Haus am Alten Markt wartet Felicitas auf mich und zieht mich sofort in unser Gemach. »Ach, ich habe heut eine himmlische

Nachricht erhalten, die mich tieftraurig macht.« Sie gibt mir einen innigen Kuss.

»Oh weh, wenn meine Eheliebste mich so umgarnt, ahne ich Schlimmes.«

»Ei nein, was Schönes, nur müssen wir noch eine gute Woche in Köln bleiben.«

»Nein, Felicitas, morgen fahren wir – alles ist gepackt.«

»Dann packen wir wieder aus! Wir haben die Ehr, zu einem Ball von Bürgermeister Cronenberg eingeladen zu sein – ein feiner Ausgleich für den Tanz beim Herzog.«

»Cronenberg? Über den zieht der Herr Vater doch wegen korrupter Amtsführung immer her. Eine Ehr ist das nicht.«

»Aber ein schönes Fest! Musik, Tanzen, Lachen, nach all der Not einmal im Paradiesgärtlein sein. Ach, bitte, Saltin!« Sie schmiegt sich an mich und ich nehme sie in die Arme.

»Felicitas, das kostet mich unmenschliche Überwindung. Mit dem Stadtregiment möchte ich nichts zu tun haben.«

»Ja, ich weiß. Dann begleitet mich halt wieder Gerwin. Viel lieber wär mir aber mein Gemahl.«

»Könnten wir nicht später zu einem Ball eines anderen Handelsherrn gehen?«

»Sind wir erst einmal in Merhoffen, kommen wir so bald nicht wieder hierher zurück.«

»Das ist richtig! Gut, dann fahre ich morgen allein mit den Kindern nach Merhoffen, damit meine Liebste zu ihrem Ball kommt und sich ohne Plagegeister noch ein wenig erholt.«

Sie lässt den Kopf hängen und murmelt einen Dank.

»Gut Nacht, mein Schatz!«

»Ja, gut Nacht!« Sie zieht mich zum Himmelbett.

»Nein, ich muss noch einen Brief schreiben!«

»Jetzt noch? Wir sollten Abschied feiern.«

»Feiern wir lieber unser Wiedersehen und das dann jeden Tag!«

In der Stube sitze ich vor einem leeren Blatt Papier. Feder und Tinte liegen bereit. In der Hand aber halte ich den vergessenen Brief des Offiziers aus Bonn an Obizzi. Ungeschickt versucht er den Gefangenen aufzumuntern und empfiehlt »nach dem Reich Gottes zu trachten, dann falle dem Herrn Marquis gewiss alles von selbsten zu.« Na, an frommen Trost wird es Obizzi im Kloster gewiss nicht fehlen. Der Kachelofen wärmt angenehm im Rücken, macht faul und schläfrig. Eigentlich wollte ich an Florentin nur ein Nein schreiben, aber die tölpischen Zeilen des Soldaten rühren mich an. Da Felicitas in Köln bleibt, wäre auch ein Ja wieder vertretbar. Nur riskiere ich Kopf und Kragen und das für den schroffen Obizzi, dem ich inzwischen allerdings eine gewisse Hochachtung entgegenbringe. Es geht jetzt nicht mehr um Kaiser oder König, sondern darum, ob ein Mensch, der einem Befehl folgte, zwischen diesen beiden Übermächtigen zerrieben wird. Der Kaiser will die Freilassung und der König von Frankreich die Hinrichtung. Sollte Fürstenberg wegen Hochverrat verurteilt werden, was folgerichtig wäre, so schlüge auch für Obizzi das letzte Stündlein, wenn er nicht schon im Turm gestorben ist. Zu gut kann ich nachfühlen, was eine Gefangenschaft, dauernd den Tod vor Augen, bedeutet. Bei unserem letzten Gespräch in der Nacht flehte Obizzi mich um Hilfe an. Später lag er blutüberströmt auf der Straße – schlimmer noch Hauwitz. Gewiss, sie waren Soldaten, doch ich hätte vielleicht ihr Schicksal ändern können. Es kommt mir vor, als gäbe mir eine höhere Macht jetzt Gelegenheit, mich anders zu entscheiden. Den jungfräulich weißen Federkiel tauche ich in die schwarze Tinte und schreibe »*Ja, ich helfe!*« und außerdem »*Passzettel*?«, Ort, Datum und Namenskürzel. Den Brief des Offiziers werfe ich in den Ofen, damit nichts in meinem Besitz ist, das mich mit Obizzi in Verbindung bringt. Ich siegle, wecke Hennes, damit er das *Billett* in der Früh im Haus »Zum Kuckuck« abgibt.

Die Antwort Florentins am nächsten Tag lautet: »*Danke/Zettel Sebastian Friedrich v. Syberg/Hundsgasse Schlag* 1 *Fl. v. K*«. Obizzi hat also einen Passzettel auf den Namen Syberg und ich muss um ein Uhr in der Hundsgasse sein. Ich stecke das Papier in meinen Rock. Der Morgen vergeht im Schneckengang. Felicitas wundert sich, dass ich ruhelos auf und ab gehe, obwohl das Wetter gut ist und einer Abfahrt nichts im Wege steht.

»Wenn's pressiert, sollt man fahren!«, sagt sie.

Als der Zeiger endlich auf ein Uhr zugeht, findet sie kein Ende bei den Abschiedszeremonien. Ich muss mich fast gewaltsam von ihr reißen. Der kleine Adam bleibt bei ihr. In der Kutsche sitzen Lieb-Belle und Alexander, während ich reite. Mein Schwiegervater hat mir eine Stute geschenkt. Sie gibt mir jetzt die Möglichkeit, besser auf Verfolger zu achten. Beiden Kindern schärfe ich ein, keine Fragen zu stellen, bis wir aus dem Stadttor sind. Die Kutsche postiere ich an der Hofmauer des Hauses Mommersloch und steige ab. Die Gasse ist leer. Ein Karrelzieher schiebt eine Schubkarre vorbei. Sonst ist niemand zu sehen. In der Luft liegt der Geruch eines Schweinekobens. Irgendwo meckert eine Ziege. Dies war einmal eine vornehme Gegend, jetzt sieht es hier recht trostlos aus. Das Haus gegenüber scheint leer zu sein, wie überhaupt die Straße sehr einsam ist. Hennes bindet mein Pferd an.

»Herr, worauf warten wir hier?«, fragt er.

»Auf Herrn von Kolff und den Marquis Obizzi!«

»Obizzi? Ich dacht', der logiert im Kloster, bis sie ihm den Kopf vor die Füß legen.«

»Das will ich heut vereiteln.«

»Irrwitz!« Entgeistert starrt er mich an. »Mit Verlaub, die Sach wird Euch in die äußerste Verderbnis stürzen! Wann wollt denn der Herr Marquis hier vorbeispazieren?«

»Um ein Uhr!«

»Das ist doch schon vorbei. Der kommt nimmer.«

»Ach, halt's Maul! Und kein Wort darüber zu irgendwem!«

Es ist wirklich schon spät. Womöglich ist die Flucht fehlgeschlagen? Gut, ohne Angst und Herzklopfen Köln verlassen zu können, ist eine angenehme Vorstellung! Mehr als eine Stunde warte ich nicht. Eine Kutsche rollt heran. Rebinder sitzt auf dem Bock. Er hat den Hut tief in die Stirn gezogenen und lüftet ihn kurz, als er auf der anderen Straßenseite hält. Schneegaß springt aus dem Wagen. Er hilft einem Mönch heraus und will ihn stützen, was der Bruder unwillig abwehrt. An der Handbewegung erkenne ich Obizzi. Er ist sehr abgezehrt. Schleppend wie ein alter Mann kommt er auf mich zu. Als er mich erkennt, bleibt er stehen, sagt etwas, geht einen Schritt zurück, doch Schneegaß drängt ihn weiter. Gott im Himmel, ein Mönch kann doch kein Herr von Syberg sein, wie es auf dem Passzettel steht.

»Schneegaß, der Passzettel und andere Kleider?«

»Gott ja, die Kleider!« Er reicht mir den Passzettel und holt Rock und Mantel aus der Kutsche, während ich versteckt hinter meiner Karosse Obizzi aus dem Habit helfe.

Zumindest hat er darunter Hemd und Hose an, so dass die Verwandlung schnell vonstattengeht. Obizzi murmelt einen Dank, sieht mich aber furchtsam an, bevor er in meine Kutsche steigt.

»Seht zu, dass Ihr bald aus der Stadt seid, um zwei Uhr ist die Flucht entdeckt«, raunt mir Schneegaß zu.

Am Weyertor wartet eine Kalesche auf die Ausfahrt. Die Fahrgäste stehen um sie herum und ein Torwächter durchsucht sie. Ein Herr verwickelt einen aus der Schildwache in einen Disput, bei dem es darum geht, dass er *Akzise* zahlen soll, die er der Stadt noch schuldig ist. Das kann lange dauern. Es schlägt zwei Uhr. Die Zeit läuft mir davon. Ich bitte eine müßig herumstehende Torwache, mich vorher abzufertigen.

»Alles fein der Reih nach, Monsieur«, sagt der Bursche sauertöpfisch. So frage ich ihn nach dem Leutnant. »Ha, glaubt Er, der weiß bessern Rat?«, raunzt er mich an.

Schnurstracks gehe ich auf den Mann zu, der mit dem Herrn über dessen Schulden verhandelt. Er ist der Leutnant. Als ich seinen Blick erhasche, gebe ich ihm ein Zeichen. Er nickt mir zu und lässt mich warten. Als ihm der Disput zu viel wird, wendet er sich verärgert an mich. »Was wünscht der Herr?«

»Geehrter Herr Leutnant, in meiner Kaross ist ein Kranker. Ihm geht's hundselendlich, daher wär ich dem Herrn aufs Höchste *obligiert*, wenn er die Güt' hätt', mir zur baldigen Weiterfahrt verhelfen zu wollen – wenn's beliebet.«

Die finstere Miene des Leutnants hellt sich auf. »Das ist einmal eine artige Red«, tönt er laut, »so spricht man mit einem Leutnant der Torwach! Ei, warum pressiert's so, hier wegzukommen, wenn's doch in Köln die besten Doctores gibt und gute Kirchhöf obendrein?«

Er geht mit mir zur Kutsche. Ich öffne den Schlag. Vier Kinderaugen schauen uns ängstlich an. In der Ecke sitzt Obizzi in seinen Mantel gehüllt. Sein ausgemergeltes Gesicht macht den Eindruck, als hätte ihn Gevatter Tod bereits am Kragen. »Ei, der Herr sieht wahrhaftig gottsjämmerlich aus, trotzdem – die Kutsch wird akkurat durchsucht. Alles raus!«, befiehlt der Leutnant.

Die Kinder springen heraus. Ergeben quält sich auch Obizzi aus dem Wagen. An die Tormauer gelehnt hält er sich tapfer aufrecht. Wie ich weiß er, dass seine Flucht schon lange entdeckt ist. Jeden Moment kommt der Befehl, das Tor zu schließen. Der Mann, den ich vorhin verärgert habe, durchsucht in aller Gemütsruhe meine Kutsche. Herausgeräumtes Gepäck stellt Hennes gleichmütig wieder an seinen Platz zurück und öffnet gehorsam unsere *Bagage*.

Währenddessen sieht sich der Leutnant die Passzettel an. Er mustert Obizzi. »Der Herr kommt mir bekannt vor«, bemerkt er und gähnt.

»Ach, mein Freund hat ein Allerweltsgesicht«, wiegle ich ab.

»Syberg, Syberg«, murmelt er. »Syberg passt nicht zu ihm, sein Gesicht ist eher spanisch als deutsch.«

Der Mann, der vor uns das Tor passieren wollte, kommt heran und will nun doch seine Schulden begleichen.

»Nein, ich bitt, uns jetzt fahren zu lassen«, drängle ich.

»Geduld, Monsieur!« Der Leutnant schaut auf meinen Passzettel. »Sechem von Merhoffen. Hola, seid Ihr nicht der Freund des Prinzen von Fürstenberg?«

»Ja, ja, der bin ich und das sind meine Kinder.«

In dem Moment krümmt sich Obizzi und übergibt sich.

»Sapperment, dem geht's liederlich«, brummt der Leutnant.

»Ja, und weitere Torturen sollt man ihm ersparen.«

»Gut, Schluss mit der Durchsuchung!«, brüllt er seiner Schildwache zu. Er gibt mir die Passzettel mit der Bemerkung: »Seitdem der Herr Runckel von Cronenfelt die Fürstenberg-Equipage durchs Tor entwischen ließ, müssen wir alles aufs Genaueste examinieren. Der arme Herr von Cronenfelt war schon nah dran in Arrest zu gehen.«

Die Kinder scheuche ich in die Kutsche, erwische Obizzi am Arm, der, am Ende seiner Kraft, sich diesmal schwer auf mich stützt und helfe ihm in den Wagen. Kaum ist der Schlag geschlossen ziehen die Pferde an. Befreit aufatmend sehe ich die Karosse durchs Tor rollen und gehe zu meinem Pferd. Schon im Sattel höre ich jemanden rufen: »Haltet auf, haltet auf, schließt die Tore!«

Die Schildwach greift mir in die Zügel. Ich gebe dem Pferd die Sporen, das Tier bäumt sich auf.

»Tor schließen!«, brüllt der Leutnant

»Meine Kinder!«, schreie ich, treibe mein Pferd an, dessen Zügel die Schildwache festhält, was das arme Tier nur als Galoppieren im Stillstand verstehen kann.

Es wiehert, steigt und schlägt so wild um sich, dass der Mann die Zügel freigibt und es losschießt, allerdings in die falsche Richtung. Nach mehreren Galoppsprüngen bekomme ich den Gaul wieder in die Gewalt und hetze ihn zum Tor zurück. Das ist noch offen, doch das Gitter senkt sich. Ich bücke mich – geschwinde unten hindurch! Die Stangen können mir den Rücken aufschlitzen – einerlei, nur fort! Noch ein Sprung, die Stute bleibt so jäh stehen, dass ich aus dem Sattel geworfen werde. Auf der Erde liegend sehe ich, wie sich neben mir das Falltorgitter senkt und in den Boden bohrt. Ich bin gefangen.

»Warum wollte der Herr so Hals über Kopf flüchten?«, höre ich den Leutnant, von dem ich nur die Stiefel sehe.

»Die Kinder und meinen armen Freund wollt ich nicht im Stich lassen«, flüstere ich benommen.

»Ja, Kameraden steht man bei«, stimmt er mir zu, »dennoch kann ich den Herrn jetzt nimmer hinauslassen.«

»Ich weiß, deshalb versuchte ich es noch«, ich huste.

Der Leutnant hilft mir auf und lässt mich gehen.

Als Felicitas mich wiedersieht, freut sie sich und ist hellauf empört, nachdem ich ihr reinen Wein eingeschenkt habe. Ihre Sorge um die Kinder kann ich zerstreuen, da Hennes einer meiner besten und umsichtigsten Knechte ist. »Trotzdem, für diesen Obizzi Leib, Leben und die Ehr aufs Spiel zu setzen und das noch diesem Kolff zum Gefallen, das ist dumm, närrisch und bringt uns alle ins Verderben.«

»Immerhin habe ich das Wohlwollen des Kaisers verdient.«

»Großartig, der Kaiser sitzt weit weg in Wien.«

»Seine Truppen sind aber überall in Kurköln. Felicitas, es sind so seltsame Zeiten. Um einen weiteren Krieg in Kurköln zu verhüten, hat der Kaiser Fürstenberg arretiert. Sein Helfer Obizzi soll deswegen nicht im Turm sterben.«

»So ist's aber, die Helfer sterben und die Herren leben in Saus und Braus und wir gehören nicht zu den Großen.«

Sie hätte wohl noch lange lamentiert, wenn nicht ihr Vater und ihre Brüder in die Stube gekommen wären. Sie schimpfen, dass die Stadttore wieder einmal geschlossen sind und das Stadtregiment Obizzi nun auch noch fliehen ließ. Dann fragt mich mein Schwiegervater, warum ich noch da sei.

»Ich kam zurück, um mit Felicitas auf den Ball von Bürgermeister Cronenberg zu gehen.« Ich nehme Felicitas in den Arm.

»Bravo!«, ruft er, »die herrlichste Art der Überwindung ist die, sich selbst zu überwinden.«

Felicitas sieht mich erstaunt an. Als alle über die Flucht Obizzis durcheinanderreden, flüstere ich ihr ins Ohr: »Auch wenn mich der Ball wahrhaftig viel Überwindung kostet, so ist es ein Opfer, das ich meiner Eheliebsten mit Freuden bringe.«

»Ein Opfer für Obizzi!«, wispert sie biestig zurück.

»Wenn das so ist, dann bleibe ich zu Hause.«

»Oh nein, bitte nicht! Ich freue mich so auf den Ball.«

Auch am nächsten Tag bleiben die Tore geschlossen. Abends werde ich ins Rathaus gerufen. Ich weiß, was sie wollen und habe mir ein hübsches Märlein zu Obizzi ausgedacht. Der Syndikus und ein Schreiber empfangen mich in einem düsteren holzvertäfelten Zimmer. Die beklemmende Atmosphäre in der Amtsstube legt sich mir aufs Gemüt.

»Wohlgeborener Herr«, sagt der Syndikus, »wegen der Fürstenberg-Affair laufen jetzt die *Residenten* der verschiedenen Herren wieder Sturm bei uns, weil wir den Marquis Obizzi entwischen ließen. Im Mönchshabit ist er aus dem Kloster geschlichen und in eine Kutsch gestiegen. Da er sehr malad war, ist er wohl noch in der Stadt. Trotzdem examinierten wir alle Torwachen. Ab ein Uhr bis zum Torschluss sind nur wenige Karossen ausgefahren. Eine davon war die Ihre. Das Missgeschick, dass der kranke Freund und die Kinder ohne Euch das Weyertor passierten, bedauere ich.«

»Die Leut taten nur ihre Pflicht«, sage ich milde.

»Gewiss, nun muss die Stadt der Welt beweisen, dass Köln an alldem keine Schuld trifft. Der französische König droht, uns den General Turenne mit seiner Armee auf den Hals zu schicken. Was eine Belagerung bedeutet, weiß der Herr ja. Kurz, ich muss wissen, wer dieser Sebastian von Syberg in der Kutsche war. Der Schreiber wird die Aussag sogleich zu Protokoll nehmen, wenn's genehm ist.«

»Gut und ich hoff', damit dann die Sach endgültig aus der Welt geschafft zu haben. *Bien*, meine Eltern kannten die Sybergs gut und so sahen wir uns als Kinder. Vor einiger Zeit besuchte mich Sebastian, also Herr von Syberg, in Merhoffen. Vorgestern traf ich ihn in einer Schänke hier in Köln und kurz bevor ich die Stadt verlassen wollte, kam er zu mir aus und bat mich ihn mitzunehmen, da ihn starkes Bauchgrimmen befallen habe, er sich deshalb nicht auf einem Pferd halten könne und in sein Haus nach Wesseling wolle.«

»Wo logierte er in Köln?«

»In einem Gasthof, aber wo genau, kann ich nicht sagen.«

»Welches Haus besaß er in Wesseling?«

»Bedauere, auch das weiß ich nicht.«

»Das war wohl so eine Art Geist aus vergangener Zeit?«

»So kann man's sagen.«

»Eine seltsame Geschicht!« Er sieht mich zweifelnd an.

»Nun, er war Soldat und hat sich in vielerlei Professionen mehr schlecht als recht durchs Leben geschlagen«, phantasiere ich, »ein toller Kopf, der mit allerhand Geschichten die Leut amüsierte. Über sich selbst schwatzte er selten – war wohl auch wenig Ehrenvolles zu berichten. Vielleicht sollt man in Wesseling nach ihm forschen.«

»Das ist auch der einzige Anhaltspunkt, den mir der Herr gibt.« Der Syndikus mustert mich belustigt.

»Ja, wenn ich gewusst hätte, dass ein Galgenschwengel just am gleichen Tag das Weite suchen wollte, hätt ich meinen Fahrgast mehr ausgefragt. Dieser Obizzi brachte den armen Herrn von Fürstenberg so ins Unglück, was mir als gutem Kurkölner wahrhaftig sehr zu Herzen geht.«

»Nun, der Prinz war auch in Kurköln nicht unumstritten«, wendet er ein, »das Domkapitel wollt ihn schon lange abschaffen, da mag mancher seine Segel wieder mehr nach dem kaiserlichen Wind ausrichten wollen.«

»Mag sein, aber ich hab die Ehr den Prinzen gut zu kennen und schätze ihn.«

»Kennt der wohlgeborene Herr auch den Herrn von Kolff?«

»Ja, wir sind Nachbarn, allerdings seit Jahren zerstritten, besser gesagt spinnefeind.«

»Davon wissen wir auch. Aber bezieht sich das auch auf Herrn Florian von Kolff?«

»Was haben meine Nachbarn mit Herrn von Syberg zu tun?«

»Nicht so hitzig, Monsieur! Herr von Kolff steht im Verdacht, vor des Prinzen Entführung den Kaiserlichen Unterschlupf gewährt zu haben. Inzwischen gibt's auch Indicia, dass er in die Befreiung des Marquis Obizzi involviert ist, daher haben wir ihn in Haftung genommen. Also, steht der Herr mit ihm auf gutem Fuß oder ist er mit ihm verfeindet?« Diese Frage trifft mich unvorbereitet. Ich weiß weder, was Florentin gesagt hat, noch was die Kölner von uns wissen. Die Wahrheit, die unverfängliche Wahrheit, das ist das Beste. »Ist die Frage so diffizil?«, erkundigt sich der Syndikus.

»Ja!« Ich versuche mich zu sammeln. »Das muss wohlüberlegt sein, wenn ich mich in Verbindung mit einem möglichen Verbrecher bringe, damit nichts missverständlich ist.«

»Nun?«, drängt er, weil ich wieder schweige.

»Florian von Kolff hat trotz der Feindschaft zwischen unseren Häusern versucht, hier in Köln mit mir Frieden zu schließen. Ich habe ihm verziehen, aber keinen engen Umgang mit ihm gepflegt, so dass es nie zu einer Aussöhnung kam.«

»Was wollte Euer Diener am Tag der Flucht des Marquis Obizzi in aller Früh bei Herrn von Kolff?«

»Er überbrachte einen Brief, dessen Inhalt den löblichen Rat nichts angeht oder will man mich wegen meiner Korrespondenz mit einem Verdächtigen einsperren? Zum Henker, kaum habe ich meinen Fuß in die Stadt gesetzt, schon will man mir wieder alle möglichen Übeltaten anhängen.«

»Gewiss nicht! Nur wegen des Casus Obizzi benötigen wir genaue Kenntnis über alle, die das Weyentor im Zeitpunkt der Flucht passierten sowie über den Herrn von Kolff. Ich bitt den wohlgeborenen Herrn um Nachsicht für meine Neugier und danke ergebenst für seine Hilf.«

Trotz der wohlklingenden Entschuldigungen für die inquisitorischen Fragen, habe ich das Gefühl, eher Verdächtiger als Zeuge zu sein. Selbst Felicitas rät mir dringend, Köln zu verlassen. Am nächsten Tag lässt man mich jedoch nicht hinaus. Die Torwache verweist auf den Magistrat und im Rathaus begründet der

Syndikus die Maßnahme, dass man Boten nach Wesseling gesandt habe, um Herrn von Syberg ausfindig zu machen, damit man ihn mit mir konfrontieren könne. Daher bitte man mich, noch einen Tag auszuharren, damit die Sach ein für alle Mal geklärt sei. Die Bitte ist ein höflich ausgedrückter Befehl, denn ich müsste mich schon heimlich über die Stadtmauer davonmachen, wenn ich ihr nicht folgte. Eine Flucht wäre ein Schuldeingeständnis und könnte meinen Schwiegervater in Bedrängnis bringen. So bleibe ich, wohlwissend, dass die Boten in Wesseling keinen Herrn von Syberg finden werden.

Syndikus Huigen ruft mich am Nachmittag des nächsten Tages ins Rathaus. Auf die düstere Amtsstube bin ich vorbereitet, nicht aber auf Florentin. Bleich und sehr gerade sitzt er dem Syndikus und seinem Schreiber gegenüber, den Stuhl ein Stück weit vom Tisch weggerückt, als wolle er sich eher bei einem Plauderstündchen vergnügen, als sich einem Verhör aussetzen. Er wendet sich ganz von den Kölnern ab und lächelt mir flüchtig zu, obwohl wir keine Ursache zur Freude haben. Nach der Begrüßung setze ich mich neben ihn.

»Ich will nicht lange um den heißen Brei herumreden«, sagt der Syndikus verblüffend leger, »dank größten Fleißes sind wir im Casus Obizzi weit vorangekommen und zu dem Schluss gelangt, dass der Marquis gleich nach seiner Flucht aus Sankt Reinhold Köln verlassen hat. Fest steht, dass er in der Näh des Klosters in eine Kaross stieg, die Herr von Kolff zwei Tage zuvor gemietet hatte. Mehrere Zeugen sahen den kränklichen Mönch. Darunter war einer, der die Kaross für seinen Herrn mehrmals gemietet hatte und wusste, woher sie stammte. Er wunderte sich, warum sich die Mönche die teure Kutsch leisteten. Eine gute Stund später wollte Herr von Kolff zusammen mit einem Herrn in derselben Kaross aus dem Hahnentor ausfahren. Die Schildwach hatte an dem Tag die Order erhalten, wegen des Verdachts in der Fürstenbergsach ihn nicht hinauszulassen. Der Begleiter in der Kutsche war gesund. Anders als der Fahrgast des Herrn von Merhoffen. *Bene*, es wär an der Zeit, die Wahrheit zu bekennen.« Der Syndikus sieht Florentin streng an, der gelassen die Achseln zuckt.

»Werter Herr Syndikus«, sagt er, »ich wüsst' nicht, wie der Marquis in meine Kutsch gekommen sein soll und sich im Handumdrehen just in die Kaross eines bekannten Freundes des Prinzen verflüchtigt haben soll.«

»Vielleicht ist der auch ein Freund des Marquis Obizzi?«

»Zumindest ist Freiherr Sechem nicht mein Freund, wie der ehrenwerte Herr Syndikus wohl weiß.« Florentin wirft mir einen abfälligen Blick zu. »Unterstellt, ich hätte eine so kitzlige Sach wie die Flucht des Marquis ins Werk gesetzt, dann doch nur mit Leuten, denen ich fest vertraue, keinesfalls aber mit einem Mann, der seit Jahren mein ärgster Feind ist. Das sollte selbst dem ehrsamen Rat einleuchten.«

»Gewiss, doch Herr von Merhoffen gab zu, dass sich zwischen den beiden Kavalieren eine Versöhnung anbahnte.«

»Das ist richtig«, bekennt Florentin, »aber von der Versöhnung zur treuen Freundschaft ist der Weg weit.«

»Da man sich schon von Kindesbeinen an kannte, mag der Weg auch kurz gewesen sein. Messieurs, das hier haben wir zwischen den Papieren des höchst verdächtigen Herrn von Kolff gefunden!« Der Syndikus zieht ein Blatt aus einer Mappe. Wir lesen: *»Ja, ich helfe*!« und außerdem *»Passzettel*?«, Ort, Datum und mein Kürzel. Mir steht der Atem still. Florentin seufzt. Wir wechseln Blicke, allesamt ratlos.

»Mit der Unterschrift und dem gut erhaltenen Siegel ist klar, wer den Brief geschrieben hat«, triumphiert der Syndikus. »Die Herren sollten nun mit der Wahrheit herausrücken.«

»Der Wortlaut ist nichtssagend«, knurrt Florentin.

Der Syndikus schüttelt den Kopf: »In dem *Billet* steht, Herr von Merhoffen hilft Herrn von Kolff, den Marquis Obizzi durchs Stadttor zu schmuggeln und erinnert an einen Passzettel für ihn. Die Mietkutsche des Herrn von Kolff hat dem Gefangenen die Flucht ermöglicht und Ihr, Freiherr Sechem, habt dessen Fortschaffung durch das Stadttor übernommen. Der Zettel stammt doch von Euch.«

»Ja«, gebe ich zu, »die Hilfe bezog sich aber keinesfalls auf den Marquis, sondern war auf den Diener Schneegaß gemünzt, der mit mir fahren sollte, das hatte sich jedoch zerschlagen, und so nahm ich anstelle des Schneegaß den in Not geratenen Herrn von Syberg mit.«

»Sehr geschickt, Monsieur!« Der Syndikus nickt anerkennend. »Nur steckt der Herr tiefer in der Sach, als er denkt. Die Beschreibung, die die Torwach von dem Herrn von Syberg gegeben hat, passt haargenau auf den Marquis und für den Ort, wo der in Eure Kaross stieg, finden wir auch noch Zeugen.«

»Ich wünsche für weitere Griffe in den Glückstopf dem Herrn Syndikus viel Erfolg, vielleicht erhält er einmal ein Los mit einer Gewinnnummer«, reizt Florentin den Juristen.

»Das richtige Los ist hier!«, trumpft der Syndikus auf und schiebt uns ein anderes Brieflein zu. Es ist Florentins Antwortschreiben mit meinem Namen als Adressaten: *»Danke/Zettel Sebastian Friedrich v. Syberg/Hundsgasse Schlag 1 Fl. v. K«*. Der Syndikus fährt fort: »Nachdem wir auf die Nachricht bei Herrn von Kolff gestoßen waren, als wir sein Haus durchsuchten, versuchten wir unser Glück auch beim Absender. Der Einsatz einiger Reichstaler für willige Helfer bescherte uns wahrhaftig die richtige Losnummer.« Er wendet sich an mich: »Freiherr Sechem, ich schlage vor, Ihr bezeugt, dass Herr von Kolff Euch bat, einen Herrn von Syberg nach Bonn mitzunehmen, wobei Ihr nicht wusstet, dass es der entflohene Marquis Obizzi war, und wir vergessen Eure Beteiligung bei dieser Missetat. Damit treffen die Folgen genau denjenigen, der die Sach eingefädelt hat. Ansonsten nehmen wir den Herrn in Haft.«

»Doch nicht in Turmhaft?« Wie die Angst des Mädchens vor dem Schwarzen Mann, so packt mich die Furcht vor dem Bayen- und Frankenturm – wieder die ewige Nacht, die feuchte Kälte, die Todesangst, der Durst, das Fieber.

»Turm? Gut möglich. Nachdem der Marquis schon entschnappt ist, darf es keinen zweiten Fehlschlag geben. Also, bezeugt der Herr das?«, stachelt mich Huigen an.

»Wie? Alle Verdächtigungen werden fallen gelassen, wenn ich sage, Herr von Kolff hat mir den Marquis untergeschoben?«, hake ich nach.

»Just so! Er kann sofort als freier Mann die Stadt verlassen.«

Den Kopf gesenkt erwartet Florentin mein Urteil. Sie brauchen einen Sündenbock für Ludwig XIV., der Köln bedroht. Florentin ist ohnehin verloren; wenigstens kann ich meinen Kopf retten, mir das Martyrium des Turmes ersparen.

Florentin sieht mich an. Ruhig nickt er mir zu, als wolle er sagen: Rette dich, mir hilft nichts mehr! In diesem Augenblick schäme ich mich. Die Briefe sind nur Hinweise, Indicia, wiegen vor Gericht nicht so viel wie ein Zeuge. Ja, sie brauchen Zeugen oder ein Geständnis, um Florentin überhaupt verurteilen zu können. Der Syndikus macht mir das Angebot gewiss nicht aus Sympathie. Er will Florentin den Todesstoß versetzen.

»Eine verlockende Offerte, Herr Syndikus«, sage ich, »nur widerstrebt's mir, mein Leben auf Kosten eines anderen zu salvieren und will nichts an meiner Aussag ändern.«

»Der Herr möchte wohl wieder in den Bayenturm?«

»Nein, aber um das zu vermeiden, wäre ich nicht mehr der, der ich bin und zeitlebens bleiben möchte.«

»Vielleicht hat der Herr von Kolff mehr Verstand als Ehrgefühl«, wendet er sich an Florentin.

»Das ist perfide!«, faucht dieser.

»Nein, verständig! Ihr bezeugt, Freiherr Sechem die Kutsche geliehen zu haben, mit der dieser auf eigene Faust die Flucht des Marquis bewerkstelligte, weil seine Kaross zu auffällig gewesen wäre, und Hokuspokus verschwinden die artigen Botschaften zwischen den beiden Kavalieren im Orkus.«

Florentin schweigt. Schon eine Weile in Arrest, weiß er, wie quälend selbst eine Gefangenschaft im eigenen Haus ist und der

Turm bedeutet die Vernichtung seiner Ehre, seines Namens – das Einzige, was ihm noch geblieben ist, nachdem er sich von seinem Bruder getrennt hat. Er schließt die Augen und beißt sich auf die Lippen.

»Nun, was ist?«, fragt der Syndikus Florentin.

»Gut! Ja, verbrennt die Papiere!«, fährt er den Syndikus an.

»Der Herr nimmt also das Angebot an?«

»Ja, verbrennt die *Billetts*!« brüllt er wütend.

Ich bin wie vom Donner gerührt. Es war schiere Dummheit einem Kolff zu vertrauen. Wie ein Schaf bin ich in die Falle getappt. Diesmal gibt es kein Entkommen. Gott steh mir bei!

»Herr von Kolff, Freiherr Sechem benutzte also ohne Euer Vorwissen die Kutsch zur Befreiung des Marquis Obizzi? Können wir das so zu Protokoll nehmen?«, fragt der Syndikus.

»Nein, das bezeug' ich nicht! Niemals ... aber verbrennt die Zettel! Verbrennt sie!«, schreit Florentin.

»Das war nicht der Handel!«, sagt der Syndikus. »Bei der Sachlag' muss ich davon ausgehen, dass beide Herren dem Marquis Obizzi zur Flucht verholfen haben, was wohl auch die Wahrheit trifft. Aber wenigstens einen der Herren hätten wir gerne gerettet.«

Der Turm bleibt uns erspart, man hält uns aber in Hausarrest. Von der Todesstrafe über Gefängnis bis zum Stadtverweis ist alles möglich, je nachdem ob Kaiser oder König die Oberhand behält. Selbst der Advokat, den mein Schwiegervater gerufen hat, kann bei diesem politisch brisanten Casus nichts zu den möglichen Folgen sagen und bescheidet uns mit dem weisen Spruch: Auf hoher See und vor Gericht sei man in Gottes Hand. Festungshaft scheint mir am wahrscheinlichsten, was mich zeitweilig in Verzweiflung stürzt. Da ich noch in keinem feuchtkalten Verlies sitze, nehme ich die Bedrohung allerdings weniger wahr, zumal ich, um Felicitas zu schonen, stets einen eigentlich ungerechtfertigten Optimismus an den Tag lege, der auch meine Furcht, die ich dauernd mit mir herumtrage, etwas mildert. In einsamen Stunden kriecht aber die Todesangst in meine Seele. Felicitas ist voller Kummer und oft in Tränen. Um sie zu trösten, setzt sich ihr Vater beim Stadtregiment energisch dafür ein, dass man mir erlaubt, zum Ball des Bürgermeisters zu gehen. Seltsamerweise hat er Erfolg. Man erklärt aber gleichzeitig, auf weitere Gnadenakte könne ich nicht hoffen. Aber dieser eine Gnadenakt ist schon verwunderlich, wohl eine Demonstration der Milde des Stadtregiments gegenüber dem reichen Kaufmann Beywegh, bevor sie mich vernichten. Am letzten Tag vor dem Ball findet die Melancholie seltener ein Schlupfloch in mein Herz. Ich muss das Tanzen üben. Tänze wie Branlo, Pavane, Gaillard, Courante, Allemande, Sarabande und die Volte kenne ich. Inzwischen gibt es aber auch das Menuett, den englischen und französischen Kontratanz, die mir Felicitas beibringt. Die Allemande tanzen wir zur Erholung, weil uns das Verschlingen der Arme so gut gefällt, das in der Stube mit einem Kuss endet. Diese frohen Augenblicke genieße ich bewusster, als ich es sonst getan hätte – Proviant für eine böse Zukunft, obwohl man jeden schönen Augenblick als Kostbarkeit achten und genießen sollte.

Auf das Fest von Herrn von Cronenberg freue ich mich sogar und das eigentlich nur, um einmal andere Luft atmen zu können. Der geschmückte Festsaal, die kostbar mit Gold und Silberfäden, ja sogar mit Edelsteinimitaten verzierten Kleider der Damen und Herren erinnern mich an die Bälle in Paris, wenngleich dort alles bedeutend prunkvoller war und die Schaustellung des Überflusses gelegentlich gegen den guten Geschmack verstieß. Die bescheideneren Stoffe funkeln aber im Kerzenlicht gleichermaßen. Nach den Tagen des Hausarrestes wirkt der Augenschmaus berauschend auf mich. Vor allem freut mich Felicitas' Begeisterung. Ein kleiner Ausgleich für ihre kummervollen Tage. Sie kennt keine Müdigkeit beim Tanz. Ein wenig beneide ich die älteren Herrschaften, die sich mit einem Glas Wein in der Hand amüsieren. Einige beäugen mich neugierig, flüstern sich zu. Vielleicht finden sie es empörend, einen Übeltäter bei ihrem Fest dabei zu haben. Nach einem Branlo nehmen wir wieder zu einem Kontratanz Aufstellung, die Herren in einer Reihe, ihnen gegenüber die Damen. Höflich verneige ich mich vor den beiden Herren neben mir. Einer von ihnen ist der Syndikus Huigen, ganz à la mode gekleidet in einem hellgrünen *Justeaucorps* mit silbernen Bordüren, vielen Silberknöpfen und bis zum Ellbogen reichenden Ärmelaufschlägen. Er strahlt mich an, als gäbe es keine schwarze Amtskleidung, keine hinterhältigen Fragen. Seine papierene Nüchternheit hat er zugunsten charmanter Höflichkeit abgelegt. Diese zwei Gesichter scheinen staatstragenden Personen eine Selbstverständlichkeit zu sein. Nach diesem Kontratanz erhalte ich endlich das langersehnte Glas Wein. Felicitas schwatzt mit ihren Freundinnen.

Ich verziehe mich und gehe die Treppe hinunter, um im Garten ein wenig frische Luft zu schöpfen. Der mich bewachende Stadtsoldat stellt sich mir in den Weg. Ihn hatte ich vergessen und mache kehrt. Der Stadtsyndikus kommt mir entgegen. Er bittet mich, ihn in den Garten zu begleiten. Der Soldat folgt uns in einigem Abstand. Die Dämmerung ist fortgeschritten. Blumenbeete, Wiesen und Bäume sind ihrem nächtlichen Grau schon näher als ihren bunten Tagesfarben. Sand knirscht unter unseren hochhackigen Tanzschuhen, die eher Teppich und Holzboden gewohnt sind.

»Ich danke, mir ein wenig frische Luft verschafft zu haben«, sage ich zu Huigen.

»*Avec plaisir*«, erwidert er freundlich, »das gibt mir auch gute Gelegenheit, ein wenig ohne Zeugen zu plaudern.«

»Will der Herr Syndikus mich nun ohne Daumenschrauben aushorchen?«

»Keineswegs, im Gegenteil. Wundert sich der Herr nicht, dass Er zu dem Ball gehen konnte?«

»Eine Einladung habe ich ja!«, scherze ich. »Gut, Herr von Fürstenberg wird zurzeit wohl kaum in den Genuss eines Tanzvergnügens kommen.«

»Richtig! Ihr verdankt diesen Vorzug vor allem der Fürsprach der Franzosen. Man will Euch freilassen! Das haben mir die Bürgermeister am späten Nachmittag gesagt.«

»Wie? Kein Prozess?«

»Akkurat! Die Franzosen halten Eure Teilnahme an der Befreiung Obizzis für abwegig, da sie von Eurem guten Einvernehmen mit Herrn von Fürstenberg überzeugt sind und Euch für einen honetten Kavalier halten. König Ludwig hat heute seinen *Residenten* und alle Gesandten nach Paris zurückbeordert. Für ihn hat der Kölner Kongress keine Bedeutung mehr. Wie Ihr wisst, ist Köln kaisertreu und denjenigen dankbar, die das Stadtregiment aus der Zwangslage befreit haben, dem französischen König zulieb dem Marquis Obizzi den Kopf abschlagen zu müssen. Deshalb soll ich die frohe Botschaft schon vorab bringen, bevor sie Euch der Herr Bürgermeister offiziell mitteilt.«

»Gut«, sage ich steif, »und fühlt das Stadtregiment nicht auch eine gewisse Dankbarkeit gegenüber Herrn von Kolff?«

»Für ihn haben sich die Franzosen nicht eingesetzt. Daher bleibt er noch in Haftung. Mit ziemlicher Gewissheit wird das Verfahren gegen ihn im Sande verlaufen.«

»Weil der Kaiser seine Freilassung fordern wird?«

»Ja, und ein strenges Vorgehen ist auch nicht mehr der Wunsch der Franzosen, weil sie jetzt um das Leben des Herrn von Fürstenberg bangen, der dem König sehr am Herzen liegt. Auf keinen Fall will man den Kaiser reizen.«

»Ah ja, enthauptest du meinen Vasallen, köpfe ich deinen?«

»So ungefähr. Der Herr freut sich wohl nicht?«

»Ha, das Stadtregiment ist wie eine Wurst, die man nach allen Seiten biegen kann. Keiner schert sich um Recht und Gerechtigkeit, man zieht sich halt irgendwie aus der Affär'.«

»Herr Jesus, wir waren in einer Zwickmühle. Der Kaiser hätte uns womöglich den Schutz entzogen, wenn wir Obizzi enthauptet hätten. Der französische König wiederum drohte, die Stadt in Schutt und Asche zu schießen, wenn wir dem Marquis nicht den

Prozess mit dem ihm genehmen Resultat machten.«

»Das ist wahrhaftig eine missliche Lag! Wie auch immer. Ich bin froh, frei zu sein. Auf einen Empfang bei dem Herrn Bürgermeister verzichte ich, es sei denn, er will sich bei mir wegen der vor Jahren erlittenen Turmhaft entschuldigen.«

»Das will er gewiss nicht, aber ich werde es ihm ausrichten!«

In meinem Kabinett in Merhoffen prangt ein neues Ölgemälde, genau an der Stelle, wo der alte Holzschnitt mit den apokalyptischen Reitern hing. Dargestellt ist ein Mahl römischer Göttinnen und Götter, die allesamt nackt vor einer gedeckten Tafel in einem Garten sitzen, während über ihnen kleine Engel fliegen. Verlockender kann man das Leben nicht verherrlichen. Die opulenten Farben verleihen dem ernsten Raum eine fast heitere Atmosphäre. Die schwarz-weißen apokalyptischen Reiter stehen darunter auf dem Boden. Weiß Gott, Krieg, Seuche und Tod sind mir in den letzten Monaten wieder viel zu häufig begegnet. Jost kommt und will den alten Stich fortbringen. Ich hindere ihn daran. Er macht Zeichen, die Bilder wieder auszuwechseln, weil ihm das alte Bild wohl mehr zusagt als die nackten Götter. Nein, das will ich auch nicht.

»Hänge das Bild an die Wand gegenüber, dann habe ich auf der einen Seite die Fröhlichkeit und das pralle Leben und auf der anderen werde ich daran gemahnt, dass das alles nicht gar so selbstverständlich ist.«

April 1674

Der Weiher bei Merhoffen hat seine Form behalten. Eine Ente schwimmt mit ihren vier Jungen auf dem See. Die Natur hat sich nicht gewandelt, bei manchen Menschen änderte sich seither vielleicht auch kaum mehr als die Jahreszahl. Und bei uns? Felicitas, Lieb-Belle, Alexander und ich sind wieder beisammen und wir alle sind gesund. Ja, der Erhalt von Leib und Leben ist der Gewinn, den wir nach vielen Schrecken, Schmerzen und Plagen des vergangenen Jahres errungen haben. Keine Ehrungen, keinen Dank, kein Geld oder sonstigen Lohn, der das Herz erfreut, habe ich nach all den Mühen und Kämpfen erworben. Nur der unwillkommene *Pallasch* liegt in meiner Jagdkammer, eher ein bedrückender Mahner als ein Lebenselixier. Aber Leib und Leben gerettet zu haben ist schon viel.

Einen schweren Verlust mussten wir dennoch hinnehmen. Der kräftige selbstbewusste Ari, das einzige Kind meiner Schwester Sophia – Ari den ich mir fast zum Sohn gewünscht hatte, Ari ist an der Seuche gestorben, als eines der vielen Opfer der Bonner Belagerung. Meine arme Schwester ist über seinen Tod selbst krank geworden. Hier in Merhoffen erholt sie sich. Den kleinen Adam mit seinen kräftigen Fechterhänden umhegt sie. Mit ihm und Lieb-Belle verbringt sie viel Zeit. Beide Kinder hängen sehr an ihr. Vielleicht ein Trost in ihrem großen Schmerz. Es ist eine alte Weisheit, sein Herz nicht zu sehr an Kinder zu hängen, weil so viele einem wieder entrissen werden. Das befolgen aber wohl die wenigsten Eltern.

Die Knie mit den Händen umfasst genieße ich Wind, Sonne, die feuchte Luft, das Rascheln des Schilfs. Trotz der noch vorherrschenden Brauntöne der frühen Jahreszeit ergibt das kraftvolle Hellgrün der Wiese zusammen mit dem blaugrünen Wasser ein erquickendes Bild, so als lösche man in dörrender Hitze seinen Durst. Alexander sitzt neben mir auf dem Steg und spielt auf einer Laute, die ich ihm aus Köln mitbrachte. Das ist immer der Abschluss unserer Fechtlektionen, der nicht nur ihm, sondern auch mir Freude bereitet. Er betreibt jetzt das Fechten wie auch die Schulstunden bei seinem neuen *Präzeptor* mit Ehrgeiz und seine Erfolge spornen ihn an. In der Fechtkunst hat er inzwischen erstaunlich viel gelernt. Brillant wird er nie werden. Das will ich auch nicht. Es genügt, wenn er sich in unseren kriegerischen Zeiten Respekt verschaffen kann, ansonsten jedoch die friedlichen

Künste pflegt. Anton kommt und holt einen dicken Karpfen aus einer Reuse. Er geht Melchior zur Hand, der voll des Lobes über das Geschick und den Fleiß des Jungen ist. Daneben lernt Anton Lesen und Schreiben. Später soll er bei Gillis in die Schul' gehen. Vielleicht wird er einmal ein ebenso treuer Diener meines Sohnes sein, wie es Melchior und Gillis für mich sind.

»Drüben fliegen Vögel auf! Da ist jemand auf der Landstraße«, sagt Alexander zu mir und legt die Laute beiseite.

»Diesmal sehen wir nicht nach, wer es ist!«

Er lacht. Wir sollten zurückgehen. Der *Präzeptor* wartet, Gillis will mit mir Pachtsachen besprechen, Briefe müssen geschrieben werden. Dessen ungeachtet sollten wir noch ein paar weitere schöne Augenblicke in unserem gemeinsamen Lebensbüchlein vermerken.

Schritte hinter uns! Ein Herr und sein Diener kommen auf uns zu. Mit einem Jubelschrei springt Alexander auf und rennt auf den Lakaien zu. Wie eine Amme breitet dieser die Arme aus. Lachend fängt er den Jungen auf und schwenkt ihn herum. Es ist der unselige Schneegaß und sein Herr ist der Marquis Obizzi, dem ich entgegengehe. Wir begrüßen uns, erst verlegen, dann doch herzlich. Alexander kommt scheu heran und verneigt sich vor dem Marquis, der ihn freundlich anspricht. Mein Sohn reagiert nicht und blickt ihn unverwandt an. Eine neue Marotte von ihm, denke ich.

»Mit Verlaub«, sagt er endlich, »ich bitt den Herrn um Vergebung für eine böse Sach!« Obizzi macht ein verdutztes Gesicht. »Ich hab Euch einen Brief weggemaust, wie Ihr damals bei uns logiertet.«

Mir steigt die Schamröte ins Gesicht.

Überrascht sieht Obizzi auf meinen Sohn herab, dann sagt er bedächtig: »Das war wahrhaftig eine üble Missetat, die kein wohlgeborener Knabe sich auf die Seel laden sollte, weil ein Dieb nicht nur von Gott, sondern auch auf der Erd streng bestraft wird, das sollte der junge Herr eigentlich wissen.«

»Ja, das weiß ich! Gott hat mir aber vergeben, weil ich die böse Tat sehr bereut hab und das gewiss nie wieder tue. Ist Mausen schlimmer, als wenn man einen anderen aus freien Stücken erschlägt oder erschießt?«

»Beides wird gleichermaßen bestraft, wenngleich der Dieb noch auf Gnade hoffen kann, der Mörder fast nie! Aber warum hast du mir den Brief weggenommen?«

»Damals habt Ihr erst den Herrn Vater mit einer Pistol bedroht und damit dann den Schneegaß fast erschlagen. Ich dacht, Ihr seid ein Bösewicht. Deshalb hab ich den Brief aus Eurer Kammer genommen, als Ihr beim Herrn Vater wart. Ich wollt nichts Wertvolles stehlen, sondern nur etwas, was Euch wichtig ist, und das Siegel sah wichtig aus.«

»Damit hast du mich hart getroffen!«, sagt Obizzi steif.

»Ihr verzeiht mir?«

»Ja!« Er nimmt Alexanders Hand. »Ich dank dir und deiner Schwester, dass ihr auf der Fahrt von Köln nach Bonn so gut für mich gesorgt habt.« Obizzi sieht mich an. »Zum Danksagen bin ich auch hier.«

»Es freut mich von Herzen, dass der edelgeborene Herr mir einen Besuch abstattet. Gehen wir doch ins Haus und feiern den guten Ausgang«, fordere ich ihn auf.

»Mit Verlaub, bleiben wir noch hier. Hier ist's so schön. Der blaue Himmel über uns, viel Licht, keine Wände und niedere Decken. Lange genug war ich in den Krankenkammern lebendig begraben. Jetzt kann ich gar nicht mehr genug bekommen von frischer Luft, Weite, Sonne und Wind.«

Das verstehe ich nur allzu gut. Wir setzen uns auf den Steg. Obizzi lässt sich vorsichtig nieder und verzieht schmerzhaft das Gesicht. Noch immer ist er blass und hohlwangig. »Das ist mein erster Ausritt nach vielen Wochen. Aber mir lag's auf der Seel, bald hierherzukommen«, sagt er, »am allerwenigsten hätte ich gedacht, dass gerade Ihr mir zur Flucht verhelfen würdet. Als ich in Eure Kutsche stieg, glaubte ich eher an mein Ende als ans Entkommen. Ich war nur zu malad, um mich zu wehren. Doch der Freund des Herrn von Fürstenberg, den ich für meinen Feind hielt, half mir nach Kräften und ihm verdanke ich mein Leben. Eine großherzige Tat!«

»Ich muss gestehen, es hat eine Weil' gedauert, mich dazu durchzuringen«, gebe ich zu. »Mit Verlaub, zu hochfahrend und anmaßend war mir der Herr.«

»Das lässt sich nur schwer ändern. Aber warum hat der Herr diesem schlechten Menschen dennoch geholfen?«

»Ach, übles Betragen ist eine Schwäche, die ich leicht verzeihe. Grobe Manieren stoßen überall auf Widerstand und werden auf Erden schon vielfach bestraft. Die Entführung meines Sohnes war schwerer zu schlucken.«

Eine Weile sieht er schweigend auf den See hinaus. »Das ist auch die Sach, die mir nicht in den Kopf will. Warum ein solches Wagstück gerade für mich?«, fragt er.

»Die Gefangennahme Fürstenbergs war de facto wohl richtig, auch wenn die Welt das als Verbrechen brandmarkt.«

»Damals als ich bat, mir bei der Verhaftung zu helfen, war der Herr anderer Ansicht.«

»Ich war ein Träumer, auf den Kongress zu hoffen – ein Träumer wie mein Sohn, der meint, mit Musik die Welt bessern zu können. Ja, er hofft auf die Töne und ich auf Worte. Aber vielleicht kommt einmal eine Zeit, in der Worte mehr Effekt haben als Gewalt, Totschlag und Verwüstung.«

»*Bene*, die Erkenntnis, dass die Arretierung des Prinzen richtig war, hat den Herrn bewogen, den Entführer seines Sohnes unter Lebensgefahr zu befreien? Das ist schwer zu glauben.«

»Ein guter Christ müsste das verstehen.«

»Ha, Feindesliebe heißt Schonung, nicht Rettung!«

»Auch Rettung!«, behaupte ich und er verzieht das Gesicht.

»Das ist mir zu wenig menschlich. Bitte, die Wahrheit!«

»Warum will der Herr das nicht als ein Wunder nehmen?«

»Von Wundern kann man nichts lernen, nur von dem, was man versteht.« Fragend sieht er mich an.

»Gut, als Ihr damals in Köln nachts zu mir kamt und mich inständig batet, Fürstenberg in eine Falle zu locken, um Blutvergießen zu vermeiden, das rührte mich an. Einem Mann, der gewohnt ist zuzuschlagen oder zu befehlen und Befehle entgegenzunehmen, sind Bitten fremd und kosten gewiss viel Überwindung. Es fiel mir schwer, die Bitte abzulehnen und später wollte ich etwas wiedergutmachen.«

»Ja! Wenn mir's gelungen wär, lebte der Hauwitz noch.«

»Das wissen wir nicht!«, sage ich.

»Nein, das wissen wir nicht«, wiederholt er.

Jakob Müller, *Darstellung der Belagerung Bonns 1673*, Kupferstich nach Johann Josef Waldtman, um 1690 (Stadtarchiv Bonn, Grafische Sammlung)

Historischer Hintergrund

Der Weg zu einem friedlichen und demokratischen Europa war lang und blutig. Ein winziges Stück der Strecke ist in *Exitus* dargestellt. 1672 nutzte Ludwig XIV. Kurköln als Basis für einen Überfall auf die niederländischen Generalstaaten und nahm auch deutsche Städte im Herrschaftsgebiet des Kurfürsten von Brandenburg ein. Von Schweden initiiert wurde im Juni 1673 in Köln ein Friedenskongress einberufen. Im August 1673 eroberten die Franzosen Trier, die Hauptstadt des kaisertreuen Kurfürsten Carl Caspar von der Leyen. So sah sich der katholische Kaiser Leopold I. zu einer Allianz mit der protestantischen holländischen Republik gezwungen. Der erste Schlag des Kaisers, der Spanier und Holländer erfolgte im November 1673 völlig überraschend auf Bonn. Eine Vorhut unter dem Obristen Grana war schon am 3. November in Plittersdorf. Gleichzeitig stürmten holländische Truppen Rheinbach, brannten es nieder und hängten den Bürgermeister Averdunck vor dem Stadttor auf. Daraufhin floh der Kurfürst nach Köln. Die Alliierten umzingelten Bonn am 6. November. Nachdem der Kurfürst die Übergabe abgelehnt hatte, wurde Bonn ab dem 8. November heftig bombardiert. Die Kaiserlichen »gruben« sich im Süden an die Festung heran, zerstörten die Stadtmühle, beschädigten die Ferdinandbastion und gelangten bis zur Stadtmauer. Die Holländer »rasierten« im Norden das Kölntor. Bonner Bürger baten den Stadtkommandanten Landsberg um eine Übergabe im Akkord an den Feind. Wie sie das taten, ist unbekannt. Die Übergabe erfolgte am 12. November 1673. Franzosen und Kurkölner erhielten freien Abzug. Der Feldherr Graf Montecuccoli unterstellte Bonn dem Obristen Marquis Grana. Bis 1679 blieben kaiserliche Regimenter in Bonn und Lechenich einquartiert.

Wilhelm Egon von Fürstenberg führte 1673 in Köln für den Kurfürsten Maximilian Heinrich die Friedensverhandlungen. Vor einem Anschlag wurde er mehrmals gewarnt. Trotz Übersiedlung in das sicherere französische Quartier und Begleitschutz, entführten ihn am 14. Februar 1674 kaiserliche Soldaten unter Leitung des Marquis Obizzi. Dabei gab es mindestens einen Toten. Fürstenbergs Sekretär Breget überlebte schwer verletzt. In Wien wurde Fürstenberg drei Mal verhört und des Hochverrats für schuldig befunden. Wegen der internationalen Empörung über die Entführung verzichtete der Kaiser auf einen offiziellen Prozess und ein Todesurteil. Das war keineswegs selbstverständlich, da zuvor die hochadligen Verschwörer Ferenc Nádasdy, Petar Zrinski und Fran Krsto Frankopan, zu denen Fürstenberg auch Kontakt hatte, zum Tode verurteilt und am 30. April 1671 enthauptet wurden.

Wegen Fürstenbergs Entführung berief Ludwig XIV. seine Gesandten am 27. März 1674 aus Köln ab. Damit hatte der Kongress sein Hauptziel verfehlt. Zwei Friedensschlüsse kamen noch zustande: zwischen Holland und Münster (22. April 1674) sowie zwischen Holland und Kurköln (11. Mai 1674), womit sich Kurfürst Max Heinrich von Frankreich löste. Ludwig XIV. machte Fürstenbergs Freilassung in allen Friedensverhandlungen zu einem gewichtigen Verhandlungspunkt.

Beutemachen und die Hoffnung auf sozialen Aufstieg verführte junge Männer aus ganz Europa dazu, Söldner zu werden, obwohl jeder Soldat nach der Musterung durchschnittlich gut drei Jahre die Strapazen überlebte. Die Mehrzahl starb nicht in Schlachten, sondern an Krankheiten. Bessere Überlebenschancen hatten adlige Offiziere, die durchschnittlich acht Jahre Armeeleben überstanden. Der Sold war gering, wurde auch nicht regelmäßig gezahlt. So war es erlaubt, Bürger erstürmter Städte gewalttätig auszuplündern sowie alles, was Gefallene am Leib trugen, an sich zu nehmen, so dass die Toten und hilflose Verletzte meist im Hemd oder nackt zurückblieben. Ansonsten war das Ausrauben der Bevölkerung, das *Marodieren*, streng verboten.

Militärische Redensarten aus der Zeit sind noch gängig, z.B. *aus freien Stücken* (freie Kanonen, die nicht der Deckung dienten), *in die Bresche springen*, *Sturm laufen*, *Bahn* (in die Feinde) *brechen*, *von der Pike an*, *vernagelt sein* (Kanonen vernageln) oder *den Spieß umdrehen*.

Christoph Salentin und die zu seinem Umfeld gehörenden Personen sind Phantasiegestalten mit Ausnahme von Kammerrat *Andreas Frohen*, Kaufmann *Gerwin von Beywegh*, dessen Tochter *Anna* und seiner Söhne *Arnold* und *Gerwin*. Gelebt haben auch *Ravillon*, *Breget*, der Syndikus *Huigen*, die Delegierten des Kölner Kongresses und die an der Entführung Fürstenbergs beteiligten Personen.

Kaiser Leopold I. (1640–1705) musste sich in seiner 47jährigen Regierungszeit gegen die Türken und Ludwig XIV. behaupten. Die Entführung Fürstenbergs hatte er Grana am 12. Januar 1674 selbst befohlen, was er offiziell am 25. Februar bestätigte. Nur sein Kanzler Johann Paul von Hocher und dessen Sekretär wussten davon. Diese völkerrechtswidrige Gewalttat war wohl richtig, wie die spätere Entwicklung nach Freilassung Fürstenbergs zeigte.

Maximilian Heinrich von Bayern (1621–1688), seit 1651 Erzbischof und Kurfürst von Köln. Er überließ die politische Führung den Brüdern Franz Egon und Wilhelm Egon von Fürstenberg. Max Heinrich blieb im Kloster Sankt Pantaleon bis Sommer 1684 (Einsiedler von Pantaleon). 1684 ratifizierte er wieder einen von Wilhelm Egon von Fürstenberg unterschriebenen Bündnisvertrag mit Frankreich und nahm ihn als Koadjutor (Stellvertreter) an.

Wilhelm Egon von Fürstenberg (1629–1704) entließ der Kaiser am 4. Mai 1679 aus der Haft. 1683 war er wieder Erster Minister des Kurfürsten Maximilian Heinrich. Nach dessen Tod versuchte er, mit Truppen Ludwigs XIV. Kurfürst zu werden, da er bei der Wahl durch das Domkapitel die Mehrheit knapp verfehlte. Diesmal kam es zum Krieg zwischen Kurköln und den Franzosen gegen die Niederlande, Münster und Brandenburg. Schwer zerstört kapitulierte Bonn am 12. Oktober 1689. Fürstenberg ging nach Frankreich, war u.a. Bischof von Straßburg und Kardinal. Er lebte mit Katharina Charlotte von der Mark (1648–1726) zusammen, deren Mann 1680 gestorben war. Mit ihr hatte er einen Sohn, Ludwig Peter von der Mark (1674–1750).

Franz von Lisola (1613–1674), in Frankreich geboren, ging 1638 nach Wien, wo er als Jurist am Hof außenpolitisch tätig war. Strikt antifranzösisch eingestellt warnte er permanent vor der Expansionspolitik Ludwigs XIV. Lisola gab sich große Mühe, Wilhelm von Fürstenberg nicht als Gesandten anzuerkennen. Durch den in »Exitus« geschilderten Trick schaffte er es dennoch, eine Art kaiserliche Anerkennung zu erhalten.

Henri de Latour d'Auvergne, Vicomte de Turenne (1611–1675), neben dem Prince de Condé erfolgreichster Feldherr Ludwigs XIV., 1643 Marschall von Frankreich. Im holländischen Krieg 1672 zwang er den Großen Kurfürsten von Brandenburg zum Frieden von Vossem (16.6.1673). 1674 schlug er den Herzog von Lothringen bei Sinsheim, eroberte die Pfalz, die er auf Befehl Ludwigs XIV. verwüstete, schlug im Oktober den kaiserlichen Heerführer Alexander de Bournonville (1620–1692). 1675 standen er und der kaiserliche Feldherr Montecuccoli sich wieder gegenüber. Bei Sasbach (Baden) begutachtete Turenne mit seinem General der Artillerie, der einen roten Mantel trug, die feindlichen Stellungen. Die Kaiserlichen feuerten eine *Batterie* auf den Mantel ab, rissen dem General einen Arm ab und trafen Turenne im Leib. Sein Pferd trug ihn noch ins Lager zurück, wo er tot aus dem Sattel fiel. Turenne nahm viel Rücksicht auf seine Soldaten. Deshalb lehnte er den Gewaltmarsch auf Bonn ab (Wallensteins Armee mit 20 000 Soldaten legte 1626 in 22 Tagen 600 km zurück; nur 5 000 kamen an).

Raimondo Marquese Montecuccoli (1609–1680) geriet im Dreißigjährigen Krieg als kaiserlicher Obrist in schwedische Gefangenschaft in Stettin (1638–1642). 1648 war er General der Kavallerie. Seit 1658 übernahm er häufig die Führung des kaiserlichen Heeres. 1664 besiegte er mit 25 000 Soldaten bei Mogersdorf/St. Gotthard die Türken mit 120 000 Mann. Ab 1668 war er Hofkriegsratspräsident in Wien. 1673 führte er die Armee gegen Turenne und hatte aus Wien Order, die Franzosen nicht anzugreifen, was seinem Feldherrenruf sehr schadete. Leopolds wichtigster Ratgeber, der Obersthofmeister des Geheimen Rates *Wenzel Eusebius Fürst*

Lobkowitz (1609–1677), riet dem Kaiser von einer Konfrontation mit Ludwig XIV. ab. Wie sich später herausstellte, war Lobkowitz bestochen und übermittelte Turenne sogar Kopien geheimer Schreiben, die Leopold I. an Montecuccoli sandte. Montecuccoli muss den Verrat bemerkt haben, was ihn zu schnellem überraschenden Handeln zwang. Durch viele Winkelzüge machte er Turenne glauben, er habe es auf das Elsass abgesehen. Noch bevor am 2. November 1673 die kaiserliche Anordnung zum Angriff auf Kurköln eingetroffen war, hatte er alles für die Belagerung Bonns vorbereitet. Am 16. Oktober 1674 enthob Leopold I. Lobkowitz seines Amtes.

Ottone Enrico del Caretto Marquese di Savona et di Grana (1639 (oder 1629?) –1685) begann seinen steilen Aufstieg als Stadtkommandant Bonns, wobei er die Gefangennahme Fürstenbergs angeblich widerwillig organisierte, obwohl er kein Freund Fürstenbergs war. 1674 wurde er Generalfeldwachtmeister. Dank seines Einsatzes besiegten die Kaiserlichen und ihre Verbündeten in der Schlacht an der Konzer Brücke am 11.8.1675 die Franzosen und vertrieben sie aus dem Kurfürstentum Trier. Grana wurde Feldmarschallleutnant, 1681 Gouverneur von Raab und ab 1682 Gouverneur der Spanischen Niederlande.

Ferdinando Marquese degli Obizzi (1641–1710), der Anführer des Trupps, den Grana nach Köln schickte, um Fürstenberg zu verhaften, wurde schwerverletzt von seinem verwundeten Leutnant, der später in der Stube der Anna Wolters tot zusammenbrach, ins Kloster Sankt Reinhold gebracht. Obizzi floh Ende März 1675 als Mönch verkleidet aus Köln und machte später in Diensten Leopolds I. und Josefs I. Karriere, war unter anderem Generalfeldmarschall des Prinzen Eugen.

Daniel Dietrich Landsberg zu Erwitte (1618–1683), trat 1636 in die kaiserliche Armee ein, in der er es bis zum Obristwachtmeister brachte. 1657 befehligte er die Beschießung der Stadt Münster und 1673 die kurkölnischen Truppen in Westfalen. 1674 war er Bonner Stadtkommandant, danach Gouverneur in Rheinberg.

ad proprias (lat.) persönlich
Akkord Kapitulation unter Aushandlung von günstigeren Bedingungen für den Besiegten, im Gegensatz zur bedingungslosen Kapitulation auf Gnad und Ungnad
Akzise Steuer auf Handelsgüter, wurde oft am Stadttor eingezogen
al primo colpo (ital.) auf den ersten Hieb
Approche Annäherungsgraben bei der Belagerung einer Festung
Albus Weißpfennig, eine kurkölnische Scheidemünze
avec plaisir (frz.) mit Vergnügen

Bagage (frz.) hier: Reisegepäck
Bandalier Schulterband, an dem Degen oder Patronen getragen wurden
Batterie Aufreihung mehrerer Kanonen nebeneinander
bene (ital./lat.), **bien** (frz.) gut
Billett (frz.) kurzes Schreiben
Bombenbernd Spitzname für Fürstbischof Christoph Bernhard von Galen (1606–1678), der seine Hauptstadt Münster 1657 und 1661 schwer beschießen ließ

cane cattivo (ital.) miserabler Hund
Ch'io faccia in pezzi, questo ladrone (ital.) ich muss ihn in Stücke zerhacken, diesen Halunken
Courtegarde (frz.) Haft

deliberieren beraten, besprechen
Domkapitel geistlicher Verband, der den Kurfürsten wählte

Entsatz militärische Befreiung einer eingeschlossenen Stadt von außen

fecit (lat.) angefertigt von
Feldscher militärischer Wundarzt, Chirurg
finalmente (ital.) schließlich
Fourage (franz.) Vorräte, Lebensmittel
furfante (ital.) Halunke

Gademmen fest gebaute Verkaufsbuden
Gassenlaufen militärische Prügelstrafe, Spießrutenlauf
Glacis vor dem Festungswall freigehaltene, leicht ansteigende Fläche

Himmel hier: Dach des Himmelbettes
Hornung alte Bezeichnung für den Monat Februar

Importanz Wichtigkeit

Justaucorps barockes Männerjackett, das eine Handbreit über den Knien endete

Karthaune großes Geschütz, das Kugeln von 12–20 kg abfeuern konnte
Klafter altes Längenmaß zwischen 1,70 m und 1,80 m
Kontributionen Zwangserhebung von Geld in einem besetzten Gebiet
Kramen leichte Buden auf einem Markt
Kurtine Wall oder geschützter Gang zwischen zwei Bollwerken

Laufgeld angeworbenen Soldaten gezahltes Weg- und Zehrgeld
Leibstuhl Stuhl mit eingebautem Nachttopf (daher das Wort »Stuhlgang«)
Lettner Abtrennung in einer Klosterkirche zwischen Laien und Mönchen

Marodebruder, marodieren als Freibeuter plündernde Soldaten

Niente da fare (ital.) nichts zu machen

Oberdeutschland Süddeutschland
obligiert verpflichtet, hier im Sinne von dankbar

Pallasch gerader schwerer Reitersäbel mit zweischneidiger Klinge
Plenipotentiar mit allen Vollmachten ausgestatteter Verhandlungsführer
Pikenier, mit einer Pike (ca. 5 m langer Spieß) bewaffneter Soldat
Profoss Militärrichter, zuständig auch für die Vollstreckung von Strafen
Präzeptor Privatlehrer

quid consilibus? (lat.) was ist zu tun?

Ranzion Lösegeld
Rayon Zone vor Festungen, in der keine zivilen Bauwerke stehen dürfen
Referenz tiefe, förmliche Verneigung, wobei der Hut gezogen wurde
Resident Statthalter, Vertreter

Salva venia (lat.) mit Verlaub
Salvator Mundi Salva Nos (lat.) Erlöser der Welt, rette uns
ss bedeutet eigenhändig unterschrieben, von lateinisch subscripsi
Stücke hier: Kanonen

Viktualien Nahrungsmittel

Zingulum Gürtel eines Mönchshabits

Danksagung

Dank sage ich vor allem den Historikern, deren wissenschaftliche Arbeiten das Fundament von »Exitus« legten.

Gut dokumentiert und erforscht ist der Entführungsfall von Wilhelm Egon von Fürstenberg. Ein ausführlicher – auch auf die diffizilen politischen Verhältnisse eingehender – Beitrag von *Markus Baumanns* mit dem Titel »Die Sache trug sich zu Cöllen den 14. des Hornungs in der Statt also zu« (Studien zur Geschichte der Universität zu Köln 1992, Nr. 31, S. 51ff.) gab mir zusammen mit *Käthe Spiegels* Monographie »Wilhelm Egon von Fürstenbergs Gefangenschaft und ihre Bedeutung für die Friedensfrage 1674–1679« (Rheinisches Archiv, Bonn 1936) den historischen Leitfaden um den Entführungsfall an die Hand.

Frau *Käthe Spiegel* (1898–1941) ist dieses Buch gewidmet. Mit ihren Recherchen in Archiven in Köln, Wien, Paris, Brünn, Eger, Donaueschingen, Raudnitz und Krumau hat sie den Fall Fürstenberg nicht nur wissenschaftlich akribisch aufgearbeitet, sondern auch die Zeit, die Menschen und ihr Handeln plastisch und verständlich dargestellt. Ihre Arbeit über Fürstenberg sollte 1936 der promovierten Historikerin die Habilitierung an der Deutschen Universität Prag einbringen. Aus antisemitischen Gründen wurde sie wohl abgelehnt. Bis 1940 war die Wissenschaftlerin Bibliothekarin an der Universität Prag, verlor jedoch wegen ihrer jüdischen Abstammung selbst diese Stelle. Ihre schon arrangierte Ausreise nach Kuba scheiterte. Sie wurde deportiert und 1941 in Polen ermordet.

Über die Belagerung Bonns gibt es weit weniger Dokumente als im Fall Fürstenberg, da bei der zweiten Belagerung im Oktober 1689 auch das Bonner Stadtarchiv dem Brand zum Opfer fiel. Quellen aus Wien und Paris hat *Yasmin-Sybille Rescher* in ihrem Beitrag »Die Belagerung der Stadt Bonn im Jahre 1673 durch die Kaiserlichen« (Bonner Geschichtsblätter, Band 59, S. 51 ff.) zusammengetragen und sorgfältig aufgearbeitet. Aus der Elegie »Querela et suspirium urbis Bonnae« von *Franz Xaver Trips* (1676, abgedruckt in »Bonna solum felix ...«, hg. v. Czapla, Laureys, Neuhausen, Köln 2003) entnahm ich eine Beschreibung, wie Bürger die Bombardierung Bonns 1673 erlebten. Militärische Fragen beantwortete mir der kaiserliche Generalissimus *Raimondo Montecuccoli* in seinem Buch »Trattato della guerra« (Besondere und geheime Kriegs-Nachrichten des Fürsten Raymundi Montecuculi, Leipzig 1736).

Edith Ennens Beitrag in der »Geschichte der Stadt Bonn 3« (hrsg. *Höroldt/van Rey,* Bonn 1989) war für mich sowohl für die für Bonn schicksalhaften Tage im November 1673 wie auch für die Fürstenberg-Affäre sehr hilfreich.

Vor-Leser war diesmal *Dieter Trübenbach*, der mir auch mit manchem Rat zur Seite stand. Die Verlagslektorin *Dr. Kirsten Blanck* achtete nicht nur auf Orthographie und Grammatik, sondern diesmal besonders auch auf psychologische Brüche. Beiden danke ich herzlich für ihre Hilfe.

Dem *Stadtarchiv Bonn, Grafische Sammlung* verdanke ich den zeitgenössischen Kupferstich (Seite 297) der Belagerung Bonns im Jahre 1673, der im Vordergrund die Übergabe der Stadtschlüssel an den kaiserlichen Feldherrn Raimondo Graf Montecuccoli zeigt.

Bibliografische Information der Deutschen Nationalbibliothek

Die Deutsche Nationalbibliothek verzeichnet diese Publikation in der Deutschen Nationalbibliografie; detaillierte bibliografische Daten sind im Internet über http://dnb.d-nb.de abrufbar.

Originalausgabe

An der Glasfachschule 48, 53359 Rheinbach
Tel. 02226-9126-26, Fax 02226-9126-27, info@cmz.de

Satz (Aldine 401 BT 11 auf 14,5 Punkt)
mit Adobe InDesign CS5.5:
Winrich C.-W. Clasen, Rheinbach

Papier (Alster 90 g mit 1,5 f. Vol.):
Salzer Paper GmbH, St. Pölten / Österreich

Umschlagbild:
Samuel van Hoogstraten (1627–1678), *Die Pantoffeln*, 1654/62;
Öl auf Leinwand, 103 × 70 cm; Musée du Louvre, Paris

Umschlaggestaltung
(nach einem Entwurf von Raphaela Rutschke, Ulm):
Lina C. Schwerin, Hamburg

Gesamtherstellung:
Majuskel Medienproduktion GmbH, Wetzlar

ISBN 978-3-87062-147-6

20131105

www.cmz.de